# Karfreitagsmord

## Das Buch

Als Hauptkommissarin Jo Weber und Hauptkommissar Lutz Jäger zu einem Leichenfundort gerufen werden, taucht dort das Skelett einer vor etwa hundert Jahren ermordeten Frau auf. Plötzlich schlägt ein Blitz ein, und auf einmal ist Jo wieder ihre eigene Vorfahrin und lebt mit ihrer Großmutter und ihrem Onkel in einer großbürgerlichen Villa im Kaiserreich. Korsett und Klavierstunden machen ihr Mühe, und sie fragt sich, ob Lutz auch wieder auf Zeitreise ist. Das ist er tatsächlich: Kurze Zeit später erwacht sie aus einer Ohnmacht in seinen Armen – er ist bei der preußischen Kriminalpolizei. Die beiden müssen den Mord an der jungen Frau aufklären, schon bald taucht eine zweite weibliche Leiche auf, und es kommt ihnen der Verdacht, dass es sich um einen seit Jahren mordenden Serientäter handelt. Was allerdings ebenfalls schnell auf der Hand zu liegen scheint: Der Mörder hat es auch auf Jo abgesehen ... Die beiden haben also größte Eile, den Fall aufzuklären – auch damit sie möglichst bald wieder zurück im sicheren einundzwanzigsten Jahrhundert sind!

## Die Autorin

Bea Rauenthal schreibt unter ihrem richtigen Namen Beate Sauer erfolgreich historische Romane. Sie liebt spannende, humorvolle Geschichten und versetzt sich gern in andere Epochen. Bea Rauenthal lebt in Bonn.
www.beate-sauer.de

Von Bea Rauenthal ist in unserem Hause bereits erschienen:
*Dreikönigsmord*

BEA RAUENTHAL

# KARFREITAGS MORD

Kriminalroman

List Taschenbuch

Besuchen Sie uns im Internet:
www.list-taschenbuch.de

MIX
Papier aus verantwortungsvollen Quellen
FSC® C083411

Originalausgabe im List Taschenbuch
List ist ein Verlag der Ullstein Buchverlage GmbH, Berlin.
1. Auflage Januar 2014

Umschlaggestaltung: bürosüd° GmbH, München
Titelabbildung: Tür: © Dave Wall / Arcangel Images; Mann: © Sally Mundy / Arcangel Images; Frau: © Diane Kerpan / Arcangel Images
Satz: LVD GmbH, Berlin
Gesetzt aus der Quaadrat
Papier: Pamo Super von Arctic Paper Mochenwangen GmbH
Druck und Bindearbeiten: CPI books GmbH, Leck
Printed in Germany
ISBN 978-3-548-61183-9

# 1. KAPITEL

*Puh, das ist ja die reinste Sauna!* Heiße, stickige Luft schlug Hauptkommissarin Jo Weber aus ihrem Büro im Polizeipräsidium entgegen. Sie eilte durch den Raum und riss das Fenster auf. Der Aprilmorgen war für die Jahreszeit ungewöhnlich schwül. Zudem funktionierte der Temperaturregler der Klimaanlage wieder einmal nicht. »Verdammte Technik!«, fluchte sie.

»Interessant. Haben Sie während Ihrer Mittelalter-Komafantasien die technischen Segnungen des 21. Jahrhunderts nicht vermisst?«, hörte sie eine spröde Männerstimme sagen.

Jo fuhr herum. Auf dem Besucherstuhl saß ein großer hagerer Mann, der die Beine übereinandergeschlagen hatte. Sein schütteres, akkurat gescheiteltes Haar war grau. Grau war auch die Farbe seines schlecht geschnittenen Anzugs, der Jo unwillkürlich an die Mode in der DDR erinnerte. Die Gläser seiner randlosen Brille spiegelten das Sonnenlicht und verhinderten so den Blick in seine Augen.

»Wer sind Sie? Und wie kommen Sie dazu, einfach mein Büro zu betreten?«, fragte sie scharf.

»Herbert Rosner, Polizeipsychologe mit dem Dienstrang eines Hauptkommissars.« Er verzog den Mund zu einem dünnen Lächeln, während er ihr seinen Ausweis präsentierte. »Und was Ihre zweite Frage betrifft: Ich bin hier, um Ihre Diensttauglichkeit und die Ihres Kollegen Lutz Jäger zu überprüfen. Schließlich waren Sie beide im letzten Jahr nach einem Dienstunfall mehrere Monate lang krankgeschrieben.«

»Unsere Diensttauglichkeit wurde bereits kurz vor unserem Dienstantritt eingehend überprüft.« Jo ließ sich hinter ihrem Schreibtisch nieder und verschränkte die Arme vor der Brust. *Was für ein Ekel*, dachte sie. *Hoffentlich taucht Lutz bald auf, damit ich mich nicht allein mit ihm herumschlagen muss.*

»Neue Vorschriften sehen eine nochmalige Überprüfung im Laufe eines Jahres vor.« Rosner wirkte gänzlich ungerührt. Noch immer konnte sie seine Augen hinter den Brillengläsern nicht erkennen. »Schon sehr ungewöhnlich, Komafantasien ausgerechnet über das Mittelalter. Noch dazu zeichneten sich Ihre Fantasien durch einen bemerkenswerten Detailreichtum aus. Zum Beispiel, wie Sie und Jäger Spuren mit Hilfe eines Lesesteins sicherten.« Rosner hatte aus seiner abgewetzten Aktentasche einen Ordner herausgeholt und blätterte darin herum.

Jo spürte, wie ihr unter ihrer hellen Leinenbluse der Schweiß ausbrach. Noch dazu schnitt ihr der sündhaft teure, spitzenbesetzte BH, den sie am Vortag in einem Anfall von Kaufrausch erworben hatte, schmerzhaft ins Fleisch. Die Komafantasien, von denen Rosner sprach, waren nur zu real gewesen: Im Dezember des vorletzten Jahres waren sie und Lutz Jäger nach einem Autounfall auf schneeglatter Straße im Mittelalter zu sich gekommen und hatten dort einen vierfachen Mörder überführen müssen, um zurück in die Gegenwart gelangen zu können.

Die Hitze im Zimmer schien Rosner nichts auszumachen. Er musterte Jo mit einem unergründlichen Lächeln. »Auch wie Sie als reiche Witwe eine Weberei und einen großen Haushalt managten und wie Lutz Jäger seine Wirtschaft zur *Grünen Traube* betrieb, hat mich sehr beeindruckt.«

*Weiß dieser Kerl etwa über Zeitreisen Bescheid?*, durchfuhr es Jo. *Aber nein, das ist unmöglich. Er kommt vom BKA und nicht von einer Geheimabteilung des FBI, die sich mit paranormalen Phänomenen befasst.* Trotzdem war sie erleichtert, als das Telefon klingelte und sie einer Antwort enthob.

»Jo«, drang die rauchige Stimme ihrer Chefin Brunhild Birnbaum durch den Hörer, »im ehemaligen Industriegebiet am Stadtrand hat es einen Unfall mit ungeklärter Todesursache gegeben. Ein Arbeiter ist von einem Gerüst gestürzt. Fahr bitte mit Lutz zusammen hin, und sieh dir die Sache mal an.«

»Lutz ist noch nicht hier.«

»Ich schicke ihn dir hinterher.«

»Ähm, Brunhild, ich hab hier einen Psychologen vom BKA im Büro sitzen, der meine Diensttauglichkeit überprüfen will.«

»Ja, ich weiß. Tut mir leid. Du bringst das schon hinter dich.«

*Super Rückendeckung* ... Jo unterdrückte ein gereiztes Stöhnen.

»Sie wurden zu einem Tatort gerufen?« Rosner erhob sich, nachdem Jo sich die genaue Adresse notiert hatte. »Ich werde Sie selbstverständlich begleiten, um mir ein Bild davon machen zu können, wie Sie vor Ort agieren.« Er musterte sie – wie ihr schien – lauernd.

Jo beschloss, sich keine Blöße zu geben. »Von mir aus gerne«, gab sie mit falscher Freundlichkeit zurück. Während sie das Büro verließen, streifte Rosners missbilligender Blick Lutz' Schreibtisch, auf dem leere Coladosen, benutzte Tassen, Wimpel von diversen Fußballvereinen und Aktenordner ein chaotisches Stillleben formten.

*Habe ich eigentlich dem Psychologen, der mich im Krankenhaus und dann während meiner Reha-Zeit betreute, erzählt, dass Lutz und ich uns geküsst haben? Kurz bevor wir den Mörder überführten?* Jo konnte sich nicht mehr erinnern. *Nicht auszudenken, dass Rosner auch das gelesen haben könnte.*

Der Dienstwagen hatte in der prallen Sonne gestanden. Schon als sie vom Parkplatz des Polizeipräsidiums fuhren, gab die Klimaanlage den Geist auf. Obwohl Jo das Fenster auf ihrer Wagenseite ganz herunterließ, drang nur schwüle Luft ins Innere und milderte die Hitze kein bisschen. Wieder brach ihr der Schweiß aus.

Herbert Rosner hatte sich – wie Jo mit einem raschen Seitenblick feststellte – kryptische Notizen gemacht und blätterte nun in seinen Papieren. Der warme Fahrtwind ließ sie rascheln wie trockenes Laub.

Mittlerweile hatten sie das Zentrum von Ebersheim hinter sich gelassen und fuhren eine von Pappeln gesäumte Allee entlang. Die Sonne war bereits hinter einem Wolkenberg verschwunden. Die kahlen Bäume wirkten im Zwielicht wie von einer Staubschicht überzogen. Am Ende der Straße tauchte nun das ehemalige Industriegebiet auf. Hinter den Gebäuden aus rotem Backstein ragte ein Kran in den Himmel.

Jo drosselte die Geschwindigkeit. Die Straße war mit Schlaglöchern übersät. In der Mitte verliefen rostige Eisenbahnschienen. Die Fenster der meisten Gebäude waren zerbrochen. Zwischen den Steinen und am Straßenrand wucherte Unkraut. Die Wände waren mit Graffiti besprüht. Ein Transparent, das über einer bröckelnden Fassade hing, verkündete, dass hier bald ein Einkaufszentrum entstehen würde.

Nachdem sie von der einstigen Hauptdurchfahrtsstraße abgebogen war, tat sich der Neubaukomplex vor ihnen auf. Klobige Gebäude aus mattem, hell beigefarbenem Stein, die eingerüstet waren. »Premium-Eigentumswohnungen«

verkündete ein weiteres Transparent. »Wählen Sie das Besondere.« Vor einem der Häuser entdeckte Jo einige uniformierte Kollegen und die Gerichtsmedizinerin Yun-Si Mittermaier. Auf einer Brache auf der anderen Seite der Neubauten hob ein Bagger Erdreich aus. Sein monotones Dröhnen ließ die Luft vibrieren. Der Himmel war inzwischen schiefergrau geworden.

Jo parkte den Wagen am Straßenrand. Als sie ausstieg, klebte ihr die Bluse am Rücken, und der BH zwickte erneut schmerzhaft. *Allmählich kann ich verstehen, dass Frauen diese Dinger in den siebziger Jahren verbrannt haben*, dachte sie gereizt. *Dem Himmel sei Dank sind wenigstens die Zeiten des Korsetts vorbei.*

»Haben Sie grade etwas gesagt, Frau Weber?«, ließ sich Herbert Rosner vernehmen.

»Ähm, nein ...« *Fing sie etwa an, laut Selbstgespräche zu führen?*

»Nun, dann wollen wir mal.« Mit weit ausgreifenden Schritten eilte Herbert Rosner auf Yun-Si Mittermaier zu. In dem Schutzanzug wirkte die hübsche Frau asiatischer Herkunft noch zierlicher, als sie ohnehin war.

»Hauptkommissar Herbert Rosner vom psychologischen Dienst des BKA«, stellte er sich vor.

»Oh, guten Tag.« Yun-Si warf Jo einen irritierten Blick zu. Jo verdrehte hinter Rosners Rücken die Augen. Papptäfelchen mit Nummern darauf markierten dunkle Flecken auf dem rauen Betonboden. Ihr Ursprung war eindeutig Blut. Einige Meter entfernt umhüllte ein Leichensack auf einer Bahre die Überreste des Toten.

»Ich möchte den Leichnam sehen«, verlangte Herbert Rosner.

»Das ist aber wirklich kein schöner Anblick«, wandte Yun-Si ein.

»Denken Sie, ich habe noch nie mit einem zerschmetterten Körper zu tun gehabt?« Er winkte ungeduldig ab.

»Wie Sie meinen.« Yun-Si zuckte mit den Schultern und begleitete ihn und Jo zu der Bahre. Nachdem sie den Reißverschluss des Leichensackes geöffnet hatte, zwang Jo sich, einen Blick auf den Toten zu werfen. Die blutige Masse aus Fleisch und Knochen ließ sie würgen. Herbert Rosner betrachtete den Leichnam dagegen so distanziert, als sei dieser ein interessantes seltenes Insekt.

Energisch zog Yun-Si den Reißverschluss wieder zu. »Der Name des Toten ist Conrad Hesse«, erklärte sie, während sie auf eins der Gerüste deutete, wo – wie Jo jetzt bemerkte – ein Kollege von der Spurensicherung in etwa zwanzig Metern Höhe auf einem Brett kniete und sich mit seiner Ausrüstung zu schaffen machte. »Von da oben ist er heruntergestürzt. Seine Kollegen erzählten mir, dass Hesse Ende fünfzig und stark übergewichtig war. Deshalb halte ich eine natürliche Todesursache wie einen Herzinfarkt für nicht unwahrscheinlich.«

Jo registrierte plötzlich, dass das Motorengeräusch des Baggers verstummt war. Eine warme Windböe fuhr über den Platz, die die Planen vor den Gerüsten knatternd gegen die Gestänge drückte, Staub aufwirbelte und an Jos Bluse und Hose zerrte.

»Ohne eine Autopsie vorgenommen zu haben, sollten Sie keine voreiligen Schlüsse ziehen«, fuhr Herbert Rosner Yun-Si Mittermaier an.

Yun-Si verschränkte die Arme vor der Brust. »Ich habe keine voreiligen Schlüsse gezogen ...«, begann sie. Doch aufgeregte Rufe ließen sie abbrechen. Von der Brache her kamen einige Männer auf sie zugerannt. »Dort drüben ... Wir haben ein Skelett gefunden!«, schrie einer von ihnen.

»Wie bitte?« Herbert Rosner fuhr herum.

Jo spurtete in Richtung des Baggers. Der Baggerarm wies in die Höhe, die Schaufel war umgeklappt. Aus dem Erdaushub darunter ragte ein Armknochen. Als Jo den Bagger fast erreicht hatte, kullerte etwas die Erdschollen herunter und blieb dicht vor ihren Füßen liegen. Ein vom Rumpf abgetrennter skelettierter Schädel, wie sie nun erkannte. Die mit Erde gefüllten Augenhöhlen schienen sie anzusehen. Für einen Moment hatte Jo das Gefühl, dass alles um sie herum verschwamm. Intakte Fabrikgebäude standen plötzlich auf der Brache, und ein dampfbetriebener Zug rumpelte die Schienen entlang.

Dann verschwand das Bild, und Jo hörte, wie jemand scharf die Luft einsog. Herbert Rosners Blick war nicht auf das Skelett, sondern auf den Straßenrand gerichtet. Dort stand ein roter Sportwagen mit offenem Verdeck. Lutz Jäger lehnte an dem Auto. Die Arme einer dunkelhaarigen Frau waren um seinen Hals geschlungen. Der Kuss, den die beiden austauschten, war – wie Jo feststellte – einzig und allein als »heiß« zu bezeichnen.

»Oh, Lutz hat etwas mit Jacqueline Steinert von der Sitte«, hörte sie Yun-Si Mittermaier amüsiert flüstern.

Jetzt löste sich Lutz Jäger von Jacqueline Steinert und kam, nachdem er ihr zum Abschied noch einmal zugewinkt hatte, auf den Bagger zugeschlendert. Seine Schritte hallten in der Stille wider. Wie immer trug er Cowboystiefel.

»Ist das etwa unser toter Bauarbeiter?«, sagte er, während er das Skelett interessiert betrachtete. »Der arme Kerl hat sich ja wahrhaftig zu Tode geschuftet.«

»Herr Jäger ...« Herbert Rosners Stimme klang eisig. Doch er sollte seinen Satz nie vollenden. Ein Blitz zuckte über den Himmel und tauchte alles in eine gleißende Helligkeit. Gleichzeitig fühlte sich Jo wie von einer riesigen Faust gepackt und zur Seite geschleudert. Sie hörte noch weit entfernte Schreie und den Donner. Dann fiel sie und fiel und fiel ...

Resigniert hob Jo die Lider. *Ach, verdammt, irgendwie hab ich es schon geahnt, als die Augenhöhlen des Skeletts mich anzusehen schienen und alles um mich herum verschwamm.* Trotzdem war es ein Schock, als sie den dunkelgrünen Samt-Baldachin über sich hängen sah. Sie lag in einem klobigen Himmelbett. Licht sickerte durch die Ritzen der Fensterläden.

Sie wünschte sich, die Augen schließen und einschlafen zu können. Doch da sie nur zu gut wusste, dass sie wieder in diesem Raum aufwachen würde, zwang sie sich, die Decke zurückzuschlagen und aus dem Bett zu steigen. Sie hatte kaum den ersten Schritt getan, als sie mit dem linken Bein stolperte. Zuerst glaubte Jo, es sei steif vom Schlafen. Aber beim nächsten vorsichtigen Schritt stellte sie fest, dass sie hinkte, da das linke Bein kürzer war als das rechte.

Auch das noch! Sie war in einem gehbehinderten Körper zu sich gekommen. Langsam und darum bemüht, nicht wieder zu stolpern, humpelte sie zu einem der Fenster. Nachdem sie den Laden aufgestoßen hatte, flutete Sonnenlicht in den Raum. Das Grün der Seidentapeten wich nur um Nuancen von dem des Baldachins ab. *Ein Bundeswehrgrün genau genommen ...* An der Wand gegenüber dem Bett hing das Gemälde einer anämischen Frau in klassischem Gewand, die auf einem Felsen kauerte und melancholisch in die Ferne starrte. Jo schauderte. *Wie außerordentlich geschmacklos! Eindeutig spätes 19. Jahrhundert.*

Auf einer Kommode, ähnlich wuchtig wie das Himmelbett, entdeckte sie einen Spiegel. *Wie ich wohl aussehe?*, fragte sie sich nervös. Das Gesicht, das ihr aus dem Glas über einem züchtig bis zum Hals hochgeschlossenen, spitzenbesetzten Nachthemd entgegenblickte, war schmal und feingeschnitten. Nicht eigentlich hübsch, aber apart dank der großen graugrünen Augen. Einige Sommersprossen auf der Nase verliehen ihm etwas Keckes. Rotblondes Haar, das sich aus einem dicken Zopf gelöst hatte, kringelte sich an ihren Wangen. *Na ja, es hätte schlimmer kommen können.*

*Das sackartige Nachthemd war allerdings wirklich der Gipfel des Erotischen.* Im nächsten Moment begriff Jo, dass die junge Frau, die ihr aus dem Spiegel entgegenblickte, kaum älter als achtzehn sein konnte. Sie befand sich nicht nur in einem gehbehinderten, sondern obendrein in einem pubertierenden Körper und war – nach dem Recht des 19. Jahrhunderts – noch nicht volljährig.

Jo berührte ihre Brust. Ihr Busen war winzig. Nein, sie besaß eindeutig nicht die sexy Rundungen ihres Mittelalter-Ichs. Positiv ausgedrückt hatte sie nun eine Audrey-Hepburn-Figur. Wenn man einmal davon absah, dass sie kleiner war. Negativ ausgedrückt – und Jo war eigentlich nicht in der Stimmung für Positives – war sie ein mageres, unreifes und unweibliches Ding.

Jo stöhnte auf. *Und bei meiner letzten Reise durch die Zeit habe ich noch gedacht, schlimmer als mit dem Mittelalter könnte es mich nicht treffen.* Bestimmt war sie wegen des Skeletts auf der Baustelle hierhergeraten. Mit einem Skelettfund hatte damals auch ihr Aufenthalt im Mittelalter begonnen. Ob Lutz ebenfalls wieder in der Zeit gereist war? Und, falls er auch im späten 19. Jahrhundert gelandet war, wie sollte sie ihn dann finden? Unwillkürlich musste Jo an Jacqueline Steinert denken. Die großbusige Kollegin hätte ohne Weiteres bei »Baywatch« mitspielen können. Während sie selbst nun diese Kümmer-Brüste hatte.

*Und wenn schon,* dachte Jo wütend, *soll Lutz es doch treiben, mit wem er will. Dass wir uns im Mittelalter geküsst haben, war nichts weiter als eine stressbedingte Reaktion. So wie Menschen ja häufig dazu neigen, sich in Extremsituationen ineinander zu verlieben.* Jo schob die Gedanken beiseite: Höchste Zeit, dass sie endlich herausfand, wo sie eigentlich war.

Sie hinkte wieder zu dem geöffneten Fenster und beugte sich hinaus. Ein Stockwerk unter ihr befand sich eine Terrasse, an die ein weitläufiger, parkähnlicher Garten grenzte. Ein Mann in altmodischer Arbeitskleidung bewässerte mit einem Schlauch den makellosen, noch vom Tau feuchten Rasen. Jenseits einer Reihe spärlich grünbelaubter Bäume konnte Jo die Dächer von Gewächshäusern und Stallungen ausmachen. Dahinter erstreckten sich Weinberge.

Konnte es sein, dass sie sich in der ehemaligen Villa ihrer Familie am Stadtrand von Ebersheim befand? Als kleines Kind war sie zum letzten Mal hier gewesen, denn die Villa war schon vor langem verkauft worden. Rechtsanwaltskanzleien hatten hier nun ihre repräsentativen Büros, und der Park war parzelliert und mit Einfamilienhäusern bebaut worden.

Ein Klopfen an der Tür ließ Jo herumfahren. »Gnädiges Fräulein?«, ertönte eine Frauenstimme. Jo benötigte einen Augenblick, ehe sie begriff, dass sie damit gemeint war.

»Ähm, ja …«, rief sie.

Ein Türflügel schwang auf. Eine stämmige Frau mittleren Alters, die ein schwarzes Kleid, eine weiße Schürze und ein Häubchen trug, betrat den Raum. »Gnädiges Fräulein, Eure Großmutter und Euer Onkel erwarten Euch zum Frühstück«, erklärte sie. Ihr freundliches Gesicht mit den Apfelbäckchen glich dem von Jos Magd im Mittelalter.

»Katrein«, sagte sie. »Dich hat es also auch hierherverschlagen.«

»Weshalb nennt Ihr mich Katrein?« Die Dienerin musterte sie verwundert. »Und was meint Ihr damit – ›auch hierherverschlagen‹?«

»Du bist nicht Katrein?« Enttäuschung stieg in Jo auf. Es wäre so schön gewesen, in dieser fremden Zeit auf eine Verbündete zu treffen.

»Aber, gnädiges Fräulein.« Die Dienerin schüttelte lächelnd den Kopf. »Ihr wisst doch nur zu gut, dass ich das Hausmädchen Katharina bin.«

»Oh …« Jo schluckte. »Das hier ist aber doch die Villa meiner Familie, oder?«

»Das gnädige Fräulein belieben heute Morgen wirklich zu scherzen. Natürlich befindet Ihr Euch im Hause Eurer Großmutter Malfalda und Eures Onkels Wilhelm. Und nun lasst mich Euch schnell beim Anziehen helfen. Wie ich Euch bereits sagte, erwarten Eure Großmutter und Euer Onkel Euch zum Frühstück.«

Jos Magen knurrte. Mein Gott, war sie hungrig. ›Frühstück‹, das bedeutete in dieser Zeit wohl hoffentlich Bohnenkaffee und Brötchen. Auf einer Ottomane, über der die sepiafarbene Fotografie eines Mannes Mitte dreißig hing, entdeckte sie einen seidenen Morgenmantel. Kurz entschlossen schlüpfte sie hinein. »Katrein, ich meine, Katharina. Ich bin heute Morgen wirklich ein bisschen durcheinander. Wärest du bitte so nett und würdest mir den Weg zeigen?«

»Ihr meint zum Frühstückszimmer? Aber natürlich, wenn Ihr das wünscht. Nur, Ihr wisst doch, dass Eure Großmutter es nicht mag, wenn Ihr nicht ordentlich gekleidet seid.« Katharina runzelte die Stirn und musterte Jo zweifelnd von oben bis unten.

»Ach, das wird sie schon verkraften. Meine Mutter und Großmutter haben sich schließlich im Laufe der Jahre auch an so einiges gewöhnt.« Himmel, was redete sie da? Katharina musste sie wirklich für irre halten. Höchste Zeit, dass sie einen starken Kaffee bekam.

Das Frühstückszimmer befand sich im Erdgeschoss der Villa. Schon im Flur wehte Jo Kaffeeduft entgegen. *Gott sei*

*Dank!* Sie stieß einen stummen Seufzer der Erleichterung aus, während ihr Katharina die Tür öffnete.

An einem runden Tisch in der Raummitte saßen ein Mann und eine Frau. Beide wandten ihr die Köpfe zu. Die Frau – bei ihr musste es sich um ihre Großmutter Malfalda handeln – war auf eine klassisch-kühle Weise schön, und obwohl sie die sechzig wahrscheinlich schon überschritten hatte, hatte sie kaum eine Falte im Gesicht. *Was in den Zeiten vor dem Facelifting ein reines Geschenk der Natur sein musste.* Ein taubengraues, hochgeschlossenes Seidenkleid betonte ihre vornehme Blässe. Den Mann – ihren Onkel Wilhelm – schätzte Jo auf Mitte vierzig. Sein Vollbart war bereits angegraut, sein Haar exakt gescheitelt. Er wirkte irgendwie weicher als seine Mutter.

Jo erinnerte sich plötzlich daran, dass im Wohnzimmer ihrer richtigen Großmutter ein Porträt Malfaldas hing. Als Kind hatte ihr das strenge Antlitz immer ein bisschen Angst eingejagt. Wie war sie gleich noch mal genau mit den beiden Menschen am Tisch verwandt? Sie wünschte sich, sie hätte den genealogischen Ausführungen ihrer Großmutter mehr Aufmerksamkeit geschenkt.

Mit einem Klirren stellte Malfalda ihre Tasse ab. »Was fällt dir ein, Josepha, nicht nur zu spät zum Frühstück zu erscheinen, sondern auch noch in diesem äußerst unpassenden Aufzug?«, bemerkte sie kühl.

»Ich habe Euch gewarnt«, flüsterte Katharina, und laut sagte sie: »Aber die Frau Baronin wissen doch, dass das gnädige Fräulein gestern Abend erst spät aus dem Pensionat nach Hause zurückgekehrt ist.«

Wilhelm erhob sich und reichte Jo die Hand. »Schön, dass du wieder hier bist, Nichte.« Dann wandte er sich an Malfalda. »Ich finde auch, Mutter, Sie sollten Josepha gegenüber ein bisschen Nachsicht zeigen.«

*Sie besuchte ein Pensionat? Der Sohn siezte die Mutter? O Himmel, nein!*

Jo steuerte auf den Platz mit dem unbenutzten dritten Gedeck zu.

»Nun, willst du nicht auch deine Großmutter begrüßen?« Wilhelm betrachtete sie irritiert.

»O ja, natürlich. Entschuldige ... ich meine, entschuldigen Sie ...« Dies musste wohl die richtige Anrede gewesen sein, denn Malfalda reichte Jo die Wange zum Kuss. Ihre Haut fühlte sich kalt wie Marmor an. Nun erst registrierte Jo, dass Malfalda in einem Rollstuhl saß.

Jo nahm neben ihr Platz. Während Katharina ihr Kaffee in die Tasse aus weißem, feinem Porzellan goss und dann das Zimmer verließ, nahm sie die Einrichtung wahr. Die Wände waren mit grüner Seide bespannt – in diesem Fall ein Eichenlaubgrün. Über einer Anrichte aus Kirschbaum hingen zwei Gemälde. Eins zeigte einen älteren Mann mit weißem Backenbart, Offiziersmütze und ordensgeschmückter Uniform. Wahrscheinlich Wilhelm I. Das andere Bild war ein Porträt Bismarcks mit Kürassierhelm und staatsmännisch verschleiertem, in die Ferne gerichtetem Blick.

Aber immerhin, es gab Kaffee und Brötchen und Butter und Marmelade. Jo trank einen großen Schluck, schmierte sich ein Brötchen und biss hinein.

»Hattest du eine gute Reise von Luzern hierher?« Jo schreckte auf. Wilhelm hatte die Frage an sie gerichtet.

Ihr Pensionat befand sich also in Luzern. »Ähm ... ja, im Großen und Ganzen. Du weißt ja ... ich meine, Sie wissen ja, wie das mit der Bahn so ist ...«, stammelte Jo mit vollem Mund.

»Nun, ich würde doch sagen, dass es kaum ein zuverlässigeres und pünktlicheres Verkehrsmittel gibt als die Bahn, vor allem die preußische«, erwiderte Wilhelm und griff nach seiner Zeitung. *Okay, die Zeiten hatten sich anscheinend geändert.*

»Josepha, sprich nicht mit vollem Mund«, ließ sich Malfalda indigniert vernehmen. »Ich frage mich wirklich, was sie euch jungen Damen in dem Pensionat eigentlich beibringen.«

*Höchste Zeit, dass sie endlich zur Sache kam.* »Im Industriegebiet vor der Stadt soll ein Mord geschehen sein. Gestern Abend am Bahnhof habe ich davon reden hören«, improvisierte sie. »Wissen Sie etwas darüber?«

»Mir ist nichts dergleichen bekannt.« Wilhelm ließ die Zeitung sinken. Sie trug das Datum vom 5. April 1898. *An einem 5. April hatte sie auch in der »Gegenwart« den skelettierten Leichnam gesehen.*

»Ich bin ja gelegentlich, was die Ausbildung und Erziehung einer jungen Dame anbelangt, anderer Ansicht als deine Großmutter«, fuhr Wilhelm fort. »Aber ich finde doch, dass sich das Wort ›Mord‹ im Munde einer jungen Frau aus gutem Hause sehr unschön anhört und sie Derartiges nicht zu interessieren hat.«

»Aber ...«, wollte Jo protestieren.

»Genug davon!« Malfalda hob die Hand und schnitt ihr das Wort ab. »Ich hoffe, du hast nicht wieder die vulgären Detektivgeschichten dieses Arthur Conan Doyle gelesen. Und ich möchte dich auch nicht wieder bei der Lektüre eines Romans von Theodor Fontane ertappen müssen.«

»Was ist denn gegen Fontane einzuwenden?« Jo verstand überhaupt nichts mehr. »Seine Effi Briest ist Schullektüre.«

»Schullektüre? Dieses Buch über eine schamlose, ehebrecherische Frau, mit der er ganz unverhohlen sympathisiert?« Malfalda sog scharf die Luft ein. »Ich werde an deine Direktorin schreiben.« Sie griff nach dem Salzstreuer aus schwerem Silber und schüttelte einige Körner über ihr geköpftes Ei. »Die Keyserlings verbringen ihren Osterurlaub an der Riviera, und die Falckensteins sind nach Italien gereist. Ihre Töchter werden dir also keine Gesellschaft leisten können.«

*Gott sei Dank*, dachte Jo. Es hätte ihr gerade noch gefehlt, Zeit mit herumalbernden Backfischen verbringen zu müssen.

»Ich möchte nicht, dass du deine sechs Wochen Trimesterferien vergeudest und auf dumme Gedanken kommst. Was du ja ohnehin oft genug tust. Dein Französisch ist noch verbesserungswürdig, ebenso deine Fähigkeiten im Klavierspielen und Malen.« Malfalda führte den Silberlöffel mit etwas Ei darauf zum Mund. Sie aß, ohne dass Kaubewegungen zu sehen gewesen wären. »Deshalb habe ich einen Stundenplan für dich entworfen.«

»Wie bitte?«, fuhr Jo auf.

»Du hast mich schon richtig verstanden. Nach dem Frühstück, wenn du dich ordentlich angekleidet hast, wirst du eine Klavierstunde nehmen. Daran schließen sich Französisch und Malen an. Den Nachmittag kannst du dann gestalten, wie es dir beliebt. Wobei es dir nicht schaden könnte, dich von unserer Köchin in Grundkenntnissen der Haushaltsführung unterweisen zu lassen. Auch wenn du ja, gottlob, nie selbst an einem Herd stehen wirst, sollte die Herrin eines großen Haushaltes immer ein Auge auf ihr Personal haben, um notfalls mit ordnender Hand eingreifen zu können.« Wie zur Bekräftigung strich Malfalda ihre Leinenserviette glatt.

Jo war der Appetit vergangen. *Einen Tag lang*, beschloss sie, *werde ich bei diesem Irrsinn mitspielen. Doch sobald ich mich einigermaßen im Jahr 1898 orientiert habe, wird es damit vorbei sein.*

»Ach, und noch etwas ...« Die Andeutung eines Lächelns erschien auf dem Gesicht ihrer Großmutter. »Theodor Körner hat uns in den letzten Wochen häufig mit seinem Besuch beehrt und dabei jedes Mal sehr nett nach dir gefragt.«

»Theodor Körner?«

»Jetzt tu doch nicht so begriffsstutzig.« Malfalda hob ungeduldig die dünnen Augenbrauen. »Der junge Graf, der sich während deiner Weihnachtsferien so reizend um dich bemüht hat. Ich bin überzeugt, dass er bald um deine Hand anhalten wird.«

*Das konnte doch wohl nicht wahr sein. In was für einen Irrsinn war sie da nur hineingeraten?* »Bei meiner Verlobung habe ich aber sicher auch noch ein Wörtchen mitzureden.« Jos Sarkasmus prallte an Malfalda ab.

»Ich weiß, Theodor Körner ist nicht gerade eine Schönheit«, beschied sie. »Aber für eine langjährige Ehe sind andere Kriterien wichtig als gutes Aussehen. Er stammt aus einem reichen, einflussreichen Elternhaus und wird sicher noch in Berlin Karriere machen. Er ist gutmütig und ausreichend klug und dürfte für eine Gattin, vorausgesetzt, diese weiß, was sie will, leicht zu lenken sein.« Hinter der Zeitung glaubte Jo, Wilhelm leicht hüsteln zu hören.

»Und zudem«, Malfalda sah Jo kühl an, »solltest du dir darüber im Klaren sein, dass du höchstwahrscheinlich keine bessere Partie als Theodor Körner machen wirst. Schließlich legen nicht viele Männer Wert darauf, eine verkrüppelte Frau zu heiraten. Männer aus gutem Hause schon gar nicht.«

Und da hatte sie immer gedacht, ihre richtige Großmutter wäre ein harter Brocken und wüsste gezielt, Tiefschläge zu verabreichen. Aber gegen Malfalda war diese ein Waisenkind. Auch wenn es nicht ihr wirklicher Körper war, war Jo verletzt und errötete. Gleich darauf regte sich Zorn in ihr. Was bildete sich dieser Eisberg eigentlich ein? Ihr lag es auf der Zunge zu sagen, Malfalda solle gefälligst bedenken, dass sie selbst im Rollstuhl saß. Nur ein Mann in grüner, mit Litzen besetzter Uniform, der nun den Raum betrat und sich verbeugte, hielt sie davon ab. »Herr Graf, der Wagen ist angespannt«, verkündete er.

»Sehr gut, Friedrich, danke.« Wilhelm erhob sich und verneigte sich leicht vor Malfalda. »Mutter, ich wünsche Ihnen einen schönen Tag. Und du«, er nickte Jo zu, »lebst dich hoffentlich gut wieder ein.«

Eine Uhr auf dem Kaminsims begann halb neun zu schlagen. »Oh, Zeit für mich, meine Briefe zu schreiben.« Malfalda fasste Jo scharf ins Auge, während sie einen Klingelzug betätigte, der in ihrer Reichweite hing. »Trödele nicht hier herum. Herr Curtius erwartet dich um halb zehn im Musikzimmer.« Gleich darauf erschien ein junges Dienstmädchen. Bismarcks anerkennender Blick schien Malfalda zu folgen, während das Dienstmädchen den leise quietschenden Rollstuhl zur Tür hinausschob.

Jo ließ den Kopf in die Hände sinken. *Verdammt … verdammt … verdammt!*

Ratsch … *Ach, wieder, verdammt!* Jo schielte an sich herunter. Beim Versuch, ein mit kleinen Blumen bedrucktes Baumwollkleid anzuziehen, war eine Seitennaht in der Taille aufgerissen. Ihr derzeitiges Gewicht unterbot ihr Gewicht im 21. Jahrhundert um einige Kilos, und doch war ihr jedes Kleid viel zu eng. Und das, obwohl sie noch nicht mal Unterwäsche trug.

»Gnädiges Fräulein, um Himmels willen, wie sieht es denn hier aus?« Katharina, nach der Jo in ihrer Verzweiflung geklingelt hatte, betrachtete händeringend die Kleider, die auf dem Bett, der Ottomane und den Stühlen verstreut lagen. »Ihr müsst Euch sputen, wenn Ihr nicht zu spät zu Eurer Klavierstunde erscheinen wollt.«

»Nichts passt mir.« Mühsam schälte sich Jo aus dem Kleid.

»Nun ja, natürlich nicht, wenn Ihr auch versucht, die Kleider ohne Korsett anzuziehen.« Kopfschüttelnd machte Katharina sich an der Kommode zu schaffen und entnahm ihr dann einige Wäschestücke.

»Hier, zieht das schon einmal an.« Die Wäsche war aus Seide, aber die Unterhosen hatten die Form von Pluderhosen und reichten Jo bis unter die Knie. Katharina half ihr, Strümpfe anzuziehen, und befestigte sie mit Hilfe von Bändern. Jo fing ihr Bild im Spiegel auf. Sie wirkte wie eine Frau auf diesen verklemmten Pornodarstellungen à la Neunzehnhundert.

»Haltet Euch am besten an einem der Bettpfosten fest, während ich Euch schnüre.« Katharina präsentierte ihr ein Ding, das entfernte Ähnlichkeit mit einem mittelalterlichen Lederwams hatte – und in etwa so viel wog, wie Jo bemerkte, als sie es umgelegt bekam.

Während Katharina die Häkchen am Rücken schloss, hoffte Jo, dass es vielleicht nicht ganz so schlimm werden würde. Doch als die Dienerin die ersten Schnüre strammzog, schnappte sie nach Luft. »Oh, Gott ... ich ... ich kann nicht atmen.«

»Nun stellt Euch doch nicht so an!«, schimpfte Katharina gutmütig. »Ihr tut ja gerade so, als würdet Ihr zum ersten Mal in Eurem Leben ein Korsett tragen.«

*Was genau der Fall war.* »Katharina«, keuchte Jo, »meine Frage wird dir wahrscheinlich seltsam vorkommen. Aber könntest du mir bitte sagen, wie alt ich genau bin?«

»Ihr wurdet am 3. März 1880 geboren.«

*Heute war der 5. April 1898. Also war sie tatsächlich achtzehn, wie sie ja schon beim Blick in den Spiegel vermutet hatte.* »Und wer genau sind meine Großmutter und mein Onkel? Betrachte meine Fragen einfach als eine Art Spiel. So als wäre ich eine ganz fremde Person.«

»Allmählich frage ich mich wirklich, was sie in den letzten Monaten im Pensionat mit Euch angestellt haben.« Katharina seufzte. »Aber gut, wenn Ihr darauf besteht. Euer Onkel Wilhelm ist Richter und außerdem Präsident am hiesigen Oberlandesgericht.«

Jo erinnerte sich daran, wie die beiden während des Frühstücks von Katharina und dem Kutscher angeredet worden waren. »Und warum ist er ein Graf und ... oh ...«, Jo stockte kurz, als Katharina eine weitere Schnur strammzog, »... seine Mutter eine Baronin?«

»Nun, weil er und Euer verstorbener Vater die Söhne Eurer Großmutter aus erster Ehe sind.«

»Wie kommt das denn?«

Katharina seufzte wieder. »Der erste Gatte Eurer Großmutter, Graf Arno von Kästnitz, starb sehr jung an einer Lungenentzündung. Manche Leute sagen auch, er starb aus Scham, da er das ganze Familienvermögen durch eine Fehlspekulation verloren hatte. Neben den beiden kleinen Söhnen hinterließ er Eurer Großmutter einen Schuldenberg. So, Ihr seid fertiggeschnürt. Nun zieht schnell ein Kleid an. Ich muss Euch noch frisieren.«

Vorsichtig richtete sich Jo auf. Sie hatte das Gefühl, als würde ihr Körper jeden Moment in der Mitte entzweibrechen. *Durch die Brust atmen, immer durch die Brust atmen*, befahl sie sich. *Nur nicht hyperventilieren!*

»Ist Euch dieses Kleid recht?« Katharina präsentierte ihr ein lindgrünes, mit Spitzen besetztes Kleid, über dessen Po sich ein Stoffwulst bauschte. »Ich finde, Ihr seht darin immer sehr hübsch aus.«

*Im Augenblick war es ihr völlig egal, wie sie aussah.* Jo ließ sich von Katharina in das Kleid helfen und dann zu einem Frisiertisch dirigieren.

»Aber arm sind meine Großmutter und mein Onkel ja

nicht gerade ...«, brachte sie mühsam hervor, während Katharina ihr einen Frisierumhang umlegte und ihr Haar zu bürsten begann.

»In zweiter Ehe heiratete Eure Großmutter einen Stofffabrikanten mit hugenottischen Wurzeln. Karl Austère war schon zum Zeitpunkt der Hochzeit sehr wohlhabend und wurde dann, da er das preußische Heer belieferte, im Zuge des Krieges mit Frankreich sehr reich.«

»Wenn meine Großmutter einen Bürgerlichen heiratete, muss es um ihre finanzielle Lage wohl ziemlich katastrophal bestellt gewesen sein«, vermutete Jo.

»Ich stand damals noch nicht in ihren Diensten. Aber soviel ich weiß, kam es Eure Großmutter schon hart an.« Im Spiegel konnte Jo sehen, dass Katharina ein wenig lächelte. »Durch die Heirat verlor sie natürlich ihren Titel. Im Gegensatz zu ihren Söhnen. Aber ich glaube, letztlich besitzt Eure Großmutter einen beträchtlichen Realitätssinn und ist lieber reich und bürgerlich als bettelarm und adelig. Außerdem hat sie es erreicht, dass ihr zweiter Gatte gegen Ende seines Lebens den Titel eines Barons verliehen bekam. So wurde sie zur Baronin von Austère.«

»Das muss eine große Genugtuung für Malfalda gewesen sein«, meinte Jo. »Ist mein Onkel Wilhelm eigentlich verheiratet? Hat er Kinder?«

Katharina, die mittlerweile Jos Haar in breite Strähnen unterteilt hatte, warf ihr einen scharfen Blick zu. »Euer Onkel Wilhelm ist seit acht Jahren Witwer und kinderlos.«

Nach kurzem Zögern fragte Jo: »Und, meine eigenen Eltern ... leben sie denn auch in der Villa?«

»Darüber solltet Ihr nun aber wirklich keine Scherze treiben.« Katharina schaute missbilligend drein, während sie das Haar mit Nadeln auf Jos Kopf feststeckte. »Ihr wisst doch so gut wie ich, dass Euer Vater bei einem Eisenbahnunfall ums Leben kam, als Ihr drei Jahre alt wart, und Eure Mutter ein Jahr später an Typhus starb.«

»Hast du meine Eltern gekannt?« Jo musste schlucken und war irgendwie berührt.

Katharina nahm ihre Rührung wahr, und ihre Miene wurde ein bisschen milder. »Leider nein, ich kam erst nach ihrem Tod in diesen Haushalt. Euer Vater muss ein tatkräftiger und fröhlicher Mann gewesen sein. Gegen den Willen Eurer Großmutter – sie fand das nicht standesgemäß für ihn – leitete er nach dem Tod seines Stiefvaters die Stofffabrik. Eure Mutter, habe ich sagen hören, war eine sehr hübsche und eigenwillige Person. Ihr sollt ihr in beidem nachschlagen.«

»Weshalb hinke ich eigentlich?«

Katharinas Blick zeigte deutlich, dass sie allmählich ernsthaft an Jos Verstand zweifelte. »Ihr seid im Alter von vier Jahren an Kinderlähmung erkrankt.« Energisch nahm sie den Frisierumhang von Jos Schultern. Die Haarnadeln ziepten unangenehm.

»Nun, seid Ihr mit Eurer Frisur zufrieden?«

»Ähm ... ja, vielen Dank, Katharina.«

*Ich bin also Waise. Da ich noch nicht volljährig bin, ist mein Onkel Wilhelm wahrscheinlich mein Vormund.* Jo verdaute die Informationen. Irgendwo im Haus schlug eine Uhr halb zehn.

»Es ist Zeit für Eure erste Stunde, gnädiges Fräulein«, bemerkte Katharina.

»Ja, ja, schon gut ...« Vorsichtig und darum bemüht, den Haarturm nicht ins Wanken zu bringen, stemmte Jo sich aus dem Stuhl hoch und ging mit staksigen Schritten durch das Zimmer. Sie hatte die Tür bereits geöffnet, als ihr noch etwas einfiel und sie sich umdrehte.

»Katharina, bitte sag mir, wie meine Eltern hießen.«

Die Dienerin seufzte. »Ludwig und Henrietta.«

»Oh …« Jo glaubte sich daran zu erinnern, dass laut der Familiengenealogie eine Henrietta von Kästnitz eine Tochter namens Josepha gehabt hatte. *Ich muss sozusagen meine eigene Ururgroßmutter sein*, wurde sie sich bewusst.

Jo beäugte das Kirschkompott und lehnte sich dann auf ihrem Stuhl zurück. Obwohl sie von den beiden vorherigen Gängen – eine Suppe mit Eiersticheinlage und danach Zunge mit Madeirasoße und Kartoffeln – kaum etwas gegessen hatte, brachte sie keinen Bissen mehr in ihren eingeschnürten Magen herunter. Die schweren blauen Samtvorhänge waren der Mittagssonne wegen halb zugezogen, was den Raum mit den dicken Teppichen und dem langen, ovalen, auf Hochglanz polierten Esstisch in ein diffuses Zwielicht tauchte.

Wenigstens war ihre Großmutter nicht zum Mittagessen erschienen, wofür Jo dem Himmel dankte. Katharina hatte ihr mitgeteilt, dass die Frau Baronin irgendeine Gräfin besuchte – Jo hatte den Namen vergessen. Nicht dass es sie wirklich interessiert hätte. Ihr Onkel speiste mittags wohl ohnehin außer Haus.

Ein völlig absurder Vormittag lag hinter ihr. Irgendwie war es Jo gelungen, ein paar Mozartstücke einigermaßen fehlerlos vom Blatt zu spielen. Immerhin hatte sich nun endlich einmal der Klavierunterrichts-Drill ihrer Kindheit und Jugend ausgezahlt, auch wenn sie in der Gegenwart schon seit Jahren kein Klavier mehr angerührt hatte. Die Zeichenstunde dagegen war ein kompletter Reinfall gewesen – sie besaß dafür einfach überhaupt kein Talent. Ihre Zeichnung eines Blumenbuketts hatte einem schimmeligen Blumenkohl geähnelt.

Die altjüngferliche Französischlehrerin Madame Antoinette hatte Jos Akzent *très singulier* gefunden – und das obwohl sie ein Jahr lang in Frankreich studiert und sich auf ihr Französisch immer sehr viel eingebildet hatte. Und bei den Sehenswürdigkeiten von Paris das Centre Pompidou aufzuzählen, hätte Jo wohl auch besser unterlassen sollen.

Der süßliche Geruch des Kompotts verursachte Jo plötzlich Übelkeit. *Ich muss so bald wie möglich aus dieser Zeit verschwinden*, sagte sie sich, während sie sich langsam und vorsichtig aus dem Stuhl erhob, darum bemüht, ihren Mageninhalt möglichst nicht durcheinanderzubringen. *Denn ich muss endlich herausfinden, ob im Industriegebiet von Ebersheim eine Leiche gefunden wurde.* Diese Frage würde ihr hoffentlich auf einer Polizeiwache beantwortet werden können. Absolute Priorität hatte jedoch, dass sie endlich dieses Folterinstrument von Korsett loswurde und sich neue Kleidung besorgte, die nicht Größe Zero hatte.

*Mist ... Mist ... Mist!* Frustriert blickte sich Jo in ihrem Zimmer um. Eine Stunde lang hatte sie das Unterste zuoberst gekehrt. Dabei hatte sie nur eine kleine Geldbörse in einer seidenen, mit Troddeln verzierten Handtasche gefunden. Die Börse enthielt zehn Mark. Diese besaßen bestimmt eine viel größere Kaufkraft als zehn D-Mark kurz vor der Einführung des Euro. Aber ob sie davon eine Kleider-Grundausstattung samt Unterwäsche würde erwerben können, bezweifelte Jo nun doch. Eine Schatulle mit Schmuck, den sie hätte versetzen können, hatte sie auch nicht entdeckt. Hätte ihre Ahnin nicht wenigstens ein prallgefülltes Sparschwein besitzen können? Nun ja, vielleicht waren die erst später in Mode gekommen.

Nach Atem ringend, ließ sich Jo auf die Ottomane sinken. Es war einfach nicht zu fassen. Mit achtzehn war sie fast genauso alt wie ihr mittelalterliches Ich. Damals aber hatte sie in diesem Alter als reife, erwachsene Frau gegolten. Sie war eine Witwe gewesen, die einen gut gehenden Handwerksbetrieb und ein Handelsgeschäft leitete und allein über ihr Vermögen verfügte. Und jetzt war sie minderjährig, so gut wie mittellos und wurde von ihrer herrschsüchtigen Großmutter drangsaliert.

Nicht auszudenken, wenn sie ihre Großmutter und ihren Onkel um jede kleine Geldsumme bitten musste. *Vielleicht hat mich ja das Schicksal extra in diese demütigende Situation gebeamt, nachdem ich das Leben im Mittelalter oft genug verwünscht habe*, dachte Jo bitter. *Aber vielleicht habe ich auch noch nicht gründlich genug nach Geld gesucht.*

Sie entschied sich, ganz systematisch vorzugehen, wie ein Einbrecher, und begann erneut mit der Wäschekommode. Wieder holte sie seidene Unterhemden, Unterröcke und Unterhosen aus den Schubladen, entfernte nun jedoch auch das mit Veilchen bedruckte Einlegepapier. In den drei obersten Schubladen fand sie nichts. In der untersten fiel ihr eine kleine Erhebung auf der Rückseite auf. Als sie draufdrückte, glitt ein Teil des Schubladenbodens beiseite. Darunter wurde eine Öffnung sichtbar. Ein Buch lag darin. Rasch nahm Jo es heraus. *Madame Bovary*. Sie grinste. Wenn das Malfalda wüsste ... Ihre Ahnin Josepha schien glücklicherweise ihren eigenen Kopf zu haben.

Als sie ihre Hand in das Fach schob und es abtastete, stießen ihre Fingerspitzen gegen etwas, was sich anfühlte wie ein länglicher Zettel. Ein Geldschein? Hundert Mark? *Oh, bitte, Schicksal!* Jo zog den Zettel hervor. Nur um gleich darauf verblüfft auf die bräunliche Portraitaufnahme einer Frau Mitte oder Ende zwanzig zu starren. Die Frau war hübsch und wirkte ein bisschen keck und – Jo blickte rasch in den Spiegel auf der Kommode – ja, tatsächlich. Die Frau sah ihr sehr ähnlich. An den Rändern war die Fotografie ganz abgegriffen, als sei sie oft betrachtet worden. Ob das Josephas

Mutter war? Aber warum hatte sie dann die Fotografie in ihrer Kommode versteckt?

Als es an der Tür klopfte, rief Jo geistesabwesend: »Herein«, und verwünschte sich im nächsten Moment, denn in ihrem Zimmer sah es aus, als hätten Einbrecher gewütet. Kein Wunder, dass sich Katharina, die mit einem Stapel nach Lavendel duftender Leinentücher den Raum betrat, konsterniert umblickte.

»Ähm ... ich dachte, ich könnte ein bisschen Frühjahrsputz machen«, brachte Jo verlegen hervor.

»Aber, gnädiges Fräulein, am nächsten Wochenende haben wir Ostern. Ihr wisst doch, dass vorher noch das ganze Haus gründlich gereinigt wird.« Katharina verstaute die Leinentücher in einem oberen Schrankfach und begann dann, das Seidenpapier samt der Unterwäsche wieder in die Kommode zu legen.

»Katharina«, Jo zeigte ihr die Fotografie, »ist das meine Mutter?«

»Nun, so ähnlich wie Ihr der Frau seht, würde ich doch meinen, dass sie es ist.«

»Das heißt, du hast nie ein Bild oder eine Fotografie meiner Mutter gesehen?«

»Nein, nirgends im Haus hängt ein Bild von ihr.«

»Warum das denn?«, fragte Jo verblüfft.

»Wie ich Euch ja bereits heute Morgen sagte – auch wenn Ihr das eigentlich wissen müsstet –, bin ich erst nach dem Tod Eurer Mutter in diesen Haushalt gekommen.« Katharina rückte einen Glassturz mit einem künstlichen Blumenbukett darunter auf der Kommode zurecht. »Aber wie ich gehört habe, haben sich Eure Großmutter und Eure Mutter nie sehr gut verstanden. Nach dem Tod Eures Vaters hat sich ihr Verhältnis wohl noch verschlechtert.«

*Was sie nun wirklich nicht wunderte.*

»Deshalb und wahrscheinlich auch, damit Ihr nicht schmerzlich an Eure Mutter erinnert werdet, gibt es keine Bilder von ihr.«

»Und was ist mit Bildern von meinem Vater?«

»Oh, dort an der Wand hängt eines.« Katharina deutete auf die sepiafarbene Fotografie über der Ottomane. Erst jetzt nahm Jo die Aufnahme richtig wahr. Ludwig war gutaussehend und ähnelte seinem Bruder Wilhelm, auch wenn er nicht ernst und gesetzt wie dieser wirkte. Sein Lächeln erschien Jo echt und ungekünstelt. Es strahlte Lebensfreude aus.

*Hm, hatte diese Fotografie in der echten Josepha etwa keine schmerzlichen Erinnerungen geweckt? Das war alles sehr seltsam.* Jo beschloss diese Frage vorerst auf sich beruhen zu lassen. Sie hatte dringlichere Probleme zu lösen.

»Katharina, besitze ich eigentlich Schmuck?«

»Ja, natürlich.«

»Und wo befindet er sich?«, fragte Jo hoffnungsvoll.

»Wie immer im Safe Eures Onkels.«

*Okay, damit hatte sich die Option, den Schmuck zu versetzen, leider erledigt.* Aber möglicherweise konnte sie ihre Einkäufe ja auch anschreiben lassen. Jo erinnerte sich, in Romanen, die Ende des 19. und Anfang des 20. Jahrhunderts spielten, recht häufig davon gelesen zu haben. Wie auch immer ... sie musste erst einmal nach Ebersheim gelangen.

»Katharina, wie komme ich am schnellsten ins Stadtzentrum, ich meine, in die Stadtmitte?«

»Ihr wollt doch nicht etwa laufen?« Katharina war erneut konsterniert. »Ich lasse Friedrich mitteilen, dass er den Wagen anspannt.«

»Oh, super Idee!« Zwei bis drei Kilometer, eingepfercht in dieses Folterinstrument von Korsett, und noch dazu mit einem verkrüppelten Bein zu laufen wäre sicher kein Vergnügen gewesen.

Katharina betätigte den mit Rosen bestickten Klingelzug und wandte sich dann wieder Jo zu. »Ich helfe Euch, damit Ihr Euch schnell umkleiden könnt.«

»Wie bitte?«

»Ihr tragt ein Hauskleid, damit könnt Ihr doch nicht in die Stadt gehen«, erklärte Katharina geduldig.

*Sich noch einmal dieser Prozedur unterziehen? Niemals!* »Ich ziehe mich nicht um«, beharrte Jo.

»Was wollt Ihr denn in Ebersheim unternehmen?« Katharina gab sich noch nicht geschlagen.

»Na ja, ein bisschen shoppen, ich meine einkaufen …«

»Gut, dann behaltet Ihr ja wahrscheinlich Euren Mantel an, und niemand sieht das Kleid. Aber die Schuhe müsst Ihr trotzdem wechseln.«

Dass ihre seidenen Hausschuhe für einen Ausflug in die Stadt nicht geeignet waren, sah Jo ein. Sie setzte sich wieder auf die Ottomane und ließ sich von Katharina in knöchelhohe Schnürstiefel aus grauem Leder helfen, die mit einer Vielzahl von Haken und Ösen versehen waren und geschwungene Absätze hatten. Schick waren die Dinger ja, musste Jo zugeben, wenn auch unbequem. Sie setzte *Schuhe* auf ihre imaginäre Einkaufsliste.

Nachdem die Schnürsenkel durch sämtliche Ösen gezogen worden waren und auch der letzte Haken geschlossen war – was einige Zeit in Anspruch genommen hatte –, reichte Katharina Jo einen Mantel. Sie schlüpfte hinein und schnappte sich dann das Seidentäschchen mit dem Portemonnaie darin.

»Gnädiges Fräulein, Euer Hut und Eure Handschuhe.« Katharina stellte sich ihr in den Weg.

»Aber …«

»Ohne Hut und ohne Handschuhe verlasst Ihr mir auf keinen Fall das Haus. Wo seid Ihr heute nur mit Euren Gedanken? Ihr seid schließlich ein anständiges Fräulein aus guter Familie. Keine Arbeiterin oder gar eine ...«

Katharina hüstelte, während sie Jo den kleinen Hut, an dem ein Schleier befestigt war, und die mit Spitze verzierten Handschuhe entgegenstreckte wie ein Erzengel sein Flammenschwert.

Jo begriff, dass die Dienerin in diesem Punkt nicht mit sich reden lassen würde, und gab nach. Katharina schlug den Schleier zurück und befestigte den Hut dann mit Hilfe von zwei langen Haarnadeln auf Jos Kopf. Als Jo auch noch die Handschuhe übergestreift hatte, durfte sie endlich gehen.

Während Jo sich vorsichtig über den blankgebohnerten Parkettboden in Richtung Halle bewegte, fühlte sie sich wie eine Afrikanerin, die eine Last auf ihrem Kopf transportierte. Die Hutnadeln pikten. *Wenigstens hatten die Frauen, die um Neunzehnhundert lebten, mit diesen Dingern eine gute Selbstverteidigungswaffe zur Hand.*

In einem breiten Landauer, offensichtlich der *Sportwagen der Familie*, schaukelte Jo in Richtung Stadtzentrum. Der Tag war nicht nur sonnig, sondern auch warm. Deshalb hatte sie gern zugestimmt, mit offenem Verdeck zu fahren. Friedrich ließ die Pferde in einem leichten Trab gehen. Die Straßen, durch die sie fuhren, waren Jo seltsam vertraut und doch auch fremd. So als hätte man zwei Fotografien ineinander überblendet.

Viele der Gründerzeitvillen mit ihren stuckverzierten Fassaden und schmiedeeisernen Balkonen kannte sie aus der Gegenwart. Doch die parkartigen Gärten mit ihren hohen Bäumen und Gewächshäusern waren inzwischen gesichtslosen Neubauten gewichen.

Jo hatte Friedrich die Polizeiwache in der Stadtmitte als

ihr Ziel genannt – *wo auch immer die sich genau befinden mochte* – und behauptet, sie habe am Vorabend am Bahnhof ihr Portemonnaie verloren.

Einmal tuckerte ein Oldtimer, eine große Qualmwolke hinter sich herziehend, an ihnen vorbei. Doch ansonsten waren von Pferden gezogene Wagen und gelegentlich einmal ein Fahrrad die einzigen Verkehrsmittel.

*Rumms* ... Die Kutsche rumpelte durch ein Schlagloch. Jo unterdrückte einen Fluch und stützte sich hastig an der ledergepolsterten Wand ab, um nicht das Gleichgewicht zu verlieren. Das Korsett zwang sie, so aufrecht zu sitzen, als würde ihr Körper in einem Schraubstock stecken.

Es war makaber, auf einen Mordfall regelrecht zu hoffen. Aber schließlich würde sie nur, wenn sie diesen Mord im Industriegebiet aufklärte, das demütigende Dasein einer unmündigen 18-Jährigen hinter sich lassen und wieder ins 21. Jahrhundert und in ihr wirkliches Selbst zurückkehren können. Das wusste sie nur zu gut von ihrer Zeitreise ins Mittelalter.

Inzwischen fuhren sie eine breite, von Geschäften gesäumte Platanenallee entlang. *Sedanstraße*, entzifferte Jo die altdeutschen Buchstaben auf einem Schild. Die Allee war im Laufe des vergangenen Jahrhunderts einige Male umbenannt worden und hieß in Jos eigener Zeit *Kennedy Allee*. Unverändert war aber, dass sich hier luxuriöse Läden aller Art befanden. Ob sie hier würde anschreiben lassen können? Jo bezweifelte es. Aber einige Straßen weiter vorn hatte sie Geschäfte mit weniger prunkvollen Auslagen entdeckt. Sie beschloss, später ihr Glück dort zu versuchen.

Friedrich lenkte die Kutsche nun auf den Domplatz. Vor der Fassade des mittelalterlichen Gebäudes, das Jo bei ihrer letzten Reise durch die Zeit noch als Baustelle erlebt hatte, stand jetzt die Reiterstatue irgendeines Hohenzollern mit wehendem Helmbusch und hocherhobenem Schwert. *Wahrscheinlich gegen Frankreich gerichtet.* Fehlte nur noch, dass der Straßenmusikant daneben *Die Wacht am Rhein* spielte. Aber nein, das, was er auf seiner Geige fiedelte, hörte sich erfreulicherweise mehr nach *Am Brunnen vor dem Tore* an.

Einen friedlichen Kontrast zu dem martialischen Standbild bildete das Straßencafé unter den erst spärlich belaubten Linden, wo Kellner und Serviererinnen mit Spitzenhäubchen auf den Köpfen hin- und hereilten. Die Damen an den zierlichen Tischen trugen Hutungetüme und die Herren trotz der Wärme Anzugjacken. Neben dem Café, an der Fassade eines neugotischen Hauses, entdeckte Jo das Schild »Polizeiwache«.

»Brrr …« Friedrich brachte die Pferde zum Stehen. Dann sprang er von seinem Bock, öffnete den Wagenschlag und klappte eine Trittstufe herunter. »Soll ich Euch in die Polizeiwache begleiten, gnädiges Fräulein?«, fragte er, während er ihr die Hand reichte und aus der Kutsche half.

»Ähm, nein, danke …« *Um Himmels willen, bloß nicht!* »Du kannst nach Hause fahren. Ich nehme mir für den Rückweg eine Droschke«, fügte sie rasch hinzu. Denn sie wollte verhindern, dass Friedrich auf sie wartete. Möglicherweise würde sie ja einen Tatort besichtigen müssen.

Das unebene Kopfsteinpflaster und das Korsett zwangen Jo zu Trippelschritten. Ihr war heiß in ihrem Wollmantel, und sie fühlte sich verschwitzt. Guten Tag, ich bin eine Kollegin aus dem 21. Jahrhundert und bitte um Amtshilfe, konnte sie sich den Polizisten schlecht vorstellen. *Am besten,* überlegte Jo, *gebe ich mich als junge Naive und fasele aufgeregt irgendetwas wie: Ich habe von einem Mord gehört und fürchte mich so … Ein scheuer Augenaufschlag wird wahrscheinlich auch nicht schaden. Ach, ist das alles erniedrigend …*

In der Wache tat sich ein mit dunklen Dielen ausgelegter

Raum vor ihr auf. Die Luft war warm und stickig und schwer von Zigarrenrauch. Hinter einer Art Holzbalustrade saßen einige Männer in Uniform an Schreibtischen. Einer von ihnen, ein dicklicher Mann um die dreißig, dessen Schnurrbartspitzen hochgezwirbelt waren, erhob sich nun behäbig und trat an die Absperrung.

»Nun, Fräulein?«, fragte er und blickte Jo abwartend an.

»Ich ...«, begann Jo, »mein Name ist Josepha von Kästnitz.« Der Raum und der Polizist begannen sich plötzlich um sie zu drehen. Sie nahm noch verschwommen wahr, wie sich im Hintergrund eine Tür öffnete und jemand auf sie zukam. Dann wurde ihr schwarz vor Augen, und sie sank zu Boden.

»Jo, Jo ...« Wie aus weiter Ferne hörte Jo eine vertraute Stimme ihren Namen rufen. Etwas Feuchtes, Kaltes legte sich auf ihre Stirn. Sie konnte ihren Unterkörper wieder spüren. Sie konnte wieder atmen. Hatte sie nur geträumt, in der Kaiserzeit gelandet zu sein? Jo blinzelte, öffnete die Augen – und blickte in Lutz Jägers Gesicht. Sie lag auf einer Holzbank – und in seinen Armen.

»Was machst du ... denn hier, also ... in dieser Polizeiwache?«, stammelte sie, während sie sich hastig von ihm losmachte und ein Stückchen von ihm abrückte. Sie befanden sich in einem Raum, dessen Wände in einem hässlichen Gelbgrün gestrichen waren. Die hölzernen Aktenschränke hatten Lamellen-Rolltüren. Ein pickelhaubenbewehrter Wilhelm II. blickte von einer Fotografie tadelnd auf sie herunter. Es roch süßlich nach Bohnerwachs und Zigarettenrauch. Tatsächlich glomm in einem Aschenbecher auf dem Schreibtisch – neben einer kümmerlichen Grünpflanze – eine Zigarette vor sich hin.

»Was ich hier mache?« Lutz grinste sie an. »Na ja, meinen Beruf ausüben.«

»Du bist bei der Polizei?«, brachte Jo verdutzt heraus.

Er verbeugte sich leicht. »Ja, genau. Kommissar Lutz Jäger von der preußischen Kriminalpolizei.«

»Es ist einfach ungerecht, dass du bei der Polizei bist.«

Er verzog das Gesicht. »Sag das nicht. Du bist meinem Chef noch nicht begegnet.«

*Lutz hat sich auch verjüngt*, ging es Jo durch den Kopf, *und zwar um etwa zehn Jahre.* Schätzungsweise war er nun Mitte, Ende zwanzig. Er trug einen dunklen Anzug mit Weste, ein weißes Hemd mit hohem steifem Kragen und eine dunkle Krawatte – ein Ensemble, das Retro-Flair verströmte. Sein Gesicht war, bis auf einen schwarzen Schnurrbart, glattrasiert, sein Haar kurzgeschnitten, im Nacken rasiert und seitlich gescheitelt. Oder – es hätte wohl zumindest gescheitelt sein sollen. Denn, wild verstrubbelt wie es war, war von einem Scheitel nicht mehr viel zu sehen. Wie auch schon im Mittelalter, trat das Piratenhafte, das Lutz zu eigen war, stärker zutage als in der Gegenwart. *Er sah wirklich gut aus.*

»Warum lächelst du?« Lutz schaute sie fragend an.

»Ach, ich habe dich noch nie im Anzug und mit Krawatte gesehen. Steht dir gar nicht schlecht.«

»Und ich hätte nie gedacht, dass ich es jemals erleben würde, dass du ein Korsett trägst.«

Jo blickte an sich herunter. Ja, ihr Bauch hob und senkte sich im Rhythmus ihrer Atemzüge. Hastig griff sie sich an den Rücken. Das Kleid und die Schnüre ihres Korsetts waren geöffnet.

»Was … was hast du mit mir gemacht?«, wollte sie wissen.

»Keine Sorge, nichts Unsittliches ist zwischen uns geschehen.« Lutz wirkte unverhohlen amüsiert. »Als du im Wachraum der Schutzpolizei plötzlich vor meinen Augen aufgetaucht bist – ich hatte die Wache gerade betreten – und im nächsten Moment dann in Ohnmacht fielst, sagten mir die Kollegen, am schnellsten ließe sich das *Fräulein* wieder zu sich bringen, wenn man ihr Korsett lockerte. Und siehe da, es hat umgehend funktioniert. Wobei mir allerdings einige Kollegen diese Aufgabe streitig machen wollten.«

»Sehr witzig.« Warum musste sie sich nur ausgerechnet jetzt vorstellen, wie Lutz Jacqueline Steinert auszog? Ob die wohl – aus erotischen Gründen – hin und wieder ein Korsett trug? »Wie hast du mich eigentlich erkannt?«, fragte Jo rasch. »Ich sehe mir ja nicht grade sehr ähnlich.«

»Irgendwie hatte sich durch dich die Atmosphäre in der Wache verändert. So als ob du ein besonderes elektromagnetisches Feld besitzen würdest. Und als du dann auch noch deinen Vornamen nanntest ...« Lutz zuckte mit den Schultern. »Jedenfalls bin ich sehr erleichtert darüber, dass du hier anspaziert kamst. Nun muss ich dich wenigstens nicht suchen. Denn – nach unserem Mittelalter-Erlebnis – bin ich davon ausgegangen, dass es dich auch in diese Zeit verschlagen hat.« Lutz lächelte sie an. »Es ist schön, auch in der Vergangenheit wieder ein Team mit dir zu sein.«

»Immerhin hast du als Polizist – im Gegensatz zu mir – ohne weiteres Zugang zu den Melderegistern«, erwiderte Jo, die das Bild von Lutz und Jacqueline Steinert im schwarzen Samtkorsett noch nicht ganz loswurde, ein wenig unwirsch. Doch dann gab sie zu: »Ich bin auch froh, dass ich wieder mit dir ermitteln kann.« *Wobei »froh« es nicht ganz traf. Wahnsinnig erleichtert, glücklich wären eigentlich die passenderen Worte gewesen ...* Sie räusperte sich. »Um ein Verbrechen aufzuklären, sind wir doch wohl hier.«

»In der Tat – wegen des Skeletts, das auf der Baustelle ausgebuddelt wurde.« Lutz nickte. »Wobei ich mich die ganze Zeit schon frage, ob uns sozusagen der Blitzschlag hierhergebeamt hat und unsere richtigen Körper mal wieder in irgendwelchen Krankenhäusern liegen. Aber egal ... Wer war eigentlich der unsympathische Kerl, der mit dir und Yun-Si zusammen das Skelett begutachtet hat?«

»Polizeipsychologe Herbert Rosner vom BKA, wirklich ein grauenhafter Typ.« Jo verdrehte die Augen. »Er sollte unsere Diensttauglichkeit überprüfen.«

»Na, dann haben wir ja vielleicht sogar Glück mit unserer Zeitreise.« Lutz grinste. »Jedenfalls wurde ich heute Morgen um fünf von einem jungen Kollegen namens Kurt geweckt. Der dazu vorher wiederum meine ziemlich aufgebrachte Pensionswirtin Rosalia Schwendtner aus dem Bett hatte klingeln müssen. Ich habe ja noch nie eine Frau mit einer Nachthaube auf dem Kopf gesehen.«

»Lutz«, unterbrach ihn Jo ungeduldig, »jetzt sag schon, hat dich dieser Kurt zu einer Leiche gerufen?«

»Ja, im Industriegebiet von Ebersheim wurde eine junge Frau ermordet.« Seine Stimme klang plötzlich nüchtern und ernst.

Jo schien es, als ob die Worte in dem kleinen Büro widerhallten. Sie wollte Lutz gerade mit Fragen bedrängen, als draußen vor dem Zimmer polternde Schritte ertönten. Gleich darauf wurde die Tür aufgerissen. Ein vierschrötiger, stiernackiger Mann um die vierzig, auf dessen Schädel pomadisiertes Haar klebte, kam in den Raum gestürmt. Sein Schnurrbart mit den hochstehenden Spitzen wirkte in dem breiten, geröteten Gesicht irgendwie zierlich und deshalb besonders albern.

*Ich bin ja halb entkleidet*, fiel es Jo ein. Hastig griff sie nach dem Mantel. Doch zu spät ...

»Jäger«, brüllte der Kerl, »wo stecken Sie denn nun schon wieder? Und ...« Sein Blick war auf die Korsettschnüre gefallen, die an Jo herunterbaumelten. Seine kleinen dunklen Augen sprangen fast aus den Höhlen. »Treiben Sie es jetzt auch schon auf Ihrer Amtsstube mit liederlichen Frauenzimmern? Ich werde Ihnen …«

»Guter Mann«, Jo raffte den Mantel um sich und stand auf, »es verhält sich völlig anders, als Sie vermuten.«

Lutz' Vorgesetzter starrte sie an, und ihm fiel die Kinnlade herunter. Dann klappte er zu ihrer Überraschung den Mund wieder zu und öffnete ihn wie ein nach Luft schnappender Karpfen, während seine Gesichtsfarbe von Dunkelrot zu Hellrosa wechselte und er zu schrumpfen schien.

»Gnädiges Fräulein, Komtesse …«, stammelte er, »verzeihen Sie, dass ich Sie nicht gleich erkannt habe.«

»Ich wurde ohnmächtig, als ich einen Diebstahl melden wollte«, erklärte Jo in würdevollem Tonfall. »Herr Jäger hat sich sehr ritterlich und taktvoll mir gegenüber benommen.«

»O ja, sicher, gewiss. Ich habe nie etwas anderes vermutet.«

Lutz räusperte sich. »Kriminalhauptkommissar Horst Koschatzki, mein Vorgesetzter.«

»Das gnädige Fräulein kennt mich. Ich hatte die Freude, ihr im Hause ihres Onkels bei der Feier von dessen fünfundvierzigstem Geburtstag zu begegnen.« Koschatzki straffte die Schultern. »Jäger, nehmen Sie die Diebstahlsanzeige des gnädigen Fräuleins auf. Und dann bringen Sie das gnädige Fräulein nach Hause. Die Pferde sind noch angeschirrt. Der Wagen steht im Hof.« Er verbeugte sich vor Jo und machte Anstalten, ihr die Hand zu küssen. »Empfehlen Sie mich bitte der Großmama und dem werten Onkel.« Nach einem weiteren Bückling verließ er Lutz' Büro.

»Komtesse, alle Achtung.« Lutz hob die Augenbrauen. »Dein Onkel scheint diesen Idioten ja schwer beeindruckt zu haben.«

»Mein Vater war ein Graf«, erwiderte Jo verlegen. »Und mein Onkel ist Präsident des Oberlandesgerichts.«

»In der Tat. Nobel ... nobel.«

»Glaub mir, der Schein täuscht.« Jo seufzte. »Lass uns aufbrechen. Du kannst mir ja während der Fahrt von der Mordermittlung erzählen.«

»Es gibt da leider ein Problem.« Lutz fuhr sich über die glattrasierte Wange. »Wenn ich dich daran erinnern darf: Im Gegensatz zu dir habe ich es nie gelernt, einen Pferdewagen zu lenken.«

»Na und, dann fahre eben ich.« Jo zuckte ungeduldig mit den Schultern.

»Ja, aber wie kommt die Kutsche dann von deinem Zuhause wieder zur Polizeiwache? Ich glaube nicht, dass die Gäule mich als Leithengst akzeptieren und brav hinter mir hertrotten werden.«

»Mist, du hast ja recht.« Jo kaute an ihrer Unterlippe und überlegte. »Dann müssen wir es eben so machen, dass der Kutscher oder ein Pferdeknecht die Kutsche zurückfährt. Wobei ich hoffe, dass Malfalda nichts davon erfährt.«

»Malfalda?«

»Meine Großmutter und gewissermaßen mein Horst Koschatzki. Nur dass du mit ihm wenigstens nicht unter einem Dach leben musst. Nun komm schon!« Jo wandte sich zur Tür.

»Es gibt da noch ein Problem.« Lutz fuhr sich wieder über die Wange. »Dein geöffnetes Kleid. Wenn ich dir vielleicht behilflich sein dürfte?«

Hastig schlüpfte Jo in den Mantel und versuchte, ihn zuzuknöpfen. Doch auch er war ihr zu eng, wenn ihre Taille nicht geschnürt war. »Ähm, ja gut ...«, sagte sie.

Während Lutz die Korsettschnüre strammzog, konnte sie sich nicht des Eindrucks erwehren, dass er es sehr fachkundig tat.

Jo schielte durch die Spitze ihres Schleiers auf die Straße. Nachdem ihr Lutz auf den Bock der Polizeikutsche geholfen hatte – ein zweirädriges Gefährt mit aufklappbarem Verdeck –, war ihr eingefallen, dass sie sich besser nicht öffentlich neben einem Mann zeigte. Auch wenn ihr Begleiter ein Polizist war. Dann hatte sie sich an den hochgesteckten Schleier auf ihrem Hut erinnert.

Die gepflasterte Gasse lag ruhig und friedlich im Sonnenschein vor ihnen. »Ho …« Jo schnalzte mit den Zügeln. Gemächlich trotteten die beiden braunen Gäule vom Hof der Polizeiwache.

»Also«, fragte Jo, nachdem sie sich vergewissert hatte, dass die Pferde sicher und willig weitertrabten, »wie ist der Stand der Ermittlungen?«

»Zurzeit leider noch recht bescheiden.« Lutz seufzte. »Die Tote – eine Frau von schätzungsweise Mitte zwanzig – wurde in einer Seitenstraße des Industriegebiets gefunden, und zwar dort, wo Bahngleise hinunter zum Fluss und weiter zu einem Hafen führen. Ermordet wurde sie laut dem Gerichtsmediziner zwischen zehn Uhr abends und zwei Uhr morgens. Zu einer Zeit also, als auf den Bahngleisen kein Schienenverkehr herrschte.«

»Wie lautet ihr Name?«

»Das wissen wir noch nicht. Die Kleidung der Toten war einfach. Nicht zu vergleichen mit deiner Garderobe.« Lutz grinste flüchtig. »Eine Bluse aus einem groben Stoff, ein Wollrock, eine Wolljacke und derbe Schuhe. Vermutlich war sie eine Magd oder eine Arbeiterin.«

»Und keiner der Arbeiter hat sie gekannt?«

»Angeblich nicht. Obwohl ich den Eindruck hatte, dass sie uns etwas verschwiegen. Die Polizei scheint bei ihnen nicht grade große Sympathien zu besitzen. Na ja, wenn ich mich an ihrer Stelle von Koschatzki anblaffen lassen müsste, würde ich mir wahrscheinlich auch denken: Ihr könnt mich mal!«

»Gab's in der Kaiserzeit nicht die Sozialistengesetze, laut denen es verboten war, Mitglied in einer sozialistischen Vereinigung zu sein?«, fragte Jo nachdenklich. »Vielleicht sind die Arbeiter ja auf irgendeine Weise sozialistisch oder sozialdemokratisch organisiert, und ihre Vorbehalte gegenüber der Polizei rühren daher.«

»Aus dem Geschichtsunterricht erinnere ich mich auch noch vage an so etwas.« Lutz nickte. »Sozialisten, die vaterlandslosen Gesellen, und solche Zuschreibungen.«

Die Gäule trotteten immer noch phlegmatisch vor sich hin und ließen sich auch von einem Fahrradfahrer in Knickerbockern und Wollpullover, der in engem Abstand auf dem Domplatz an ihnen vorbeifuhr, nicht aus der Ruhe bringen. Das Straßencafé lag im Schatten, die meisten Tische waren verlassen. Auf dem Helm der Hohenzollernstatue hüpfte eine Taube herum. Durch den Schleier sah Jo alles ein bisschen verschwommen.

»Laut Bericht des Gerichtsmediziners«, fuhr Lutz fort, »wurde die Tote erwürgt.«

»Ein Sexualdelikt?«

»Nein.« Er schüttelte den Kopf. »Keine Vergewaltigung.«

»Dann vielleicht eine Beziehungstat«, überlegte Jo. »Jemanden mit bloßen Händen zu erwürgen setzt eine große Wut oder Hass voraus. Konntet ihr denn Fingerabdrücke nehmen?«

»Wir befinden uns im Jahre 1898, liebe Kollegin.« Lutz seufzte. »Fingerabdrücke sind zwar – wie ich bei einer schnellen Umfrage unter den Kollegen erfahren habe – schon bekannt, aber in Preußen noch nicht als Beweismittel vor Gericht akzeptiert. Wir hätten aber ohnehin keine nehmen können, denn letzte Nacht hat es einige Stunden lang genieselt. In meiner Mittagspause habe ich mir nichtsdestotrotz Grafitpulver und einen Pinsel besorgt und verfüge nun wenigstens über mein privates kleines Spurensicherungsset.«

»Fotografien vom Tatort?«

»Die wurden tatsächlich gemacht. Wenn auch auf eine ziemlich umständliche Weise. Der Fotograf kam mit einem Riesenapparat auf einem Stativ an und ist hinter einem schwarzen Tuch verschwunden, während er die Aufnahmen machte. Ich kenne das ja nur von Bildern oder aus Filmen und hätte nicht gedacht, dass ich so etwas einmal live erleben würde.« Lutz schüttelte den Kopf.

»Na ja, die technischen Voraussetzungen sind immerhin besser als im Mittelalter, als wir mit einem Lesestein als Ersatz für eine Lupe operieren mussten und an Fingerabdrücke oder Mikroskope überhaupt nicht zu denken war.« Jo kam es so vor, als ob sie ihnen beiden Mut zuspräche. »Wie planst du denn, weiter vorzugehen?«

»Ich dachte, dass ich heute Nacht undercover in den Kneipen des Industriegebietes ermitteln werde. Vielleicht finde ich ja etwas heraus, was uns weiterhilft.«

»Ich begleite dich«, erklärte Jo entschieden. »Und ich würde mir auch gerne die Tote in der Pathologie ansehen.«

»Auch wenn ich noch so gerne mit dir zusammen ermitteln würde«, Lutz stöhnte, teils amüsiert, teils gereizt, »darf ich dich daran erinnern, dass wir uns nicht mehr im Mittelalter befinden? Als respektabler preußischer Polizist kann ich nicht einfach mit dir zusammen an einem Tatort erscheinen und sagen: *Guten Tag – ich habe das Fräulein Komtesse als Unterstützung mitgebracht.* Von deinem guten Ruf einmal ganz zu schweigen.«

»Heute Nacht willst du ja sowieso undercover ermitteln.«

»Mit dem *gnädigen Fräulein* zusammen in einer Arbeiterkneipe aufzutauchen, das wäre wirklich eine super Tarnung.«

»Jetzt stell dich nicht so an. Du wirst doch wohl irgendwo einen Anzug auftreiben, der mir passt.«

»Das sagst du so leicht. Die Anzüge, die in meinem Pensionszimmer hängen, sind dir schon mal viel zu groß.« Lutz betrachtete sie von der Seite. »Überhaupt bist du sehr schmal geworden und jung noch dazu. Hast du überhaupt schon die Volljährigkeit erreicht? Andernfalls sehe ich für einen Kneipenbesuch ohnehin schwarz.«

»Wie schön, dass du dich gut amüsierst.« Jo war nicht in der Stimmung für Späße. Nicht nur, dass sie keine Polizistin war, auch vom Alter her war sie gegenüber Lutz im Nachteil.

Sie hatten mittlerweile die Sedanstraße hinter sich gelassen und fuhren nun eine weniger vornehme Straße entlang. Auf dem Bürgersteig entdeckte Jo ein Reklameschild aus Blech, das unter einer verschnörkelten Schrift eine elegante Dame in Mantel und Hut zeigte.

*Mein Kleiderkauf*, fiel es ihr siedend heiß ein. Im Schaufenster dahinter entdeckte sie einige Röcke und Blusen, die über hölzerne Schneiderbüsten drapiert waren.

»Hast du Geld?«, fragte sie Lutz, während sie die Pferde an den Straßenrand lenkte und dort zum Stehen brachte.

»Geld?« Er blickte sie verdutzt an.

»Ja, Scheine, Münzen, Geld, das du mir leihen kannst.« *Ich habe mit Lutz ja schon einiges durchgestanden. Trotzdem ist es äußerst demütigend, ihm zu sagen, wofür ich das Geld benötige*, überlegte Jo. Sie atmete durch und gab sich einen Ruck. Dankbar registrierte sie, dass Lutz so taktvoll war, nicht vor sich hin zu grinsen, während sie ihm ihre Notlage schilderte. Als sie verlegen geendet hatte, zog er einen abgewetzten Ledergeldbeutel aus seiner Jackentasche. Er öffnete ihn und hielt ihn ihr hin. »Dreißig Mark, das ist alles, was noch von der Barschaft meines Alter Egos übrig ist. Schätzungsweise entspricht das dreihundert Euro. Nimm dir so viel, wie du willst.«

»Danke, du kriegst es wieder. Versprochen – und wenn ich den Safe meines Onkels aufbrechen muss.« Jo griff sich zwei Zehnmarkscheine.

Vorsichtig ließ sie sich vom Kutschbock gleiten und landete strauchelnd auf der Straße. *Ach, was für eine Wohltat, endlich dieses Folterinstrument von Korsett loszuwerden.*

»Kauf dir ein paar hübsche Dessous«, rief Lutz ihr nach.

Jo drehte sich an der Ladentür um und zeigte ihm den Mittelfinger.

»Komm, Miez, Miez, Miez ...«, lockte der Mann. Willig sprang die weiße Perserkatze auf seinen Schoß. Er streichelte ihr langes, seidiges Fell, ließ dann seine Hände auf ihrem Hals ruhen.

Die Erinnerung daran, wie er seine Finger um den Hals seines Opfers gelegt und dann immer fester zugedrückt hatte, durchströmte ihn. Er spürte wieder, wie die Frau sich in der Dunkelheit unter seinem Griff aufgebäumt hatte, in einem letzten, verzweifelten Versuch, seinen unbarmherzigen Händen zu entkommen, und wie ihr Körper schließlich ganz plötzlich schlaff geworden war. *Wie eine Frau auf dem Höhepunkt ihrer Lust*, dachte er und lächelte. Auch ihr gepresstes Stöhnen und Wimmern hatte in seinen Ohren durchaus erotisch geklungen.

Der Moment, als sein Opfer das Leben ausgehaucht hatte, war für ihn voller Ekstase gewesen. Umso kostbarer noch, als er lange darauf hin gewirkt hatte, ihn auskosten zu können. Ja, auch der Aufschub bis zur Tat, den er sich selbst auferlegt hatte, hatte letztlich die Intensität des Erlebens gesteigert. Schon der Augenblick, als er der jungen Frau das

Messer an den Hals gelegt und sie gezwungen hatte, mit ihm zur Brache zu gehen, war der Beginn eines gelungenen Vorspiels gewesen. Ihre wachsende Panik, ihre gestammelten, flehentlichen Bitten, sie doch laufen zu lassen, hatten ihn zunehmend erregt.

Unwillentlich hatte der Mann seinen Griff um den Hals der Katze verstärkt. Empört miaute sie auf. »Verzeihung, meine Schöne«, sagte er erschrocken und ließ sie los. Während sie auf den Boden sprang und davonstolzierte, blickte er ihr, in Gedanken versunken, nach.

Als er am Nachmittag den Domplatz überquert hatte, hatte er Josepha von Kästnitz gesehen. Hinkend, aber mit hocherhobenem Kopf war sie vor ihm hergelaufen. Sie war hübsch und stolz. Eine Kombination, die er durchaus schätzte. Schon länger hatte er ein Auge auf sie geworfen, dann aber andere Frauen ausgewählt, da sie immer für mehrere Monate fort war.

Aber nun, da er ganz aus der Nähe beobachtet hatte, wie ihr heller Mantel bei jedem Schritt ihr kürzeres Bein umspielte und mit welch ganz eigenen, sinnlichen Bewegungen sie ihre Hüfte bewegte, um es nachzuziehen, hatte er seine Entscheidung getroffen: Josepha von Kästnitz würde sein nächstes Opfer sein.

*Endlich kann ich wieder fühlen, dass ich auch noch einen Körper unterhalb des Brustbeins habe,* dachte Jo und drehte sich vor dem hohen Spiegel in ihrem Zimmer hin und her. Wie die Frauen es in früheren Jahrhunderten nur ausgehalten hatten, sich ihr ganzes Erwachsenenleben lang in diese widerlichen Fischbein-Gestänge zu pferchen? Nun ja, vielleicht hatten deren Körper eine Art Stockholm-Syndrom entwickelt und sich irgendwann gewissermaßen mit dem Folterinstrument identifiziert.

*Eigentlich,* fand Jo, *sehe ich gar nicht mal schlecht aus.* Sie trug einen weiten, glockig geschnittenen, grauen Rock, der über dem Saum mit schwarzen Samtstreifen verziert war. Die Ärmel ihrer weißen Bluse waren an den Oberarmen weit gebauscht, unterhalb des Ellbogens dagegen eng geschnitten. Die Bluse hatte einen Brustbesatz aus Spitze, und auch die Ärmelenden waren mit Spitze besetzt.

Mit Paketen und Schachteln beladen, war sie vor zwei Stunden wieder zu Hause eingetroffen. Glücklicherweise hatte der Laden einige *Reformmodelle* vorrätig gehabt – Kleider, die ohne Korsett getragen werden konnten und die etwas verschämt in einem dunklen Winkel aufbewahrt wurden. Lutz' zwanzig Mark hatten nur einen kleinen Teil von Jos Einkäufen abgedeckt. Aber sobald der Geschäftsführer gehört hatte, wer sie war, hatte er ihr förmlich aufgedrängt, anschreiben zu lassen.

Auch in dem Schuhladen, den sie anschließend aufgesucht hatte, war ihr Name das Zauberwort gewesen, das ihr sofort Kredit und tiefe Bücklinge beschert hatte. Wobei sich Jo etwas beschämt eingestehen musste, dass das Paar rostfarbener, bestickter Wildlederstiefeletten mit hohen Absätzen, das sie zusätzlich zu zwei bequemen Schuhpaaren erworben hatte, nicht wirklich notwendig gewesen wäre. Aber es hatte einfach zu gut zu ihrem neuen Mantel mit dem geschwungenen Jugendstilkragen gepasst. Alles in allem belief sich die Summe ihrer Einkäufe auf etwa 150 Mark – in heutiger Währung war das nach Lutz' Berechnung etwa das Zehnfache. 1500 Euro für Kleider und Schuhe hatte sie schon lange nicht mehr innerhalb von einer Stunde ausgegeben.

Der Gong tönte dumpf durchs Haus und rief zum Abendessen. *Was wohl Malfalda zu meinen neuen Kleidern sagen wird?*, schoss es Jo durch den Kopf. Vor einer Weile hatte sie die Stimme ihrer Großmutter in der Halle gehört. Sie war plötzlich aufgeregt wie damals als Teenager vor der Begegnung mit ihrer Mutter und Großmutter, als sie sich in einer kurzen Rebellionsphase die blonden Haare hatte kurz scheren und schwarz färben lassen.

Jo wandte sich zur Tür – und knickte prompt mit dem linken Bein ein. Ach herrje, es wäre zu schön gewesen, wenn sie ihr Hinken einfach wie das Korsett hätte ablegen können.

Als Jo das Esszimmer betrat, saßen ihre Großmutter und ihr Onkel bereits an dem ovalen Tisch. Der Schein der Gasflammen in den wie Blütenkelche geformten Glasschirmen der Deckenlampe spiegelte sich in den Kristallgläsern und dem Silberbesteck und beleuchtete ein Porträt Helmuth von Moltkes und eines Otto von Bismarcks, dieses Mal im dunklen Anzug. Onkel Wilhelm trug eine Art Dinnerjackett und Malfalda ein violettes, aufwendig mit Spitze besetztes Seidenkleid. *In diesem Haushalt ist das Abendessen anscheinend eine vornehme Angelegenheit*, konstatierte Jo.

An der Anrichte stand ein Dienstmädchen, das Jo bisher noch nicht gesehen hatte – wie viele Dienstboten gab es hier eigentlich? –, in Habtachtstellung neben einem schmächtigen Diener.

*Ein ganz anderes Kaliber als der imposante Butler Carson aus Downton Abbey*, dachte Jo, die sich die britische Serie in einem Anfall von Romantik angesehen hatte. *Und Carson hätte auch niemals zusammen mit einer Frau beim Dinner serviert.*

Malfalda, die eben etwas zu ihrem Sohn gesagt hatte, drehte sich zu Jo um und erstarrte. *Es würde also tatsächlich Ärger geben …* Ihre Großmutter wartete, bis das Dienstmädchen allen Bouillon in die tiefen weißen Porzellanteller geschöpft und der Diener ihnen Wein eingegossen hatte. Kaum hatten sie das Zimmer verlassen, fuhr sie Jo an: »Was fällt dir ein, in einem derart lächerlichen Aufzug zu erscheinen? Und das ausgerechnet heute Abend! Wo hast du dieses unmögliche Gewand nur her? Sofort gehst du auf dein Zimmer und ziehst dich um.«

»Das werde ich nicht.« Jo sah Malfalda in die Augen.

»Fräulein, du redest nicht in diesem Ton mit mir.«

»Mutter, verzeihen Sie, aber ich verstehe nicht ganz, warum Sie so verärgert sind?« Onkel Wilhelm blickte von Malfalda zu Jo. »Sicher, Josepha ist nicht unbedingt korrekt zum Dinner gekleidet, aber ...«

»Sie trägt kein Korsett!« Malfaldas Stimme klang so anklagend, als sei Jo nackt zum Essen erschienen.

»Oh, das ist mir gar nicht aufgefallen«, erwiderte Wilhelm verblüfft.

*Typisch Mann*, dachte Jo, *dass er das bei einem Familienmitglied nicht bemerkt*. Gleich darauf wappnete sie sich wieder gegen ihre Großmutter. »Damit das ein für alle Mal klar ist: Ich werde nie wieder ein Korsett anziehen.«

»Josepha, mäßige dich.« Wilhelm runzelte unwillig die Stirn. Doch zu Jos Überraschung fuhr er fort: »Mutter, ich stimme Josepha insofern zu, als neueste wissenschaftliche Untersuchungen erwiesen haben, dass das jahrelange Tragen eines Korsetts tatsächlich die weibliche Anatomie deformiert.«

»Pah, das sind nur die Ansichten von irgendwelchen Liberalen«, erwiderte Malfalda verächtlich und richtete sich kampfbereit auf. »Ich trage das Korsett seit meinem fünfzehnten Lebensjahr, und es hat mir nicht im Geringsten geschadet. Diese neue Kleidermode steht nur für eine weitere Lockerung der Sitten. Irgendwann, so ist zu befürchten, werden Frauen Röcke tragen, die nur noch bis kurz unters Knie reichen, wie Varietétänzerinnen. Oder sogar Hosen. Und entsprechend wird es um ihre Moral bestellt sein.«

Wilhelm breitete die gestärkte Leinenserviette über seine Oberschenkel und griff dann nach seinem Suppenlöffel. »Vor zwei Wochen, als ich die Brestows besuchte, äußerten sich Fürstin Hochheim und Gräfin Mahrberg durchaus positiv über die Reformmode.«

»Die Meinung der Gräfin würde ich nun wirklich nicht maßgeblich nennen.«

»Laut Fürstin Hochheim wurde auch Prinzessin Viktoria – immerhin die Schwester unseres Kaisers – schon in einem Reformkleid gesehen.«

»Hm ...« Malfalda tauchte ihren Löffel in die Bouillon.

Wilhelm wandte sich Jo zu. »Komm morgen nach dem Frühstück in mein Arbeitszimmer und sag mir, wie viel Geld du für neue Kleidung benötigst.«

»Danke, Onkel«, sagte Jo artig. Er musste ja nicht unbedingt wissen, dass sie bereits ausgiebig shoppen gewesen war.

»Du verwöhnst Josepha viel zu sehr«, warf Malfalda ein. Doch diese Bemerkung war, wie Jo von Auseinandersetzungen mit ihrer Mutter und richtigen Großmutter wusste, nur noch ein Rückzugsgefecht.

Die Bouillon mit der Gemüseeinlage roch gut. Jo, die plötzlich merkte, wie hungrig sie war – eigentlich hatte sie ja seit dem Frühstück nichts mehr zu sich genommen, denn das Wenige, das sie am Mittag in ihren eingeschnürten Magen bekommen hatte, zählte nicht wirklich –, begann hastig zu essen.

»Schling nicht so«, ließ sich ihre Großmutter prompt vernehmen. »Ich habe dich ja gewarnt«, wandte sie sich dann vorwurfsvoll an ihren Sohn, »ein Verzicht auf das Korsett bedeutet den Verlust von Etikette und Anstand.«

Ein Klopfen an der Tür enthob Wilhelm einer Antwort. Doch Jo konnte sehen, dass er einen Seufzer unterdrückte.

Gleich darauf verkündete das junge Dienstmädchen knicksend: »Graf Theodor von Körner.«

*Theodor von Körner*, durchfuhr es Jo, *das ist ja mein Verehrer!* Sie hatte ihn völlig vergessen.

Der so förmlich angekündigte Mann war mittelgroß. Jo schätzte ihn auf Ende zwanzig. Er hatte ein weiches, nicht unattraktives Gesicht, in dem die großen braunen Augen das Hervorstechendste waren. Eine lockige Strähne war seinem ansonsten mit Wasser oder einem anderen Mittel sorgfältig geglätteten braunen Haar entkommen und kringelte sich oberhalb der Stirn. *Nicht unsympathisch, aber definitiv nicht ihr Typ.*

»Baronin«, er küsste Malfalda die Hand, »bitte verzeihen Sie, dass ich mich tatsächlich verspätet habe, aber ich wurde im Amt aufgehalten.«

»Sie müssen sich deswegen nicht entschuldigen, mein Lieber«, gurrte diese. »Mein Sohn Wilhelm kann auch ein Lied davon singen, dass die Arbeit häufig kein Ende nimmt. Außerdem hatten Sie uns ja vorgewarnt.«

Nun stand Theodor von Körner vor Jo. Wurde von ihr erwartet, dass sie aufstand oder sitzen blieb? Sie schüttelte seine Hand. »Guten Abend.« Die falsche Reaktion, wie ihr das zischende Einatmen ihrer Großmutter verriet. »Gnädiges Fräulein, wie schön, Sie wiederzusehen«, sagte Theodor von Körner, ehe er ihren Onkel begrüßte.

Auf einen Wink des Dieners hin füllte das Dienstmädchen Bouillon in den Teller des Gastes und gab auch den anderen noch einmal nach. Theodor von Körner löffelte etwas Suppe, dann wandte er sich wieder Jo zu: »Gnädiges Fräulein, Sie werden mir die kecke Bemerkung hoffentlich verzeihen, aber ich muss Ihnen einfach sagen, dass Sie sehr gut aussehen. So frisch und gesund.«

*Mit »frischem und gesundem Aussehen« hatte ihr nun noch nie-*

*mand ein Kompliment gemacht.* »O danke«, antwortete Jo. »Das liegt bestimmt an der gesunden Bergluft in der Schweiz.«

»Sie hatten hoffentlich eine angenehme Zeit in Ihrem Pensionat?«

»Ähm, danke ja, es hätte nicht besser sein können.«

»Ich würde meinen, Josepha hatte eine zu angenehme Zeit«, mischte sich ihre Großmutter in die Unterhaltung ein. »Ihre Noten lassen leider in einigen Fächern zu wünschen übrig.«

*Verteilte Malfalda eigentlich nur Tiefschläge ...?* Ehe Jo eine passende Antwort einfiel, sagte Theodor von Körner hastig: »Ich bin davon überzeugt, dass das gnädige Fräulein eine sehr kluge und eifrige Schülerin ist.«

»Wie reizend von Ihnen, dass Sie unsere Josepha in diesem Licht sehen.« Malfalda lächelte ihn an. »Manchmal bedarf es einfach eines Mannes, um das Beste in einer Frau zum Vorschein zu bringen.«

*Brrr ... Plumper ging es nun wirklich nicht.* Jo schüttelte sich innerlich. Zu ihrer Erleichterung ergriff Wilhelm das Wort und fragte Theodor von Körner, was er von der Ernennung eines gewissen Kleve zum Staatssekretär halte. Das Dienstmädchen und der Diener erschienen wieder, nun in Begleitung eines weiteren weiblichen Domestiken. Das benutzte Geschirr wurde abgeräumt und der Hauptgang serviert – knusprig gebratenes Huhn, Safranreis und Lauchgemüse.

Mit halbem Ohr lauschte Jo der Unterhaltung, die sich weiter um politische Themen drehte. Sie hatte mit Lutz verabredet, dass er gegen elf mit einer Mietdroschke an einer nahen Straßenecke auf sie warten sollte. Sie hoffte, dass sich bis dahin alle Hausbewohner in ihre Zimmer zurückgezogen hatten und sie sich unbemerkt nach draußen schleichen konnte. Die Spätschicht in einigen der Fabriken dauerte bis elf. Sicher würden Lutz und sie noch eine ganze Weile nach Schichtende Arbeiter in den Kneipen antreffen.

»... Mord im Industriegebiet ...« Jo zuckte zusammen. Hatte sie etwa laut vor sich hin gesprochen? Dann begriff sie, dass ihr Onkel das Thema angeschnitten hatte.

»Ja, ich habe davon gelesen.« Theodor von Körner nickte. »Die Nachmittagszeitungen waren voll damit. Was für eine schreckliche Sache, und die Polizei hat anscheinend noch keinerlei Spur vom Täter. Auch wer das Opfer ist, steht wohl nicht fest.«

»Ganz bestimmt war die Frau eine Arbeiterin oder eine Prostituierte.« Malfalda winkte ab.

»Wie können Sie sich da so sicher sein?«, fuhr Jo auf. Gerade noch rechtzeitig war ihr die korrekte Anredeform eingefallen, und sie verkniff es sich, ironisch zu bemerken, dass Malfalda ja wohl kaum den Untersuchungsbericht kennen würde.

»Nun, anständige Frauen werden nicht Opfer eines Verbrechens.« Ihre Großmutter tupfte sich mit der Leinenserviette sorgfältig den Mund ab. »Bestimmt wird der Mörder unter diesen Sozialisten zu finden sein. Von mir aus können sie sich ruhig gegenseitig umbringen. So würden weniger Aufrührer und Anarchisten den preußischen Staat bedrohen.«

»Frau Baronin, verzeihen Sie mir, dass ich Ihnen widerspreche«, wandte Theodor von Körner schüchtern ein. »Aber ist Ihre Sicht der arbeitenden Bevölkerung nicht doch vielleicht etwas zu harsch?«

»Ach, Körner, Sie haben einfach ein zu weiches Herz.« Malfalda tätschelte seine Rechte.

»Aber die Situation der Arbeiter ist oft schlecht. Ungesunde Arbeitsverhältnisse, geringer Lohn, Gängelung ... Nicht, dass ich damit unterstellen möchte, dass dies in den

Fabriken Ihrer Familie der Fall war, gnädige Frau«, fügte er hastig hinzu.

»Mein Sohn Ludwig war leider ein verkappter Sozialist.« Malfalda lachte trocken auf. »Ich bin froh, dass wir die Fabriken nach seinem Tod verkaufen konnten. Der derzeitige Besitzer ist Gott sei Dank ein Konservativer.«

Theodor von Körner war unter Malfaldas strengem Blick ein wenig in sich zusammengesunken. »Also, ich meine ja nur, dass man es den Arbeitern nicht verdenken kann, dass sie sich organisieren. Natürlich muss man den radikalen Elementen Einhalt gebieten. Aber die Sozialistengesetze mit ihrem Verbot jeglicher Arbeitervereinigung waren wirklich überzogen«, fuhr er tapfer fort. »Hier hat Bismarck – so sehr ich ihn auch sonst verehre – geirrt. Und noch immer hat die Arbeiterbewegung unter Repressalien zu leiden.«

Jo schien es, als ob der frühere Reichskanzler zwischen dem Bilderrahmen oben an der Wand unwillig die buschigen Brauen runzelte. *Dieser von sich selbst völlig eingenommene, säbelrasselnde Reaktionär ...* Sie wollte einwerfen, dass Bismarck in der Wilhelminischen Zeit und bis weit danach völlig überschätzt wurde.

Doch ihr Onkel gebot ihr mit einer Handbewegung zu schweigen. »Mein lieber Körner, gerade Bismarck verdankt die Arbeiterschaft die Krankenversicherung und die Sozialversicherung. Nein, kein anständiger Arbeiter, der sich redlich müht, wird im heutigen Preußen ungerecht behandelt. Die ganze Härte des Gesetzes haben nur die von Ihnen eben genannten radikalen Elemente zu fürchten – und das mit Recht.«

Jo konnte nicht länger an sich halten. »Das ist genau die Auffassung, die letztlich dazu geführt hat, dass die preußische Justiz in der Weimarer Republik auf dem rechten Auge blind war«, platzte sie heraus.

Konsterniertes Schweigen breitete sich am Tisch aus. »Weimarer Republik? Josepha, du redest völlig wirr«, beschied ihr ihre Großmutter schließlich kühl.

Wilhelm räusperte sich. »Körner, ich schlage vor, wir ziehen uns auf einen Cognac zurück und treffen uns dann wieder mit den Damen zum Dessert und zum Kaffee.«

Jo begriff: Das würde bedeuten, dass sie allein mit Malfalda im Esszimmer bleiben musste. *Niemals!* »Es tut mir leid, aber ich bin wirklich sehr müde und möchte gerne ins Bett gehen.« Sie sah Theodor von Körner aus großen Augen bittend an. »Wenn Sie mich ausnahmsweise entschuldigen würden …«

»Oh, aber natürlich, gnädiges Fräulein.« Theodor von Körner schmolz dahin. »Ihr Wohlergehen hat an erster Stelle zu stehen.« *Ach, dass dieses mädchenhafte Getue auch nie seine Wirkung bei Männern verfehlte.*

»Dürfte ich Sie, Fräulein Josepha, vielleicht in den nächsten Tagen, wenn Sie sich wieder von der Reise erholt und gut eingelebt haben, zu einem Ausflug abholen? Meine Schwester Clarissa freut sich auch schon sehr darauf, Sie wiederzusehen.« Er errötete ein wenig.

Ehe Jo antworten konnte, legten sich die Finger ihrer Großmutter wie ein Schraubstock um ihr Handgelenk. »Was für ein reizender Vorschlag, lieber Körner. Meine Enkelin ist entzückt über Ihr Angebot und kann den Ausflug kaum erwarten.« Ihre liebenswürdige Stimme hatte einen stählernen Unterton.

Lutz nahm einen tiefen Zug von seiner Zigarette und blickte dann dem Rauch nach, der in dünnen Fäden zur Gaslampe über seinem Schreibtisch schwebte. Glücklicherweise gab es Ende des 19. Jahrhunderts schon Zigaretten, und in die Ämter und Behörden hatte noch kein Gesundheitsfanatismus

Einzug gehalten, weshalb er in seinem Amtszimmer rauchen durfte. Was aber auch das einzig Positive war, das er über sein Dasein als Polizist im Jahre 1898 sagen konnte. Horst Koschatzki war ein Realität gewordener Albtraum – dumm, eingebildet und obrigkeitshörig. Schlimmer als jeder Vorgesetzte, den Lutz in seiner Bundeswehrzeit erlebt hatte – und da waren einige wirklich üble Typen dabei gewesen.

Außerdem war das *Pferd* das Fortbewegungsmittel der Polizei, und er konnte nun einmal, anders als Jo, weder reiten noch eine Kutsche lenken. Am Morgen hatte er Glück gehabt, dass ihn sein Assistent Kurt zum Fundort der Leiche kutschiert hatte. Aber früher oder später würde er um beides nicht mehr herumkommen. Schon am Nachmittag hatte ihm Jo ja aus der Patsche helfen müssen. Den Weg von der Villa in die Stadt hatte er notgedrungen zu Fuß zurückgelegt. Er durfte sich gar nicht vorstellen, was es für einen Tanz mit Koschatzki geben würde, wenn er sich weigerte, auf einen Pferderücken zu steigen.

Lutz schob den unerfreulichen Gedanken an seinen Vorgesetzten beiseite. *Was für ein Glück, dass Jo mit mir in der Zeit gereist ist*, dachte er. Sie war ihm gleich wieder sehr vertraut gewesen, so wie damals, als sie zusammen im Mittelalter ermittelt hatten. Ach, warum musste nur im 21. Jahrhundert alles so kompliziert mit ihr sein?

Draußen im Flur erklangen nun Stimmen, und Lutz nahm die Füße vom Schreibtisch, denn er hatte keine Lust, sich wieder einen Kommentar Koschatzkis zu seiner *nachlässigen, unsoldatischen Haltung* anzuhören. Doch es war nur Kurt, der, ein in braunes Papier eingeschlagenes Paket unter dem Arm und einige Papierbögen in der Hand, das Amtszimmer betrat.

»Herr Kommissar ...« Kurt, ein schlaksiger Junge von etwa achtzehn Jahren, der feuerrote Haare und ein aufgewecktes sommersprossiges Gesicht hatte, grüßte militärisch, ehe er die Papiere vor Lutz auf den Schreibtisch legte. »Die Ergebnisse der bisherigen Zeugenbefragungen, Herr Kommissar.«

»Ja, ja, schon gut, Kurt, du brauchst es nicht mit dem Grüßen zu übertreiben.« Lutz winkte ab. *Er wollte wirklich nicht ständig an seine Bundeswehrzeit erinnert werden.* Nachdem er die Zigarette in den Aschenbecher gelegt hatte, griff er nach den gelblichen Kanzleipapieren, nur um gleich darauf konsterniert daraufzustarren. Denn sie waren mit grotesken Lettern beschrieben. Eckige Buchstaben, die zudem mit Schleifen und Kringeln versehen waren und entfernt an Steno erinnerten. *Ach, du Scheiße, auch das noch!* Er hatte überhaupt nicht daran gedacht, dass man ja bis in die 50er Jahre des letzten Jahrhunderts Sütterlin geschrieben hatte. Was er noch nicht einmal in Ansätzen beherrschte.

»Kurt, mir ist vorhin was in die Augen geflogen. Also ich kann im Moment leider ganz schlecht sehen. Könntest du mir die Zeugenbefragungen bitte kurz und prägnant zusammenfassen?« Lutz lehnte sich auf seinem hölzernen Drehstuhl zurück. *Es musste ihm gelingen, irgendwo eine Schreibmaschine aufzutreiben.*

»Natürlich, Herr Kommissar.« Kurt schlug wieder die Hacken zusammen und stand stramm. »Bedauerlicherweise habe ich wenig Neues zu berichten. So gibt es immer noch keine Hinweise darauf, wer die Tote ist. Wir haben allerdings inzwischen eine Zeugin gefunden, die die Tote – also die spätere Tote – gegen zehn Uhr abends die Alfred-Krupp-Straße entlanggehen sah.«

*In dieser Straße,* überlegte Lutz, *liegen einige Arbeiterkneipen. Gut, dass Jo und ich ohnehin vorhaben, uns dort umzuhören.*

»Wie steht es damit, eine Fotografie der Leiche in den Zeitungen zu veröffentlichen?«, fragte er.

»Sie wissen doch, dass Hauptkommissar Koschatzki und Polizeipräsident von Mettmann dergleichen nicht gern tun.« Kurt zuckte mit den Schultern.

»Ach ja?«

»Derartige Fotografien verstören nur die Bevölkerung. Außerdem war die Tote ja höchstwahrscheinlich nur von niederem Stand.« Lutz glaubte, eine Spur von Missbilligung über die beiden Vorgesetzten in Kurts Stimme wahrzunehmen.

»Ich verstehe.« *Die Tote war nicht wirklich wichtig – oder nur insofern, als die Aufklärung ihres Todes dazu diente, die öffentliche Ordnung aufrechtzuerhalten. Super Rechtsauffassung.*

»Danke, Kurt, du kannst gehen.« Lutz nickte dem Jungen zu. Zu seiner Überraschung blieb dieser stehen. »Herr Kommissar, der Anzug«, sagte er und überreichte Lutz dann das Paket, das die ganze Zeit unter seinem Arm geklemmt hatte.

»O ja, natürlich, wirklich nett, dass du daran gedacht hast.« Lutz fiel ein, dass er sich eine Geschichte von seinem Neffen Joseph ausgedacht hatte, der ihn in den nächsten Tagen besuchen würde und leider – da er vom Land und arm war – nichts Passendes für die Stadt zum Anziehen hatte. Und ob ihm Kurt, der etwa dessen Größe hatte, nicht vielleicht einen alten Anzug leihen könnte? Diese Zeitreisen schärften eindeutig die Erfindungsgabe. Nur musste er daran denken, sich seine Geschichten auch noch zu merken.

Plötzlich fiel Lutz noch etwas ein. »Sag mal, Kurt, gibt es eigentlich eine Polizei-Fußballmannschaft hier in Ebersheim?«

»Fußball?« Der Junge sah ihn verblüfft an. »Meinen Sie das englische Spiel?«

*Englisches Spiel? Was hatte das nun schon wieder zu bedeuten?*

»Also ich rede von einem Spiel, bei dem Teams von je elf Mann versuchen, einen Ball ins gegnerische Tor zu treten.

Und ja, es wurde ursprünglich in England entwickelt«, erklärte Lutz betont beherrscht. Diese Zeit ging ihm allmählich wirklich auf die Nerven.

»Aber dieses Spiel ist doch in Ebersheim verboten.«

»Das darf doch wohl nicht wahr sein!« Wütend hieb Lutz mit der flachen Hand auf den Schreibtisch. »Warum das denn?«

»Der Bürgermeister fürchtet, dass dieses Spiel zu Libertinismus und Anarchie anstiftet.« Kurt fuhr sich nervös durch das rote Haar. »Ein Freund von mir spielt es. Ich habe ihm sogar einmal zugesehen, obwohl ich ihn eigentlich hätte melden müssen«, fügte er mit gedämpfter Stimme hinzu.

»Und, hättest du Lust, Fußball spielen zu lernen?«

»Hm, ja schon ...« Kurt nickte, ehe er zugab: »Ein paarmal habe ich den Ball ja sogar getreten.«

»Dann frag deinen Freund und seine Kumpels, ob sie nicht Lust hätten, mit mir zu trainieren. Vielleicht sind ja ein paar Kollegen auch daran interessiert.« Lutz' Laune besserte sich schlagartig. Mit der Aussicht, regelmäßig Fußball spielen zu können, fand er sogar den Gedanken an Horst Koschatzki erträglicher.

Irgendwo in der Villa schlug eine Standuhr dumpf Viertel nach elf. Jo beugte sich über das Treppengeländer und spähte in die von einer Art Gas-Notbeleuchtung spärlich erhellte Halle hinunter. Endlich schien die Luft rein zu sein. Erst nach zehn hatte Theodor von Körner sich verabschiedet. Danach hatte es noch eine ganze Weile gedauert, bis Jo oben in ihrem Zimmer gehört hatte, dass ihr Onkel und ihre Großmutter sich in ihre Räume zurückgezogen hatten.

Mit ihren Schuhen in der Hand, huschte Jo die breite, gewundene Treppe hinunter. Der dicke rote Teppich auf den Steinstufen kitzelte durch ihre Seidenstrümpfe. Als sie das erste Stockwerk erreicht hatte, konnte sie sehen, dass in den beiden Gängen, die von der Treppe abzweigten, Licht unter den Türen hindurchschimmerte. Wilhelm und Malfalda schienen also jeder einen Flügel der Villa zu bewohnen.

*Nur gut, dass mein Zimmer im Stockwerk darüber liegt*, dachte Jo. *Mit ihrem Rollstuhl kommt Malfalda ja nicht dorthin.* Obwohl, vielleicht war das mit dem Rollstuhl auch nur eine Tarnung, und in Wahrheit war Malfalda kerngesund und schlich heimlich treppauf, treppab durchs ganze Haus. Eine gruselige Vorstellung.

Die schwarzweißen Kacheln unten in der Halle waren so stark gebohnert, dass Jo förmlich auf die Haustür zuschlitterte. Sie drückte die Klinke herunter. Die Tür ließ sich nicht öffnen. Jo versuchte es noch einmal, drückte fester. Dann begriff sie, dass die Tür abgeschlossen war. *Nur nicht die Ruhe verlieren …* Ob die Schlüssel vielleicht in der Küche aufbewahrt wurden? Aus einem Flur linker Hand waren gedämpfte Stimmen zu hören. Sie eilte ihn entlang.

Er endete an einer hohen Tür. Ja, dahinter waren die Stimmen zu vernehmen. Jo fiel ein, dass es sehr seltsam wirken würde, wenn sie die Küche – oder was auch immer sich hinter der Tür verbarg – ohne Schuhe, aber dafür im Mantel betreten würde. Hastig zog sie ihre Schuhe an und stopfte den Mantel in einen Schrank, aus dem es intensiv nach Bohnerwachs und anderem Putzmittel roch.

Katharina saß hinter einem langen, weiß gescheuerten Eichentisch und las in einem Buch. Aus einem angrenzenden Raum drangen Frauenstimmen, Wassergeplätscher und Geschirrklappern. Offensichtlich die Spülküche.

»Das gnädige Fräulein sind so spät noch auf?« Katharina klappte das Buch zu. Sie erhob sich und machte sich an einem Ungetüm von gusseisernem Herd zu schaffen. »Als hätte ich es geahnt, habe ich eine Milch für Euch warm gestellt. Die mögt Ihr doch immer, wenn Ihr nicht schlafen könnt.«

»Oh, sehr aufmerksam von dir.« *Sie hasste heiße Milch.*

Rasch schaute Jo sich um. Über dem Monstrum von Herd hingen blinkende Kupfertöpfe und -pfannen an Haken. Rechts davon stand ein etwa vier Meter breiter und zweieinhalb Meter hoher, weißgestrichener Küchenschrank, in dessen oberem Teil eine Batterie von Tellern hinter Querstreben steckten. Eine Reihe von Bronzeglöckchen, über denen auf Porzellanschildchen die zugehörigen Zimmer aufgeführt waren, baumelte oben an der Wand. Ein ausgesessener Lehnstuhl und ein dickwandiges Porzellanbecken komplettierten die Einrichtung.

Dann entdeckte Jo neben dem Küchenschrank ein Schlüsselbrett. Sie eilte darauf zu. *Kellertür*, las sie auf einem Pappschildchen. *Hintertür ...*

»Graf Theodor von Körner ist ein sehr netter junger Mann«, hörte Jo Katharina sagen. Sie murmelte etwas Unverständliches, während sie die Schlüssel für *Haustür*, *Tor* und *Gartentür* von den Haken riss und sie in ihre Rocktasche stopfte.

Als sie sich umdrehte, trug Katharina eine mit Rosen verzierte Porzellantasse zum Küchentisch. Nein, sie hatte nichts bemerkt. Um den Schein zu wahren, setzte Jo sich ihr gegenüber und zwang sich, von der warmen, mit Honig gesüßten Milch zu trinken. Dabei fiel ihr Blick auf den Buchumschlag. Ein Mann in schneidiger Soldatenuniform trug eine junge Frau, deren lockiges Haar ihr bis zu den Hüften reichte, auf einem schmalen Steg über einen reißenden Gebirgsbach. Sein Blick war fest und unbeirrt, während der der jungen Frau ängstlich an ihm hing.

»Eine spannende Lektüre, Katharina?«, fragte Jo, die sich ein Lächeln verkneifen musste.

»O ja, gnädiges Fräulein.« Katharina seufzte tief, und ihre

Augen umflorten sich. »Der Mann ist ein armer, bürgerlicher Ulanenleutnant und die junge Frau eine reiche Baronesse ...«

Dong ... Dong ..., tönte es durch die Villa. *Halb zwölf.* Höchste Zeit, dass sie verschwand.

»Na, dann hoffe ich mal, dass die beiden sich kriegen«, sagte Jo und stand auf.

Die Kutsche wartete an einer Straßenecke unter einer schmiedeeisernen Gaslaterne. Zum Schutz vor dem Nieselregen, der irgendwann im Laufe des Abends eingesetzt hatte, hatte der Kutscher oben auf dem Bock seinen Kragen hochgestellt und den Hut tief in die Stirn gezogen. Ein Schal verbarg seine untere Gesichtshälfte. Im Schein des Gaslichts warfen Kutsche und Mann lange Schatten auf das nasse Pflaster.

Auf Jos Klopfen hin öffnete Lutz den Wagenschlag. Sie kletterte in die Kutsche und ließ sich auf das Lederpolster fallen. »Puh, das ist ja eine Atmosphäre wie in einem viktorianischen Schauerroman«, stellte sie fest. »Nett, dass wenigstens du hier sitzt und nicht Jack the Ripper oder eine halb verweste Leiche.«

»Na ja, ich habe schon ziemlich lange auf dich gewartet. Aber so lange, dass ich mich in eine Leiche verwandelt hätte, nun auch wieder nicht.« Lutz grinste.

Rumpelnd setzte die Kutsche sich in Bewegung. »Ich musste mich wie ein Teenager die Treppe hinunterschleichen«, sagte Jo entnervt. Sie erzählte ihm rasch, was geschehen war. »Ich werde mir den Haus- und Gartentürschlüssel nachmachen lassen. Vielleicht kann ich auch an dem Baum, der vor meinem Zimmerfenster steht, hinunterklettern. Aber dazu brauche ich erst mal vernünftige Kleidung. Apropos ... konntest du mir Hosen besorgen?«

»Stets zu Diensten.« Lutz holte eine große Segeltuchtasche

unter dem Sitz hervor und reichte sie ihr. Darin lagen eine Hose und eine Jacke aus einem dicken Wollstoff, ein grobgestrickter grauer Pullover, eine Schirmmütze und derbe Schuhe.

»Der Anzug und der Pullover sind eine Leihgabe meines Assistenten Kurt. Die Schirmmütze und die Schuhe hab ich besorgt. Was deine Schulden bei mir von zwanzig auf sechsundzwanzig Mark erhöht.«

»Keine Sorge, ich kann dir das Geld bald zurückgeben. Mein Onkel hat mir ein Einkaufsbudget bewilligt.« Jo drehte die Schuhe in den Händen und betrachtete sie stirnrunzelnd in dem Licht, das durch die Fenster der Kutsche fiel. Sie erinnerten sie sehr an die entenfüßigen Öko-Lederlatschen, die in ihrer frühen Jugend einmal Mode gewesen waren. »Ein etwas schickeres Modell hättest du aber schon nehmen können.«

»Das hätte leider meinen Etat überstiegen. Ich muss morgen dringend mein Pensionszimmer durchsuchen. Hoffentlich besitzt mein Alter Ego so etwas wie ein Sparbuch. Eine Schreibmaschine dürfte nicht gerade billig sein.«

»Wofür brauchst du denn eine Schreibmaschine?«, fragte Jo verständnislos.

»Sagt dir Sütterlin etwas?«

»O Gott! Du meinst doch nicht etwa …?«

»Doch, genau das meine ich. Ich hätte auch nicht gedacht, dass ich mit knapp vierzig noch mal lesen und schreiben lernen müsste.« Seine Stimme hatte einen verbitterten Unterton.

»Dieses Mal schlägt dir unsere Zeitreise auch ziemlich aufs Gemüt, nicht wahr?«, fragte Jo ein wenig amüsiert.

»Na ja, das Mittelalter war sozusagen der Wilde Westen – Freiheit und Abenteuer.« Lutz seufzte. »Die Kaiserzeit ist, na ja … eben Preußen.« Er spähte durch das Kutschenfenster.

»Wir befinden uns jetzt im Stadtzentrum. In zehn Minuten dürften wir die Alfred-Krupp-Straße und das Industriegebiet erreicht haben. Ich schlage vor, dass du dich umziehst. Falls du es draußen tust und einer meiner Kollegen dich erwischt, wirst du garantiert wegen Erregung öffentlichen Ärgernisses festgenommen. Ich verspreche dir auch, dass ich meine Augen züchtig von dir abwenden werde.«

»Sehr gentlemanlike von dir«, murmelte Jo.

»Ich kann mir in der Zwischenzeit meinen falschen Bart ankleben.«

Während sie sich des Rockes und der Bluse entledigte, was beim Schwanken der Kutsche gar nicht so einfach war, hoffte Jo, dass Lutz sie nicht in ihren lächerlich weiten Unterhosen sehen würde. *Ob Jacqueline Steinert wohl Stringtangas trägt?*, ging es ihr durch den Kopf. Ach, zum Teufel, das konnte ihr doch egal sein …

Jo hatte sich gerade umgezogen, als die Kutsche zum Stehen kam. Sie stopfte ihren Mantel in die Segeltuchtasche und schob ihre Haare unter die Schirmmütze. »Für deine Tarnung würdest du von mir allenfalls eine Drei minus bekommen«, sagte sie dann und betrachtete Lutz kritisch. »Du wirkst so, als hättest du dich ein paar Tage lang nicht rasiert. Zu mehr ist der falsche Bart nicht nütze.«

»Die Arbeiter, bei denen wir ermitteln, sitzen nicht wie du seit etwa einem Jahr mit mir in einem Büro. Und sie wissen auch nicht, dass ich mich getarnt habe.« Lutz stöhnte.

Während er den Kutscher bezahlte, hielt Jo sich im Schatten. Besser, der Mann sah sie nicht, sonst kam er noch ins Grübeln, warum eine Frau in den Wagen gestiegen war und ein Junge ihn später verlassen hatte.

Die Alfred-Krupp-Straße, die die Grenze zwischen der Innenstadt und dem Industriegebiet bildete, war trist. Dünner Nebel waberte zwischen den Gaslaternen. Selbst in ihrem matten Licht wirkten die niedrigen Häuser mit ihren Kneipen und Läden ärmlich. Die Fenster in etlichen der riesigen Backsteingebäude auf der anderen Straßenseite waren erleuchtet, und das Stampfen der Maschinen dröhnte in die Nacht. Rauch stieg aus Schornsteinen in den dunklen regnerischen Himmel auf. Die Luft roch nach Kohle und kratzte in Jos Hals. *Eindeutig ein Fall für den Emissionsschutz.*

Eine lange Reihe von Arbeitern schob sich nun an einem Pförtnerhaus vorbei auf die Straße.

»Schichtende«, stellte Lutz fest. »Wir haben Glück.« Ein Teil der Arbeiter schlug den Weg in Richtung Innenstadt ein. Doch eine Gruppe steuerte auf eine Kneipe zu, über deren Eingang ein verwittertes Emailleschild mit der Aufschrift *Viktoria* prangte.

»Laut meinem Assistenten Kurt steht diese Kneipe in dem Ruf, ein Versammlungsort von Sozialisten zu sein.«

»Na ja, ich wollte schon immer mal ein paar Nachtstunden Bier trinkend mit Sozialdemokraten verbringen.« Jo und Lutz warteten eine Weile, bevor sie den Arbeitern folgten.

Sie hatten die Kneipe fast erreicht, als Lutz plötzlich sagte: »Du hinkst ja wirklich. Heute Nachmittag dachte ich, du wärst von deiner Ohnmacht noch ein bisschen benommen und deshalb unsicher auf den Beinen.«

Das Bild Jacqueline Steinerts mit ihren langen, wohlgeformten Beinen stand Jo vor den Augen. »Mein anderes Ich hatte als Kind Kinderlähmung, und deshalb bin ich leider, um es einmal drastisch und politisch unkorrekt auszudrücken, ein Krüppel«, entgegnete sie gereizt und riss die Tür der Kneipe auf.

Drinnen herrschte dichtes Gedränge. Es stank nach Bier, Rauch, Schweiß und angebrannten Zwiebeln. Jo versuchte, durch den Mund zu atmen, während sie sich hinter Lutz in

Richtung Theke schob. Dort angelangt, orderte Lutz bei einem hünenhaften Kerl, der die Ärmel seines blau-weiß gestreiften, kragenlosen Hemdes bis zu den Ellbogen hochgekrempelt hatte und eine schmutzige Schürze trug, zwei Bier.

Während der Hüne das Bier in dickwandige Glaskrüge zapfte, blickte sich Jo verstohlen um. Die meisten Kneipengäste waren – wie nicht anders zu erwarten – Männer. Doch auch ein paar Frauen befanden sich darunter. Ihre Röcke aus grobem Wollstoff und die ausgeblichenen Baumwollblusen wiesen sie als Arbeiterinnen oder Dienstmädchen aus. Viele Gesichter wirkten verlebt und verhärmt und die Männer und Frauen schon vor ihren Jahren gealtert.

*Wie viele Stunden in der Woche müssen sie wohl arbeiten?* Jo grub in ihrem Gedächtnis nach historischen Details. *Fünfzig oder gar sechzig?* Wahrscheinlich besaß kaum jemand in diesem Raum das Wahlrecht.

»He, komm wieder zu dir.« Lutz stieß sie mit dem Ellbogen an. Er reichte ihr einen der mit dunkelgelbem Bier gefüllten Glaskrüge, ehe er mit dem Kopf in Richtung eines großen Tisches wies, wo eben zwei Männer aufstanden und zu den mit Mänteln und Jacken vollgehängten Kleiderhaken gingen. »Lass es uns dort versuchen«, raunte er ihr zu.

»Wie du meinst. Du bist derjenige mit der Kneipenerfahrung«, gab Jo zurück.

»Können wir uns zu euch setzen?«, fragte Lutz, als sie sich zu dem Tisch vorgearbeitet hatten. Zustimmendes Gemurmel ertönte. Jo quetschte sich zwischen Lutz und einen stiernackigen Kerl, der eine Bulette aß, indem er einzelne Stücke davon auf ein Messer spießte und sie sich dann in den Mund schob. Der Tisch war klebrig von Bierresten.

»Zum Wohl!« Lutz hob seinen Krug. Jo tat es ihm gleich. Die anderen am Tisch prosteten ihnen zu.

Das Bier schmeckte sehr herb, fast bitter. Jo beschloss, es bei dem einen Schluck zu belassen. »Schlimme Sache, das mit der ermordeten Frau, die hier ganz in der Nähe gefunden wurde«, begann sie und versuchte, ihrer Stimme einen möglichst tiefen, männlichen Klang zu verleihen.

Zustimmendes Gemurmel wurde in der Runde laut, während sich die Arbeiter wieder ihrem Bier widmeten.

*Sehr kommunikativ waren die Männer wirklich nicht gerade.* Jo seufzte innerlich.

»Niemand scheint die Tote zu kennen«, warf sie einen weiteren Köder aus. Erneutes bejahendes Gemurmel erscholl. »Die Frau war wohl keine Arbeiterin«, bequemte sich nun immerhin ein Mann, ein etwa dreißig Jahre alter Kerl mit Bürstenhaarschnitt, dem die oberen Schneidezähne fehlten, zu sagen.

*So kommen wir nicht weiter, wir müssen unsere Taktik ändern,* dachte Jo. *Lutz hat recht, die verschweigen etwas.*

»Ihr beide seid neu hier, oder?«, wollte nun der stiernackige Mann neben Jo wissen. »Ich hab euch jedenfalls noch nie gesehen.«

»Wir haben erst am letzten Freitag in der Papierfabrik zu arbeiten angefangen«, erklärte Lutz. »Nach Schichtende haben wir uns immer noch etwas dazuverdient, indem wir Ware zum Bahnhof gefahren haben. Sehr üppig ist der Lohn ja nicht grade ...«

Weiteres zustimmendes Gemurmel. Ähnlich dem Gedudel einer Endlos-Warteschleife am Telefon. Warum konnten diese Typen nicht so redselig sein wie gegenwärtige SPDler auf ihren Parteitagen?

Jo verlor die Geduld. Mit verschwörerisch gesenkter Stimme sagte sie: »Eigentlich sind wir hierhergekommen, weil wir auf der Suche nach ... nach ...« Herrje, wie lautete noch einmal der richtige Terminus? »... nach Verbündeten im Kampf um soziale Gerechtigkeit sind«, schloss sie etwas lahm.

Lutz trat ihr gegen das Schienbein. »Wir suchen nach Genossen«, sagte auch er gedämpft, aber in enthusiastischem Tonfall. »Nach wahren Sozialisten.«

Der Mann mit der Zahnlücke rieb sich über sein stoppeliges Kinn. »Da könnten wir euch vielleicht weiterhelfen«, meinte er dann.

Anscheinend hatten sie endlich eine Gesprächsbasis gefunden. Jo unterdrückte ein erleichtertes Seufzen.

»Ihr beide arbeitet also in der Spätschicht, in der Papierfabrik.« Ein großer, muskulöser, kahlköpfiger Typ war an den Tisch getreten und blickte von Lutz zu Jo.

»Ja, genau.« Lutz nickte.

»An welcher Maschine?« Der Typ ließ nicht locker.

»An der Walze.«

»Das ist ja sehr interessant.« Der Muskulöse lächelte dünn. »Ich kenne nämlich alle, die dort arbeiten. Und ihr beide gehört nicht dazu.«

»Wie ich schon sagte, wir sind noch nicht lange in der Fabrik beschäftigt«, versuchte Lutz abzuwiegeln.

»Wenn ihr mich fragt: Die beiden sind Polizeispitzel«, rief der Muskulöse und blickte sich nach Zustimmung heischend um. Die Gespräche ringsum verstummten. Eine lastende Stille breitete sich aus.

»Sieh mal einer an. Das ist ja interessant!« Der Stiernackige versetzte Jo einen so derben Stoß in die Seite, dass sie schwankte, ihre Mütze vom Kopf rutschte und das zum Zopf geflochtene Haar ihr auf den Rücken fiel.

Einige Männer sogen überrascht die Luft ein. »Beschäftigt die preußische Polizei etwa neuerdings auch Frauen als Spitzel?«, grölte der Stiernackige. »Dann muss es ja wirklich schlecht um sie bestellt sein.« *Haha ... Sehr lustig!*

»Komm mal her, Puppe.« Der Stiernackige fasste Jo um die Hüften und versuchte sie auf seinen Schoß zu ziehen.

»Hände weg!« Sie rammte ihm den Ellbogen in die Brust, so dass er sie mit einem Aufjapsen losließ. *Ach, sie hatte doch schon immer gewusst, dass auch Sozialisten alte Machos waren.*

Lutz sprang auf und zog eine uralte Pistole unter seiner Jacke hervor. Er richtete die Mündung reihum auf die Anwesenden und sagte mit lauter, kalter Stimme: »Aus dem Weg!«

Die Männer wichen ein Stück zurück, wirkten aber nicht so, als wären sie wirklich bereit, sie ungeschoren davonkommen zu lassen. Im Gegenteil – einige krempelten ihre Ärmel hoch.

»Was soll das denn jetzt werden?«, zischte Jo Lutz zu. »›Das letzte Gefecht‹? Wir können hier kein Blutbad anrichten.«

»Zu deiner Beruhigung: Die Pistole ist nicht geladen.«

»Oh, wirklich sehr beruhigend!«

Lutz hob die Waffe und rief: »Damit das klar ist: Ich gebe nur einen einzigen Warnschuss ab!«

*Na, das wird ein super Effekt sein, wenn die Pistole nur kurz aufhustet und dann weiter nichts geschieht*, dachte Jo resigniert. Zu allem Überfluss schien Lutz wieder mal Spaß an der gefährlichen Situation zu haben. Nun ja, wenn man sie zusammengeschlagen nach Hause brachte, würde sich wenigstens ihre Großmutter in ihren Vorurteilen gegen die Sozialisten bestätigt sehen.

Lutz spannte den Hahn, während Jo den Griff ihres Bierglases fester umklammerte. Kampflos würde sie sich nicht ergeben! Sie und Lutz und die Arbeiter starrten sich an.

»Nun fuchteln Sie hier nicht mit einer Waffe rum! Und ihr anderen – lasst den Kerl und seine Begleiterin in Ruhe.« Eine tiefe, ein wenig heisere Stimme tönte durch die Kneipe.

Jo wirbelte herum. Vor einer Seitentür stand eine Frau, zwischen deren Lippen eine Zigarre klemmte. Durch den

Rauch blickte sie ein hakennasiges, scharf geschnittenes Gesicht an. Die Frau trug ein schwarzes hochgegürtetes Kleid, das an die Mode der napoleonischen Zeit erinnerte. Sie war mittelgroß und schätzungsweise um die fünfzig. Ihr üppiger Busen bildete einen eigentümlichen Kontrast zu ihren strengen Gesichtszügen. Eine riesige Dogge schob sich an der Frau vorbei und beäugte die Kneipengäste mit zurückgelegten Ohren.

»Aber die beiden sind bestimmt Spitzel«, protestierte der Muskulöse.

»Trotzdem, lasst mich mit ihnen reden«, beharrte die seltsame Frau. »Oder wollt ihr, dass ein Polizeigeschwader morgen die Fabriken durchkämmt und reihenweise Verhaftungen vornimmt? Was ganz bestimmt geschehen wird, wenn ihr die beiden zusammenschlagt.«

»Verdammtes Pack«, murrte der Muskulöse. Doch er kehrte zu seinem Tisch zurück, und auch die anderen Arbeiter nahmen wieder ihre Plätze ein. Die Frau musterte Jo und Lutz. Dann deutete sie auf die offenstehende Tür. »Hier hinein, wenn ich bitten darf.«

Die Wände des Hinterzimmers waren vermutlich vor langer Zeit einmal weiß gewesen – besaßen nun aber eine gelblichbraune Patina. *Wahrscheinlich vom Rauch*, vermutete Jo, denn es roch intensiv nach Zigaretten und Zigarren. Unter der Decke schlängelte sich ein Fries aus gemalten Eichenblättern entlang. An einer Wand hing neben einem großen, fleckigen Spiegel die vergilbte Werbung eines Lesevereins. Eine andere war mit gerahmten Fotografien übersät. Die Zimmermitte nahm ein langer Holztisch ein, um den schartige Stühle standen. Am Kopfende des Tischs lagen beschriebene Papiere neben einem halb vollen Bierglas und einem braunen Keramikaschenbecher in Form eines Stiefels.

Dort nahm die exzentrische Frau Platz und bedeutete Jo und Lutz, sich zu ihr zu setzen. Die Dogge ließ sich mit einem melancholischen Seufzer neben sie auf den Dielenboden fallen. Während die Frau wieder einen tiefen Zug von ihrer Zigarre nahm, betrachtete sie Jo und Lutz erneut forschend. Unvermittelt erschien ein Lächeln um ihren breiten Mund, und sie sagte: »Kommissar Lutz Jäger, wenn mich meine Augen nicht sehr täuschen ...«

»Mit wem habe ich denn das Vergnügen?«, fragte Lutz vorsichtig.

»Nun zieren Sie sich gefälligst nicht so«, fuhr sie ihn an. »Sie hatten Glück, dass die Arbeiter Sie nicht erkannt haben. Sonst wären Sie kaum so ungeschoren davongekommen. An Ihrer Maskerade müssen Sie wirklich noch arbeiten. Jedenfalls bestätigt dies wieder einmal meine These, dass männliches Imponiergehabe den klaren Blick vernebelt.«

Als Lutz sie immer noch perplex ansah, neigte sie leicht den Kopf und sagte ironisch: »Um Ihrem Gedächtnis auf die Sprünge zu helfen: Augusta Meyrink – Frauenrechtlerin, Vorsitzende der Sozialdemokratischen Partei Ebersheims und Philantropin. Nun ja, meinen Klientinnen gegenüber waren Sie immer sehr großzügig.«

»Und Ihre *Klientiennen* sind?«, erkundigte sich Jo.

»Frauen, die den herrschenden reaktionären Moralvorstellungen nach als *gefallen* gelten.«

»Also Prostituierte?«

»Sie scheinen klare Worte zu mögen, Kindchen.« Augusta Meyrink wirkte amüsiert. »Ja, Prostituierte. Aber auch Frauen aus den sogenannten gehobenen und hohen Schichten, die meine Hilfe benötigen. Wovon es gar nicht so wenige gibt.«

»Und was genau tun Sie in dieser Kneipe?« Jo war irgendwie von Augusta Meyrink fasziniert.

»Einen Vortag zum allgemeinen Wahlrecht mit besonderer Berücksichtigung des Frauenstimmrechts ausarbeiten. Dieses Lokal ist schließlich der, wenn auch inoffizielle, Treffpunkt der Ebersheimer Sozialdemokraten.« Ihre Stimme klang trocken. »Dürfte ich meinerseits wissen, wer Sie sind, Kindchen?«

Jo überlegte rasch. Bei Augusta Meyrinks politischem Hintergrund war es sehr unwahrscheinlich, dass sie zu den Intimfreundinnen ihrer Großmutter gehörte und sie verpetzen würde. »Josepha von Kästnitz«, antwortete sie schließlich.

»Oh, jetzt, da Sie es sagen – Sie kamen mir auch irgendwie bekannt vor.« Ein weiterer Rauchring schwebte zur Decke. *Habe ich, also meine Ururgroßmutter, einmal die Hilfe dieser Frau in Anspruch genommen?*, schoss es Jo durch den Kopf.

Als hätte Augusta Meyrink ihre Gedanken erraten, lächelte sie und erklärte dann: »Ich kenne Sie von Theater- und Opernaufführungen, die Sie in Begleitung Ihres Onkels und Ihrer Großmutter besucht haben. Ich bin nämlich eine große Liebhaberin besonders der Oper. Tamtamtam ...« Sie begann eine Melodie aus *La Traviata* vor sich hin zu summen, ehe sie abrupt abbrach und hinzufügte: »Eine von patriarchalischen Vorstellungen durchtränkte Geschichte, aber eine wunderbare Musik. Und was bringt Sie dazu, meine Liebe, ein Wirtshaus aufzusuchen, in dem der preußische Adel nicht gerade viele Anhänger besitzt?«

Lutz räusperte sich. »Die Komtesse hat sich entschlossen, einmal inkognito das wirkliche Leben kennenzulernen.« Seine Stimme klang ganz ernst, aber Jo war davon überzeugt, dass er sich bestens amüsierte.

Sie warf ihm einen bösen Blick zu. »Ich möchte Polizistin werden, was meine Familie natürlich nicht wissen darf.« *Das hörte sich irgendwie genauso idiotisch an wie Lutz' Erklärung.*

»Ein mutiger Entschluss, Komtesse, mit dem Sie sich viel vorgenommen haben. Meine Hochachtung.« Das Licht spiegelte sich in Augusta Meyrinks dunklen Augen, und Jo war sich nicht ganz sicher, ob sie ihr wirklich glaubte. »Zugang zu den Universitäten zu erhalten dürfte für uns Frauen, verglichen damit, in den Männerbund der preußischen Polizei einzudringen, nahezu ein Kinderspiel sein. Auch wenn dieser das sonst so oft beschworene *weibliche Element* nur zu guttäte.«

»Sie können mir glauben – auch in über hundert Jahren wird es mit Frauen in Spitzenpositionen bei der Polizei immer noch düster aussehen.« Jo seufzte.

»Nicht dass ich nicht immer wieder gerne Frauen zuhören würde, die sich über den Kampf für die Emanzipation austauschen«, warf Lutz ein und wandte sich Augusta Meyrink zu. »Aber Jo – also Josepha von Kästnitz – und ich sind in diese Kneipe gekommen, um Nachforschungen über eine Frau anzustellen, die gestern Nacht hier ganz in der Nähe ermordet wurde.«

»Ich habe in den Nachmittagszeitungen von dem Mord gelesen, und einige der Männer«, Augusta Meyrink wies in Richtung des Schankraums, »haben darüber gesprochen.« Ihr Gesicht war ausdruckslos wie ein Pokerface, und Jo fragte sich, ob sie ihnen nicht die ganze Zeit eine Komödie vorgespielt hatte, um sie ihrerseits über den Mord auszuhorchen.

»Das ist die Tote.« Lutz nahm ein Foto aus seiner Jackentasche und schob es über den Tisch. Jo beugte sich vor. Das Foto war grobkörnig und zeigte das Gesicht einer jungen Frau Mitte zwanzig. Es wirkte geschwollen – die Folge des Todes durch Erdrosselung. Dunkles Haar lockte sich um ihr Gesicht. Ohne die Entstellung war sie wahrscheinlich hübsch gewesen.

Augusta Meyrink sog scharf die Luft ein und atmete dann mit einem Seufzen wieder aus.

»Sie kannten die Tote«, stellte Lutz ruhig fest.

»Ich habe schon befürchtet, dass sie es ist, als ich die Personenbeschreibung in den Nachmittagszeitungen las.« Augusta Meyrink nickte.

»Wie lautet der Name der Toten?«, hakte Lutz nach. »Und warum sind Sie nicht zur Polizei gegangen und haben uns von Ihrem Verdacht unterrichtet? Liegt Ihnen denn nicht daran, dass der Mord so schnell wie möglich aufgeklärt wird?«

»Liegt denn der Polizei daran?«, konterte Augusta Meyrink.

»Die Chance, das zu beweisen, sollten Sie mir und meinen Kollegen schon geben.«

Augusta Meyrink schwieg und stippte Asche von ihrer Zigarre in den Keramikstiefel. Sie wirkte plötzlich müde und traurig. Aus dem Schankraum waren Stimmengewirr und das Zischen der Zapfanlage zu hören.

»Ich nenne Ihnen den Namen der Toten unter einer Bedingung«, sagte Augusta Meyrink schließlich. »Wenn Sie mir versprechen, die Sozialdemokraten aus diesem Fall herauszuhalten.«

»Das kann ich Ihnen nicht versprechen.« Lutz schüttelte den Kopf. »Ich schätze, Sie wissen ebenso gut wie ich, dass auch ein Sozialist ein Mörder sein kann und dass ich deshalb auch unter den Sozialdemokraten ermitteln muss. Ich kann Ihnen nur versprechen, alle Informationen, die mit sozialistischen Vereinigungen zusammenhängen, vorerst nicht an meine Vorgesetzten weiterzugeben. Außerdem wird die Polizei ohnehin früher oder später die Identität des Opfers feststellen. Wenn Sie uns sagen, wer die Tote ist, haben Josepha und ich immerhin einen Ermittlungsvorsprung.«

»Sie scheinen das gnädige Fräulein ja ganz ernsthaft als Ihre Mitarbeiterin zu betrachten.«

»In gewisser Weise bin ich das auch«, bemerkte Jo kurz. Warum konnten die Dinge bei ihren Zeitreisen nicht einmal unkompliziert sein? Wie viel einfacher wäre doch alles, wenn sie auch ganz offen als Polizistin agieren könnte.

»Bisher haben Sie mich noch nie enttäuscht.« Augusta Meyrink wandte sich wieder Lutz zu. »Deshalb will ich Ihnen auch jetzt vertrauen. Der Name der Toten ist Magda Keuner. Sie arbeitete als Dienstmädchen im Hause des Kommerzienrats Roegner. Die Komtesse kennt diese Leute wahrscheinlich.«

»Ähm, leider nicht wirklich.« Jo wünschte sich, die Frauenrechtlerin würde endlich darauf verzichten, diesen albernen Titel zu verwenden, wenn sie mit ihr sprach. Noch dazu, da sie ihn immer mit einer gewissen Süffisanz betonte.

»Weshalb haben Sie der Polizei den Namen der Toten nicht mitgeteilt?« Lutz ließ nicht locker.

»Weil Magda gestern Abend an einer Versammlung der sozialdemokratischen Partei teilgenommen hat.« Augusta Meyrink seufzte. »Sobald die Polizei dies herausfände, würde sie sich begeistert auf die Sozialisten als Mörder stürzen. Schon mancher hat unter Drohungen und Prügeln eine Tat gestanden, die er nicht begangen hat.«

»Nun ja, es herrschen in den sogenannten hohen Gesellschaftsschichten schon gewisse Vorurteile gegenüber den Sozialisten«, bemerkte Jo, die sich nur zu gut an die Unterhaltung während des Abendessens erinnerte.

»Wie schön, dass Sie diese Vorurteile nicht zu teilen scheinen.«

»Was ich nun aber wirklich nicht verstehe, ist, warum Magda Keuners Arbeitgeber, ähm Dienstherren, sie nicht als vermisst gemeldet haben«, hakte Lutz nach. »Diese Roegners müssen ihr Fehlen doch bemerkt haben.«

»Magda hat mir gestern vor der Versammlung erzählt, dass sie sich zwei Tage freigenommen hatte, um ihre Eltern in Odernheim zu besuchen. Sie wollte den Spätzug nehmen.«

»Und warum meldeten ihre Eltern sie dann nicht als vermisst?«

»Sie stellen aber merkwürdige Fragen.« Augusta Meyrink blickte Lutz verständnislos an. »Wie hätten Magdas Eltern das denn innerhalb so kurzer Zeit bewerkstelligen sollen?«

»Na ja, sie hätten doch telefonieren können ... oder telegrafieren«, schob Lutz nach.

»Ich habe Sie ja immer für einen ganz vernünftigen Mann gehalten.« Augusta Meyrink schien ihr inneres Gleichgewicht wiedergefunden zu haben und bedachte ihn mit einem ärgerlichen Blick. »Aber entweder machen Sie gerade einen schlechten Scherz, oder der Dienst bei der Polizei beeinträchtigt die geistigen Fähigkeiten. Telefon ... Als ob es in einem Ort wie Odernheim ein Telefon gäbe. Und zu telegrafieren können sich Magdas Eltern auch nicht leisten. Sie sind einfache Bauern. Sie werden vermutet haben, dass ihrer Tochter etwas dazwischengekommen ist und sie ihren Besuch um ein oder zwei Tage verschieben musste.«

»Schon gut, schon gut, ich verstehe.« Lutz hob die Hände.

»Das wird auch langsam Zeit.«

»Ist es nicht ungewöhnlich, dass ein Dienstmädchen an einer Versammlung der sozialdemokratischen Partei teilnimmt?«, warf Jo ein.

»Es ist ungewöhnlich, dass überhaupt Frauen an diesen Versammlungen teilnehmen.« Augusta Meyrink hob die Augenbrauen. »Sie können mir glauben, meine Liebe, wenn Genossen aus anderen Städten anreisen, denken sie meistens, über mich hinwegsehen zu können. Zumindest bei unserer ersten Begegnung. Obwohl ich hier ja die Vorsitzende bin. Im Allgemeinen kann ich mir dann aber recht schnell Respekt verschaffen. Um jedoch Ihre Frage zu beantworten: Magda wollte mehr im Leben erreichen, als nur Dienstmädchen zu sein. Sie war wissbegierig, lernte Stenografie und sogar Schreibmaschine schreiben, um irgendwann Arbeit in einem Büro zu bekommen. Sie liebte Bücher, kämpfte für das Frauenwahlrecht.«

Wieder wurde ihr Gesicht traurig – als hätte sie zwischenzeitlich kurz die Realität von Magda Keuners Tod vergessen, und jetzt käme er ihr erneut ins Bewusstsein.

»Das Leben als Dienstmädchen war sicher nicht leicht für Magda«, meinte Jo, die an die schweigsamen, knicksenden jungen Frauen im Haushalt ihrer Großmutter und ihres Onkels denken musste. »Hätte sie als Arbeiterin nicht mehr Freiheiten gehabt?«

»Nur bedingt, Kindchen.« Augusta Meyrink winkte ab. »Die Roegners bezahlen nicht schlecht, bei freier Kost und Logis. Außerdem war Magdas linker Arm kürzer als der rechte, weshalb sie nur schwerlich in der Lage gewesen wäre, an einer Maschine zu arbeiten.« Sie erhob sich, nahm eine der Fotografien von der Wand und zeigte auf eine Frau, die zusammen mit anderen jungen Leuten auf einer Wiese lagerte. »Das ist Magda.«

Magda Keuner hatte ein waches Gesicht und lächelte in die Kamera. *Ja, sie war wirklich hübsch*, dachte Jo. Ihr linker Arm war deutlich kürzer als der rechte.

»Magda nahm also an einer Versammlung der sozialdemokratischen Partei teil«, griff Lutz den Gesprächsfaden wieder auf.

»Die Versammlung fand hier im Hinterzimmer statt.« Augusta Meyrink nickte. »Sie verließ die Versammlung noch vor dem Ende, da sie, wie ich schon sagte, den Spätzug nach Odernheim erreichen wollte.«

»Ist ihr einer der Anwesenden gefolgt?« Lutz sah Augusta Meyrink aufmerksam an.

»Ich habe das den jungen Mann, der an der Tür Wache hielt, selbst schon gefragt, nachdem ich von dem Mord in den Nachmittagszeitungen las. Außer Magda hat bis zum Ende der Rede und der anschließenden Diskussion niemand den Saal verlassen.«

»Hatte Magda Feinde?«, schaltete sich Jo wieder ein.

»Nicht dass ich wüsste. Aber so gut kannte ich Magda nun auch wieder nicht.«

»Gibt es Freundinnen, denen sie sich anvertraut haben könnte?«

»Theresia Ahrenz, ein Dienstmädchen im Hause des Landrats von Gleiwitz – die Familie wohnt in der gleichen Straße wie die Roegners. Sie und Magda waren ziemlich eng befreundet.«

»Ich werde morgen mal mit dieser Theresia reden«, sagte Jo.

»Meine Liebe«, Augusta Meyrink schüttelte ungeduldig den Kopf, »Ihr Eifer in allen Ehren. Aber Sie sind ziemlich weltfern. Sie, eine Komtesse, können unmöglich einfach bei den von Gleiwitz auftauchen und erklären, Sie möchten gerne mit einem der Dienstmädchen sprechen, ohne jede Menge Fragen zu provozieren.«

»Dann werde ich die Befragung übernehmen«, mischte sich Lutz ein.

»So habe ich das nicht gemeint.« Augusta Meyrink winkte ab. »Vielleicht ist Theresia ja eher bereit, sich einer Frau anzuvertrauen als einem Mann. Ich werde ein Treffen mit ihr in meinem Haus arrangieren.« Sie wandte sich wieder Jo zu. »Kommen Sie morgen gegen elf Uhr in die Lessingstraße Nummer dreiunddreißig.«

Eine Weile später blickten Jo und Lutz Augusta Meyrink hinterher, die – ihre Dogge neben sich – der regnerischen Straße in Richtung des Straßenstrichs folgte. Er befand sich an derselben Stelle wie in der Gegenwart. Mädchen und junge Frauen aus Ostpreußen und Polen, die unter falschen Versprechungen aus ihrer Heimat gelockt worden waren, wurden gezwungen, dort anzuschaffen. *Auch daran hat sich – abgesehen von den Nationalitäten –*, ging es Jo durch den Kopf, *nicht viel geändert*. Als Augusta Meyrink unter einer Straßenlaterne hindurchging, glaubte Jo, eine kleine Wolke aus Zigarrenrauch über ihrem Kapotthut schweben zu sehen. Aber das bildete sie sich wahrscheinlich nur ein.

»Eine Art Streetworkerin des späten neunzehnten Jahrhunderts«, sagte sie nachdenklich. »Eine wirklich mutige Frau.«

»Wenn ich ein Zuhälter wäre, würde ich es mir überlegen, mich mit ihr und ihrer Dogge anzulegen.« Lutz schüttelte den Kopf und grinste. »Sie hat wirklich Haare auf den Zähnen.«

»Du scheinst ja recht viel mit ihren *gefallenen Frauen* zu tun zu haben«, konnte Jo es sich nicht verkneifen, etwas spitz zu bemerken.

»Wenn ich dich daran erinnern darf: Das bin nicht ich, sondern mein Alter Ego. Und wenn es da irgendwelche unlauteren Beziehungen geben sollte, was dein Ton anzudeuten scheint, hätte mich Augusta Meyrink bestimmt der Dogge oder den Arbeitern oder beiden zum Fraß vorgeworfen, statt mir zu helfen. Und nun komm mit. Du wolltest doch den Ort sehen, wo Magda Keuners Leichnam gefunden wurde.«

Der Fundort der Leiche war nicht weit entfernt. Am Rand der Brache entnahm Lutz seiner Lederaktentasche eine Karbidlampe und zündete sie an. Auf beiden Seiten der Schienen, die zum Fluss hinunterführten, wucherten hohes Gras und Gestrüpp. Jo folgte Lutz zu einer Ansammlung von dornigen Büschen, wo er den Schein der Lampe auf den Boden richtete und sagte: »Hier lag sie.«

Das Gras war immer noch niedergetrampelt. Obwohl die Straße und die Industriegebäude kaum mehr als fünfzig Meter weiter weg sein konnten, kamen sie Jo doch sehr viel entfernter vor. Zwischen den Zweigen der Büsche konnte sie das andere Flussufer sehen, wo vereinzelte Lichter brannten. In der regnerischen, kalten Nacht erschienen sie ihr warm und einladend.

*Ob Magda diese Lichter vor ihrem Tod noch gesehen hat?*, überlegte sie. *Oder war sie viel zu panisch, um irgendetwas wahrzunehmen?* Laut sagte sie: »Meinst du, Magda hat sich hier mit ihrem Mörder getroffen?«

»Kein sehr romantischer Ort für ein Stelldichein.« Lutz schüttelte den Kopf. »Außerdem gibt es erst mal keinen Grund anzuzweifeln, dass sie tatsächlich den letzten Zug nach Odernheim erreichen wollte. Ich vermute, der Mörder hat sich in den Büschen oben an der Straße versteckt und dort seinem Opfer aufgelauert. Dann hat er Magda mit einem Messer oder einer anderen Waffe bedroht und sie gezwungen, mit ihm zu kommen.«

»Wahrscheinlich hast du recht.« Jo dachte kurz nach. »Wer hat Magda eigentlich gefunden? Auf dieser Brache dürften ja nicht grade oft Leute herumspazieren.«

»Ein Bahnbeamter. An diesen Gleisen hatte sich eine Weiche verstellt.« Lutz ließ den Lampenschein zu einer Stelle wandern, wo sich vier Schienenstränge kreuzten.

Jo musste wieder an das entstellte Gesicht auf der grobkörnigen Schwarzweißfotografie denken. »Morgen möchte ich Magda Keuners Leichnam sehen«, sagte sie. »Also lass dir irgendeine Geschichte einfallen, mit der du mich in die Gerichtsmedizin einschmuggeln kannst.«

»Weshalb ausgerechnet ich? Du kannst auch mal deine Fantasie spielen lassen.« Lutz fummelte eine Packung Zigaretten aus seiner Jacke und zündete sich eine an, während sie zurück zur Straße gingen.

Der Rauch kitzelte angenehm in Jos Nase. »Kann ich auch eine haben?«, fragte sie spontan.

»Du – eine militante Nichtraucherin – schnorrst mich um eine Zigarette an?«

»So militant bin ich nun auch wieder nicht. Ich weiß auch nicht ... Ich hab einfach plötzlich Lust auf eine Zigarette.«

»Du bist noch minderjährig. Außerdem ... darf ich dich dran erinnern, dass der Joint, den wir damals im Mittelalter an Weihnachten zusammen geraucht haben, eine ziemlich verheerende Wirkung auf dich hatte? Hast du überhaupt jemals geraucht?«

»Für kurze Zeit, als Jugendliche. Hauptsächlich, um meine Mutter und meine Großmutter zu ärgern. Nun rück schon eine Zigarette raus.«

»Auf deine Verantwortung.« Lutz reichte ihr eine und gab ihr Feuer. Jo inhalierte tief. Es fühlte sich gut an. Und angenehm verrucht. Vielleicht machte sie ja gerade eine regressive Phase durch. *Hoffentlich*, überlegte sie, während sie einen weiteren tiefen Zug nahm, *hat das Rauchen keine Auswirkungen auf mein ›Gegenwarts-Ich‹*. Egal. Noch befand sie sich ja, für wer weiß wie lange, im späten 19. Jahrhundert.

Jo sah Lutz, der seinen Zigarettenstummel nun mit der Stiefelspitze auf dem nassen Asphalt des Gehwegs ausdrückte, von der Seite an. »Weshalb war deine Waffe vorhin in der Kneipe eigentlich nicht geladen – auch wenn es uns andernfalls wahrscheinlich nicht viel genutzt hätte.«

»Ich hätte neue Munition quittieren müssen. Leider hatte ich nicht die geringste Ahnung, wie die Unterschrift meines Alter Egos aussieht.«

»Oh, diese Probleme gab's im Mittelalter nicht.«

»Ich sage dir ja, dass das Mittelalter seine Vorteile hatte.« In einiger Entfernung tauchte eine Droschke auf.

»He, Taxi!«, rief Lutz und rannte, die Arme schwenkend, auf den Wagen zu.

## 2. KAPITEL

*Poch, poch, poch* ... Das penetrante Klopfen weckte Jo. Widerwillig riss sie die Augen auf. Der kleine goldene Wecker auf ihrem Nachttisch zeigte neun Uhr an. Erst gegen fünf war sie ins Bett gekommen. Mein Gott, fühlte sie sich verkatert, und schlecht war ihr auch. Nun erinnerte sie sich wieder. Sie und Lutz waren nach ihren Ermittlungen im Industriegebiet zu Lutz' Pension gefahren und hatten auf seinem Zimmer geraucht und getrunken, miteinander geredet und diese grässliche Sütterlinschrift geübt. Auf keinen Fall würde sie Lutz gegenüber zugeben, dass ihr der Alkohol und die Zigaretten nicht bekommen waren.

Wieder pochte jemand an die Tür. »Fräulein Josepha«, hörte sie Katharina ihren Namen rufen.

»Ja, komm herein!« Hauptsache, die Dienerin hörte mit ihrem Klopfen auf. In diesem Moment sah Jo, dass der Anzug noch dort auf dem Boden lag, wo sie ihn in der Nacht hatte fallen lassen. Hastig sprang sie aus dem Bett – wobei sich das Zimmer um sie zu drehen begann – und beförderte die Kleider mit einem Fußtritt unter den Kleiderschrank.

Jo hatte sich gerade wieder auf die Bettkante sinken lassen, als Katharina den Raum betrat. »Gnädiges Fräulein, da Ihr wieder verschlafen habt, habe ich mir die Freiheit herausgenommen, Eurer Großmutter zu sagen, Ihr wäret krank.« Nervös knetete die Dienerin ihre Hände.

»Sehr gut, vielen Dank.« *Sie fühlte sich auch wirklich elend.*

»Aber in weniger als einer Stunde kommt Euer Klavierlehrer.«

»Heute fallen die Stunden aus.« Jo wollte sich wieder ins Bett fallen lassen und sich das Kissen über den Kopf ziehen, als ihr einfiel, dass sie ja um elf Uhr bei Augusta Meyrink verabredet war. Also wurde es leider nichts mit Weiterschlafen.

»Katharina, würdest du mir bitte eine Kanne Kaffee bringen, und zwar extrastark, und ein Brötchen mit Butter?« *Falls sie überhaupt etwas herunterbringen würde.*

»Gewiss, gnädiges Fräulein.« Katharina nickte. Plötzlich sog sie schnüffelnd die Luft ein, und nun nahm auch Jo den leichten Geruch nach kaltem Zigarettenrauch wahr, der im Zimmer hing. Doch die Dienerin sagte nichts. *Malfalda gegenüber werde ich mich mit dem Rauchen in Acht nehmen müssen*, überlegte Jo, nur um gleich darauf zu konstatieren: *Ich benehme mich wirklich wie ein Teenager.*

Müde humpelte sie ins angrenzende Badezimmer. Der starke, heiße Wasserstrahl aus dem Duschkopf an der Decke war eine Wohltat. Und sich mit der nach Orangen duftenden Seife einzuseifen ebenfalls. *Lutz hat unrecht*, dachte sie. *Das späte 19. Jahrhundert hat gegenüber dem Mittelalter doch viele Vorteile. Zumindest, was die fortschrittlichen sanitären Verhältnisse in diesem Haushalt betrifft.*

Als Jo in ihrem seidenen Morgenmantel wieder in das Schlafzimmer zurückkehrte, hörte sie draußen auf dem Kies Pferdegetrappel und Räderrollen. Rasch blickte sie aus dem Fenster. Ihr Onkel und ihre Großmutter fuhren in dem Landauer die Einfahrt hinunter. Die üppige lilafarbene Feder auf Malfaldas Hut wippte im Takt der Pferdeschritte.

Erleichtert atmete Jo auf. *Ihre Großmutter war aus dem Haus. Dieser Morgen war doch gar nicht so schlecht, wie er begonnen hatte. Ja, auch ihrem Magen ging es schon viel besser.*

Jo hatte sich gerade angezogen, als Katharina den Kaffee und das Brötchen brachte. Hungrig biss Jo in das Gebäck und trank einen großen Schluck Kaffee. »Katharina, ich bräuchte eine Kutsche«, sagte sie dann mit vollem Mund.

»Aber Friedrich bringt eben Euren Onkel und Eure Großmutter in die Stadt«, antwortete Katharina bedauernd.

*Mist ... daran hatte sie nicht gedacht.* »Haben wir denn auch Reitpferde?«

»Aber gewiss, gnädiges Fräulein.« Katharina seufzte. »Ihr habt doch nicht tatsächlich vergessen, dass Ihr eine Stute besitzt?«

»Nein, natürlich nicht.«

»Dann hole ich schon einmal Euer Reitkleid aus dem Schrank.«

»Kein Reitkleid«, widersprach Jo energisch.

»Aber gnädiges Fräulein«, protestierte Katharina.

»Keine Diskussion.«

Auch Lutz trank an diesem Morgen in seinem Amtszimmer einen extrastarken Kaffee. Doch anders als Jo war er gar nicht erst zu Bett gegangen. Stattdessen hatte er die frühen Morgenstunden genutzt, um sein Pensionszimmer gründlich zu durchsuchen. Dabei hatte er tatsächlich ein Sparbuch mit einem Guthaben von zweihundertfünfzig Mark entdeckt sowie eine kleine Kamera samt Ausrüstung – nicht schlecht, dass sich sein Alter Ego für Fotografie interessierte.

Anschließend hatte er den Arbeiter, der während der Versammlung Wache gehalten hatte, aufgesucht – die Adresse hatte ihm Augusta Meyrink gegeben – und diesen beim Rasieren angetroffen. Der junge Mann hatte die Angaben der Frauenrechtlerin bestätigt, dass niemand aus dem Saal Magda Keuner gefolgt war. Auf dem Weg zur Polizeiwache hatte er dann einen Abstecher zur Bank gemacht, Geld von seinem Sparbuch abgehoben und danach in einem Bürowarengeschäft eine Schreibmaschine erworben.

*Und das alles vor zehn Uhr morgens. Wirklich keine schlechte Leistung*, dachte Lutz, während er mit der Linken nach einem Bogen leerem Kanzleipapier griff und sich bemühte, diesen in den Spalt zwischen den beiden gummierten Schreibmaschinenwalzen zu schieben. Seine rechte Hand steckte in einem malerischen Verband. Glücklicherweise hatte er daran gedacht, sie quasi unbrauchbar zu machen, bevor er die Bank aufgesucht hatte. Denn so hatte sich der Angestellte nicht an seiner zittrigen Unterschrift gestört.

Lutz wurde jäh aus seiner zufriedenen Stimmung gerissen, als die Tür aufflog und Hauptkommissar Koschatzki in den Raum marschiert kam. »Jäger, warten Sie vielleicht auf eine Sondereinladung, um zur Einsatzbesprechung in meinem Büro zu erscheinen, oder was?«, brüllte er. »Jetzt bewegen Sie gefälligst Ihren Arsch, bevor ich Ihnen in denselbigen trete.«

*Eindeutig keine motivierende Mitarbeiterführung.* Langsam erhob sich Lutz.

Koschatzkis Blick fiel auf die Schreibmaschine, ein gusseisernes Modell, das in seinen Ausmaßen an einen der ganz frühen Computer erinnerte. »Was wollen Sie denn mit dem Ding, Mann?«, raunzte er.

»Nun, ich dachte, da ich zurzeit leider meine Rechte nicht gebrauchen kann ...« Lutz hob die Hand mit dem Verband.

»Schreiben Sie meinetwegen mit Ihrem rechten Fuß, Jäger. Aber dieses neumodische Zeug kommt mir nicht ins Kommissariat. Und überhaupt – nehmen Sie gefälligst mal Haltung an, wenn ein Vorgesetzter mit Ihnen spricht.«

Lutz verlor die Geduld. »Ich bin Kriminalbeamter und kein Soldat«, erwiderte er scharf.

»Beim Militär hätten Sie es wahrscheinlich noch nicht mal zum Unteroffizier gebracht.« Koschatzki lachte höhnisch auf. »Sie dachten wohl, Sie könnten sich bei der Polizei einen ruhigen Lenz machen, wie? Wäre es nach mir gegangen, dann wären Sie niemals eingestellt worden. Sollte mich nicht wundern, wenn jüdisches Blut in Ihren Adern fließt.«

*Der Kerl war ja noch übler, als er ohnehin schon vermutet hatte.*

»Ich fasse es nicht als Beleidigung auf, möglicherweise jüdisches Blut in meinen Adern zu haben«, entgegnete Lutz kühl. »Nichtsdestotrotz muss ich Sie darauf aufmerksam machen, dass Ihre Bemerkung antisemitisch und damit diskriminierend ist.«

»Hä ...?« Koschatzki glotzte ihn verständnislos an.

»Guten Morgen, die Herren.« Eine kultivierte Stimme ließ Koschatzki herumfahren. Ein großer, schlanker, um die fünfzig Jahre alter Mann stand im Türrahmen. Sein schmales, sorgfältig rasiertes Gesicht, der graue Gehrock und die blau-schwarz gepunktete Seidenkrawatte unter der Weste verströmten eine Aura von Reichtum und Vornehmheit.

»Herr Polizeipräsident von Mettmann!« Koschatzki nahm Haltung an, und auch Lutz hielt es für ratsam, sich zumindest aufrecht hinzustellen.

»Irgendwelche neuen Erkenntnisse in unserem Mordfall, die Herren?«

»Bislang leider noch nicht, Herr Polizeipräsident ...«, begann Horst Koschatzki.

»Wie ich heute Morgen durch Zeugenbefragungen herausgefunden habe und eben dem Herrn Hauptkommissar mitteilen wollte, lautet der Name der Toten Magda Keuner«, unterbrach ihn Lutz sanft, aber bestimmt. »Sie arbeitete als Dienstmädchen im Hause des Kommerzienrats Roegner.« *Notfalls würde er eine entsprechende Zeugenaussage für die Akten fälschen.*

»Vorzügliche Arbeit, Mann.« Der Polizeipräsident klopfte Lutz anerkennend auf die Schulter. »Ach, Koschatzki, wir Preußen müssen bei den technischen Neuerungen immer vorne dran sein, nicht wahr? Nicht nur bei der Einführung des Vorderladergewehrs.« Von Mettmann hatte die Schreibmaschine bemerkt und drückte auf einige der Tasten, die mit einem metallischen Rasseln und Rumpeln die entsprechenden Buchstaben gegen die Walze drückten. »Gut, dass Sie sich um eine moderne Ausstattung unserer Amtsstuben bemühen.«

Horst Koschatzki schluckte, als würde eine Gräte in seinem Hals stecken, und sein Gesicht färbte sich noch röter. »Gewiss doch, Herr Polizeipräsident …«

Lutz hatte eine Eingebung. »Herr Polizeipräsident, was würden Sie denn von Fahrrädern halten, sozusagen als Dienstfahrzeuge?«

»Fahrräder?«, fuhr Horst Koschatzki auf. »Aber das ist doch lächerlich!«

»Nun, Fahrräder müssen wenigstens nicht aufgezäumt und gesattelt werden. Sie sind sozusagen sofort einsatzfähig.« Der Polizeipräsident lachte. »Koschatzki, sorgen Sie dafür, dass zwei Fahrräder für diese Dienststelle angeschafft werden. Einen ideenreichen, fähigen Beamten haben Sie da mit Jäger. Weiter so, junger Mann.«

Lutz bemühte sich, nicht breit zu grinsen. *Horst Koschatzki ausmanövriert zu sehen, war mindestens ebenso befriedigend wie ein Sieg der eigenen Mannschaft in der letzten Minute der Spielzeit.*

Konnte man Ende des 19. Jahrhunderts ein Pferd einfach am Straßenrand parken, oder beging man damit eine Ordnungswidrigkeit? Zweifelnd schaute Jo sich in der von kleinen Vorgärten gesäumten, gutbürgerlichen Lessingstraße um. *Ach, egal …* Eiserne Ringe zum Festbinden der Zügel, wie sie es in jedem Western vor dem Saloon gab, konnte sie leider nirgends entdecken. Sie dirigierte die Stute auf den schmiedeeisernen Zaun vor der Nummer 33 zu. Sehr vorsichtig ließ sie sich aus dem Sattel, der wie ein Stuhl mit niedriger Lehne geformt war, zu Boden gleiten, ehe sie die Zügel um eine Metallstrebe des Gartenzauns schlang.

*Damensattel*, dachte Jo bitter, während sie dem Kiesweg, vorbei an noch weitgehend kahlen Flieder- und Hortensienbüschen, zu der prächtigen Jugendstilglastür folgte. Die Stute auf diesem Ding sitzend zu reiten, hatte sich ungefähr so angefühlt, wie ein Auto mit zwei eingegipsten Armen zu steuern. Sie konnte wirklich dem Himmel danken, dass sie heil bei Augusta Meyrinks Haus angekommen war, ohne sich den Hals gebrochen zu haben. Zum Reiten benötigte sie dringend so etwas wie einen Hosenrock.

Nachdem Jo den bronzenen Türklopfer betätigt hatte, öffnete ihr die Sozialistin und Frauenrechtlerin selbst. Obwohl sie wahrscheinlich auch nicht viel geschlafen hatte, sah sie beneidenswert ausgeruht aus.

»Gut, dass Sie gekommen sind.« Sie nickte Jo freundlich zu. »Theresia erwartet Sie bereits.«

»Sie haben ihr mitgeteilt, dass Magda Keuner ermordet wurde?«

»Ja, sie weiß Bescheid.« Augusta Meyrink führte Jo in ein großzügig geschnittenes, nach Süden hin gelegenes Wohnzimmer und stellte sie dem völlig verweinten Dienstmädchen vor. Danach verließ sie den Raum.

Theresia war eine schmale blonde Frau Mitte zwanzig, deren schwarze Dienstbotenkleidung sie sehr zerbrechlich wirken ließ. Sie bemühte sich tapfer – immer wieder von Schluchzern unterbrochen –, Jos Fragen zu beantworten. Doch obwohl sie und Magda Keuner sich wirklich nahegestanden zu haben schienen, konnte sie Jo nicht weiterhelfen.

Nein, erklärte sie mit heftigem Kopfschütteln, Magda habe keine Feinde gehabt. Auch einen Liebhaber hatte es, so viel Theresia wusste, nicht in Magdas Leben gegeben. Die Roegners wüssten *natürlich* nichts von Magdas Engagement bei den Sozialdemokraten. *Ja, klar,* dachte Jo. Sie hatte die Frage ohnehin nur aus Routine gestellt. Wenigstens konnte Theresia ihr bestätigen, dass Magda zwei Tage Urlaub genommen hatte, um ihre Eltern zu besuchen, und dass sie mit dem Spätzug nach Odernheim hatte fahren wollen.

Nach einer halben Stunde war Jo endgültig davon überzeugt, dass sie von Theresia nichts mehr erfahren würde, und sie begleitete die junge Frau zur Haustür. Da sie sich von Augusta Meyrink verabschieden wollte, blickte sie sich suchend in dem mit weißgestrichenen Holzpaneelen verkleideten Hausflur um. Hinter einer der Türen glaubte sie, Augustas heisere Stimme zu hören, und klopfte. Auf deren »Herein« trat sie in den Raum. Eine Art Arbeitszimmer, das wie der Raum, in dem Jo mit dem Dienstmädchen gesprochen hatte, mit Jugendstilmöbeln aus Kirschbaumholz eingerichtet war.

Augusta Meyrink saß hinter einem Schreibtisch mit geschwungener Platte und trug einen Zwicker auf der Nase. Ihr gegenüber in einem mit lindgrünem Samt bezogenen Sessel hatte ein Mann Platz genommen, der sich nun zu Jo umdrehte.

*Ende zwanzig oder Anfang dreißig,* konstatierte sie, *blond, kurzgeschnittener Bart. Leuchtend blaue Augen. Sehr gutaussehend!*

»Darf ich bekannt machen ...? Doktor Frederick Lombard – Josepha von Kästnitz.« Augusta Meyrink wies erst auf ihren Gast, dann auf Jo. »Herr Lombard ist Arzt. Außerdem war er Student bei Sigmund Freud in Wien und hat kürzlich eine meiner Klientinnen geheilt, die an einem schweren Nervenleiden erkrankt war.«

»Gnädiges Fräulein, sehr erfreut, Ihre Bekanntschaft zu machen.« Galant küsste Frederick Lombard Jo die Hand. *Er sah wirklich sehr gut aus.*

»… Sigmund Freud, das Unbewusste bestimmt das Bewusstsein«, bemerkte Jo, die auf einmal Schmetterlinge in ihrem Bauch flattern spürte, um überhaupt etwas zu sagen.

»Oh, Sie kennen die Schriften Freuds?« Lombard lächelte sie an.

»Na ja, was man halt so über ihn und seine Lehre weiß.« Jo zuckte mit den Schultern.

»Viele Menschen haben noch niemals von ihm gehört.«

»Glauben Sie mir, das wird sich im Laufe des nächsten Jahrhunderts ändern. Dann wird sich fast jeder als Hobbypsychologe betätigen und seine Mitmenschen analysieren.«

»Es würde mich freuen, wenn Sie recht behielten und die Psychoanalyse zu einer weitverbreiteten Wissenschaft würde.« Er lachte, was die Schmetterlinge in Jos Bauch noch aufgeregter durcheinanderflattern ließ. *Er sah aus wie Brad Pitt. Eigentlich mochte sie Brad Pitt gar nicht. Trotzdem sah er super aus. Ich benehme mich wirklich wie eine hormongesteuerte Jugendliche*, durchfuhr es Jo. Zeit sich zu verabschieden, bevor sie noch zu erröten und dümmlich zu kichern begann.

»Ich muss gehen.« Sie nickte Augusta Meyrink zu. »Ich setze mich aber demnächst noch einmal mit Ihnen in Verbindung.«

»Ich würde mich freuen, wenn wir uns wieder einmal begegnen würden.« Frederick Lombard verbeugte sich vor ihr. Seine Stimme hörte sich an, als ob er es ernst meinte. *Jetzt wurde sie doch noch rot.* Jo floh zur Tür.

*Ach, warum kann mein Verehrer Theodor von Körner nicht ein bisschen so aussehen wie dieser Frederick Lombard?*, schoss es Jo durch den Kopf, als sie durch den Vorgarten lief. Mit Lombard zu flirten würde wirklich Spaß machen.

»Du siehst ja richtig verträumt aus.« Jo fuhr zusammen, als sie Lutz' Stimme hörte. Er lehnte an dem schmiedeeisernen Zaun, in sicherem Abstand von ihrer Stute, die an einem Grasbüschel herumkaute.

Jo fühlte sich ertappt. »Was machst du denn hier?«, fuhr sie ihn an.

»Dich zu einem Besuch in der Gerichtsmedizin abholen.«

»Oh ...«

»Hat deine Befragung von Magda Keuners Freundin zu irgendwelchen Ergebnissen geführt?«

»Leider nein.« Jo schüttelte den Kopf.

»Ach, ich dachte schon, sie hätte dir einen erstklassigen Mordverdächtigen präsentiert, so zufrieden und selbstvergessen wie du wirkst.«

»Ich sehe ganz bestimmt nicht *selbstvergessen* aus, wenn ich einen Mordverdächtigen gefunden habe«, entgegnete Jo empört. In diesem Moment öffnete sich die Haustür, und Frederick Lombard kam den Gartenweg entlang.

»Gnädiges Fräulein ...« Er lüpfte seinen Hut.

»Wiedersehen ...« Verlegen winkte Jo ihm zu.

»Du hast dich anscheinend nicht nur mit Magda Keuners Freundin unterhalten«, stellte Lutz trocken fest, als sich Lombard ein Stück entfernt hatte. »Gutaussehender Bursche.«

»Doktor Lombard ist ein früher Freudianer und Psychoanalytiker«, erwiderte Jo kühl und wich Lutz' Blick aus. Dabei bemerkte sie das schwere schwarze Fahrrad, das neben Lutz stand. »Wo hast du das denn her?«

»Tja, ich bin seit heute Morgen für die Beschaffung von Dienstfahrzeugen zuständig. Lässt sich ein bisschen schwerfällig lenken, hat keine Gangschaltung, also eine Radtour durch die Alpen möchte ich damit nicht machen, ansonsten fährt es sich aber nicht schlecht.«

»Hast du, außer deinen Aktivitäten für den Polizei-Fuhrpark, sonst noch etwas Sinnvolles getan?« Jo trat zu ihrer Stute und erklomm den Damensattel.

»Unter anderem habe ich mich mit den Mitgliedern von Magdas Lesezirkel unterhalten. Ein Mann scheint mir in sie verliebt gewesen zu sein, aber er hat ein Alibi für die Mordzeit.« Lutz betrachtete Jo amüsiert aus einigen Metern Abstand. »Sehr beeindruckend, wirklich, du in diesem Sattel. Fehlt nur noch das schwarze Reitkleid und ein Schleier, der hinter dir herweht, während du die Straße entlangpreschst. Meinst du, ich kann auf meinem Fahrrad mit dir mithalten?«

Jo schnalzte mit den Zügeln. »Über mein Tempo musst du dir keine Gedanken machen«, antwortete sie grimmig und bemühte sich, nicht das Gleichgewicht zu verlieren, als die Stute lostrottete.

»Was für eine Geschichte hast du dir eigentlich ausgedacht, um mich hier einzuschmuggeln?«, fragte Jo, als sie neben Lutz die graugeflieste Treppe zum Keller des Krankenhauses hinunterging, denn dort war die Gerichtsmedizin untergebracht. »Ich möchte nur gerne Bescheid wissen, falls mich jemand anspricht.«

»Meine Fantasie war überhaupt nicht gefragt.« Lutz zuckte nonchalant mit den Schultern. »Es gibt hier nur einen Gerichtsmediziner, Doktor Thorbeck, und seinen Assistenten. Als ich den Doc heute Vormittag auf der Wache traf und ihm sagte, dass ich mir gerne noch mal Magda Keuners Leiche ansehen würde, erwiderte er nur, ich könne mir den Schlüssel beim Pförtner abholen. Er selbst und sein Assistent sind heute Nachmittag anscheinend außer Haus.«

»Sehr vertrauensvoll dir gegenüber, das mit dem Schlüssel.« Nachdem Lutz beim Pförtner gewesen war, hatte er Jo durch eine Hintertür in das Gebäude gelassen.

»Der Doc scheint ein Kumpel meines Alter Egos zu sein.«

»Sieht so aus, als hätten deine Alter Egos in jeder Epoche jede Menge Kumpels«, bemerkte Jo, die daran denken musste, wie viele Freunde Lutz im Mittelalter gehabt hatte. Sie war ein wenig neidisch.

»Tja, sie sind eben – wie ich ja auch – sehr kommunikative und umgängliche Menschen.« Lutz schloss eine schwere Stahltür auf. Dahinter erstreckte sich ein Gang, dessen Boden aus grobem Zement und dessen Wände aus unverputzten braunen Backsteinen bestanden. Metallrohre verliefen entlang der Decke. Es roch nach Rost und Schimmel und – schwach, aber unverkennbar – nach Leichenfäule. Klimaanlagen lagen ja noch in weiter Ferne, und anders als während ihrer Reise ins Mittelalter herrschte kein strenger Winter.

»Ich hätte dran denken und Riechsalz mitnehmen sollen«, stöhnte Jo. »Das haben sich doch die Damen des neunzehnten Jahrhunderts immer unter die Nase gehalten, damit sie nicht ohnmächtig wurden.«

»Tss, du wirst dich doch nicht eines so unemanzipatorischen Hilfsmittels bedienen wollen.« Lutz klopfte ihr auf die Schulter und blickte sich suchend um. Drei Türen zweigten von dem schmalen Flur ab. »Ich konnte den Doc übrigens für meine Fußballmannschaft werben. Heute Abend findet unser erstes Spiel statt.«

»Das ist ja äußerst interessant, aber ich wüsste ehrlich gesagt lieber, wo wir Magda Keuners Leichnam finden«, erwiderte Jo ungeduldig, der der Geruch und die Enge in dem Gang auf die Nerven fielen.

»Was haben wir denn hier ...« Lutz betrachtete ein mit Sütterlinschrift beschriebenes Pappstück, das in einem Metallrahmen an einer der Türen steckte. »Leichenraum«, buchstabierte er dann. »Na, ist doch gut, dass ich meine Hausaufgaben gemacht habe. Wie steht's mit deinen Fortschritten im Lesen und Schreiben? Du hast hoffentlich fleißig geübt?«

Jo verdrehte nur die Augen.

Nachdem sich die Tür mit einem weiteren Schlüssel hatte öffnen lassen, schlug ihnen ein so durchdringender Leichengeruch entgegen, dass Jo ihren Schal von den Schultern zog und begann, durch den Mund zu atmen. Lutz drehte einen Schalter an der Wand. Elektrisches Licht flammte hinter einigen runden Milchglasschirmen an der Decke auf. Fünf grobe Holztische standen in dem länglichen Raum, der wie der Gang einen groben Betonboden hatte. Drei Tische waren leer. Auf zweien waren die Umrisse menschlicher Körper unter Leinentüchern zu erkennen. Im Hintergrund stand ein Holzregal, auf dem Packen von Tüchern und allerlei Gerätschaften lagen, über deren Zweck Jo lieber nicht genau Bescheid wissen wollte.

Während sie sich noch umschaute, hatte Lutz bereits die Schildchen an den Fußenden der Tische entziffert und das Tuch über dem kleineren der beiden Leichname hochgehoben und beiseitegelegt.

Jo trat neben ihn und zwang sich, Magda Keuners Leichnam emotionslos zu betrachten. Das Gesicht war angeschwollen und blaurot verfärbt – eine Folge der Erdrosselung. Auf ihrem Hals zeichneten sich schwarze Würgemale ab. Von ihrem Oberkörper bis zu ihrem Schambein verlief ein Y-förmiger Schnitt, der mit einem groben schwarzen Faden wieder zugenäht worden war. Ihr linker Arm war deutlich kürzer und dünner als der rechte – das Einzige, was sie mit der fröhlichen jungen Frau auf dem Foto im Hinterzimmer der Kneipe noch gemeinsam hatte. Mit der Frau, die mit ihrem Dasein als Dienstmädchen nicht zufrieden gewesen war. Die von einem besseren Leben geträumt und dafür auch gekämpft hatte.

»Laut dem Obduktionsbericht von Dr. Thorbeck wurde Magda Keuner – wie du ja schon weißt – erwürgt«, hörte Jo Lutz neben sich sagen. »Anzeichen für eine Vergewaltigung gibt es nicht. Ihr Gesundheitszustand war, abgesehen von dem kürzeren Arm, gut. Eine Schwangerschaft lag nicht vor.«

»Keine Vergewaltigung ... Und von dem, was wir bisher über Magda erfahren haben, deutet nichts auf eine Beziehungstat hin«, konstatierte Jo nachdenklich. »Trotzdem wurde sie erwürgt.« Sie nahm ein schwarz eingebundenes Schreibheft und einen Füllfederhalter aus ihrem Seidentäschchen und trug die Obduktionsergebnisse darin ein.

»Na, das ist doch mal ein Fortschritt gegenüber unserer Mordermittlung im Mittelalter, als du unsere Erkenntnisse auf Wachstäfelchen notiert hast«, bemerkte Lutz amüsiert.

»Zumindest ein geringer.« Der vertraute Ablauf der Mordermittlung – und sei es, dass er in noch so absurden Umständen erfolgte – half Jo, ihr inneres Gleichgewicht wiederzuerlangen. Auch den Leichengeruch fand sie nun nicht mehr ganz so schlimm. »Weiter hat dein Dr. Thorbeck nichts in seinem Obduktionsbericht vermerkt?«

»Nein ... außerdem ist er zwar mein Fußballkumpel, aber nicht *mein* Dr. Thorbeck. Worauf willst du hinaus?«

»Ich würde mir Magdas Leichnam gerne noch mal genauer ansehen. Nichts gegen Dr. Thorbeck. Aber so recht traue ich den Standards der Gerichtsmedizin Ende des neunzehnten Jahrhunderts nicht. Hast du an eine Lupe gedacht?«

»Allerdings ... Und auch an eine zusätzliche Lichtquelle.« Lutz förderte Lupe und Karbidlampe aus seiner Aktentasche zutage. »Ich halte die Lampe, du nimmst das Vergrößerungsglas.«

Während Lutz den Lichtstrahl auf Magda Keuners Leichnam richtete, bewegte Jo die Lupe langsam über den entstellten Körper. Zuerst entdeckte sie nichts Auffälliges. Doch nachdem sie die Leiche auf den Bauch gedreht hatten und Lutz den Schein der Lampe auf den Hals richtete, stutzte sie.

»Was hast du?« Lutz beugte sich vor.

»Sieh mal, hier.« Jo deutete auf zwei kleine rote Stellen dicht neben den Würgemalen, die nun – bei den besseren Lichtverhältnissen – sogar mit bloßem Auge zu erkennen waren.

»Hm, in der Tat seltsam.« Lutz nickte. »Sieht aus wie zwei Einstiche oder kleine Einschnitte. Vielleicht befand sich Magda ja vor ihrem Tod in ärztlicher Behandlung. Ich werde das nachprüfen.« Er begann, wieder in seiner Aktentasche herumzukramen, und holte schließlich zu Jos Überraschung einen kleinen Fotoapparat heraus. »Wo hast du den denn her?«

»Mein Alter Ego scheint ein gewisses Faible für die neueste Technik zu besitzen.« Lutz zuckte mit den Schultern. »Halt die Lampe mal so, dass die Stelle gut ausgeleuchtet wird. Und: Bitte nicht wackeln.«

»Schon gut, schon gut«, murmelte Jo.

Nachdem Lutz einige Fotos geschossen hatte, untersuchten sie weiter Magda Keuners Leichnam, entdeckten aber nichts Auffälliges mehr.

»Weißt du, wo Magdas Kleidung aufbewahrt wird?«, fragte Jo schließlich.

»Ich schätze, da drin.« Lutz bückte sich. Er zog einen Pappkarton unter dem Tisch hervor und betrachtete ihn. »Ja, hier steht Magda Keuner«, sagte er dann. Auf dem Deckel befand sich der übliche verschnörkelt-eckige Schriftzug, von dem Jo nur ein paar Buchstaben entziffern konnte. Lutz hob den Deckel. In dem Karton lagen die Kleidungsstücke der Toten bunt durcheinandergewürfelt.

»Noch nicht mal in Papiertüten wurden die Kleider gesteckt«, stöhnte Jo. »Ich darf gar nicht anfangen, über DNA-Spuren nachzudenken.«

»Ja, lass das lieber bleiben.« Lutz nickte. »Sonst bekommst du nur schlechte Laune. Außerdem sind solche Gedanken ohnehin völlig überflüssig. Denn wir befinden uns über achtzig Jahre vor der Zeit, als DNA-Spuren erstmals in der Geschichte der Kriminalistik zur Identifizierung möglicher Täter ausgewertet wurden und ...«

»Ja, ja, schon gut.« Jo winkte ungeduldig ab, während sie begann, die Kleidungsstücke auf einem der Holztische auszubreiten. Lutz half ihr, bis schließlich der ganze Inhalt des Kartons auf dem Tisch lag.

»Auch wenn die Sachen mit allem Möglichen kontaminiert sind«, Jo musterte die einfachen Kleidungsstücke und die derben Schuhe mit gerunzelter Stirn, »müssen wir sie trotzdem auf Spuren untersuchen. Hoffentlich gibt es auf *deiner* Polizeiwache wenigstens ein Mikroskop.«

Diese Fälle in den vergangenen Jahrhunderten, bei denen sie und Lutz ohne die vertrauten technischen Möglichkeiten auskommen mussten, verursachten ihr ein Gefühl der Hilflosigkeit und machten sie deshalb gereizt.

»Ich werde mich auf *meiner* Polizeiwache einmal umhören«, erwiderte Lutz friedlich.

»Gut ...« Jo nahm wieder die Lupe zur Hand und stutzte.

»Was hast du?« Lutz sah sie fragend an.

»Wir haben hier einen Wollrock, eine Bluse, einen Mantel, Hut, Unterwäsche, ein Paar Schuhe, ein Paar Handschuhe, aber nur einen Strumpf. Liegt der zweite vielleicht noch im Karton?«

Lutz blickte hinein. Aber auch darin befand sich der

Strumpf nicht. »Das ist schon seltsam ...«, begann er, hielt jedoch inne. Denn draußen auf dem Gang waren Männerstimmen zu hören. Eine davon war ihm nur zu vertraut. »Koschatzki ist im Anmarsch«, zischte er. »Dir fällt wahrscheinlich auch keine plausible Erklärung ein, weshalb sich die gnädige Komtesse plötzlich für Leichen interessiert?«

»Ach, verdammt!« Panisch schaute Jo sich um. Doch bis auf die Tische und das Regal war der Leichenkeller leer und bot nicht das geringste Versteck. »Bestimmt erzählt dein Chef meinem Onkel, dass er mich hier mit dir angetroffen hat.« *Woraufhin Malfalda sie wahrscheinlich zu wochenlangem Stubenarrest bei Wasser und Brot verurteilen würde.*

»Leg dich auf einen der freien Tische«, raunte Lutz ihr zu.

»Was?«, fuhr Jo auf. »Ich werde bestimmt nicht ...«

»Los, mach schon!«

Die Stimmen kamen näher. Jo kletterte auf den nächstgelegenen Tisch. Lutz spurtete zu dem Regal, nahm eins der Leinentücher heraus und breitete es über Jo. Keinen Moment zu früh, denn nun wurde die Stahltür geöffnet. Horst Koschatzki betrat, gefolgt von einem dicken, kahlköpfigen Mann, dessen Gesicht eine ungesund teigige Farbe hatte und der eine blutbespritzte Schürze wie ein Schlachter trug, den Keller. Wahrscheinlich Doktor Thorbecks Assistent, schlussfolgerte Lutz.

»Jäger«, Koschatzki bedachte ihn mit einem gereizten Blick, »ich bin eigentlich nur hierhergekommen, um die Papiere zu unterzeichnen, die Magda Keuners Leichnam freigeben. Aber da mir der Pförtner sagte, dass Sie hier unten sind, musste ich doch einmal überprüfen, was Sie so treiben.«

»Mir die Tote und ihre Kleidungsstücke noch einmal genau ansehen, Herr Hauptkommissar.« Lutz imitierte einen zackigen, militärischen Gruß. Glücklicherweise entging seinem Chef die Ironie.

»Ach, und Sie glauben, dass Sie noch etwas entdecken, was Doktor Thorbeck übersehen hat? Oder denken Sie, dass Ihr Charme selbst bei einer Toten wirkt und sie mit Ihnen zu reden beginnt, wenn Sie sie nur lange genug anstarren?« Koschatzki lachte dröhnend.

»In gewisser Weise sprechen die Toten tatsächlich. Sie müssten sich nur einmal ein paar Folgen von CSI ansehen.«

»Hä?« Koschatzki glotzte Lutz verständnislos an.

»Hier ist eine Leiche zu viel.« Der Assistent blickte konsterniert auf das Tuch, unter dem Jo lag.

»Ähm, wenn ich mich recht erinnere, sagte der Pförtner vorhin etwas davon, dass ein Toter eingeliefert worden sei. Allem Anschein nach ein Selbstmörder. Tod durch Vergiften«, improvisierte Lutz hastig.

»An dem Tisch befindet sich ja noch nicht einmal ein Namensschild.« Der Assistent machte Anstalten, das Tuch hochzuheben.

Lutz bewegte sich zwischen ihm und dem Tisch hin und her. *Scheiße, was sollte er nur tun?*

»Guter Mann«, Koschatzki klopfte dem Assistenten jovial auf die Schulter, »der Selbstmörder läuft Ihnen ja nicht weg. Könnten Sie mich und meinen Untergebenen mal für ein paar Minuten allein lassen?«

»Selbstverständlich, ganz wie der Hauptkommissar wünschen.« Der Assistent schlug die Hacken zusammen und trabte davon.

*Ab und zu hatte militärischer Drill doch seine Vorteile.* Lutz atmete erleichtert auf. Er beschloss, es mit direktem Angriff zu versuchen. »Werden die Kleidungsstücke von Mordopfern eigentlich nicht katalogisiert?«, fragte er. »Allem Anschein nach fehlt ein Strumpf der Toten.«

»Jäger, jetzt hören Sie mir endlich mit diesem neumodischen Kram auf«, schnauzte Koschatzki ihn an. »Ich habe Ihnen doch schon mehrmals gesagt, dass es völlig ausreicht, die Leichen zu fotografieren.« Trotz des brüsken Tons glaubte Lutz, eine Spur von Selbstverteidigung in seinen Worten wahrzunehmen.

»Mit Ihrer Erlaubnis, Herr Hauptkommissar, würde ich sehr gerne noch einmal den Fundort der Leiche zusammen mit Kurt und einigen anderen Männern nach dem fehlenden Strumpf absuchen«, sagte er betont höflich. »Schließlich bemerkte der Herr Polizeipräsident heute Morgen ganz richtig, dass Preußen in allem führend sein sollte – also auch in den Methoden zur Verbrechensbekämpfung.«

»Tun Sie, was Sie nicht lassen können, Jäger«, schnaubte Koschatzki. »Aber wagen Sie es bloß nicht, hinter meinem Rücken bei Herrn von Mettmann zu intervenieren. Ist mir ein Rätsel, warum der an einem spintisierenden Kerl wie Ihnen einen Narren gefressen hat.« An der Tür drehte er sich noch einmal um. »Soll ich Ihnen sagen, warum der Mörder den Strumpf mitgenommen hat? Wahrscheinlich wollte er ihn als Souvenir behalten.« Noch vom Gang hallte Koschatzkis Lachen in den Leichenkeller.

»O Gott, ich dachte tatsächlich, dieser Assistent blickt unter das Tuch.« Stöhnend richtete sich Jo auf dem Tisch auf.

»Na ja, um den armen Kerl hätte es mir leidgetan, wenn er einen Herzinfarkt erlitten hätte, weil die Leiche plötzlich lebendig geworden wäre«, brummte Lutz. »Um Koschatzki dagegen schon viel weniger.«

»Sehr witzig ...« Jo verdrehte den Hals und schielte an sich herunter.

»Hängt irgendetwas an mir?«

»Stell dich nicht so an. Der Tisch war sauber.«

»Wie bist du eigentlich ausgerechnet darauf gekommen zu

behaupten, ich wäre die Leiche eines Selbstmörders, der sich vergiftet hat?«

»Wärst du lieber eine Wasserleiche gewesen?«

»Wird der Assistent die Leiche nicht vermissen – jetzt, da ich wieder lebendig geworden bin?«, fragte Jo bissig. Manchmal machte ihr Kollege sie mit seiner nonchalanten Art schier wahnsinnig. »Außerdem hätte der Mann – laut deinen Informationen – eigentlich gar nicht hier sein sollen.«

»Dann waren meine Informationen eben falsch. Warum zerbrichst du dir darüber jetzt noch den Kopf? Schließlich ist alles gutgegangen.« Lutz verdrehte die Augen. »Und was die verschwundene Leiche betrifft – der teigigen Gesichtsfarbe des Assistenten nach zu schließen schaut der Gute gerne mal zu tief ins Glas. Wahrscheinlich denkt er, er hat einen Geist gesehen. Wenn nicht, war es einfach ein Versehen der Krankenhausbürokratie.«

Lutz hatte mittlerweile damit begonnen, Magda Keuners Kleidungsstücke wieder in den Pappkarton zu packen. »Findet es wenigstens deine Zustimmung, dass ich noch mal den Fundort der Leiche absuchen werde?«

»Ja, ja«, erwiderte Jo geistesabwesend. Eine Erinnerung regte sich in ihrem Gedächtnis, aber sie bekam sie nicht zu fassen.

»Sehr gut. Anschließend werde ich die Kleidungsstücke mit der Lupe untersuchen. Oder willst du diese Aufgabe lieber selbst übernehmen?«

»Nein, danke!«

Lutz sah sie von der Seite an. »Nett von dir, dass du die langweiligen Routinearbeiten ohne weiteres mir überlässt.«

»Du bist der Polizist.« Unvermittelt fiel Jo ein, wonach sie vergebens in ihrem Gedächtnis geforscht hatte. Sie legte ihre Hand auf Lutz' Arm. »Ich glaube, dein Chef hat vorhin etwas sehr Kluges bemerkt«, sagte sie langsam.

»Wirklich?« Lutz bedachte sie mit einem spöttischen Blick. »Das musst du mir aber genau erklären.«

Kurz darauf saßen Jo und Lutz auf einer weißen Holzbank im Krankenhausgarten. Obwohl sie einen abgelegenen Teil der Anlage aufgesucht hatten, hatte Jo es trotzdem vorgezogen, den Schleier vor ihr Gesicht zu ziehen.

»Dein Chef hat gesagt: *Vielleicht hat der Mörder ja den Strumpf als Souvenir mitgenommen*«, wiederholte Jo überdeutlich, als würde sie zu einem Schwerhörigen sprechen. »Na, klingelt es endlich bei dir?«

»Nee ...« Lutz lehnte sich auf der Bank zurück und hielt sein Gesicht in die Aprilsonne.

»Wie kann man nur so schwer von Begriff sein? Oder willst du einfach nicht verstehen, worauf ich hinauswill, weil ich mich auf eine Bemerkung von Koschatzki beziehe?« Jo stöhnte ungeduldig. »Was, nebenbei bemerkt, ein ziemlich verengter Blickwinkel wäre. Ersetz doch mal das Wort *Souvenir* durch das Wort *Fetisch*. Fällt jetzt der Groschen?«

»Willst du auf einen Serienmörder hinaus?« Endlich hatte sie Lutz' Aufmerksamkeit, doch er wirkte nicht gerade sehr enthusiastisch.

»Magda Keuner wurde erwürgt. Aber wir haben bislang keinerlei Hinweise auf eine Beziehungstat. Ein Serienmörder wäre von Hass getrieben – welche Gründe auch immer ihn zu seinen Taten bewegen.«

»Bislang haben wir es mit *einem* Mord zu tun«, stellte Lutz fest. »Als wir Magda Keuners Leiche fanden, keimte bei meinen Kollegen nicht der Verdacht auf, dass dieser Mord Teil einer Serie sein könnte.«

»Vielleicht sind sie ja mit dem Phänomen von Serienmorden noch nicht vertraut.«

»Jack the Ripper trieb 1888 sein Unwesen.«

»Diese Morde fanden in London, also in einer Großstadt statt.« Jo war nicht bereit, sich ihre Theorie ausreden zu lassen. Eine Krankenschwester, die ein züchtig bis zum Kinn hochgeschlossenes Kleid und einen nonnenhaften Schleier trug und einen Kranken in einem Rollstuhl vor sich herschob, näherte sich ihnen auf dem Kiesweg zwischen den Ligusterbüschen. Der in Decken gehüllte alte Mann wirkte schwach und hinfällig – im Gegensatz zu Malfalda.

»Vielleicht findet sich der Strumpf ja doch auf der Brache bei den Bahngleisen«, vermutete Lutz, als die Schwester und der Kranke außer Hörweite waren.

»Auch falls das zutrifft, sollten wir trotzdem sicherheitshalber überprüfen, ob es in Ebersheim und Umgebung während der letzten Jahre nicht doch ungeklärte Frauenmorde gab.«

»Du bist dir hoffentlich darüber im Klaren, dass wir uns dabei durch Hunderte in Sütterlin verfasste Aktenseiten wühlen müssen?«, bemerkte Lutz sarkastisch. »Was ich ohne einen handfesten Verdacht bestimmt nicht tun werde. Und meine Lesefähigkeiten sind, glaube ich sagen zu dürfen, ohne mich unangemessen loben zu wollen, weiter fortgeschritten als deine. Horst Koschatzki wird es mir sicher nicht erlauben, einen Kollegen zum Aktendurchforsten abzustellen. Ganz zu schweigen davon, dass ich die Theorie mit dem Serienmörder ihm gegenüber vorerst lieber geheim halten werde. Sonst hält er mich bestimmt für irre.«

»Ja, ja, schon gut, ich habe deine Argumente verstanden.« Frustriert biss sich Jo auf die Lippen. Ein Windstoß wehte eine Zeitungsseite über ein Wiesenstück voller Narzissen und ihr vor die Füße. *Ebersheimer Tageblatt* sprang es ihr in dicken, schwarzen altdeutschen Lettern in die Augen.

»Vielleicht können wir ja erst einmal darauf verzichten, in den Akten herumzustöbern«, sagte Jo nachdenklich.

»Vielen Dank, Herr Peters, für Ihre Mühe«, sagte Jo am frühen Nachmittag im Archiv des *Ebersheimer Tageblatts*. Der Redaktionsassistent wuchtete zwei Bände mit den Zeitungen von 1898 vor Jo auf den Tisch. Er war ein älterer Mann, der Ärmelschoner und eine Schürze trug und ein so blasses Gesicht hatte, als würde er kaum einmal ans Tageslicht kommen.

»Gerne zu Diensten, gnädiges Fräulein. Wenn Sie noch mehr Bände benötigen, klingeln Sie einfach nach mir.« Er lächelte sie schüchtern an, ehe er zwischen den deckenhohen Regalen davonwuselte.

*Hoffentlich würde es nicht nötig sein, nach dem Mann zu klingeln.* Die Jahrgänge 1888 bis 1897 türmten sich außerdem vor Jo. Große, schwere Schwarten. Die Rücken aus festem dunkelbraunem Stoff, Vorder- und Rückseite aus dickem Karton, der mit einem marmorierten, ebenfalls braunen Papier bezogen war.

*Ab und zu hat es doch seine Vorteile, zur Hautevolée der Stadt zu gehören*, dachte Jo, während sie den ersten Band von 1888 zu sich zog und ihn aufschlug. Sie hatte sich in der Redaktion mit ihrem richtigen Namen vorgestellt, behauptet, sie wolle für ihren Onkel einen umfangreichen Aufsatz über *Gelebtes Preußentum in Ebersheim im Verlauf der letzten zehn Jahre* schreiben – und schon hatten sich die Männer förmlich dabei überschlagen, ihr behilflich zu sein.

Die Zeitungsseiten zeigten wenige grobkörnige Fotos, einige lithographierte Drucke und jede Menge engbedruckter Spalten in altdeutscher Schrift. Jo seufzte. Ach, wie dankbar wäre sie für so etwas Fortschrittliches wie ein Mikrofiche-Gerät gewesen. An Computer erfasste und nach Stichworten archivierte alte Zeitungsbestände durfte sie gar nicht denken.

»Tut mir leid, polizeilicher Befehl. Für die Dauer der Suche dürfen die Gleise nicht befahren werden.« Lutz hielt dem erbosten Bahnbeamten das mit dem Dienstsiegel und Koschatzkis Unterschrift versehene Blatt Papier unter die Nase. Nachdem der Bahner das Schriftstück ausgiebig studiert hatte, sah er ein, dass jeder weitere Widerspruch zwecklos war, und stapfte wütend davon.

»Jungs, an die Arbeit.« Lutz wandte sich seinem Suchtrupp zu. Neben Kurt bestand der aus Gregor Wenger, einem dicklichen, kurzatmigen Mann Mitte vierzig, Gisbert Mettenschlag, einem phlegmatischen Enddreißiger, und Waldemar Herzog, der mit seinem Spitzbart ein wenig an eine Wilhelm-Busch-Figur erinnerte. Herzog hatte auf Lutz' Bitte hin seinen Schäferhund Rufus mitgebracht, der hechelnd neben seinem Herrchen stand.

»Hat was von Ostereiersuchen«, brummte Gregor Wenger.

Lutz nahm Magdas Strumpf aus einem Papierbeutel und überreichte ihn dem *Hundeführer*. »Wenn Sie bitte Ihren Hund daran riechen lassen würden. Vielleicht erschnüffelt er ja das Pendant.«

»Rufus, such!« Waldemar Herzog wedelte mit dem Strumpf vor der Nase des Hundes herum. *Anscheinend der erste Polizei-Hunde-Einsatz in der Geschichte der Polizeidirektion Ebersheim*, kommentierte Lutz verdrießlich bei sich.

»Ja, Rufus, atme den Frauenduft nur tief ein.« Gisbert Mettenschlag grinste. »Waldemar, wenn dein Vieh erfolgreich ist, solltest du ihm ein paar Stunden mit einer Hündin gönnen.« Gregor Wenger stimmte in sein Gelächter ein. Herzog schmunzelte vor sich hin.

»Unser Kleiner wird ja ganz rot«, prustete Gisbert Mettenschlag und hieb Kurt auf die Schulter, auf dessen Wangen sich tatsächlich eine zarte Röte abzeichnete.

»Etwas mehr Ernst und Motivation, die Herren, wenn ich bitten darf!«, verschaffte sich Lutz Gehör. »Wir arbeiten uns systematisch von der Straße aus bis zum Fluss über das Gelände.«

Drei Stunden später war es jedoch um Lutz' Motivation auch nicht mehr gut bestellt. Die Aprilsonne entwickelte auf der fast schattenlosen Brache eine beträchtliche Wärme. Er schwitzte, obwohl er seine Anzugjacke ausgezogen hatte, und war durstig.

Zweimal hatte Rufus angeschlagen. Einmal hatte er zur Erheiterung der Männer einen Knochen zutage gefördert und das andere Mal, was zu noch größerem Gelächter geführt hatte, ein kurzes, schlauchartiges Lederding. Erst bei nochmaligem Hinsehen hatte Lutz begriffen, dass dieses Etwas ein Kondom sein sollte.

*Na ja, hoffentlich hatte die Frau, deren Lover das Ding benutzt hat, gerade ihre unfruchtbaren Tage*, dachte Lutz, während er sich am Flussufer aufrichtete. War es Zufall, dass sie den zweiten Strumpf nicht gefunden hatten? Oder bestätigte dies tatsächlich Jos gewagte Theorie? Er hätte wirklich gut und gerne darauf verzichten können, nach einem Serienmörder zu suchen.

»Schluss für heute!«, rief er und ließ die Arme über dem Kopf kreisen, um sich den am Ufer verteilten Männern bemerkbar zu machen. Müde kamen sie zu ihm getrottet.

»Beim Ostereiersuchen war ich schon erfolgreicher«, brummte Gregor Wenger, dessen Gesicht in der Wärme knallrot angelaufen war.

»Herr Kommissar, sehen Sie mal ...« Kurt deutete in Richtung des Gebüschs, wo Magda Keuners Leichnam gefunden worden war. Nun bemerkte auch Lutz dort ein Blinken im Gras, als ob sich Sonnenstrahlen in etwas spiegelten. Rasch lief er mit Kurt zu der Stelle. Nach kurzem Suchen entdeckten sie, dass sich die Quelle des Leuchtens neben einem Stein befand.

»Ein Strumpf ist das aber nicht«, hörte Lutz einen der Männer murmeln, während er das blinkende Ding vorsichtig mit Hilfe seines Taschentuchs hochhob. Es war klein, quadratisch und golden – ein Manschettenknopf, in den ein Rautenmuster eingraviert war, wie Lutz nun sah. Er war etwas verschmutzt und zerkratzt, aber eindeutig wertvoll und garantiert nichts, was man hier auf dieser Brache vermuten würde.

*Die Suche hat sich anscheinend doch gelohnt*, sagte er sich nachdenklich.

Als Jo am Abend die Halle der Villa betrat, flimmerte es ihr immer noch schwarzweiß vor den Augen, und hin und wieder sah sie einen altdeutschen verschnörkelten Druckbuchstaben vor sich auftauchen. Stundenlang hatte sie sich durch die letzten zehn Jahrgänge des *Ebersheimer Tageblatts* gearbeitet. Doch ihre Mühe hatte sich gelohnt. Denn sie hatte – wie sie fest glaubte – eine sehr aufschlussreiche, wenn nicht sogar alarmierende Entdeckung gemacht.

»Gnädiges Fräulein«, aus dem Gang, der zur Küche führte, kam Katharina auf sie zugeeilt, »Ihr kommt spät. Ich habe mir schon Sorgen um Euch gemacht. Nur gut, dass Eure Großmutter und Euer Onkel noch nicht zu Hause sind.«

*Ja, wirklich ein Glück!* »Katharina«, sagte Jo rasch, bevor das Dienstmädchen in einen weiteren Redeschwall ausbrechen konnte, »gibt es hier im Haus ein Telefon?« Sie musste Lutz so schnell wie möglich von ihrer Entdeckung unterrichten.

»Ihr wisst doch, dass es im Wohnzimmer und im Arbeitszimmer Eures Onkels ein Telefon gibt.« Katharina betrachtete sie wieder einmal kopfschüttelnd.

»O ja, natürlich ...« Jo entschied sich für das Telefon im

Wohnzimmer, einem Raum, der ähnlich pompös eingerichtet war wie das Ess- und das Frühstückszimmer. Nur dass hier mit violettem Chintz bezogene Sessel und Sofas standen und Königin Luise blässlich und lieblich von einem Gemälde herablächelte, als Jo sich nach dem Telefon umsah.

*Hm ...* Das Metallding auf einem Beistelltisch, das wie eine Nähmaschine im Kleinformat aussah, musste wohl das Telefon sein. Denn auf einer Gabel ruhte ein Stab, auf dessen einer Seite ein Hörrohr und auf der anderen eine Art Sprechmuschel angebracht waren. *Ach, was für ein Segen doch Handys waren!*

*Mist,* durchfuhr es Jo im nächsten Moment, *ich habe ja überhaupt keine Ahnung, was für eine Nummer die Polizei von Ebersheim hat. Mit eins, eins, null werde ich wahrscheinlich nicht weit kommen.* Ganz abgesehen davon, dass das *Telefon*, wie sie jetzt bemerkte, gar keine Wählscheibe besaß. Zögernd drehte sie die Kurbel an der Seite.

In der Leitung rauschte und knackte es. Dann meldete sich mit einem hallenden Echo, als käme die Stimme von einem weit entfernten Erdteil, eine Frau und stellte sich als »Fräulein vom Amt« vor.

»Die Polizei von Ebersheim, bitte.«

»Ich kann Sie nicht verstehen«, klang es aus dem Hörrohr.

*Ach, herrje, sie musste ja in die Muschel am unteren Ende des Rohrs sprechen!* »Die Polizei von Ebersheim, bitte. Die Wache am Domplatz«, brüllte Jo. »Kommissar Jäger ...« In diesem Moment öffnete sich die Wohnzimmertür, und ihr Onkel Wilhelm betrat den Raum. Er nickte Jo zu und ließ sich dann in einem Sessel nieder. Jo fluchte innerlich. So etwas wie Privatsphäre schien es in dieser Familie nicht zu geben.

»Jäger«, ertönte es durch statisches Rauschen verzerrt durch das Hörrohr.

»Herr Kommissar, wie schön, dass ich Sie erreiche.«

»Jo, bist du das? Kannst du nicht frei reden?«

»Ja, genau, eine Geldbörse aus hellem Leder«, sagte Jo fröhlich.

»Hast du etwas im Zeitungsarchiv herausgefunden?«

»Ja ... ja ... Die Börse ist mit meinen Initialen bestickt.«

»Okay, ich warte so um elf auf der Straße vor deinem Zuhause auf dich.«

»Ach, wie schön, ich freue mich sehr«, flötete Jo.

»Vorgestern habe ich meine Geldbörse auf dem Bahnhof verloren«, wandte sie sich dann erklärend an ihren Onkel. »Glücklicherweise wurde sie gefunden und bei der Polizei abgegeben.«

»Und der Inhalt?«

»Ähm, so, wie es aussieht, fehlt nichts.«

»Erfreulich, dass es noch ehrliche Leute gibt.« Ihr Onkel bedeutete ihr, sich auf das Sofa zu setzen. »Du hast mir noch nicht gesagt, wie viel Geld du für deine Einkäufe benötigst, Josepha. Heute Morgen warst du ja nicht beim Frühstück.«

Jo überschlug rasch im Kopf: 150 Mark hatte sie ausgegeben, inklusive der Summe, die ihr Lutz geliehen hatte, plus 100 Mark, die sie eventuell in der nächsten Zeit für unvorhergesehene Ausgaben benötigen würde. »So um die zweihundertfünfzig Mark«, sagte sie.

Wilhelm hob die Augenbrauen. »Das hört sich nach einem sehr umfangreichen Einkauf an.«

»Na ja, wenn ich kein Korsett trage, passt mir so gut wie nichts von meinen Sachen. Außerdem macht es einfach Spaß, shoppen zu gehen. Ich meine einzukaufen«, verbesserte sie sich rasch.

»Das scheint ein Merkmal des weiblichen Geschlechts zu sein.« Zu Jos Überraschung lächelte er ein wenig. Sie erwiderte das Lächeln. Anscheinend besaß er tatsächlich Humor.

Er griff in sein Jackett, holte eine Geldbörse aus feinem schwarzem Leder heraus, der er 50 Mark in Scheinen entnahm, und sagte: »Über den restlichen Betrag stelle ich dir einen Wechsel aus, den du bei der Bank einlösen kannst.«

»Vielen Dank, das ist sehr großzügig von dir, ähm ... Ihnen.« Jo meinte es ehrlich.

»Du musst mir nicht danken.« Ihr Onkel winkte ab. »Es ist ja dein Geld, denn es stammt von den Zinsen des Vermögens, das dir zufallen wird, sobald du volljährig bist.«

*Ist ja interessant, dass ich ein Vermögen erben werde*, dachte Jo. Aber – nun ja – in drei Jahren würde sie sich hoffentlich nicht mehr in der Kaiserzeit befinden. Es war Zeit, dass sie noch ein bisschen Sütterlin übte, um für das Aktenstudium gerüstet zu sein. »Onkel ...« Sie machte Anstalten, aufzustehen.

Doch er hob abwehrend die Hand. »Bleib bitte noch sitzen. Ich weiß, dass es oft nicht ganz einfach für dich ist, mit deiner Großmutter auszukommen. Sie hat fürwahr ihre schwierigen Seiten. Das muss selbst ich zugeben.« Er hüstelte ein wenig. »Trotzdem liebt sie dich, und dein Wohl liegt ihr wirklich am Herzen. Versuch bitte, dich ihr gegenüber ein bisschen nachgiebiger und gehorsamer zu verhalten.«

Jo murmelte eine unverbindliche Antwort. Malfalda lag ihr eigenes Wohl am Herzen und wahrscheinlich auch noch das ihres Sohnes. Aber ganz bestimmt nicht das ihrer Enkelin. Davon war Jo fest überzeugt.

»Gut gemacht!« Auf einer abgelegenen Lichtung im Stadtwald hob Lutz die Rechte, um Kurt abzuklatschen. Kurt strahlte, blickte ihn aber trotzdem irritiert an.

»Das ist *Give me five*«, erklärte Lutz, der begriff, dass Kurt das Zeichen natürlich nicht kannte, »gehört sozusagen auch zum Fußball. Man klatscht sich mit der rechten Hand ab, wenn ein Spieler der eigenen Mannschaft ein Tor geschossen hat – oder wenn die eigene Mannschaft gewonnen hat. So wie wir eben.« Er grinste zufrieden, während er über die frühlingshafte Lichtung blickte, wo das Gras glücklicherweise noch kurz war. Konstruktionen aus zusammengebundenen Latten und Spazierstöcken bildeten die beiden Tore.

»Sie meinen wirklich, dass ich gut gespielt habe?« Schüchtern schlug Kurt seine Hand gegen die von Lutz.

»Du hast eindeutig Talent. Dafür, dass du so gut wie noch nie Fußball gespielt hast, gehst du erstaunlich geschickt mit dem Ball um. Du hast einen *guten Ballbesitz*, um den Fachausdruck zu benutzen.«

*Ja*, dachte Lutz, *einige Männer spielen, obwohl sie blutige Anfänger sind, gar nicht übel.* Zwei Teams zu je sechs Mann hatte er zusammenstellen können. Freunde von Kurt waren darunter – Kaufmänner und robuste Handwerksburschen, die auch vor derben Fouls nicht zurückschreckten, und der Gerichtsmediziner Doktor Thorbeck hatte ebenfalls Freunde und Bekannte mitgebracht. Mit regelmäßigem Training würden sich zwei durchaus passabel spielende Mannschaften bilden lassen. Und vielleicht würden sie ja irgendwann so viele sein, dass sie in regulärer Mannschaftsstärke antreten konnten.

Doktor Thorbeck marschierte, die braune schwere Lederkugel unter den Arm geklemmt, auf Lutz und Kurt zu. »Der Junge hat mich am Hemd festgehalten.« Anklagend deutete er auf Kurt. »Sonst hätte ich in der achtundsiebzigsten Minute garantiert ein Tor geschossen.«

»Das ist nicht wahr!«, protestierte Kurt hitzig. »Sie sind über Ihre eigenen Füße gestolpert.«

»Ich hab nichts gesehen«, erklärte Lutz fröhlich und guten Gewissens.

»Wir brauchen dringend einen unparteiischen Richter über das Spiel.« Der Gerichtsmediziner bedachte ihn mit einem finsteren Blick, ehe er den anderen Männern zum Rand der Lichtung hinterherstapfte, wo ihre Anzugjacken und Mäntel im Gras lagen.

»Vielleicht habe ich ihn doch ein bisschen festgehalten.« Kurt warf Lutz einen Blick von der Seite zu.

»Das ist zwar regelwidrig, aber manchmal sind Fouls nun ja ... einfach Notwehr.« Lutz klopfte ihm auf die Schulter, während er kurz nachdachte. Vorhin am Telefon hatte eindeutig eine unterdrückte Erregung in Jos Stimme mitgeschwungen. Sie schien etwas herausgefunden zu haben. Er traf seine Entscheidung und fragte den Jungen: »Sag mal, wärst du bereit, heute Nacht auf der Wache auf mich zu warten – möglicherweise brauche ich deine Hilfe. Auch wenn wir bestimmt jede Menge Ärger mit Koschatzki bekommen werden, falls wir auffliegen?«

*Dieses verdammte, lahme Bein!* Jo biss die Zähne zusammen, während sie sich vorsichtig weiter von Ast zu Ast an der Linde vor ihrem Fenster hinunterhangelte. Nicht dass sie im Bäumeklettern sehr viel Übung gehabt hätte. Und dass sie das linke Bein nicht richtig belasten konnte, machte es noch viel schwieriger, das Gleichgewicht zu bewahren. Ihr Onkel und ihre Großmutter hatten sich noch nicht in ihre Räume zurückgezogen. Deshalb war ihr der Weg durch die Halle zu gefährlich erschienen, obwohl sie am Nachmittag den Haustürschlüssel ebenso wie den zur Gartenpforte und zum Tor hatte nachmachen lassen. Wenigstens schimmerte ein bisschen Licht durch die Spalten zwischen den schweren Vorhängen in den Garten, und die Nacht war mondhell.

*Ich darf mir gar nicht vorstellen, wie es sein wird, diesen Baum in einer Regennacht herunterzuklettern,* überlegte sie bitter.

Endlich befand sie sich nur noch gut anderthalb Meter über dem Boden. Jo ließ den Zweig über sich los und sprang auf den Rasen, wo sie auf allen vieren landete.

Aus einem Gebüsch kam eine schattenhafte Gestalt auf sie zu. »Erschrick nicht, ich bin's«, hörte sie Lutz' Stimme, als sie schon fast aufgeschrien hatte.

»Bist du verrückt? Ich dachte schon, mir bleibt das Herz stehen«, zischte Jo. »Und überhaupt – wie kommst du in den Garten? Was, wenn dich jemand entdeckt hätte?« Sie packte Lutz am Arm und zog ihn hinter eine Rhododendrongruppe.

»Ich hätte immer noch mit meiner Polizeimarke herumwedeln können. Ich wollte einfach mal sehen, wie du so lebst, und bin über die Mauer gestiegen. Schicke Hütte, das muss ich wirklich sagen.« Mit einem Kopfnicken wies Lutz zur Villa, die selbst in der Dunkelheit, mit ihren zwei Flügeln und den großen, hohen Fenstern, den Flair von Reichtum verströmte.

»Glaub mir, die noble Fassade täuscht. Drinnen herrscht Eiseskälte, zumindest, was meine Großmutter betrifft«, erwiderte Jo trocken. »Lass uns so schnell wie möglich verschwinden!«

Sie gingen einen Kiesweg entlang, vorbei an einem Gewächshaus, das mit seiner gewölbten Metallstruktur im Mondlicht seltsam surreal wirkte. Die schmale Tür befand sich hinter einigen Schuppen in der mit Efeu überwucherten Mauer. Mit Hilfe des nachgemachten Schlüssels konnte sie die kleine Tür ohne Schwierigkeiten öffnen.

Vor ihnen erstreckte sich eine weitläufige Wiese, auf der Bäume und Sträucher wuchsen. Während sie an der Mauer entlang in Richtung der Straße hasteten, meinte Lutz: »Jetzt sag schon – was hast du im Zeitungsarchiv rausgefunden?«

»In den vergangenen zehn Jahren wurden sechs Frauen in

der Gegend um Ebersheim ermordet. Und diese Morde sind nie aufgeklärt worden.«

»Wurden diese Frauen denn auch erwürgt?«

»Nein, eine wurde erschlagen. Zwei erstochen, zwei erdrosselt und nur eine wurde erwürgt.«

»Na ja, auf einen Serienmörder deutet das meiner Meinung nach nicht gerade hin«, erwiderte Lutz trocken. »Schließlich variieren Serienmörder im Allgemeinen nicht in ihren Methoden.«

»Etwas begeisterter könntest du schon reagieren. Ich bin davon überzeugt, dass diese Häufung von ungeklärten Morden in einem etwa vierzig Quadratkilometer großen Gebiet kein Zufall sein kann. Ganz bestimmt gibt es entweder ein Bindeglied zwischen den Opfern oder in der Planung und Ausführung der Taten.«

»Jetzt reg dich nicht auf. Falls es dieses Bindeglied gibt, werden wir es finden.« Lutz' gelassene Reaktion besänftigte Jo ein bisschen. »Hat sich denn der fehlende Strumpf auf der Brache gefunden?«, fragte sie.

»Nein.«

»Siehst du!«, konnte sie sich nicht verkneifen zu bemerken.

»Ich gebe ja zu, dass dies deine These vorerst stützt. Möglicherweise findet sich dafür aber auch eine ganz einfache Erklärung. Wie auch immer ... Etwas Interessantes haben wir doch entdeckt. Nämlich einen Manschettenknopf, der mit einem Rautenmuster verziert ist. Ich habe ihn einem Juwelier gezeigt. Der meinte, das Ding sei wirklich wertvoll. Er schätzte, dass das Paar Manschettenknöpfe so um die zweihundert Mark gekostet hat.«

»Oh, das ist wirklich kein Fundstück, das man auf dieser verwilderten Fläche vermuten würde. Der Juwelier kannte den Besitzer aber wahrscheinlich nicht? Waren verwertbare Fingerabdrücke drauf?«

»Die Antwort lautet beide Male: Nein.«

»Hast du den Manschettenknopf auch schon anderen Juwelieren gezeigt?«

»Liebe Kollegin«, Lutz seufzte, »das werde ich morgen früh als Erstes tun. Heute Abend stand aber Fußballspielen auf dem Programm. Und bevor du jetzt anfängst, auf irgendwelchen Dienstpflichten herumzureiten: Darf ich dich daran erinnern, dass ich gestern Nacht jede Menge freiwilliger Überstunden geleistet habe – und heute wieder leisten werde?«

»Hast du Magda Keuners Kleidung mittlerweile untersucht?« Jo verkniff sich gerade noch ein *Das ist ja wohl das Mindeste.*

»Ja, zusammen mit Kurt. Nichts Auffälliges. Abgesehen von ein paar Katzenhaaren. Aber die müssen nicht zwingend von ihrem Mörder stammen. Jedenfalls haben wir die Kleidung sorgfältig abgebürstet und alle Spuren ordnungsgemäß in korrekt beschrifteten Papiertüten verwahrt.«

»Sehr gut.« Im letzten Moment bemerkte Jo eine Wurzel, die unter der Mauer hindurchwuchs und über die sie fast gestolpert wäre.

»Ich vermute, du willst die Akten der Mordfälle heute Nacht durchgehen?«

»Natürlich!«

»Na, dann war es ja sehr vorausschauend von mir, dass ich meinen Assistenten als Hilfe abgestellt habe«, hörte sie Lutz hinter sich sagen.

»Warum das denn?«

»Ich sage nur: Sütterlin. Außerdem kennt er sich, im Gegensatz zu uns, im Jahr 1898 aus.«

»Okay, aber wie gedenkst du, ihm meine Gegenwart zu erklären?«

»Na ja, ich habe behauptet, dass du unbedingt die Arbeit

eines Polizisten kennenlernen willst.« Ein zögernder Ton klang in Lutz' Stimme durch.

»Wenn dein Assistent nicht völlig auf den Kopf gefallen ist, wird ihn das ganz bestimmt überzeugen«, meinte Jo sarkastisch. »Außerdem verschweigst du mir doch etwas, oder?«

Mittlerweile hatten sie die Straße erreicht. In einigen der herrschaftlichen Häuser brannte noch Licht. Eine Kutsche fuhr langsam an ihnen vorbei.

»Außerdem ...«, Lutz räusperte sich, »... habe ich Kurt noch erklärt, dass du und ich eine Affäre miteinander haben. Eine Liebe, die unter allen Umständen geheim gehalten werden muss. Schließlich trennen uns große gesellschaftliche Schranken, und die wenige Zeit, die uns bleibt, müssen wir nutzen. Selbst bei der Polizeiarbeit.«

»Das meinst doch wohl nicht ernst!«

»Schrei nicht so. Sonst schreckst du noch die ganze Nachbarschaft auf«, zischte Lutz beschwörend. »Hätte ich dich etwa als Mann und meine schwule Affäre ausgeben sollen? Damit hätte ich den armen Kurt in schlimme Gewissenskonflikte gestürzt. Denk daran, in welcher prüden, reaktionären Zeit wir leben.«

»Ich möchte auch nicht als deine schwule Affäre gelten. Ich möchte als überhaupt keine Affäre von dir gelten.«

»Dient ja nur der vorübergehenden Tarnung, und hat für unser wirkliches Leben nicht die geringste Bedeutung. Ich verstehe wirklich nicht, warum du dich so aufregst. Glaub mir, der Junge war schwer beeindruckt. Schließlich habt ihr Frauen nicht die Romantik für euch gepachtet. Und wenn ich dich nun bitten dürfte, auf dem Gepäckträger Platz zu nehmen?« Lutz deutete auf sein Fahrrad, das an der Gartenmauer lehnte.

»Es ist garantiert verboten, eine andere Person auf dem

Gepäckträger mitzunehmen«, murrte Jo, die immer noch wütend war.

»Denk daran: Ich bin die Polizei.« Lutz hielt das Fahrrad fest, so dass sie aufsteigen konnte.

»Aber nicht das Recht.«

»Du neigst zu Haarspaltereien.« Nachdem Lutz sich auf den Sattel geschwungen hatte, legte Jo ihm die Arme um die Taille.

Ein Prickeln überlief ihren Körper. *Ob Lutz das Gleiche empfindet?*, dachte sie unwillkürlich. *Oder gar nichts? Oder ob er sich wünscht, Jacqueline Steinert säße an ihn geschmiegt hinter ihm? Ach, ich muss endlich aufhören, mir über ihn und diese Tusse Gedanken zu machen.*

*Ich koche tatsächlich für Männer Kaffee*, überlegte Jo. Etwas, was sie sonst im Polizeialltag tunlichst vermied. Auf einem mit einer Kartusche betriebenen, vorsintflutlichen Gaskocher sprudelte Wasser in einem angeschlagenen Emailletopf vor sich hin. Sie stellte die handbetriebene Kaffeemühle ab und blickte sich suchend in Lutz' Büro um. Einen Kaffeefilter und Filterpapier konnte sie nirgends entdecken. *Sind die überhaupt schon erfunden?*, fragte sie sich unwillkürlich. *Dann eben nicht!* Jo gab das Kaffeepulver in drei etwas angeschmuddelte, dickwandige Steinguttassen, die sie auf einem der Rollschränke entdeckt hatte, und goss das kochende Wasser darüber.

Vor etwa einer halben Stunde hatte sie zusammen mit Lutz die Polizeiwache durch den Hintereingang betreten. Kurt hatte schon im Büro auf sie gewartet. Der Junge hatte sie sehr schüchtern begrüßt. Was ihrem Geschlecht oder ihrer gesellschaftlichen Stellung oder beidem geschuldet sein mochte. Lutz hatte ihn dann mit in den Keller genommen, um die Aktenjahrgänge 1888 bis 1898 herauszusuchen.

*Ganz bestimmt haben wir es mit einem Serienmörder zu tun,* dachte Jo, während sie in ihren Kaffee pustete, auf dem Kaffeekrümel trieben. *Auch wenn Lutz das noch so skeptisch sieht.* Auf dem Flur war jetzt ein quietschendes Geräusch zu hören, ähnlich dem von Malfaldas Rollstuhl. Tatsächlich zog Lutz, als er gefolgt von Kurt den Raum betrat, einen kleinen Leiterwagen hinter sich her. Dieser war mit etwas beladen, was wie dicke, große und mit Schnüren versehene Briefumschläge aussah. *Anscheinend waren Aktenordner auch noch nicht erfunden.*

»Wie schön, Jo, dass du dich der segensreichen weiblichen Tätigkeit des Kaffeekochens angenommen hast.« Lutz schnupperte. Gerade noch rechtzeitig besann er sich darauf, dass sie ja für Kurt ein Liebespaar darstellten, und sah ihr tief und verträumt in die Augen.

*Blödmann!* »Bist du dir sicher, dass dein Chef nicht plötzlich hier auftaucht?« Brüsk drückte ihm Jo eine Tasse in die Hand und reichte dann die andere Kurt, dessen Gesicht sich zartrot verfärbte.

»Koschatzki neigt nicht zu Überstunden. Was eine seiner wenigen nicht ganz unsympathischen Eigenschaften ist.« Lutz setzte sich an den Schreibtisch und trank einen Schluck Kaffee. Gleich darauf hustete er. »Meine Güte, so habe ich mir immer den Kaffee am Lagerfeuer im Wilden Westen vorgestellt. Ähm, ich schlage vor, Jo, dass du uns kurz eine Zusammenfassung gibst, was du über die sechs Mordopfer herausgefunden hast. Also Name, Alter, Beruf – das Übliche.«

Jo zog sich einen Stuhl heran und klappte ihr Notizheft auf. *Irgendwie ist es nicht wahr, dass ich mit Lutz und dem Jungen in einem von Gaslicht erhellten Polizeibüro sitze und Wilhelm Zwo mit Pickelhaube von einem Bild auf mich herabsieht,* dachte sie unwillkürlich.

»Der Name des ersten Opfers lautet Edeltraud Hunck«, begann sie. »Sie arbeitete als Magd auf einem Bauernhof, etwa zwanzig Kilometer entfernt von Ebersheim, in dem Dorf Dernberg. Edeltraud Hunck war fünfzehn Jahre alt, als sie am siebten Dezember 1888 ermordet wurde. Erschlagen, genau genommen. Keinerlei Anhaltspunkte für ein Sexualverbrechen.«

»Wo und wann genau wurde sie umgebracht?« Lutz bedeutete Kurt, mitzuschreiben.

»Auf dem Heimweg von einer Morgenmesse. Gegen sieben Uhr dreißig. Edeltraud Hunck war katholisch. Verübt wurde die Tat in einem Wäldchen.«

»Sonst waren keine Kirchgänger unterwegs?«

»Wenn ich die Zeitungsartikel richtig verstanden habe, ist Dernberg protestantisch, und Edeltraud besuchte die Messe im Nachbardorf. Sie war die Einzige, die diesen Weg zurücklegen musste.«

»Ja, Dernberg ist protestantisch«, meldete sich Kurt schüchtern zu Wort.

»Gut, dann ist das geklärt.« Jo konsultierte wieder ihre Notizen. »Der nächste Frauenmord geschah 1890, am siebten Mai. Das Opfer war ein Freifräulein: Amelie von Büsow, achtzehn Jahre alt. Sie wurde ebenfalls erschlagen, und zwar auf dem Gelände des Familienbesitzes, in der Nähe der Stallungen.«

»Eine Magd und eine Adelige als Opfer ...« Lutz wirkte wieder sehr skeptisch.

»Auch bei Amelie von Büsow gibt es keinerlei Hinweise auf ein Sexualverbrechen«, beharrte Jo. »Ein Stallknecht, mit dem sich die junge Frau heimlich traf und mit dem sie eine Art Affäre hatte, wurde schließlich des Mordes angeklagt. Er erhängte sich in der Untersuchungshaft, was als ein Eingeständnis seiner Schuld gewertet wurde.«

»Hm …« Lutz lehnte sich auf seinem Stuhl zurück und verschränkte die Hände hinter dem Kopf. »Vielleicht war dieser Knecht ja wirklich der Täter.«

»Er hinterließ keinen Abschiedsbrief«, entgegnete Jo heftig. »Wenn er tatsächlich in Amelie verliebt war und dann als Sündenbock herhalten musste, muss der arme Kerl ja völlig am Boden zerstört gewesen sein. Gerade du müsstest doch wissen, wie es ist, über Klassenschranken hinweg zu lieben«, konnte sie sich nicht verkneifen, mit einem gespielt seelenvollen Augenaufschlag hinzuzufügen.

»Nun ja, ich bin nicht gerade ein Stallknecht.« Lutz hüstelte. »Fahr doch bitte einfach fort!«

Vier weitere Morde standen auf Jos Liste. Dürre Namen und Zahlen bildeten die Eckpunkte der Leben, die viel zu früh und grausam geendet hatten: Ruth Mergentheim, eine jüdische Modistin, war dreißig Jahre alt. Ihr Mörder hatte sie am 18. Oktober 1893 erstochen, als sie am späten Abend einen Hut an eine Kundin hatte ausliefern wollen.

Olga Claussner, ein Blumenmädchen, war ebenfalls erstochen worden, als sie sich auf dem Heimweg von ihrer Arbeitsstelle befand. Sie war gerade einmal sechzehn Jahre alt geworden. Ihr Todesdatum war der 2. Februar 1895.

Erdrosselung war die Todesursache von Käthe Osslowski, einer 32-jährigen verheirateten Hausfrau und Mutter zweier Kinder. Ihr Mörder hatte sie am 3. März 1896 umgebracht, als sie auf dem Heimweg von ihrem Nähzirkel war.

Lioba Sattler, fünfundzwanzig Jahre alt, eine Verkäuferin und uneheliche Mutter eines Sohnes, war am 10. Januar auf dem Weg zu einer Tanzveranstaltung ebenfalls erdrosselt worden.

»Bei Lioba Sattler gibt es, wie bei allen anderen Opfern, keinerlei Hinweise auf ein Sexualverbrechen«, schloss Jo.

Lutz rieb sich über das Kinn. »Auch wenn du meinen Einwand nicht hören willst – dass kein Sexualverbrechen vorliegt, scheint mir im Moment auch wirklich die einzige Gemeinsamkeit zwischen den Morden zu sein.« An der Schmalseite des Schreibtischs schaute Kurt hoch, der bisher eifrig und stumm mitgeschrieben hatte.

»Kurt, hast du etwas zu sagen?« Lutz nickte ihm freundlich zu.

»Lioba Sattler wurde in Hofheim ermordet, nicht wahr?«, fragte er unsicher.

»Ja, genau«, bestätigte Jo.

»Mein Onkel wohnt in Hofheim. Deshalb habe ich mir den Fall gemerkt, obwohl ich vor zwei Jahren noch gar nicht bei der Polizei war.« Kurt wandte sofort wieder den Blick von Jo ab und sah zu Lutz. »Wegen des Mordes sollte ein Mann namens Arthur Schmittner verhört werden. Er war wegen verschiedener Gaunereien vorbestraft. Als ein Polizist bei ihm erschien, floh er. Der Kollege verfolgte ihn natürlich. Dabei geriet Schmittner unter ein Pferdefuhrwerk. Ein paar Tage später starb er.«

»Mist, das muss ich übersehen haben«, stöhnte Jo frustriert. »Nach ein paar Stunden im Zeitungsarchiv war ich halbblind.«

»Wir werden das überprüfen.« Lutz reckte sich und blickte auf die Taschenuhr, die an einer goldenen Kette an seiner Weste baumelte. »Meine Güte, schon halb eins ... Ich schlage vor, Jo, dass Kurt dir weitere Angaben zu den Opfern sowie des mutmaßlichen Tathergangs aus den Akten vorliest und du sie auf der Schreibmaschine mitschreibst. Befasst ihr euch mit den Akten Hunck, von Büsow, Mergentheim, Claussner und Osslowski. Ich werde mich mittlerweile an der Akte Sattler versuchen. Ich hoffe, dass ich mit der Sütterlinschrift einigermaßen klarkomme. Ähm, mittlerweile sind meine Augen fast wieder in Ordnung«, ergänzte er rasch, an Kurt gewandt. »Auf diese Weise gelingt es uns hoffentlich, uns einen ersten Überblick zu verschaffen.«

»Funktioniert dieses Ding denn, ohne dass man die einzelnen Tasten mit einem Hammer anschlagen muss?« Misstrauisch beäugte Jo die klobige Schreibmaschine.

»Sie braucht eine harte Hand, aber dann arbeitet sie wie geschmiert.« Lutz grinste und reichte Kurt einen Stapel der verschnürten Papierbündel.

Jo spannte Papierbögen und Kohlepapier in die Schreibmaschine. Die nächsten Stunden vergingen damit, dass sie mit aller Kraft, die sie aufbieten konnte, auf die Tasten hieb, während Kurt ihr die wichtigsten Ermittlungsergebnisse aus den in Sütterlin verfassten Akten vortrug. Währenddessen mühte sich Lutz rauchend durch die Akte Sattler und machte sich Notizen.

Im Laufe der Zeit schwand Jos Zuversicht, dass alle sechs Frauen tatsächlich ein und demselben Mörder zum Opfer gefallen waren. Kurts Hinweis, dass Arthur Schmittner versucht hatte, der Festnahme durch Flucht zu entgehen, bewahrheitete sich. Gut, es kam nicht selten vor, dass der Polizei wohlbekannte Verbrecher, auch wenn sie eine Tat gar nicht begangen hatten, das Weite suchten, sobald die Kollegen an ihrer Tür erschienen. Aber die Lebensumstände der Opfer waren wirklich völlig unterschiedlich gewesen. Sosehr Jo auch danach suchte, konnte sie kein Bindeglied zwischen den ermordeten Frauen erkennen.

Kurz nach vier Uhr hatten Lutz, Kurt und sie sich einen detaillierten Überblick über die sechs Mordfälle verschafft.

»Gibst du mir bitte eine Zigarette?«, fragte Jo Lutz. Erschöpft griff sie nach seinen Notizen und reichte ihm dann den Durchschlag der mit der Schreibmaschine geschriebenen Zusammenfassungen.

»Du auch?« Lutz hielt Kurt die Zigarettenpackung hin, nachdem Jo sich bedient hatte.

»Er ist noch minderjährig«, bemerkte sie automatisch.

»Das bist du auch.«

»Sehr witzig!«

»Danke, Herr Jäger. Aber ich vertrage keinen Tabakrauch«, hörte Jo Kurt verlegen murmeln, während sie die Seiten überflog. Auch nun, da die Ermittlungsergebnisse klar gegliedert vor ihr lagen, entdeckte sie keine Gemeinsamkeiten.

»Ach, verdammt!«, fuhr Jo so wütend über sich selbst auf, dass Kurt erschrocken zusammenzuckte, »ich habe mich komplett verrannt. Die Opfer sehen sich nicht ähnlich.« Sie wies auf die Fotos von Lioba Sattler und Käthe Osslowski, die den Akten beigefügt waren, und auf die Personenbeschreibungen der anderen Opfer.

»Edeltraud Hunck war braunhaarig, klein und stämmig, Amelie von Büsow dagegen schlank, blond und zierlich. Ruth Mergentheim war auch schlank, sie hatte aber schwarze lockige Haare, ihre Körpergröße wird mit eins fünfundsechzig angegeben. Olga Claussner war klein, rothaarig und füllig, Käthe Osslowski wiederum braunhaarig und normalgewichtig. Lioba Sattler wird als mager beschrieben, bei einer Körpergröße von eins achtundsechzig. Sie hatte aschblondes Haar. Magda Keuner hatte braunes krauses Haar, war normalgewichtig und mittelgroß. Der Familienstand der Opfer ist ebenfalls unterschiedlich. Edeltraud Hunck und Olga Claussner waren noch Jungfrauen. Bei Ruth Mergentheim und Amelie von Büsow war das Hymen nicht mehr intakt, und Käthe Osslowski und Lioba Sattler waren Mütter.«

»Jetzt hör bitte mal mit deiner Tirade auf.« Lutz, der schon vor einer Weile neben Jo getreten war, hatte den Durchschlag studiert sowie die Seiten mit seinen handschriftlichen Notizen. Er legte ihr die Hand auf die Schulter. »Ich fürchte, du hast recht mit der Serienmörder-Theorie. Es gibt nämlich eine Gemeinsamkeit zwischen allen Opfern.«

»Ach ja? Worin siehst du denn diese Gemeinsamkeit, außer dass die Opfer Frauen waren?« Jo war noch nicht bereit, sich zu beruhigen.

»Die Opfer besaßen alle einen körperlichen Makel.«

»Hä?« Jo blickte ihn verständnislos an.

»Edeltraud Huncks Gesicht war durch ein Feuermal verunstaltet.« Lutz wies auf die Seiten, über die Zigarettenrauch wie dünner Nebel waberte. »Seit einem Reitunfall in ihrer Kindheit war Amelie von Büsow auf dem rechten Auge blind. Später dann wurde das Auge operativ entfernt und durch ein Glasauge ersetzt. Olga Claussner war schwerhörig. Ruth Mergentheim hatte – ebenfalls durch einen Unfall in ihrer Kindheit – den kleinen Finger und den Ringfinger der linken Hand verloren. Käthe Osslowskis Hüfte war verkrüppelt, sie hinkte, und Lioba Sattler war stumm. Von Magda Keuner wissen wir ja, dass ihr linker Arm kürzer war als der rechte.«

»Du willst damit sagen, alle Opfer waren auf irgendeine Weise behindert?«

»Ja, außer Edeltraud Hunck, der ein Feuermal im Gesicht wuchs.« Lutz nickte. »Deshalb sprach ich von einem körperlichen Makel.«

Jo ließ die Informationen erst mal sacken. »Ich glaube, deine These stimmt«, flüsterte sie dann. Sie nahm wahr, dass Kurt sie entsetzt anstarrte. Zuerst dachte sie, der Junge sei einfach erschrocken über die überraschende Wendung, die der Fall genommen hatte. Doch dann durchfuhr es sie: *Ich bin ja selbst behindert!* Sicher hatte Kurt vorhin, als sie im Büro herumgelaufen war, ihr Hinken bemerkt. Daran, wie sich Lutz' Augen weiteten, erkannte Jo, dass auch er begriff.

Aus den Tiefen des Gebäudes waren auf einmal Geschrei und wüstes Schimpfen zu hören. Dann schlug eine Metalltür mit einem Knall zu, und irgendwo polterten schwere Schritte einen Flur entlang.

»Kurt, es ist schon halb fünf.« Lutz wandte sich dem Jungen zu. »Geh nach Hause und sieh zu, dass du ein paar Stunden Schlaf bekommst. Koschatzki gegenüber werde ich dich entschuldigen.«

»Wie Sie meinen, Herr Kommissar.« Kurt stand schwankend auf und taumelte zur Tür.

»Super«, brach es aus Jo heraus, als die Tür hinter ihm ins Schloss gefallen war, »nicht nur, dass wir in einer Zeit gelandet sind, die Frauen in Folterinstrumente presst und sie zu schmückendem Beiwerk von Männern degradiert – nein, ich besitze auch noch die typischen Beutemerkmale, die mich für einen Serienmörder interessant machen. Ich fühle mich, als würde ich appetitlich garniert auf einer Servierplatte sitzen.«

»Na ja, ich würde schon annehmen, die Wahrscheinlichkeit, dass der Mörder ausgerechnet dich zum nächsten Opfer auserwählt, ist eher gering«, erwiderte Lutz, aber Jo spürte, dass er seinen eigenen Worten nicht recht glaubte.

»Von wegen! Sieben Morde innerhalb von zehn Jahren, und das in einem etwa vierzig Quadratkilometer großen Gebiet, in dem gewiss kein riesengroßer Prozentsatz von Frauen einen *körperlichen Makel* besitzt ...« Jo schnaubte verächtlich.

»Tja, das wäre nun mal ein typischer Fall für einen Profiler, nur dass wir uns leider in einer Zeit befinden, in der die Psychologie noch in ihren Kinderschuhen steckt.« Lutz seufzte. »Nicht dass ich sonst sehr viel von diesen Psychofritzen halte.« Er betrachtete melancholisch den Aktenberg. »Uns bleibt nichts anderes übrig, als alle Zeugenaussagen noch einmal durchzugehen und mit den Leuten zu reden, die als Angehörige und Zeugen aufgeführt sind. Wenigstens werde ich danach Sütterlin bestimmt perfekt beherrschen.«

»Mich schüttelt es schon, wenn ich an diese grässlichen Buchstaben nur denke.«

»Hast du eine bessere Idee?«

»Nein, das heißt, ... warte mal ...« Jo richtete sich abrupt auf. »Gestern Vormittag bin ich bei Augusta Meyrink einem Psychoanalytiker namens Frederick Lombard begegnet.«

»Der Kerl mit dem Strohhut, der dich mädchenhaft hat erröten lassen?«

Jo ignorierte Lutz' Bemerkung. »Wir könnten Herrn Lombard fragen, ob er sich in der Lage sieht, uns ein Täterprofil zu erstellen.«

Lutz hob zweifelnd die Augenbrauen, während er seine Zigarette im Aschenbecher ausdrückte. »Jo, der Mann kennt noch nicht mal den Ausdruck *Täterprofil*.«

»Wir können ihm erklären, worum es dabei geht. Einen Versuch ist es allemal wert.«

»Und dir geht es nicht nur darum, diesen Lombard wiederzusehen?« Lutz warf Jo einen amüsierten Blick zu. Wortlos stand sie auf.

»Jetzt sei nicht eingeschnappt.« Lutz vertrat ihr den Weg. »Wenn du darauf bestehst, versuchen wir es mit dem Mörder-Profil dieses Analytikers. Falls er den Ödipuskomplex als Mordmotiv erkennt, werde ich sein Gutachten allerdings in den nächstbesten Papierkorb werfen.«

»Das wird er bestimmt nicht.« Jo war immer noch verschnupft. »Falls du die Nacht in deinem verqualmten Büro verbringen willst – bitte sehr. Ich werde mich jetzt auf den Heimweg machen.«

»Ich bringe dich mit dem Fahrrad nach Hause.«

»Ich werde mir eine Droschke nehmen. Ich kann sehr gut auf mich selbst aufpassen.«

»Auch appetitlich garniert und auf einer Silberplatte angerichtet, wärst du bestimmt schwer verdaulich für einen Mörder. Aber ich möchte dich einfach sicher in deiner Villa wissen.« Lutz grinste sie an. In seiner Stimme schwang jedoch eine Sorge mit, die Jo nachgeben ließ. »Okay, aber es reicht, wenn du mich bis zum Tor bringst.«

»Ich werde warten, meine Teure, bis sich die Haustür schützend hinter dir geschlossen hat.«

Jo verzog das Gesicht. »Ich werde wieder den Weg über die Linde nehmen. Der ist zwar lästig. Aber ich muss nicht befürchten, jemandem vom Personal zu begegnen, das wahrscheinlich schon bald aus den Federn steigen und im Haus herumgeistern wird.«

Vom Fenster ihres Zimmers aus blickte Jo Lutz hinterher, der durch den dunklen Garten in Richtung Mauer entschwand. Er hatte tatsächlich gewartet, bis sie auf die Linde geklettert und in ihr Zimmer gestiegen war. *Sehr ritterlich von ihm!*

Bei dem Gedanken, dass es ein Serienmörder auf sie abgesehen haben könnte, überlief sie eine Gänsehaut. *Ob ich, klein und schmal, wie ich zurzeit bin, und mit dem kürzeren linken Bein, überhaupt meine Selbstverteidigungstechniken effektiv anwenden kann?*, fragte sie sich. Sie bezweifelte es sehr. Vielleicht sollte sie mal mit Lutz trainieren.

*Es war gut, die Fälle mit ihm auszuwerten*, ging es ihr weiter durch den Kopf. *Wenn wir zusammenarbeiten, ergänzen wir uns oft perfekt. Anders als im Privatleben, ach, egal …*

Im Osten, bemerkte Jo, wurde ein heller Streifen am Himmel sichtbar. Wahrscheinlich würde bald eine ganze Armada von Gärtnern ausschwärmen, um die Kieswege zu harken und unbotmäßig hervorlugende Grasspitzen zu stutzen. Und in gut zwei Stunden würde es Frühstück geben.

Jo fühlte sich zu wach und überdreht, um sich schlafen zu legen. Stattdessen setzte sie sich, nachdem sie den nach kaltem Zigarettenrauch riechenden Anzug ausgezogen, ihn unter den Kleiderschrank gestopft und gegen einen bestickten, seidenen Schlafrock getauscht hatte, an den Schreibtisch. Eine Weile buchstabierte sie Sütterlin aus einer Kinderfibel.

Dann schweiften ihre Gedanken ab. Sie stand auf und holte das Foto ihrer Mutter aus dem Geheimfach der Kommodenschublade. Nachdenklich betrachtete sie das Gesicht der hübschen jungen Frau mit den fröhlichen Augen. Wieder fragte sie sich, warum ihre Ahnin Josepha das Foto so sorgfältig versteckt hatte und aus welchem Grund nirgendwo in der Villa ein Bild von Henrietta hing.

Jo bezweifelte es sehr, dass sie von ihrem Onkel und vor allem von ihrer Großmutter Antworten auf diese Fragen erhalten würde.

# 3. KAPITEL

Die Antwort auf Lutz' Klopfen an Horst Koschatzkis Bürotür war ein zackiges »Herein!«. Es schmerzte in Lutz' müdem Schädel. *Kein Schlaf in der vorletzten Nacht, drei Stunden in dieser.* Weshalb nur gaben sich die Menschen der Illusion hin, das Leben in vergangenen Zeiten sei weniger anstrengend gewesen als zu Beginn des 21. Jahrhunderts?

»Jäger, schön, Sie auch mal wieder zu Gesicht zu bekommen.« Horst Koschatzki trommelte mit einem Brieföffner auf der Platte seines Eichenschreibtischs herum. Ein weiteres Geräusch, das Lutz' Schädel gar nicht guttat. Er unterdrückte ein Gähnen und fragte sich, ob das Aspirin wohl schon erfunden war.

»Ihren Strumpf haben Sie ja nun doch nicht gefunden. Kriminalkommissar Jäger hat nämlich mit vier Polizisten und einem Schäferhund nach einem angeblich verlorengegangenen Strumpf des Opfers gesucht.« Mit höhnischem Gesichtsausdruck wandte sich Horst Koschatzki an Polizeipräsident von Mettmann, der schräg vor dem Schreibtisch saß und den Lutz erst jetzt bemerkte.

»Eine originelle Idee, einen Schäferhund als eine Art Hilfspolizisten einzusetzen.« Der Polizeipräsident lachte. »Der Schäferhund, und speziell natürlich der Deutsche, ist nun einmal die gelehrigste Hunderasse. Vielleicht kann ja eines Tages der eine oder andere Polizist durch einen Schäferhund ersetzt werden. Nun ja, bei den Zeugenbefragungen könnte es natürlich Schwierigkeiten geben.«

Horst Koschatzki lächelte gequält und fixierte die Sammeldose des Deutschen Flottenvereins auf seinem Schreibtisch. Über einem schwarzen Adler mit weit aufgerissenem Schnabel dampfte dort ein Kriegsschiff gen England.

»Den Strumpf des Opfers habe ich in der Tat nicht am Fundort der Leiche entdeckt, dafür aber das.« Lutz reichte den Manschettenknopf Polizeipräsident von Mettmann.

Der wog ihn in der Hand, ehe er ihn an Horst Koschatzki weitergab. »Scheint echt zu sein.«

»Ja, hochkarätiges Gold, das Paar etwa zweihundert Mark wert.« Lutz nickte. »Ich habe mittlerweile alle Juweliere in Ebersheim abgeklappert. Niemand kennt den Besitzer. Deshalb frage ich mich, ob wir nicht ein Foto des Manschettenknopfs in der Zeitung veröffentlichen sollten. Vielleicht meldet sich ja daraufhin jemand, der den Besitzer kennt – oder vielleicht sogar der Besitzer selbst.«

»Die Vorstellung, dass jemand, der sich so teure Manschettenknöpfe leisten kann, ein Mann aus dem Großbürgertum, wenn nicht sogar dem Adel, mit dem Mord an diesem Dienstmädchen zu tun hat, ist doch völlig lächerlich«, polterte Horst Koschatzki los.

»Vielleicht könnten Sie mir ja mit einer These auf die Sprünge helfen, wie der Manschettenknopf sonst auf diese nicht gerade sehr idyllische Brache gekommen sein könnte, Herr Hauptkommissar«, bemerkte Lutz betont höflich.

»Vielleicht wurde er gestohlen, und der Dieb hat ihn dort verloren.« Horst Koschatzki zuckte mit den Schultern.

»Auch in diesem Fall wäre es wichtig für unsere Ermittlungen, den Besitzer ausfindig zu machen«, beharrte Lutz.

»Jäger, Sie waren wirklich schon in allen Juwelierläden?«, schaltete sich Polizeipräsident von Mettmann ein.

»Ja ...«

»Hm ...« Der Polizeipräsident überlegte kurz. »Trotzdem halte ich es für noch nicht angebracht, ein Foto in den Zeitungen zu veröffentlichen«, sagte er schließlich. »Das könnte den Verdacht der Bevölkerung vorschnell in eine falsche Richtung lenken. Bevor wir uns zu diesem Schritt entschließen, sollten wir noch weitere Ermittlungsergebnisse abwarten.«

»Ich bin ganz Ihrer Meinung, Herr Polizeipräsident«, stimmte Horst Koschatzki von Mettmann eifrig zu.

Lutz kam es vor, als würde das Kriegsschiff auf der Sammeldose ein triumphierendes Tuten ausstoßen.

Jo ging vor dem Haus in der Dorotheenstraße auf und ab, in dem Frederick Lombard wohnte. Ein mehrstöckiges Wohngebäude mit einer Fassade aus hellem Kalkstein, das mit seinen Jugendstil-Blütenornamenten einen eleganten und wohlhabenden Eindruck machte. In dem kleinen, von einem schmiedeeisernen Gitter umgebenen Vorgarten wuchs ein üppiger Fliederbusch, an dem sich schon die ersten Blattknospen entfaltet hatten. Vor einer guten Stunde hatte Lutz in der Villa angerufen und Jo die Adresse des Psychiaters aus dem Melderegister übermittelt.

Lutz hatte sich so müde angehört, wie Jo sich fühlte. Das Frühstück hatte sie im Halbschlaf hinter sich gebracht. Was sein Gutes hatte, denn so hatte sie Malfaldas Spitzen nicht richtig mitbekommen. Jo war erst am Ende der Mahlzeit aufgeschreckt, als ihre Großmutter ihr mitgeteilt hatte, dass Theodor von Körner zum Abendessen erwartet wurde. *Malfalda scheint mich gar nicht schnell genug verkuppeln und aus dem Haus haben zu können*, dachte sie bissig. Na ja, irgendwie würde sie den Abend mit ihrem Verehrer schon überstehen.

Laut klingelnd schoss Lutz auf seinem Fahrrad quer über den Gehweg auf sie zu. Jo machte einen Satz zur Seite. »Was soll das denn? Bist du verrückt geworden?«, schimpfte sie.

»Ach, ich dachte, ich weck dich aus deinen Träumereien von diesem Lombard.«

»Ich träume nicht von ihm. Und jetzt beeil dich bitte.« Jo riss die Gartentür auf.

»Ich hab Dr. Thorbeck übrigens gebeten, sich die beiden punktförmigen Wunden an Magda Keuners Hals anzusehen«, erzählte Lutz, während er mit Jo durch den Vorgarten ging. »Laut Thorbecks mikroskopischem Befund handelt es sich dabei um winzig kleine Schnitte. Ihr Hausarzt hat sie ihr nicht zugefügt, also müssen sie vom Mörder stammen.«

»Hm, das war ja fast zu befürchten«, brummte Jo.

»Schade, keine Gegensprechanlage.« Lutz zog die massive Tür auf. Der Portier in der kleinen, mit glänzenden grünen Fliesen ausgekleideten Halle teilte ihnen auf ihre Frage mit, dass Frederick Lombard zu Hause sei und in der dritten Etage wohnte. Eine breite Jugendstil-Holztreppe führte in die oberen Stockwerke.

An Frederick Lombards Wohnungstür hing ein Porzellanschild, auf dem sein Name in lateinischen Lettern stand.

»Immerhin hat der Kerl auf das Sütterlin verzichtet«, murmelte Lutz. »Das ist ja schon mal nicht unsympathisch.«

»Er ist kein Kerl«, zischte Jo, während sie den Türklopfer aus Messing betätigte. Eine Frau Anfang fünfzig, die eine weiße Schürze über einem dunklen Wollkleid trug, öffnete ihnen. Nachdem Jo ihre Bitte, Frederick Lombard sprechen zu dürfen, vorgetragen hatte, bedeutete ihnen die Frau – offensichtlich eine Art Haushälterin –, in der geräumigen Diele zu warten. Kurz darauf erschien sie wieder und erklärte ihnen, dass »Herr Doktor Lombard« sie gerne empfange.

Der Psychoanalytiker erwartete sie in seinem Arbeitszimmer – ein ansprechender Raum, wie Jo fand. Bücherregale reichten fast überall bis zur Stuckdecke. Über einem mit Marmor eingefassten Kamin hing eine in impressionistischer Manier gemalte Wiesenlandschaft.

»Fräulein von Kästnitz, wie schön, dass Sie mich tatsächlich besuchen.« Mit ausgestreckter Hand eilte Frederick Lombard auf Jo zu. »Und Sie haben einen Begleiter mitgebracht.« *Klang seine Stimme ein bisschen enttäuscht, oder bildete sie sich das nur ein?*

»Kommissar Jäger«, stellte Jo Lutz vor. »Er bearbeitet den Mordfall Magda Keuner, Sie haben sicher davon gehört.« Auf Lombards Handbewegung hin nahmen sie auf zwei mit dunkelgrünem Samt bezogenen Stühlen vor dem Schreibtisch Platz.

»Ja, Frau Meyrink hat mir von dem Mord berichtet.« Frederick Lombard nickte.

»Ich, nun ja, assistiere Herrn Jäger in gewisser Weise bei seiner Morduntersuchung.«

»Eine Frau in der reaktionären Männerdomäne der preußischen Polizei. Gnädiges Fräulein, Sie überraschen mich schon wieder aufs Positivste.« Frederick Lombards Lächeln verstärkte sich. *Was sie sich nun bestimmt nicht einbildete.*

»Wir vermuten, dass Magda Keuner das Opfer eines Serienmörders wurde, der vor ihr schon sechs andere Frauen umbrachte«, mischte sich Lutz ein. Sein Blick fiel auf das dunkle Ledersofa in einer Ecke des Arbeitszimmers. »Behandeln Sie da drauf tatsächlich Ihre Patienten?« Seine Stimme hatte einen eindeutig spöttischen Unterton.

»Ja, allerdings.« Frederick Lombard nickte. »Weshalb fragen Sie?«

»Einfach nur so.« Lutz zuckte mit den Schultern.

»In der Regel fragen oder sagen wir etwas nicht *einfach nur so*. Meistens liegt unserem Sprechen eine unbewusste Raison zu Grunde. In Ihrem Falle könnte es etwa sein – ich betone das *Könnte* –, dass Sie sich unbewusst eine Analyse wünschen und deshalb Ihre Frage stellten.«

»Herr Jäger hat schon einmal eine Art Therapie durchlaufen. Allerdings war er mit dem Ergebnis nicht ganz zufrieden«, warf Jo rasch ein, ehe Lutz Frederick Lombard gegenüber ausfällig werden konnte. Tatsächlich bedachte Lutz sie nun mit einem Seitenblick, als würde er sie am liebsten erschlagen, erwürgen, erstechen oder erdrosseln – oder alles zusammen.

»Ach, wie interessant.« Frederick Lombard wandte seine Aufmerksamkeit wieder Lutz zu. »Ich hätte Sie eigentlich nicht für den Typ Mann gehalten, der sich freiwillig einem derartigen Procedere unterzieht. Darf ich vielleicht fragen, welchen Kollegen Sie konsultiert haben?«

»Ich glaube nicht, dass Sie diesen Kollegen kennen«, erwiderte Jo hastig. »Da wir vermuten, dass Magda Keuner von einem Serienmörder umgebracht wurde, möchten wir Sie um Ihre Hilfe bitten.« *Höchste Zeit, dass sie auf den Grund ihres Besuchs zu sprechen kam, ehe Lutz den Psychiater endgültig einen Idioten nannte.*

»Das Phänomen des Serienmordes ist recht selten.« Frederick Lombard nahm eine Pfeife in die Hand, die neben einem versilberten Bilderrahmen auf dem Schreibtisch lag, und sog daran. »Was bringt Sie zu der Annahme, dass Magda Keuner von einem Serienmörder umgebracht wurde?« *Ha, er kannte sehr wohl den Begriff »Serienmörder«.* Jo hätte Lutz am liebsten gegen das Schienbein getreten.

»Alle Opfer besaßen eine Behinderung oder einen körperlichen Makel.«

»Oh, das wäre in der Tat signifikant. Und womit genau, glauben Sie, gnädiges Fräulein, und Sie, Herr Jäger, dass ich Ihnen helfen kann?«

»Nennen Sie mich doch bitte Josepha«, sagte Jo impulsiv. »Ich finde dieses *gnädige Fräulein* so albern ... Ähm ja, also ...« Sie brach verlegen ab.

»Wir gehen davon aus, dass der Mörder seine Opfer aus einem ganz bestimmten Grund auswählte«, begann Lutz, sich wieder an dem Gespräch zu beteiligen. »Und dass dies etwas über ihn verrät.«

»So in etwa wie dieser als Beweismittel noch umstrittene Fingerabdruck?«

»Ja, genau.« Lutz nickte. »Auch die Mordmethode, für die sich der Täter entschied, der Ort, wo er seinen Opfern auflauerte, die Zeitabstände zwischen den Morden – all das verrät etwas über den Täter. Dies sind gewissermaßen seine Spuren. Das Problem ist nur, dass wir diese Spuren nicht recht zu deuten wissen. Jo – Josepha – meinte nun, dass Sie, da Sie über ein gewisses psychologisches Fachwissen verfügen, diese Spuren vielleicht für uns lesen könnten.« Lutz gab sich keine Mühe, seine Skepsis zu verbergen.

Frederick Lombard ignorierte Lutz' Misstrauen. »Das ist eine interessante These«, sagte er ruhig. »Vor einigen Wochen habe ich darüber den Artikel eines sehr geschätzten Schweizer Kollegen gelesen. Ich schlage vor, Sie teilen mir alles über die Morde mit, was Sie wissen. Dann kann ich entscheiden, ob ich Ihnen helfen kann.«

»Natürlich!« Jo holte das Schreibheft mit ihren Notizen aus ihrer seidenen Handtasche. Während sie die Daten und Fakten vortrug, schrieb Frederick Lombard mit. Dann und wann fragte er präzise nach, wenn ihm etwas unklar erschien.

Nachdem Jo ihren Bericht beendet hatte, griff er wieder nach seiner Pfeife und sann rauchend einige Momente vor sich hin. Schließlich sagte er: »Ich muss Sie bitten, mir ein, zwei Tage Zeit zu geben, damit ich all die Informationen auswerten kann. Außerdem möchte ich gerne noch die Fachliteratur zu diesem Gebiet studieren. Sie ist recht spärlich. Aber, wie gesagt, es gibt da diesen Artikel meines Schweizer Kollegen. Vielleicht wird es auch nötig sein, dass ich ihn telefonisch um Rat frage.«

»Nehmen Sie sich all die Zeit, die Sie benötigen. Aber nun möchten wir Ihre Zeit nicht länger beanspruchen.« Jo stand auf. *Ach, sie hätte nichts dagegen gehabt, noch einige Stunden mit Frederick Lombard zu verbringen.*

Sie ging einige Schritte auf ihn zu, um ihm die Hand zum Abschied zu reichen.

»Josepha ...« Wieder schenkte er ihr dieses Lächeln, das einen ganzen Schmetterlingsschwarm in ihrem Magen auffliegen ließ. In diesem Moment fiel ihr Blick auf die Fotografie in dem silbernen Rahmen. Es zeigte eine schöne junge Frau, die ihr üppiges Haar der Mode gemäß hochgesteckt hatte.

»Das ist Verena Auerberg, meine Verlobte«, hörte Jo Frederick Lombard sagen. »Sie studiert in Zürich Medizin.«

*Oh, Mist!* Der Schmetterlingsschwarm taumelte der Erde entgegen.

»Nennen Sie mich Josepha«, äffte Lutz Jo nach, kaum dass sie die Wohnungstür hinter sich geschlossen hatten. »Mein Gott, du hast diesen Kerl ja förmlich angehimmelt.«

»Das hab ich nicht«, protestierte Jo wütend. *Na ja, so ganz entsprach das nicht der Wahrheit.* »Außerdem hast du dich oft genug über meinen Titel lustig gemacht.«

»Darf ich dich daran erinnern, dass du eine erwachsene Frau bist und kein *Backfisch*, um mal ein Wort aus dieser blödsinnigen Zeit zu verwenden?« Lutz ignorierte ihre Verteidigung. Sie waren einige Stufen hinuntergestiegen und standen nun auf einem breiten Treppenabsatz. Durch ein

Buntglasfenster fiel Licht kaleidoskopartig auf die grün gestrichenen Wände.

»Ich hätte gar nicht gedacht, dass du über einen so ausgefeilten Wortschatz verfügst und das Wort *Backfisch* kennst.«

»Du hältst mich doch sowieso für einen ungebildeten Proleten.« Lutz funkelte sie – ganz entgegen seiner sonst lässigen Art – erbost an. »Gnädiges Fräulein und das ganze Gehabe. Damit fühlst du dich doch im Grunde genommen sehr wohl. Und vielen Dank auch, dass du diesem Lombard von meinen Erfahrungen mit einer Psychotherapie erzählt hast.«

»Na und? Es ist schließlich kein Stigma, eine Psychotherapie durchlaufen zu haben.« Jo fühlte einen Anflug von schlechtem Gewissen. Wie häufig, wenn ihr nicht ganz wohl in ihrer Haut war, entschied sie sich für Angriff. »Du solltest mal dieses Machogehabe ablegen, dass es eine Schande ist, so etwas wie eine Psyche auch nur zu besitzen.«

»Warum hast du Lombard dann nicht erzählt, dass du selbst eine Therapie gemacht hast, um das angebliche Trauma unseres Unfalls aufzuarbeiten?« Lutz verzog spöttisch den Mund. »Du bist doch diejenige, die immer die Taffe geben muss. Wobei ich – anders als du – meinem Psychofritzen wenigstens nicht geglaubt habe, was er mir einreden wollte. Von wegen unser Aufenthalt im Mittelalter war nur eine Komafantasie.«

Aus dem bunten Lichtgeflimmer glaubte Jo plötzlich, Jacqueline Steinerts langbeinige, großbusige Gestalt erstehen zu sehen. »Vielleicht hatte dein Psychologe ja nicht mit allen seinen Einschätzungen unrecht«, fauchte sie. »Vielleicht dominiert ja wirklich häufig deine kindlich-regressive Seite. Stehst du eigentlich auf Baywatch?«

»Hä?« Lutz starrte sie einen Moment lang verständnislos an. Dann murmelte er: »Du hast sie doch nicht mehr alle«. Wütend drehte er sich um und stapfte die Treppe hinunter.

*Diese Schlampe!* Wie konnte Josepha von Kästnitz es wagen, ihm zusammen mit diesem Polizisten nachzuspionieren? Außer sich vor Empörung ging der Mann auf dem dicken Teppich auf und ab. Er hatte beobachtet, wie Josepha von Kästnitz in der vorletzten Nacht in der Nähe der Villa in eine Kutsche gestiegen und zusammen mit dem Polizisten zum Industriegebiet gefahren war. Ihre Verkleidung hatte ihn nicht getäuscht, denn er hatte sie an ihrem Hinken erkannt. Am Versammlungsort der Sozialdemokraten hatten sie sich nach dem Dienstmädchen erkundigt. Dann hatte der Polizist die Brache abgesucht und, wie ihm zu Ohren gekommen war, seinen verlorenen Manschettenknopf gefunden. Und in der darauffolgenden Nacht hatte sich Josepha von Kästnitz wieder mit ihm getroffen und war mit ihm zur Polizeidienststelle am Domplatz gefahren. Bestimmt um nach dem Mörder Magda Keuners zu suchen.

Vor einer mit Samt bezogenen Sitzbank blieb der Mann stehen und fegte den Wollstrumpf, der dort lag, mit einem wütenden Laut zu Boden. Sonst bereitete es ihm noch monatelang Befriedigung, die Dinge, die er seinen Opfern abgenommen hatte, aus ihrem Versteck hervorzuholen und zu berühren. Doch nun fühlte er gar nichts mehr.

*Die Schlampe hatte ihn um seine Lust betrogen. Sie hatte ihn dazu verurteilt, wieder in einem toten Körper zu leben.* Wie Schreie hallte es im Kopf des Mannes wider. Er fasste sich an die Stirn, wiegte den Oberkörper hin und her. Langsam beruhigte er sich. Sollte er den Polizisten melden? Es würde ein Leichtes sein, ihn eines Vergehens zu beschuldigen und ihn so außer Gefecht zu setzen. Josepha von Kästnitz dagegen könnte er bei ihren Verwandten anschwärzen.

Der Mann blieb stehen. Nein, das war zu einfach und seiner nicht wert. Er war keiner, der Gefahren auswich. Er war ein Mann, der raffinierte Pläne entwarf und diese schließlich in die Tat umsetzte.

Er würde Josepha von Kästnitz und dem Polizisten beweisen, dass man ihn besser nicht zum Gegner hatte. *Und danach würde er sich die Schlampe vornehmen.*

Ein Lächeln breitete sich auf dem Gesicht des Mannes aus, während er den Strumpf vom Boden aufhob und ihn durch seine Finger gleiten ließ.

Ohne Appetit schob Jo sich einen Löffel Mokkacreme in den Mund. Endlich neigte sich das Abendessen seinem Ende zu. Die Unterhaltung hatte sich um die Hohenzollern gedreht. *Irgendwelcher Klatsch und Tratsch ... Themen, die sie nicht im Geringsten interessierten.* Wenn Theodor von Körner ihre Meinung zu irgendwelchen prinzlichen Eskapaden wissen wollte, hatte sie geistesabwesende Antworten gegeben. In Gedanken war sie mit dem Mordfall Magda Keuner beschäftigt gewesen, und sie hatte sich gefragt, ob Frederick Lombard wohl in der Lage sein würde, ein schlüssiges Täterprofil zu entwickeln.

Außerdem hatte sie immer wieder an ihren Streit mit Lutz denken müssen. *Es stimmt nicht, dass ich gerne ein gnädiges Fräulein bin, überlegte sie empört. Lutz müsste nur mal in diesem grässlichen Zimmer sitzen und sich von Malfalda erbost anstarren lassen, um zu wissen, dass er sich täuscht. Und ich muss auch nicht die Taffe sein. Na ja, wenigstens nicht mehr ständig. Seit der Zeitreise ins Mittelalter habe ich mich verändert. Und was meine Bemerkung zu Baywatch betrifft: Ja, gut ... ich gebe es zu – ich bin auf Jacqueline Steinert eifersüchtig.*

*War doch sehr ehrenvoll, dieses Eingeständnis, oder?* Jo sah den hageren Moltke in seinem Bilderrahmen herausfordernd an. Der blickte unbeeindruckt zurück.

»Josepha, hättest du bitte die Güte, deine Aufmerksamkeit wieder unserem Gast sowie deinem Onkel und deiner Großmutter zuzuwenden, statt stumme Zwiegespräche mit Generalfeldmarschall von Moltke zu führen?« Malfaldas Stimme schnitt durch die Stille.

»Ähm, Entschuldigung …«

»Fräulein Josepha hat recht damit, den Generalfeldmarschall zu schätzen«, ließ sich Theodor von Körner vernehmen. »Ich meine damit nicht so sehr, dass er die Franzosen besiegt hat, sondern vielmehr …«

»Es ist mir neu, dass meine Enkelin auch nur das geringste Interesse für das preußische Militär aufbringt«, erwiderte Malfalda trocken. »Josepha, du wirst unserem Gast jetzt die frisch erblühten Orchideen im Gewächshaus zeigen. Dein Onkel und ich nehmen noch einen Kaffee. Dann kommen wir euch nach.«

»Gnädiges Fräulein, Sie werden mir doch sicher die Freude bereiten?« Theodor von Körner schaute Jo bittend an. Leider konnte sie sich nicht schon wieder damit herausreden, dass sie müde sei.

»Aber natürlich, gerne.« Sie rang sich ein grimassierendes Lächeln ab.

Das Gewächshaus war hellerleuchtet und wirkte mit all seinem Glas und seiner gerundeten Metallkonstruktion wie ein eben auf der Erde gelandetes Raumschiff. *Wäre schön, wenn ich hineingehen und mich dann ins Jahr 2013 beamen könnte*, dachte Jo bitter, während sie neben Theodor von Körner den Gartenweg entlangging.

»Fräulein Josepha, verzeihen Sie, ich möchte nicht zudringlich sein, aber Sie wirken, als machten Sie sich über etwas Sorgen«, hörte sie ihn sagen.

*Na ja, da gab es schon einiges: Zum Beispiel: Werde ich es schaffen,*

*den Serienmörder zu schnappen, ehe er möglicherweise mich umbringt? Und: Werde ich in meine eigene Zeit zurückkehren können?*
»Ach, ich mache mir nur Gedanken über meine Zukunft«, erwiderte Jo ausweichend.

»Vielleicht kann ich ja etwas zu Ihrer Zukunft beitragen«, gab Theodor von Körner mit einem schüchternen Lächeln zurück.

Alarmiert musterte Jo ihn. Würde dies etwa auf einen Heiratsantrag hinauslaufen? Leider hatten sie soeben das Gewächshaus betreten. Die Luft war schwülwarm und stickig und roch süßlich. Rispen voller Orchideenblüten baumelten von den Metallstreben herunter. Neben rein weißen waren rot und gelb geflammte Sorten vorherrschend.

»Schön, nicht wahr?« Theodor von Körner betrachtete die Blumen.

Jo schüttelte sich innerlich. Sie hatte diese plastikartigen Dinger nie gemocht. Sie wusste, dass Orchideen keine fleischfressenden Pflanzen waren, und doch stellte sie sich immer vor, wie kleine nichtsahnende Fliegen, von dem Duft der Blumen angelockt, in deren klebrige Schlünde gesogen und dort langsam verdaut wurden.

»Josepha ...« Theodor von Körner trat auf sie zu. Und noch bevor Jo reagieren konnte, lagen seine Arme fest wie ein Schraubstock um ihren Körper und er presste seinen Mund auf ihren.

»Was zum Teufel fällt Ihnen ein?«, wollte sie ihn anschreien. Doch sie brachte nur ein Japsen zustande. *Das konnte doch wohl nicht wahr sein!*

Endlich gelang es ihr mit einem Selbstverteidigungshebelgriff, Theodor von Körner aus dem Gleichgewicht zu bringen. Mit Hilfe einer raschen Drehung und einem weiteren Hebelgriff schleuderte sie ihn von sich. Krachend landete er in einem Orchideenkübel. Wütend eilte Jo zur Glastür. Ihr reichte es endgültig. Sie würde ihrer Großmutter so richtig die Meinung sagen. Sie partout mit einem Kerl verkuppeln zu wollen, der bei der erstbesten Gelegenheit über sie herfiel und sie fast vergewaltigt hätte. Na ja, vielleicht war es ja genau das, was dieser Eisklotz beabsichtigt hatte. Dass sie Körner wegen ihrer verletzten Ehre heiraten *musste*. Zutrauen würde sie dies ihrer Großmutter ohne weiteres.

Ein seltsames Geräusch in ihrem Rücken veranlasste Jo sich umzudrehen. Theodor von Körner hockte immer noch in dem Kübel. Er hatte die Hände vors Gesicht geschlagen, und seine Schultern bebten. Weinte er etwa? Zögernd ging sie zu ihm zurück. Ja, er weinte wirklich. Tränen liefen ihm durch die Finger, und er schluchzte keuchend. Zugegeben – wie ein wüster Vergewaltiger wirkte er nicht gerade.

Nicht gerade sanft packte sie ihn am Arm und schüttelte ihn. »He, Körner …«

Er nahm die Hände von seinem nassen Gesicht und blickte sie verzweifelt an. »Josepha, bitte verzeihen Sie mir«, stöhnte er. »Ich hoffe, ich habe Ihnen nicht weh getan. Ich wollte Sie auch nicht erschrecken. Ich bin krank, ich bin … ach …« Wieder begann er gequält zu schluchzen.

Hä? Was ging denn hier ab? Plötzlich regte sich eine Ahnung in Jo. Sie zog sich einen schmiedeeisernen Gartenstuhl heran und setzte sich neben ihn. »Sie sind homosexuell?«, fragte sie ruhig.

Theodor von Körners braune Augen weiteten sich entsetzt. »Sie haben es schon eine ganze Weile gewusst, nicht wahr?«, flüsterte er. »Deshalb waren Sie heute Abend auch so in Gedanken versunken. Ich wollte Ihnen beweisen, dass ich ein richtiger Mann bin. Deshalb habe ich Sie geküsst.«

*Sie konnte ihm schlecht sagen, dass sie ihn erst seit wenigen Tagen kannte.* »Ich hatte keine Ahnung, dass Sie homosexuell sind«, erklärte Jo. »Ich war wirklich wegen anderer Dinge so geistesabwesend. Sie müssen mir glauben: Sie sind nicht krank, und Sie sind ein richtiger Mann. Auch wenn Geschlechtsverkehr zwischen Männern in Ihrer Zeit – also ich meine, jetzt, ein Straftatbestand ist. In hundert Jahren wird das nicht mehr der Fall sein. Männer können dann sogar, na ja, nicht direkt heiraten, aber offen als Paar zusammenleben.« *Ihm das mit den eingetragenen Lebenspartnerschaften zu erklären, würde wahrscheinlich doch zu weit führen.*

»Es ist sehr freundlich von Ihnen, Josepha, dass Sie mich nicht verurteilen und mich sogar zu trösten versuchen«, seufzte er.

»Ich versuche nicht, Sie zu trösten. Also, ich versuche es schon. Aber nicht, indem ich Ihnen Lügen auftische. Das, was ich gesagt habe, wird eintreten.«

Theodor von Körner schien ihre Worte nicht recht wahrzunehmen. »Sie werden mich nicht Ihrer Großmutter und Ihrem Onkel verraten?«, flüsterte er.

»Auf gar keinen Fall: großes Indianer-Ehrenwort!« Jo hob die rechte Hand.

»Oh, Josepha, ich weiß nicht, wie ich Ihnen danken kann!« Er ergriff ihre Rechte und küsste sie.

»Schon gut, schon gut …«, murmelte Jo verlegen und entzog ihm ihre Hand sanft, aber bestimmt. Dann hatte sie eine Idee. »Wenn Sie möchten, könnten Sie mir einen Gefallen tun«, sagte sie langsam.

»Gerne, was auch immer Sie sich wünschen.« Theodor von Körner nickte eifrig.

Ein Lächeln breitete sich auf Jos Gesicht aus. »Sie könnten mir gegenüber meiner Großmutter Rückendeckung geben.«

»Rückendeckung?« Er sah sie verwundert an.

»Ja, Sie könnten meiner Großmutter gegenüber behaupten, dass Sie mich einladen. Während ich meine Zeit anderweitig nutze.«

# 4. KAPITEL

Der nächste Tag war der Karfreitag. Malfalda hatte Jo am Vorabend unmissverständlich klargemacht, dass es von ihr erwartet wurde, ihre Großmutter und ihren Onkel zum Karfreitagsgottesdienst zu begleiten. Jos Stunden fielen an diesem hohen Feiertag aus. Deshalb konnte sie, ohne eine Ausrede erfinden zu müssen, den Vormittag damit verbringen, auf ihrem Zimmer noch einmal ihre Notizen zu den Mordfällen durchzugehen.

Am Nachmittag besuchte sie dann zusammen mit ihren beiden Verwandten den Gottesdienst in der Christus-Kirche. Jo kannte das spätgotische Gebäude, denn sie hatte dort gelegentlich einem klassischen Konzert gelauscht. In den 60er und 70er Jahren hatten ein moderner Wandteppich sowie einige Gemälde ihren Weg in das Gotteshaus gefunden und dazu beigetragen, die Strenge ein wenig zu mildern.

Jetzt waren die weißen Wände gänzlich kahl, was einen harten Kontrast zu dem dunklen Gestühl bildete. Im Zuge der Mittelalterbegeisterung in der zweiten Hälfte des 19. Jahrhunderts waren knallbunte Glasscheiben in die Fenster eingefügt worden, auf denen sich biblische Gestalten in pseudogotischer Tracht tummelten. Jo hatte die abstrakten, in Grau- und Brauntönen gehaltenen Fenster aus der Nachkriegszeit nie besonders gemocht. Aber im Vergleich zu dem grellen Kitsch waren sie ihr doch lieber.

Die Familie von Kästnitz/Austère besaß ihren eigenen Kirchenstuhl, und so hockte sie nun neben ihrer Großmutter und ihrem Onkel auf einer unbequemen Holzbank in einer Art Alkoven und lauschte einem grauhaarigen Geistlichen in schwarzem Talar, der von der Kanzel herab eine donnernde, schier endlose Predigt über Sitte und Moral und den Zorn Gottes hielt.

Jo unterdrückte ein Gähnen. Sie konnte sich nicht erinnern, wann sie zum letzten Mal einen Karfreitagsgottesdienst besucht hatte. Nun ja, wenigstens hatte sie jetzt keinen fanatischen Inquisitor auf dem Hals wie den Dominikanermönch Lutger, der sie im Mittelalter hatte exorzieren wollen.

Eine alte *Zigeunerin* hatte ihr und Lutz damals offenbart, dass sie beide die Gabe besäßen, durch die Zeit zu reisen. Wobei Jo dies als einen Fluch verstand und nicht als etwas Positives. Sie hatte aufgehört, darüber nachzugrübeln, wie so etwas wie Zeitreisen möglich sein konnte. Denn eine plausible Antwort würde sie darauf ohnehin nicht erhalten. Sie musste an Katrein denken, ihre Magd im Mittelalter, die Katharina so sehr ähnelte. Und Augusta Meyrink besaß durchaus Züge der Äbtissin Agneta, die für Jo und Lutz im 14. Jahrhundert eine sehr wichtige Rolle gespielt hatte. Aber beide schienen nun gänzlich in der Kaiserzeit beheimatet zu sein.

*Gibt es doch so etwas wie Reinkarnation,* überlegte Jo, *und in den beiden Frauen wohnen die Seelen von Katrein und der Äbtissin? Sind Lutz und ich vielleicht Wiedergeburten der Weberswitwe und des Kneipenwirts? Aber warum können wir uns dann an unser früheres Leben erinnern und Katharina und Augusta Meyrink offensichtlich nicht? Und wie kommt es, dass Magda Keuners Leichnam im 21. Jahrhundert auf dem ehemaligen Industriegelände ausgegraben wurde, wo man ihn doch bestimmt auf dem Friedhof ihres Heimatdorfes beisetzen wird?*

Ach egal, darauf würde es keine logischen Antworten geben. Hauptsache, sie und Lutz fanden wieder in die Gegenwart zurück.

Jo atmete tief aus. *Was für ein grauenhafter Tag!*, dachte sie am Abend in ihrem Zimmer, während sie sich auszog. An die Predigt – sie hatte eine gute Stunde gedauert, ehe der Pastor schließlich mit einigen patriotischen Reminiszenzen geendet hatte – hatte sich eine Abendmahlsfeier angeschlossen. Als wäre damit der Frömmigkeit nicht schon längst Genüge getan, hatte Malfalda darauf bestanden, dass Jo sie auch noch zu einer Art Andacht begleitete. Stattgefunden hatte diese im schlossähnlichen Heim einer Fürstin von Hohenthal-Bergheim. Eine Frau um die siebzig, deren hagere Gestalt und verkniffener Mund von einem asketischen, moralinsauren Leben zeugten.

Jo hegte den starken Verdacht, dass Malfalda nicht sehnsüchtig nach Erbauung an dieser Andacht teilgenommen hatte, sondern um die im Adelsrang über ihr stehende alte Dame zu hofieren. Die Andacht hatte Malfalda jedenfalls nicht milde gestimmt. Im Gegenteil. Während des Abendessens hatte sie noch mehr als sonst an ihrer Enkelin herumgemäkelt. *Hätte Wilhelm nicht immer wieder eingegriffen und das Gespräch auf andere Dinge gelenkt*, dachte Jo, *wäre ich Malfalda irgendwann an die Gurgel gegangen oder hätte einen Teller nach ihr geworfen.*

Sicher – ihrem Sohn gegenüber verhielt sich Malfalda zuvorkommend. Trotzdem fragte sich Jo, wie er es nur all die Jahre mit ihr unter einem Dach aushielt. *Ob Henrietta und Ludwig eigentlich auch in der Villa gelebt haben?*, dachte Jo. Sie musste Katharina unbedingt mal danach fragen.

Sie duschte – was für ein Segen, dass Wilhelm, laut Katharina, technische Neuerungen jedweder Art liebte. Danach zog sie ein seidenes Nachthemd an, löschte das Gaslicht und ging zu Bett. Die Nacht war windig. Sie hörte die Bäume im Garten rauschen.

Als Jo im Halbschlaf ein Pochen am Fenster hörte, dachte sie zuerst, Zweige der Linde würden gegen das Glas schlagen. Doch dann erschien es ihr, als ob jemand ihren Namen riefe. Ruckartig setzte sie sich auf. Tatsächlich – Lutz' Silhouette zeichnete sich vor dem sternenklaren Nachthimmel zwischen den Zweigen ab. Sie sprang aus dem Bett und riss das Fenster auf.

»Was machst du denn hier?«, zischte sie.

»Keine Sorge, ich habe es nicht auf deine Unschuld abgesehen.« Lutz schwang sich ins Zimmer. Seine Stimme klang angespannt. »Eine weitere Frau wurde umgebracht.«

»Das Opfer war behindert?«, fragte Jo, obwohl sie die Antwort schon kannte.

»Ja, sie hatte einen verkrüppelten Fuß.«

Aus dem unteren Stockwerk hörte Jo das Quietschen der Räder von Malfaldas Rollstuhl. Ihr kam es vor, als ob der Rollstuhl vor der Treppe, die zu ihrem Zimmer führte, stoppte, und sie hielt unwillkürlich den Atem an. Hatte etwa ein sechster Sinn Malfalda gesagt, dass sich ein Mann im Zimmer ihrer Enkelin aufhielt? Doch dann bewegte das Gefährt sich weiter den Flur entlang.

»Beeil dich bitte«, drängte Lutz neben ihr im Dunkeln. »Ich möchte erst zusammen mit dir und Kurt den Tatort untersuchen, ehe ich Koschatzki informiere. Aber ich kann das nicht ewig hinauszögern.«

Hastig zerrte Jo den Anzug unter dem Schrank hervor. Während sie aus dem Nachthemd schlüpfte sie, meinte sie: »Wo wurde die Leiche gefunden?«

»In einer Schrebergartensiedlung. Das Opfer besaß dort eine Art Atelier.«

»Kennst du schon ihren Namen?«

»Ja, Appolonia Hogarth. Fünfundzwanzig Jahre alt. Ledig. Eine Klavierlehrerin, die jedoch auch malte – wofür sie unter anderem die Laube in der Schrebergartensiedlung gemietet hatte.«

»Todesart?«

»Sie wurde erwürgt, wie Magda Keuner.«

»Wer hat die Leiche entdeckt?«

»Ein aufmerksamer Nachbar, der die Tür der Laube im Wind schlagen hörte und deshalb nach dem Rechten sah.«

»Du warst noch auf der Wache, als der Nachbar die Meldung machte?«

»Nein, Kurt, der zur Spätschicht eingeteilt war. Er verständigte dann umgehend mich. Koschatzki habe ich, wie gesagt, noch nicht benachrichtigt.«

Wie immer halfen die sachlichen Fragen Jo, eine Distanz zum Fall herzustellen. Nun zog sie die Anzugjacke an und setzte die Mütze auf. »Fertig«, sagte sie. »Bereit zum Abstieg.«

Lutz beugte sich aus dem Fenster und lugte an dem Baum hinunter. »Schade, dass es in diesem Prachtbau keinen Aufzug an der Fassade gibt«, sagte er und seufzte.

Gelbliches Licht sickerte aus den beiden Fenstern der Laube in den nächtlichen Garten. Die Karbidlampe in Kurts Hand verbreitete zusätzliche Helligkeit. Jo konnte Büsche, einige Beete sowie ein kleines Gewächshaus ausmachen. Etwa ein Dutzend Menschen standen in kleinen Grüppchen beisammen und tuschelten miteinander.

Kurt hatte sich vor der Laube aufgebaut. Er wirkte sehr jung und sichtlich aufgeregt. Trotzdem strahlte er Autorität aus und signalisierte, dass keiner der Schaulustigen an ihm vorbei ins Innere des flachen Holzbaus gelangen würde.

»Ziemlich viel los hier, für nach zehn Uhr in der Nacht«, sagte Jo leise zu Lutz.

»Einige von ihnen – wie Appolonias Nachbar – wollten wegen des Windes und weil es Nachtfrost geben soll, nach ihren Pflanzen sehen«, gab Lutz zurück. »Die Nachricht von dem Mord hat sich dann schnell verbreitet.«

»Herr Kommissar!« Kurt salutierte vor Lutz, dann zog er die Mütze vor Jo.

»Schon gut, schon gut …« Lutz klopfte ihm auf die Schulter. »Lass dir von den Leuten die Personalien geben.«

»Sehr wohl, Herr Kommissar.« Kurt wuselte diensteifrig davon.

Im Inneren der Laube diente eine brennende Petroleumlampe als Lichtquelle. Rasch nahm Jo die Einzelheiten des Tatorts in sich auf: Appolonia Hogarth lag auf den rohen Dielen. Ihr Hals wies deutliche Würgemale auf. Ihr Gesicht war ähnlich angeschwollen und entstellt wie das von Magda Keuner. Sie schien sich gegen ihren Mörder gewehrt zu haben. Denn ihr rotbraunes Haar, das sie hochgesteckt trug, hatte sich auf der einen Seite gelöst und hing ihr wirr um den Kopf.

Neben ihr lagen eine zerbrochene Steinguttasse und ein Krug am Boden, die von einem schmalen, mit einem bunten Wachstuch bedeckten Tisch heruntergefallen waren und ebenfalls von einem Kampf zeugten. Um die Scherben breitete sich eine rötliche Lache aus. Nahe der Tischkante stand noch ein Teller mit einem angebissenen Käsebrot darauf.

Jo kniete sich neben das Opfer. Die Lache roch, bemerkte sie jetzt, säuerlich nach Hagebutten. Sie nahm weitere Einzelheiten in sich auf: Appolonia Hogarth trug einen mit Farbklecksen übersäten Kittel über ihrem Rock und der Bluse. Auf einer Staffelei stand ein noch unfertiges Bild – ein in impressionistischer Manier gemalter blühender Strauch.

Auf einem Schemel lag eine Palette, die den Geruch von Ölfarben verströmte. Die meisten Gemälde an der Wand zeigten ebenfalls mit leichten Pinselstrichen gemalte Blumen oder andere Gartenszenen.

Lutz fing Jos Blick auf. »Laut Herrn Ott, dem Nachbarn, der Appolonia fand, hatte sie den Garten gepachtet, da sie Pflanzen – und vor allem auch Blumen – liebte und sie ihr bevorzugtes Sujet waren.«

»Sie war begabt.«

»Kann ich nicht beurteilen. Ich bin schließlich nur ein Prolet.« Lutz zuckte mit den Schultern. »Aber ich finde die Bilder ganz hübsch.«

*Ach, dieser verflixte Streit am Vortag! Aber ihn zu bereinigen musste warten.* Jo beugte sich vor und strich behutsam die wirren Haarsträhnen des Opfers zurück.

»Sieh an, auch hier haben wir die beiden kleinen punktförmigen Wunden am Hals«, murmelte Lutz, der sich neben Jo gekniet hatte. »Ich mach mal ein Foto davon.«

Jo hielt wieder die Karbidlampe, die Lutz aus seiner Aktentasche zutage förderte, damit er in ihrem Schein die Kamera betätigen konnte.

»Ich suche nach brauchbaren Fingerabdrücken«, sagte er dann.

»Tu das.« Jo stutzte. »Hier sind kleine Flecken auf dem Boden. Dunkler und dickflüssiger als der Tee. Könnte Blut sein.« Sie wies auf eine Tropfenspur auf den rohen Dielen. »Nicht, dass uns das wirklich etwas nutzen würde. Wenn mich mein kriminalhistorisches Wissen nicht täuscht, konnte man Ende des neunzehnten Jahrhunderts gerade mal Menschen- von Tierblut unterscheiden«, fügte sie frustriert hinzu. »Ich bin mir noch nicht mal sicher, ob eine Unterscheidung nach Blutgruppen schon möglich war.«

»Du betrachtest die Dinge immer viel zu pessimistisch.«

Lutz hatte ein Taschentuch aus seiner Anzugtasche gezogen. Vorsichtig fasste er damit nach einer Tassenscherbe und drehte sie zum Licht. »Wenn das mal kein erstklassiger Fingerabdruck ist.« Tatsächlich befand sich ein rötlich brauner Abdruck auf dem Steingut.

»Der Nachbar hat hier im Raum nichts berührt?«

Lutz schüttelte den Kopf. »Der Mann hat Stein und Bein geschworen, dass er, sofort nachdem er Appolonia entdeckt hatte, davonstürzte, um die Polizei zu benachrichtigen. Aber ich werde seine Fingerabdrücke sicherheitshalber auch noch nehmen.«

Jo hob die kalten Hände des Opfers hoch und betrachtete sie eingehend. Keine wies eine Schnittverletzung auf. »Das Blut und der Fingerabdruck scheinen wirklich vom Mörder zu stammen. Auch wenn der Abdruck natürlich nur uns weiterhilft, da er noch nicht als Beweismittel anerkannt ist.«

»Du bist wirklich ein Killjoy.« Lutz seufzte. »Darf ich dich daran erinnern, wie oft du im Mittelalter herumgejammert hast, dass wir noch nicht mal Fingerabdrücke nehmen konnten? Nun besitzen wir einen ganz wunderbaren, deutlichen Abdruck, und du bist immer noch nicht zufrieden.«

»Schon gut … schon gut. Reg dich wieder ab!«, brummte Jo. Erneut assistierte sie Lutz mit der Karbidlampe, während dieser einige Male den Abdruck auf der Scherbe fotografierte, ehe er das Steingutstück dann in ein Papiertütchen gleiten ließ und in seiner Aktentasche verstaute.

»Was der Mörder dieses Mal wohl als Fetisch mitgenommen hat?«, fragte Jo. Eine Gänsehaut überlief sie. Sie zwang sich zur Professionalität und musterte das Opfer distanziert. Einen Strumpf jedenfalls nicht, denn Appolonias linker Fuß steckte noch in einem Wollstrumpf und einem Spangenschuh. An ihrem verkrüppelten rechten Fuß trug sie einen unförmigen Stiefel. Aber zwischen dessen Rand und dem Rocksaum war ebenfalls ein Strumpf zu erkennen.

»Ich vermute mal, ein Ohrring hat dem Mörder als Fetisch gedient«, hörte sie Lutz sagen.

»Wie kommst du darauf?«

»Weil ein Ohrring fehlt.«

Nun bemerkte auch Jo den schmalen, mit einem Granatsplitter verzierten Goldreif in Appolonias rechtem Ohr. Im linken dagegen steckte kein Schmuck. Lutz hatte den Ohrring gerade einige Male fotografiert, als Kurt den Kopf zur Tür hereinstreckte. »Ich konnte die Leute endlich nach Hause schicken, Herr Kommissar«, berichtete er. »Diese Zigarettenstummel habe ich übrigens unter einem Busch entdeckt. Ich dachte, ich suche einmal danach. So wie Sherlock Holmes in der Geschichte ›Der scharlachrote Buchstabe‹.« Kurt hielt Lutz auf seiner flachen Hand einige Kippen hin.

»Gut gemacht, Junge.« Lutz stand steifbeinig auf und ließ die Zigarettenstummel ebenfalls in ein Papiertütchen gleiten. »Ich zeige dir, wie man Fingerabdrücke nimmt.«

Während er Kurt erklärte, wo an einem Tatort mit großer Wahrscheinlichkeit Fingerabdrücke zu finden waren, und diese dann mit Grafit bestäubte, sah Jo sich noch mal die Bilder an. Die Gemälde waren meist in Öl gemalt. Aber auch einige Aquarelle waren darunter. Alle wirkten sie zart und lebendig, und bei manchen meinte Jo, den Duft der Blumen und der Erde riechen zu können.

*Ja, Appolonia war talentiert*, dachte sie. *Auch sie hat sich, wie Magda Keuner, von ihrer Behinderung nicht einschränken lassen.* Wieder empfand sie einen hilflosen Zorn über den Mord.

In der Ferne schlug eine Kirchturmuhr eins. Jo registrierte, dass Lutz den Pinsel und die Dose mit dem Grafit in seine Aktentasche packte. »Appolonia arbeitete als Klavierlehrerin, sagtest du vorhin, nicht wahr?«, fragte sie.

»Ja, damit verdiente sie sich, laut Herrn Ott, ihren Lebensunterhalt.« Lutz nickte. »Außerdem erhielt sie wohl noch ein bescheidenes Einkommen, eine Art Rente, aus einem Erbe. Sie war nämlich Waise.«

»Der Mann wusste aber wirklich ziemlich viel über Appolonia.«

»Sie unterhielten sich wohl öfter über den Gartenzaun und tauschten Setzlinge aus. Außerdem war er, wenn du mich fragst, ein bisschen in Appolonia verliebt, auch wenn sie vom Alter her seine Enkelin hätte sein können.« Lutz lächelte schwach, ehe er sich Kurt zuwandte und sagte: »Verständige bitte Hauptkommissar Koschatzki von dem Leichenfund. Ich bringe Jo ... Josepha nach Hause und komme dann wieder hierher.«

»Sehr wohl, Herr Kommissar.« Kurt hob die Hand an die Stirn.

Lutz blickte Kurt kopfschüttelnd hinterher. »Wenn der Junge doch nur einmal dieses alberne Salutieren unterlassen würde ...«

»Du bist eben eine Respektsperson für ihn«, meinte Jo amüsiert.

»Leider nicht auf dem Fußballplatz. Heute Abend hat er mich tatsächlich gefoult und dann ein Tor für die gegnerische Mannschaft geschossen.« Lutz löschte die Petroleumlampe. Jo nahm den Bügel der Karbidlampe in die Hand und leuchtete Lutz, während dieser draußen die Tür mit einem Vorhängeschloss sicherte.

Ein leichter Nieselregen hatte eingesetzt, der die Gerüche des nächtlichen Gartens zum Leben brachte. Jo räusperte sich. »Ich möchte mich übrigens entschuldigen. Für gestern ... wegen Baywatch und deiner kindlich-regressiven Seite.«

»Ich habe auch ein paar nicht sehr nette Dinge zu dir gesagt. Tut mir leid.« Schweigen breitete sich zwischen ihnen aus. In einem der Büsche piepste ein Vogel im Schlaf. Lutz fuhr sich durch die Haare. »Koschatzki wird bald hier sein.«

»Ja, du solltest morgen sicherheitshalber Appolonias Klavierschüler überprüfen. Vielleicht führt uns ja einer dieser Kontakte zu dem Serienmörder.«

Lutz hob die Augenbrauen. »Das steht tatsächlich schon auf meiner To-do-Liste.«

»Natürlich, entschuldige«, murmelte Jo hastig. Ihr Exfreund, Staatsanwalt Friedhelm Seidel, hatte einmal behauptet, sie müsse immer alles unter Kontrolle haben. Vielleicht hatte er damit ja gar nicht so unrecht.

Im Schein der Karbidlampe liefen sie durch den regenfeuchten Garten. »Wie steht es eigentlich mit deinem Verehrer – wie hieß er gleich noch mal – Körner?«, fragte Lutz unvermittelt.

»Oh, gestern hat sich herausgestellt, dass er homosexuell ist.« Rasch erzählte ihm Jo von dem Vorfall im Gewächshaus.

»Muss ziemlich beschissen sein, in dieser reaktionären, verlogenen Zeit schwul zu sein«, bemerkte Lutz mitfühlend, nachdem Jo geendet hatte.

»Vor allem auch, wenn man bedenkt, dass einige Männer aus der engsten Clique des Kaisers schwul waren und es einen riesigen Skandal gab, als dies öffentlich wurde.«

»War Wilhelm Zwo eigentlich nicht auch homosexuell?«

»Nee, laut neuesten Forschungen wohl doch nicht.« Jo kramte in ihrem Geschichtswissen. »Er hatte, wenn ich mich richtig entsinne, mehrere uneheliche Kinder, und einmal soll er sogar mit drei Frauen gleichzeitig im Bett gewesen sein.«

»Nicht schlecht!« Lutz lachte.

»Ja, das sollte mal meine Großmutter wissen. Dürfte sie schwer in ihrer Verehrung für die Hohenzollern erschüttern. Obwohl – wahrscheinlich würde sie kein Wort glauben.«

Lutz holte sein Fahrrad aus der Hecke, gegen die er es gelehnt hatte. Er fluchte, als er feststellte, dass der Ledersattel ganz nass war. Jo setzte sich auf den Gepäckträger. Wieder stellte sie fest, dass es sich *gut* anfühlte, als sie die Arme um Lutz legte und sich an ihn schmiegte.

Gegen ihren Willen war sie immer noch mit dieser Überlegung beschäftigt, als sie durch das an die Schrebergartensiedlung angrenzende Viertel fuhren. Ärmliche, von großen Nutzgärten umgebene kleine Häuser standen hier. Straßenlaternen waren nur sehr spärlich vorhanden.

Sie passierten eben eine der Lampen, als ein Mann aus einem Querweg trat, der seinen Hut tief ins Gesicht gezogen hatte. Für einen Moment schien das Licht voll auf ihn. Jo meinte, Wilhelm zu sehen. Doch dann waren sie und Lutz schon an dem Mann vorbei. Sie wagte es nicht, sich umzudrehen, für den Fall, dass er tatsächlich ihr Onkel war. Gleich darauf sagte sie sich, dass sie sich getäuscht haben musste. Was hätte Wilhelm in einem derartigen Viertel zu suchen? Noch dazu so spät in der Nacht?

»Ich bin mal gespannt, ob dieser Psychofritze bald mit einem Täterprofil aufwarten kann.« Lutz drehte sich kurz zu Jo um.

»Das wird er ganz bestimmt«, war Jo überzeugt.

Lutz knurrte eine unverständliche Antwort.

## 5. KAPITEL

Tatsächlich hatte Frederick Lombard das Täterprofil am nächsten Tag erstellt und rief Lutz auf der Polizeiwache an, der wiederum Jo verständigte. Als Jo zu Lombards Haus kam, wartete Lutz dort bereits auf sie. »Na, konntest du dich gut zu Hause loseisen?«, fragte er.

»Ja, ich habe meiner Großmutter gegenüber behauptet, ich hätte mit Körner telefoniert und er hätte mich zu einem Ausflug eingeladen. Am liebsten hätte sie mich bis zu den Stallungen begleitet und eigenhändig in die Kutsche gesetzt – da bin ich mir sicher.« Jo grinste. Friedrich hatte sie bei der Villa der Körners abgesetzt, die praktischerweise nur etwa zehn Minuten Fußweg von der Straße entfernt war, in der Lombard wohnte.

Der Regen der vergangenen Nacht war einem sonnigen Tag gewichen. Im Vorgarten hinter dem schmiedeeisernen Zaun stand die Forsythie in voller Blüte, und auch an dem Fliederbusch hatten sich fast alle Knospen geöffnet. Jo fühlte sich merkwürdig wach und fast beschwingt. *Ob Lombards Profil wohl plausibel sein und uns wichtige Hinweise geben wird?*, fragte sie sich.

»Ich bin ja sehr gespannt, mit welchen Erkenntnissen dieser Seelenklempner aufwarten wird«, sagte Lutz.

Jo seufzte, während sie zum Haus gingen. »Könntest du bitte versuchen, deine Vorurteile gegenüber Psychologen und Psychiatern einmal zu vernachlässigen? Wenigstens für kurze Zeit?«

»Darf ich dich daran erinnern, dass du gegenüber unserem Polizeipsychologen Herbert Rosner durchaus auch Vorbehalte hattest?«

»Na ja, der ist ein Sonderfall.«

»Ich sage dir – so sind sie im Grunde genommen alle.« Der Portier in seiner Loge erkannte sie und begrüßte sie mit einem höflichen Nicken.

»Ich habe übrigens den Vormittag genutzt und mich über Appolonia Hogarths Klavierschüler informiert«, fuhr Lutz fort, sobald sie außer Hörweite des Portiers waren. »Die meisten gehören zur Ebersheimer High Society. Und bevor du mich fragst: Auch in Sachen der Zigarettenstummel war ich tätig. Ich habe sie ordnungsgemäß zur Analyse weitergeleitet. Ein guter Bekannter von Doktor Thorbeck, unserem Gerichtsmediziner, ist Chemiker und wird sie heute noch untersuchen.«

»Schon gut, schon gut«, murmelte Jo. »Ich habe wirklich keinerlei Zweifel an deinem Diensteifer.«

»Das wollte ich nur mal hören.«

Die Haushälterin erklärte, der »Herr Doktor« erwarte sie schon und führte sie sofort in Frederick Lombards Arbeitszimmer. Sein Lächeln, als er Jo die Hand drückte, sorgte wieder für Flügelschlagen in ihrem Magen. Mit einem melancholischen Blick streifte sie den silbernen Bilderrahmen mit dem Foto seiner Verlobten. *Ach je ...*

»Wir sind beide äußerst gespannt auf Ihre Erkenntnisse ...«, begann Lutz. Seine Stimme klang unüberhörbar sarkastisch. Unvermittelt brach er ab, so dass Jo sich erstaunt zu ihm umdrehte. Lutz starrte auf einen braunen Lederball, der in einer Ecke des Arbeitszimmers neben einem Paar knöchelhoher Schnürschuhe aus Leder lag. Die

Schuhe waren an den Sohlen mit Querleisten aus Gummi versehen.

»Entschuldigen Sie, ich habe vergessen, den Ball und die Schuhe wegzuräumen.« Frederick Lombard hatte Lutz' Blick bemerkt.

»Spielen Sie etwa Fußball?«

Lombard zögerte kurz. »Ja, aber ich werde Ihnen nicht verraten, mit wem ich spiele.«

»Vergessen Sie diesen Quatsch, dass Fußball in Ebersheim verboten ist.« Lutz wedelte aufgeregt mit den Händen in der Luft herum. »Ich suche noch nach Spielern. Heute Abend um sieben ist Training auf einer Lichtung im Stadtwald. Haben Sie Lust mitzumachen?«

»O ja, sehr gerne. Ich habe Fußball während eines Studienaufenthaltes in England kennen und schätzen gelernt, und ...«

Jo räusperte sich. »Auch wenn ich ungern das Gespräch zweier Fußballbegeisterter unterbreche: Könnten wir bitte auf unseren Fall zu sprechen kommen?«

»Gewiss ... Verzeihen Sie bitte, Josepha.« Frederick Lombard rückte die mit Notizen versehenen Papierbögen auf der ledernen Schreibtischunterlage zurecht. »Der Mörder hat, dies habe ich Ihren Unterlagen und dem, was Sie mir berichteten, entnommen, seine Opfer lange und gründlich observiert. Er kannte ihren Tagesablauf genau. So wusste er ja zum Beispiel, dass Edeltraud Hunck regelmäßig die Frühmesse im Nachbarort besuchte und Ruth Mergentheim häufig noch am späten Abend Hüte zu Kundinnen brachte. Oder dass Käthe Osslowski jeden Dienstagabend den Nähzirkel in der Von-Gluck-Straße besuchte. Er ist ein Mensch, der geduldig abwarten kann, bis sich ihm die perfekte Chance bietet, seinen Plan in die Tat umzusetzen. Dabei handelt er sehr kaltblütig und selbstsicher, wie etwa die

Mordfälle Ruth Mergentheim und Olga Claussner beweisen, als er zwar bei Dunkelheit, aber in der Nähe belebter Plätze zuschlug. Die Brache, auf der er Magda Keuner umbrachte, ist nicht weit entfernt von der Alfred-Krupp-Straße. Amelie von Büsow tötete er sogar am Tag, auf dem elterlichen Gut, zu einer Zeit, als sich die meisten Bediensteten auf dem Feld befanden – worüber der Mörder sicher auch informiert war.«

»Haben Sie eine Theorie, was den sozialen Status des Mörders betrifft?«, wollte Jo wissen.

»Die Opfer entstammten ganz unterschiedlichen sozialen Klassen. Der Mörder muss sich also in einer Position befinden, die es ihm ermöglicht, mit diesen heterogenen Schichten in Kontakt zu treten. Ich vermute, dass er dem Adel angehört oder zumindest dem Großbürgertum. Entweder von Geburt an, oder er hat sich in diese Schicht hochgearbeitet. Kaltblütig, zielsicher und skrupellos, wie er ist, besitzt er alle Fähigkeiten, die nötig sind, die gesellschaftliche Leiter zu erklimmen.« Frederick Lombard lächelte ein wenig. »Die Fassade des Mörders ist mit Sicherheit perfekt. Niemand würde derartige Abgründe bei ihm vermuten. Die Eigenschaft, andere gut täuschen zu können, ist ebenfalls ein Talent, das in der Regel einen gesellschaftlichen Aufstieg begünstigt.«

»Fürwahr«, bemerkte Lutz trocken, »der Manschettenknopf, den meine Kollegen und ich nahe dem Fundort von Magda Keuners Leiche entdeckten, würde diesen Punkt Ihrer Theorie stützen.«

»Ich vermute auch, dass der Manschettenknopf dem Mörder gehört.« Frederick Lombard nickte.

»Weshalb hat er sich Ihrer Meinung nach Frauen mit körperlichen Einschränkungen oder verunstaltete Frauen als Opfer ausgesucht?« Jo hatte sich mittlerweile ganz gut daran gewöhnt, dass sie mit dem linken Bein hinkte. Manchmal bemerkte sie es gar nicht mehr. Aber in Momenten wie diesem war sie sich ihres Gebrechens nur zu sehr bewusst.

»Das Profil eines Mörders mit Hilfe psychoanalytischer Methoden zu erstellen ist noch nicht wissenschaftlich erprobt.« Frederick Lombard faltete die Hände vor sich auf dem Schreibtisch. »Ich kann nur mutmaßen, dass der Mörder selbst unter einem körperlichen Gebrechen oder einem anderen Makel leidet. Möglicherweise ist die Erfahrung dieses Makels ganz subjektiv und besitzt keine objektive Wirklichkeit. Indem der Mörder seine Opfer tötet, hofft er, sich von diesem Makel zu befreien.«

»Das verstehe ich jetzt nicht.« Lutz runzelte die Stirn.

»Der Akt des Tötens verschafft dem Täter eine große Triebabfuhr. Oder, anders ausgedrückt: Er erlebt eine große Erleichterung. Dadurch, dass er seine Opfer umbringt, tilgt er kurzzeitig seinen eigenen Makel.«

»Hm ...« Lutz wirkte noch nicht ganz überzeugt.

Jo musste daran denken, wie verzweifelt Theodor von Körner gewesen war. »Könnte der Mörder homosexuell sein?«, fragte sie.

»Mit allergrößter Wahrscheinlichkeit nicht.« Frederick Lombard schüttelte den Kopf. »Sie haben mir das Foto mit den beiden kleinen Wunden am Hals von Magda Keuner gezeigt, die der Mörder ihr mit einem Messer zufügte.«

»Am Hals Appolonia Hogarths befanden sich identische Verletzungen«, warf Jo rasch ein.

»Davon war auszugehen.« Frederick Lombard nickte. Lutz hatte ihn am Telefon über den neuerlichen Mord informiert. »Meine These ist, dass der Mörder eine Art Vampirismus betreibt. Indem er an den Wunden saugt, das Blut der Opfer gewissermaßen *trinkt*, verleibt er sich deren Weiblichkeit ein. Ein Homosexueller würde dies kaum tun. Wobei mich speziell das Bluttrinken zu einer weiteren These führt. Meiner Ansicht nach ist der Täter mit großer Wahrscheinlichkeit impotent. Die Einverleibung des Blutes dient ihm als Ersatz für den sexuellen Akt.«

*Super, dass sie es nun auch noch mit einer Art Graf Dracula zu tun hatten!* Nach einigen Momenten des Schweigens sagte Jo dann: »Wofür dienen ihm die Fetische? Von Appolonia Hogarth hat der Täter einen Ohrring entwendet.«

»Vermutlich glaubt er, durch deren Besitz den symbolischen sexuellen Akt verlängern zu können.«

»Aha!«

»Der Kerl sieht sich also immer wieder einmal diese Fetische an und wünscht sich, er könnte sich einen runterholen?«, bemerkte Lutz trocken.

»Es ist gut möglich, dass der Täter, während er einen oder mehrere dieser Gegenstände betrachtet, sein nacktes Glied berührt. Oder das, was davon noch übrig ist. Je nachdem, worin seine Impotenz begründet ist.« Frederick Lombard unterbrach sich erschrocken. »Verzeihen Sie bitte, Josepha. Das war nicht für Ihre Ohren bestimmt. Ich vergaß ganz, dass eine Dame unter uns weilt.«

»Kein Problem!« Jo winkte ab. *Unnötig, Frederick Lombard darauf hinzuweisen, dass ihr der Anblick eines nackten männlichen Gliedes nicht ganz unvertraut war.* Aus den Augenwinkeln konnte sie sehen, dass Lutz sich ein Grinsen verkniff.

Frederick Lombard räusperte sich verlegen. »Bemerkenswert ist in diesem Zusammenhang auch, dass und wie sich die Mordmethoden veränderten, und dass die Abstände zwischen den einzelnen Taten immer kürzer wurden. Zu Beginn der Mordserie tötete der Mörder seine Opfer, indem er sie erschlug oder erstach. Gewissermaßen wählte er damit noch recht distanzierte Methoden. Dann ging er dazu über, die Frauen zu erdrosseln, und die letzten Opfer erwürgte er mit bloßen Händen. Näher konnte er den Frauen im Akt des Tötens gar nicht mehr kommen.«

»Wie erklären Sie sich denn, dass die Abstände zwischen den Morden immer kürzer wurden?«, fragte Lutz. »Anfangs wartete der Mörder über ein Jahr, bis er wieder tötete. Zwischen dem Mord an Magda Keuner und Appolonia Hogarth lagen schließlich nur noch wenige Tage.«

»Was die sukzessive geringeren Zeitabstände betrifft, so wird wahrscheinlich die Triebabfuhr, die der Mörder durch seine Taten erlebt, immer schwächer.« Frederick Lombard seufzte. »Ich war sehr erschrocken, als ich von dem Mord an Fräulein Hogarth erfuhr. Leider bin mir nicht ganz im Klaren darüber, wie dieser eklatant verkürzte Zeitabstand zu deuten ist. Möglicherweise wurde der Täter durch irgendein Ereignis aus dem Gleichgewicht gebracht. Ich kann nur spekulieren, was dies gewesen sein könnte. Vielleicht eine schwere Kränkung in seinem privaten oder beruflichen Umfeld. Vielleicht ein heftiger Streit mit einer Person, die sonst – auf welche Weise auch immer – dafür sorgt, dass seine janusköpfige Psyche in ihrem höchst fragilen Gleichgewicht bleibt.« Frederick Lombard wandte sich Jo zu. Seine bisher professionelle Miene wurde besorgt, während er sie anblickte. »Da Sie leider selbst unter einer Behinderung leiden, Josepha, sollten Sie sehr gut auf sich Acht geben«, sagte er leise.

Jo kam es vor, als ob sich ein Schatten über das sonnige Zimmer senkte, und sie fröstelte unwillkürlich.

Lutz beugte sich auf dem weißgestrichenen Stuhl vor. Die Küche von Frau Berger – Appolonia Hogarths Zimmerwirtin – ähnelte sehr der seiner Vermieterin Rosalia Schwendtner, wo er morgens immer sein Frühstück einnahm. Der gleiche Geruch nach Kohle, Holz und Schimmel. Der gleiche schwere Eisenherd in der Ecke, dessen Rohr quer durch den niedrigen Raum verlief. Die gleichen rotkarierten Vorhänge an den Fenstern und Primeltöpfe auf den Simsen.

Früh am Morgen war er schon einmal bei Frau Berger gewesen, um ihr die Nachricht von Appolonias Tod zu überbringen und sie zu ihrer Mieterin zu befragen. Frau Berger hatte geschockt reagiert und war völlig aufgelöst gewesen. Mittlerweile hatte sie sich so weit gefasst, dass sie dem gewaltsamen Tod ihrer Mieterin etwas Sensationelles abgewann. Die kleinen braunen Augen in ihrem runden Gesicht musterten Lutz mit einer gewissen Neugier.

»Ob Fräulein Hogarth in den Tagen und Wochen vor ihrem Tod etwas Merkwürdiges wahrgenommen hat?«, wiederholte sie Lutz' Frage. Ihre Finger zupften an der Schale einer noch nicht zu Ende gepellten Kartoffel in der Schüssel auf ihrem Schoß. »Nun, wenn Sie mich so direkt fragen: Sie hat ein paarmal erwähnt, dass es ihr vorkäme, als würde sie jemand beobachten. Sie war ja ein nettes Mädchen, aber auch sehr empfindsam und bisweilen überspannt. Eine Künstlerin eben. Es hätte ihr gutgetan zu heiraten und Kinder zu bekommen. Ich habe ihr gesagt, dass sie sich wahrscheinlich alles nur einbildete. Aber, o Gott ...« Frau Berger hielt entsetzt inne, als sie begriff. »Habe ich Fräulein Hogarth damit vielleicht ihrem Mörder in die Arme getrieben?«

*Appolonia Hogarths Wahrnehmung deckt sich mit Frederick Lombards Theorie, dass der Mörder seine Opfer lange und sorgfältig ausspioniert*, dachte Lutz düster. Okay, Lombard spielte Fußball – was ihn Lutz gleich sehr viel sympathischer machte. Aber er war auch ein Psychofritze, weshalb Lutz es vorgezogen hatte, seine Thesen nicht gänzlich ungeprüft für bare Münze zu nehmen.

Er unterbrach Frau Bergers tränenreiche Selbstanklagen

und zückte sein Notizbuch. »Können Sie sich noch daran erinnern, wann Frau Hogarth sich beobachtet fühlte?«

Als Lutz am späten Nachmittag die Polizeiwache betrat, eilten Kollegen hektisch zwischen den Schreibtischen umher. Andere bellten Anweisungen in die beiden Telefone. Die Atmosphäre war angespannt und knisterte doch von latenter Euphorie. Lutz kannte derartige Stimmungen nur zu gut – sie existierten immer, kurz bevor ein entscheidender Durchbruch in einem Fall stattfand.

Tatsächlich deckte Waldemar Herzog, als er Lutz sah, die Sprechmuschel mit der Linken ab und reckte den Daumen der Rechten in die Höhe. »Wir haben einen Verdächtigen festgenommen«, brüllte er durch das Stimmengewirr.

Lutz packte Gregor Wenger, der an ihm vorbeieilen wollte, am Arm und hielt ihn fest. »Wen habt ihr festgenommen – und aus welchem Grund?«, fragte er perplex.

»Ich war nicht bei der Festnahme dabei.« Gregor Wenger winkte ab. »Ich weiß nur, dass der Mann Jakob Leutner heißt, ein Sozialdemokrat ist und einen Garten in der Schrebergartensiedlung besitzt, wo Appolonia Hogarth umgebracht wurde. Hauptkommissar Koschatzki verhört ihn gerade.«

*Ach, du Scheiße!* Lutz unterdrückte einen wüsten Fluch und stürmte davon. Vor der Tür des Verhörzimmers war ein junger, uniformierter Polizist postiert. »Hauptkommissar Koschatzki und Polizeipräsident von Mettmann möchten auf keinen Fall während des Verhörs gestört werden«, beschied er Lutz wichtigtuerisch. Kurzerhand schob ihn Lutz beiseite und riss die Tür auf.

Er nahm einen Mann wahr, der die grobe Kleidung eines Arbeiters trug. Seine Hände waren mit Handschellen vor dem Körper gefesselt, und er kauerte in sich zusammengesunken auf einem Schemel. Dann sprang Horst Koschatzki auch schon auf und schrie: »Jäger, was fällt Ihnen ein, das Verhör zu unterbrechen? Scheren Sie sich davon!«

»Bitte, ich muss dringend mit Ihnen und Polizeipräsident von Mettmann sprechen.« Lutz bemühte sich, ruhig zu bleiben.

»Verschwinden Sie!«

Der Verdächtige hob den Kopf. Lutz registrierte ein schmales Gesicht mit tiefen Kerben auf beiden Seiten des Mundes. Jakob Leunters Blick war verstört und panisch wie der eines in die Enge getriebenen Tieres. Auf seiner rechten Wange zeichnete sich eine gerötete Schwellung ab, als sei er geschlagen worden.

»Was ich Ihnen beiden zu sagen habe, dauert nicht lange«, beharrte Lutz. »Aber es ist wirklich wichtig, dass Sie mich anhören.«

»Nun, es kann nicht schaden, wenn wir den Mann kurz allein lassen und er ein bisschen vor sich hin schmort.« Polizeipräsident von Mettmann erhob sich und befahl dem jungen Polizisten, Posten im Verhörzimmer zu beziehen.

»Jäger, ich hoffe, Sie haben uns etwas wirklich Wichtiges mitzuteilen.« Polizeipräsident von Mettmann nickte Lutz knapp zu, nachdem sie Horst Koschatzkis Büro aufgesucht hatten.

»Könnte ich, bevor ich mit meiner Darlegung beginne, zuerst fragen, was Sie zu der Annahme bringt, Leutner sei der Täter?«

Von Mettmann bedeutete Koschatzki, der Lutz wütend anfahren wollte, zu schweigen. »Der Verdächtige besitzt eine Parzelle in der Schrebergartensiedlung, wo Appolonia Hogarth umgebracht wurde«, erwiderte er gelassen. »Seine Schuhabdrücke wurden am Rand eines Beetes in ihrem Garten, in der Nähe der Eingangstür der Laube und auch auf den

Dielen im Inneren entdeckt. Außerdem endete seine Schicht kurz vor dem mutmaßlichen Todeszeitpunkt von Magda Keuner. Und ein Zeuge ist sich sicher, Leutner mit Magda Keuner gesehen zu haben.«

»Appolonia Hogarths Nachbar Herr Ott, der ihre Leiche fand, gab mir gegenüber zu Protokoll, dass sie häufig Setzlinge und Pflanzen mit anderen Schrebergartenbesitzern tauschte«, wandte Lutz ein. »Leutner könnte auch deshalb am Abend des Mordes in ihrem Garten und in ihrer Laube gewesen sein.«

»Jäger, ich warte auf Ihre Darlegung.« Der Polizeipräsident wurde ungeduldig.

*Mist!* Lutz hatte zusammen mit Jo überlegt, ob er von Mettmann von der Serienmord-These und Frederick Lombards Profil berichten sollte. Sie waren zu dem Schluss gelangt, dass es dafür noch zu früh sei. Denn für einen preußischen Polizeibeamten aus der Kaiserzeit hörte sich das alles wahrscheinlich ziemlich abgefahren an. Auf gar keinen Fall hatte Lutz dem Polizeipräsidenten im Beisein von Horst Koschatzki ihre Thesen darlegen wollen. Aber nun blieb ihm leider keine andere Wahl. Er holte tief Luft. »Ich bin davon überzeugt, dass Jakob Leutner Magda Keuner und Appolonia Hogarth nicht umgebracht hat«, begann er.

Wie nicht anders zu erwarten, schnaubte Horst Koschatzki nur verächtlich. »Tatsächlich, und was bringt Sie zu dieser Überzeugung?« Polizeipräsident von Mettmann sah Lutz abwartend an.

Ach, du lieber Himmel – Malfalda saß allein am Esszimmertisch, und für Wilhelm war nicht gedeckt. Nicht dass Jo die gemeinsamen Mahlzeiten geradezu genossen hätte, wenn ihr Onkel anwesend war. Aber er lenkte die Aufmerksamkeit seiner Mutter wenigstens etwas von ihr selbst weg.

»Guten Abend, Großmutter.« Jo rang sich ein höfliches Lächeln ab.

»Josepha …« Ein kühler Blick aus Malfaldas stahlblauen Augen traf sie.

Jo setzte sich und breitete die gestärkte Leinenserviette über ihren Schoß.

Während der schmächtige Diener herbeischritt – Jo wusste inzwischen, dass er Arthur hieß – und klare Tomatensuppe in die Porzellanteller füllte, wanderten Jos Gedanken zu Frederick Lombards Thesen und seiner Warnung. Schon während ihrer Zeitreise ins Mittelalter war sie beinahe das Opfer eines wahnsinnigen Serienmörders geworden. Sie legte nicht den geringsten Wert darauf, diese Erfahrung noch einmal zu machen.

»Josepha, wie war dein Ausflug mit Theodor Körner?« Malfalda betrachtete sie über den silbernen Suppenlöffel hinweg forschend.

Jo schreckte auf. *Ausflug? Welcher Ausflug?* Sie benötigte einige Augenblicke, bis sie begriff. »Oh, nett …«, murmelte sie.

Die Samtvorhänge waren noch nicht vor die hohen Fenstertüren gezogen worden. Die Scheiben reflektierten den großen Raum und waren undurchsichtig für Blicke nach draußen. *Der Mörder könnte auf der Terrasse stehen und mich fixieren, und ich würde ihn nicht einmal sehen*, ging es Jo durch den Kopf. Ein Schauder überlief sie.

»Nett … Was soll das heißen: *nett*? Was habt ihr unternommen? Worüber habt ihr euch unterhalten?« Ungeduldig klopfte Malfalda auf den Tisch. »Könntest du dich bitte etwas detaillierter äußern?«

»Ähm, wir sind durch die Weinberge geritten und dann am Fluss entlang. Und wir haben uns über Bücher unterhalten«, improvisierte Jo.

»Geritten? Aber du hattest doch überhaupt kein Reitkleid an!«

*So viel zu Improvisationen! Vor dem nächsten angeblichen Treffen mit ihrem vermeintlichen Verehrer musste sie sich dringend eine Legende überlegen.* Glücklicherweise erschien nun Arthur wieder. Er räumte die Teller ab und trug den Hauptgang, ein Bratengericht, auf.

War nicht einmal von einer Schwester Theodors die Rede gewesen? »Seine Schwester hat es mir geliehen«, versuchte Jo, sich aus der Affäre zu ziehen.

»Ja, natürlich, ich verstehe.« Malfaldas Blick wurde etwas milder. *Treffer!* »Auch wenn es keine gute Idee von dir war, mit Körner ausgerechnet über Bücher zu sprechen. Du hast schon genug von einem Blaustrumpf an dir. Männer mögen nun einmal keine intellektuellen Frauen.« *Doch kein wirklicher Treffer.* Jo ließ ihre Großmutter weiterreden und sich darüber verbreiten, was Männer ihrer Meinung nach an Frauen schätzten.

*Augusta Meyrink und Katharina besitzen gewisse Ähnlichkeiten mit Äbtissin Agneta und der Magd Katrein,* dachte Jo. Sie bemühte sich, nicht mehr in Richtung der Terrassentüren zu sehen. Doch diese wurden von den silbernen Kerzenhaltern auf dem Tisch reflektiert. *Was, wenn sich der Wahnsinnige aus dem Mittelalter in dem jetzigen Serienmörder inkarniert hat? Seine Taten sorgfältig zu planen und die Opfer auszuspionieren würde zu ihm passen.* Plötzlich erschien es Jo, als würde ihr ein Männergesicht höhnisch von den Kerzenhaltern entgegenlächeln.

»Josepha, setz dich gerade hin, und starr nicht dein Essen an, als wäre es etwas Ekelerregendes!« Malfaldas schneidende Stimme brachte Jo in die Gegenwart zurück. Sie zuckte zusammen. Soße von dem Bratenstück, das sie auf die Gabel gespießt hatte, tropfte auf das blütenweiße Tischtuch.

»Wie konntest du nur so ungeschickt sein!« Malfalda betrachtete sie kopfschüttelnd. »Manchmal frage ich mich wirklich, ob das teure Pensionat und all die Zusatzstunden an dich nicht gänzlich verschwendet sind. Du bist und bleibst linkisch, besitzt keinerlei Anmut und …«

*Es reichte!* »Halt den Mund!« Jo pfefferte die Gabel auf den Teller. Ein Sprühregen von Bratensoße breitete sich über den Tisch aus. »Hör endlich auf, ständig an mir herumzunörgeln und mich wie eine Minderjährige zu behandeln.« *Sie war minderjährig, aber egal.* »Und damit das klar ist: Diese albernen Stunden sind ein für alle Mal gestrichen.«

»Was fällt dir ein! Wie … sprichst du überhaupt … mit mir?«, stammelte Malfalda perplex.

»Ach, ich hätte schon längst klarstellen sollen, dass ich mir deine Bevormundung nicht länger gefallen lasse.« Jo sprang auf und stürmte aus dem Raum. Es verschaffte ihr eine große Genugtuung, die Tür mit voller Wucht hinter sich zuzuschlagen.

Lutz schüttelte eine Zigarette aus der Packung und starrte dann auf die Hülle. So schlecht, wie seine Laune war, hätte er sich gewünscht, dass ein Totenkopf ihn angrinste. Oder dass er Sätze hätte lesen können wie: »Rauchen gefährdet Ihre Gesundheit«, »Rauchen kann zu Erektionsstörungen führen« oder »Rauchen lässt Ihre Haut altern«. Stattdessen stand auf der Packung geradezu lächerlich harmlos der Markenname JUNO. Achtlos legte er die Zigarette beiseite und lehnte sich auf seinem Stuhl zurück.

Das Gespräch mit Horst Koschatzki und dem Polizeipräsidenten war ein einziges Fiasko gewesen. Dass Koschatzki kein Wort von den Serienmorden geglaubt und Frederick Lombards Thesen für völlig verrückt gehalten hatte, hatte Lutz nicht anders erwartet. Und – na ja – dafür, dass jemand den Theorien eines Psychologen mit Skepsis begegnete, hatte er ja durchaus ein gewisses Verständnis.

Aber dass auch von Mettmann jeden Gedanken daran, dass sie es mit einem Serienmörder zu tun haben könnten, strikt von sich wies, hatte er nun doch nicht erwartet. Und, schlimmer noch, der Polizeipräsident hatte Lombards Thesen nicht deshalb abgelehnt, weil er sie nicht plausibel gefunden hätte. Nein, er hatte Lutz' Darlegung von vornherein abgeblockt, weil Lombard und Freud ja »Juden« seien.

*Was für ein übles, antisemitisches Gesocks*, dachte Lutz wütend. Dabei empfand von Mettmann sich ganz gewiss als einen klugen, gebildeten Menschen. Lutz' Bitte, bei Jakob Leutners Verhören dabei sein zu dürfen, um zu verhindern, dass Koschatzki den Gefangenen misshandelte, hatte der Polizeipräsident ebenfalls abgelehnt.

Nur in Sachen des Fingerabdrucks hatte Lutz sich halbwegs durchsetzen können. Koschatzki hatte zwar sofort, als Lutz die Sprache auf den blutigen Fingerabdruck gebracht hatte, losgepoltert, dieses »englische Indiz« besitze keinerlei Beweiskraft. Aber von Mettmann war immerhin bereit gewesen, Leutners Fingerabdrücke nehmen zu lassen und diese mit dem auf der Scherbe zu vergleichen. Wenn auch nur, um so eine weitere Bestätigung zu erhalten, dass sich Leutner in der Laube aufgehalten hatte.

Als es an der Tür klopfte, rief Lutz gereizt: »Herein!« *Bloß nicht schon wieder Koschatzkis hochrote Visage sehen müssen!* Doch es war nur Kurt, der Lutz' schlechte Laune bemerkte und seinen Vorgesetzten unsicher anblickte. »Herr Kommissar, der Verdächtige hat gestanden«, sagte er.

»Verdammte Scheiße!«, fuhr Lutz auf. *Das durfte doch wohl nicht wahr sein.*

»Aber ... ein Geständnis ist doch gut.«

»Nicht, wenn es vom Falschen stammt und höchstwahrscheinlich durch Prügel oder Drohungen zustande kam.«

»Oh …« Kurt trat zum Schreibtisch und legte ein Blatt Papier vor Lutz. »Dies ist die Analyse der Zigarettenstummel aus dem Schrebergarten des Opfers«, erklärte er umständlich.

»Danke.« Da Kurt keine Anstalten machte, den Raum zu verlassen, fragte Lutz: »Ist noch was?«

»Herr Kommissar, bleibt es bei dem Fußballtraining heute Abend?«

»Fällt heute aus.« *Keine Lust mehr auf Zigaretten, keine Lust mehr auf Fußball. Diese verwünschte Kaiserzeit vergällte einem aber auch den Spaß an allem, was das Leben lebenswert machte.*

Lutz wandte den Blick von Kurt ab. Den Jungen auch noch militärisch salutieren zu sehen wäre mehr gewesen, als er im Augenblick ertragen hätte.

Immer noch wutentbrannt stürzte Jo in ihr Zimmer. Katharina, die frisch gewaschene Handtücher in die Kommode legte, stieß einen spitzen Schrei aus. »Gnädiges Fräulein, habt Ihr mich erschreckt. Ich dachte, Ihr wäret noch beim Abendessen.«

»Mir ist der Appetit vergangen. Also ich meine, ich habe keinen Hunger mehr.« Jo ließ sich auf die Ottomane fallen. *Ach, es hatte gutgetan, diesen Drachen Malfalda einmal so richtig anzuschreien! Sozusagen eine Aggressions-Triebabfuhr.*

Jo fiel ein, dass sie mit Katharina ohnehin unter vier Augen wegen ihrer Eltern hatte sprechen wollen. »Haben mein Vater und meine Mutter eigentlich, als sie verheiratet waren, hier in der Villa gelebt?«, fragte sie.

Katharina seufzte wie immer, wenn Jo Fragen nach ihrer Familie stellte, auf die sie die Antwort eigentlich kannte, sparte sich jedoch den Kommentar. »Nein, sie hatten ihren eigenen Hausstand. Eine kleine, hübsche Villa in der Nähe des Stadtparks, habe ich sagen hören. Dort wurdet Ihr auch geboren.«

»Blieb meine Mutter nach dem Tod meines Vaters dort wohnen?« *Wie seltsam sich das anhörte: »meine Mutter«.*

»Soviel ich weiß, ja. Aber ich trat ja erst in den Dienst Eurer Großmutter und Eures Onkels, als Eure Eltern beide schon tot waren.«

*Es sprach für einen gesunden Selbsterhaltungstrieb Henriettas, dass sie es vorgezogen hatte, nicht unter einem Dach mit ihrer Schwiegermutter zu leben.* »Sind denn Dienstboten aus dem Haushalt meiner Eltern nach dem Tod meiner Mutter hierher in die Villa gewechselt?«

»Nein, niemand.« Katharina schüttelte den Kopf. »Mit mir kamen damals viele neue Bedienstete ins Haus. Ich glaube nicht, dass einer von uns Dienstboten sich an die Eurer Eltern erinnern kann«, kam sie einer weiteren Frage Jos zuvor.

»Weißt du, auf welchem Friedhof meine Eltern bestattet wurden?«, bohrte Jo stattdessen weiter.

»Gnädiges Fräulein, verzeiht, aber das ist nicht lustig.« Katharina bedachte sie mit einem missbilligenden Blick. »Ich nehme doch an, dass sie in der Familiengruft auf dem Hauptfriedhof begraben sind.«

»Ja, natürlich«, murmelte Jo. »Wie dumm von mir, nicht daran zu denken.«

»Benötigt Ihr noch etwas, gnädiges Fräulein? Nein? Nun, wenn Euch doch noch etwas einfällt, könnt Ihr ja klingeln.« Katharinas Stimme hatte immer noch einen tadelnden Unterton. »Ihr habt übrigens das Fenster offen stehen gelassen. Ich habe es wieder geschlossen, sonst wäre es zu kalt geworden. Die Nächte sind ja noch recht frisch.«

»Danke, Katharina.«

*Hm ... Dass die Dienstboten »meiner Mutter« nach deren Tod ent-*

*lassen wurden, ist ja noch verständlich,* dachte Jo, während die Dienerin das Zimmer verließ. *Aber dass auch hier im Haus zu diesem Zeitpunkt viele neue Leute eingestellt wurden, ist schon seltsam.* Irgendetwas war hier faul. Das sagte Jo ihr Instinkt als Polizistin.

Ihr Blick fiel auf den hohen Spiegel schräg gegenüber der Ottomane. Sie stutzte. Das Glas spiegelte – aus ihrer gegenwärtigen Perspektive – die Badezimmertür. Hatte sich die Klinke eben nach unten bewegt? Jo blickte genauer hin. Nein, die Klinke mit dem Elfenbeingriff rührte sich nicht. Allmählich zerrte dieser Fall wirklich an ihren Nerven. *Vielleicht sollte ich es einmal mit Laudanum versuchen, oder wie dieses morphiumhaltige Mittel auch immer heißt, das die Damen im 19. Jahrhundert zur Beruhigung ihrer überanstrengten Nerven nahmen,* dachte sie bissig.

*Ich sollte einmal die Familiengruft aufsuchen und dort einen Blumenstrauß hinterlegen,* überlegte Jo weiter. *Immerhin sind meine »Eltern« ja auch meine Ururgroßeltern.*

Aus den Augenwinkeln sah Jo, dass sich die Türklinke wirklich nach unten bewegte. Langsam und lautlos öffnete sich die Badezimmertür. Eine Männerhand glitt durch den Spalt. *Katharina hatte gesagt, dass das Fenster offen gestanden hatte. Der Mörder war die Linde hochgeklettert, und nun lauerte er im Badezimmer.* Jo sprang auf und stieß einen gellenden Schrei aus. Mit einem Satz war sie beim Schreibtisch und schnappte sich den Brieföffner, der dort lag, als Waffe.

Die Tür schwang ganz auf.

»Schhh … Ich bin's doch nur.« Lutz stand im Rahmen und vollführte beschwichtigende Gesten.

»Oh, mein Gott!«, japste Jo.

»Gnädiges Fräulein, was ist geschehen?« Katharina kam ins Zimmer gestürmt. Gerade noch rechtzeitig machte Lutz einen Satz rückwärts und schlug die Tür zu.

»Es ist alles … in Ordnung«, stammelte Jo. »Im Badezimmer ist etwas umgefallen. Das hat mich erschreckt.«

»Soll ich nachsehen gehen?«

*Auf gar keinen Fall!* »Das ist nicht nötig.« Jo fasste Katharina um die Schultern und führte sie sanft, aber bestimmt aus dem Zimmer. Malfalda war in ihrem Rollstuhl bis an den Treppenabsatz gerollt. »Was soll denn dieser Aufruhr?«, rief sie. »Meine Enkelin veranstaltet ja ein Geschrei, als wolle jemand sie umbringen.«

»Das gnädige Fräulein hat sich schon wieder beruhigt«, hörte Jo Katharina noch antworten. Dann schloss sie die Tür und ließ sich gegen die Wand sinken. Ihr Herz schlug ihr immer noch bis zum Hals. Lutz huschte aus dem Badezimmer.

»Bist du wahnsinnig geworden?«, stöhnte Jo. »Nicht nur, dass ich fast einen Herzinfarkt bekommen hätte. Beinahe hätte auch noch Katharina dich hier erwischt. Was wahrscheinlich dazu geführt hätte, dass ich umgehend in Fesseln gelegt und zurück ins Pensionat transportiert worden wäre.«

»Tut mir leid.« Lutz wirkte aufrichtig zerknirscht. »Ich wollte gerade leise deinen Namen rufen, als du auch schon losgeschrien hast. Ich musste einfach mit dir reden. Koschatzki hat einem Arbeiter das Geständnis abgepresst, Magda Keuner und Appolonia Hogarth ermordet zu haben.«

»Das darf doch wohl nicht wahr sein!«

»Leider doch. Sei so nett und leg den Brieföffner weg, ich fühle mich nämlich sehr unbehaglich, wenn er so direkt auf meinen Bauch gerichtet ist.«

Erst jetzt bemerkte Jo, dass sie das spitze Metallteil immer noch umklammert hielt. Aus dem Gang im unteren Stockwerk war das leise Quietschen der Räder von Malfaldas Rollstuhl zu hören. »Lass uns von hier verschwinden«, flüsterte sie.

»Ich habe einen Freund mitgebracht, Frau Schwendtner«, rief Lutz tugendhaft in die Küche. »Wir würden gern auf meinem Zimmer noch einen zusammen trinken.« Seine Pensionswirtin, eine dickliche Frau um die fünfzig, die ihre grauen Haare zu einem Dutt hochgesteckt hatte, stellte ein Metallsieb auf das Abtropfbrett neben der Porzellanspüle und watschelte zur Tür. Nachdem sie Jo, die wieder Männerkleidung trug, prüfend gemustert hatte, lächelte sie Lutz mütterlich an. »Schon gut, Herr Jäger. Nett, dass Sie mir Bescheid sagen. Nur übertreiben Sie's nicht mit dem Alkohol. Der Junge hier verträgt bestimmt nicht viel. Und seien Sie nicht so laut – wegen der anderen Mieter.«

»Ich verspreche Ihnen, dass wir uns mustergültig benehmen werden.« Lutz blickte sie treuherzig an, was das Lächeln seiner Wirtin noch eine Spur wärmer werden ließ.

*Es ist wirklich ein Phänomen, wie er es immer wieder schafft, Frauen herumzubekommen*, dachte Jo teils amüsiert, teils verärgert, während sie Lutz durch einen Flur mit Blümchenmuster an der Wand und dann die enge Holzstiege hinauf zu seinem Zimmer folgte. Dies galt auch für sein Alter Ego. Das hatte anscheinend, laut Lutz, einige Male versucht, *Damenbekanntschaften* einzuschmuggeln. Was bei den anderen Mietern höchstwahrscheinlich zu einem sofortigen Hinauswurf geführt hätte.

In Lutz' Zimmer musste sich Jo wieder, wie bei ihrem ersten Besuch, ein Lächeln verkneifen. Auch hier zierten Blümchen die Wände. Der Bettüberwurf war ebenfalls geblümt, und über den Rücken- und Armlehnen der beiden braunen Rosshaarsessel hingen mit Spitzen umhäkelte Schoner. Die Waschschüssel und der Krug auf der Kommode zierte ein Veilchenmuster.

»Frau Schwendtner liebt eben Blumen«, erklärte Lutz, der Jos belustigten Blick bemerkt hatte. Er öffnete das Fenster und holte zwei Bierflaschen, die dort auf dem Sims gestanden hatten, herein. »Auf dem Schrank habe ich zwei Madonnenbilder entdeckt. Mein Alter Ego hat die wohl nicht mehr ertragen und abgehängt. Das sind so die Schwierigkeiten mit dem möblierten Wohnen.« Lutz ließ die Bierflaschen aufschnappen, reichte Jo eine und setzte sich dann ihr gegenüber an den niedrigen Tisch, auf dem ein Spitzendeckchen lag. »Wobei das feminine Ambiente dieses Zimmers noch mein geringstes Problem ist.« Er berichtete Jo rasch, was sich auf der Polizeiwache zugetragen hatte. »Ich darf mir überhaupt nicht vorstellen, wie Koschatzki und von Mettmann Jakob Leutner, diesem armen Kerl, zugesetzt haben müssen, dass er die beiden Morde gestand«, sagte Lutz düster und trank einen Schluck Bier.

»Schließlich weiß er, dass auf Mord in dieser Zeit die Todesstrafe steht. Ich habe noch mal versucht, mit von Mettmann zu reden. Leutners Fingerabdrücke – das hat sich im Laufe des Abends herausgestellt – stimmen nicht mit dem auf der Tassenscherbe überein. Außerdem nannte mir Frau Berger zwei Nächte, in denen sich Appolonia auf dem Heimweg von einer Konzert- und einer Theateraufführung verfolgt gefühlt hat. Beide Male arbeitete Leutner, wie ich nachgeprüft habe, in der Gießerei. Von Mettmann ließ beide Argumente überhaupt nicht gelten.«

»Was hatte er denn dagegen einzuwenden?«

»Der Fingerabdruck von der Scherbe stamme von einem Besucher Appolonias – und nicht von ihrem Mörder. Und Frau Berger habe sich einfach in den Daten geirrt.«

»Ich muss nachdenken«, sagte Jo. »Hast du mal 'ne Zigarette für mich?«

»Du bist dir darüber im Klaren, dass Rauchen der Gesundheit schadet, dass es Erektionsprobleme versuchen kann und deine Haut vorzeitig altern lässt?«

»Was ist denn auf einmal mit dir los?«

»Ach, diese verdammte Kaiserzeit nimmt mir die Lust am Rauchen. Selbst das Bier schmeckt mir nicht mehr wirklich. Wenn das so weitergeht, werde ich hier noch zum Abstinenzler.« Lutz reichte Jo eine Zigarette und gab ihr Feuer, nahm sich jedoch selbst keine. Auch das Bier rührte er erst einmal nicht mehr an. Jo sog den Rauch tief ein und genoss den Geschmack. *Manchmal tat es einfach gut, sich Lastern hinzugeben.*

»Der Manschettenknopf ist unsere einzige wirklich heiße Spur neben Lombards Täterprofil. Das sehe ich doch richtig, oder?«, meinte sie dann.

»Ja.« Lutz nickte. »Ich habe mir auch schon überlegt, ob ich nicht doch ein Foto des Manschettenknopfes ohne von Mettmanns Einwilligung zur Veröffentlichung an die Ebersheimer Tageszeitung geben soll.«

»Dann fliegst du wahrscheinlich aus dem Polizeidienst.«

»Ja, mit ziemlich großer Sicherheit.« Lutz zuckte gleichmütig mit den Schultern.

Wieder einmal machte seine Nonchalance Jo schier wahnsinnig. »Und wie willst du denn ohne offiziellen Auftrag ermitteln?«, fragte sie ärgerlich.

»Irgendwie kriege ich das schon hin. Vielleicht macht es die Sache ohnehin einfacher, wenn ich mein eigenes Ding durchziehen kann und nicht mehr auf Koschatzki und den Polizeipräsidenten Rücksicht nehmen muss.«

»Wenn ich dich daran erinnern darf – wir befinden uns nicht im Mittelalter. Als suspendierter Polizist, der trotzdem weiter in einem Mordfall ermittelt, landest du wahrscheinlich sehr schnell selbst hinter Gittern.« Jo drückte die Zigarette im Aschenbecher aus, nahm sich eine neue aus der Packung und zündete sie selbst an. »Nein, ich bin dafür, dass wir die klassische Haustürermittlung durchführen und mit einem Foto des Manschettenknopfs bei den Männern vorbeischauen, die Lombards Profil entsprechen.«

»Und wie finden wir die?«

»Na ja, erst mal geht es nur um Männer, die zu den oberen Zehntausend der Stadt und der Umgebung gehören. Augusta Meyrink lebt schon lange hier, die könnte uns wahrscheinlich helfen, eine Liste zu erstellen. Kurt wahrscheinlich auch.«

»Hm ...« Lutz wirkte nicht gänzlich überzeugt, trank nun jedoch immerhin auch einen Schluck Bier. »Diese Haustürbefragung führen aber Kurt und ich durch. Du hältst dich da raus«, erklärte er dann mit Nachdruck. »Ich möchte auf keinen Fall, dass du so eventuell ins Haus des Mörders tappst. Noch dazu, wo er es womöglich auf dich abgesehen hat. Es wäre ein Leichtes für ihn, dich in einen abgelegenen Winkel zu locken, dich niederzuschlagen oder sonstwie außer Gefecht zu setzen, und ...«

»Schon gut, schon gut. Du musst mir die Situation nicht in allen Farben ausmalen. Ich habe wirklich nicht vor, Clarice Starling aus dem *Schweigen der Lämmer* zu mimen«, erwiderte Jo entnervt.

»Sehr beruhigend. Denn die Szene, in der sie nichtsahnend das Haus des Serienkillers betritt, während das Sondereinsatzkommando ein völlig anderes Haus stürmt, zerrt jedes Mal wieder an meinen Nerven. Obwohl ich den Film schon ein paarmal gesehen habe.« Lutz grinste. »Noch ein Bier?«

»Och ja!«

Lutz holte eine weitere Flasche vom Fenstersims. Dank der frischen Aprilnacht war sie gut gekühlt. Normalerweise machte sich Jo nicht viel aus Bier. Aber so, wie sie plötzlich Zigaretten zu schätzen gelernt hatte, trank sie nun plötzlich auch ganz gern Bier. *Wahrscheinlich ein weiterer pubertärer Zug*, dachte sie, während sie mit Lutz anstieß.

»Dann sollten wir morgen Augusta Meyrink aufsuchen«, schlug Jo vor. »Ich gehe mal davon aus, dass ihr der Ostersonntag nicht sehr heilig ist. Von meiner Großmutter und meinem Onkel werde ich mich irgendwie loseisen können. Ich bin ja mal gespannt, ob ich einen Osterhasen von ihnen bekomme. Na ja, vielleicht hat ihn Malfalda nach unserer heutigen Auseinandersetzung auch gestrichen.« Sie verzog das Gesicht.

»Was war denn los?«, fragte Lutz amüsiert.

Jo erzählte ihm von dem Streit.

»Die Gute hätte bestimmt einen super Feldwebel abgegeben«, meinte Lutz lächelnd, nachdem Jo geendet hatte.

»Wahrscheinlich nimmt sie es dem Schicksal sehr übel, dass sie als Frau geboren wurde und deshalb keine Karriere beim preußischen Militär einschlagen konnte«, bemerkte Jo bissig. »Vielleicht resultieren ihre Charakterfehler aus diesem nie überwundenen Trauma.« Da sie sonst nie viel Alkohol trank, war sie von dem Bier ein bisschen beschwipst. »Weshalb warst du eigentlich bei der Bundeswehr?«, wollte sie wissen.

»Weil ich als Verweigerer nicht anerkannt wurde.«

»Aber als Polizist hättest du doch überhaupt nicht zu Bundeswehr gehen müssen.«

»Dass ich Polizist werden will, wurde mir erst während der Bundeswehrzeit klar.«

Jo hatte Lutz immer wieder einmal fragen wollen, warum er eigentlich zur Polizei gegangen war. Denn mit seinem teilweise recht anarchischen Wesen entsprach er nicht unbedingt dem Berufsbild. Aber immer hatte sie eine gewisse Scheu zurückgehalten. Auch jetzt mochte sie ihn nicht direkt fragen. Sie wartete, ob er weiterreden würde. Lutz zündete sich nun ebenfalls eine Zigarette an und sog ein paarmal tief daran. Schließlich zuckte er mit den Schultern. »Bei der Bundeswehr hatte ich ein paar dermaßen bescheuerte Vorgesetzte, dass ich zu der Überzeugung kam, dass man diese Typen nicht den Staat überlassen darf. Wenn du verstehst, was ich meine.«

»Ich glaube schon.« Jo nickte.

»Und außerdem ...«, Lutz betrachtete den Zigarettenrauch, der wie ein feiner Schleier unter der Gaslampe schwebte, »... hat mich während der Bundeswehrzeit die Erinnerung an meinen toten besten Kumpel wieder eingeholt. Hing möglicherweise mit den langen, einsamen Nachtwachen zusammen und den sinnlosen Geländemärschen ... Als wir zehn waren, wurde mein Freund beim Radfahren von einem Auto angefahren und tödlich verletzt. Der Fahrer flüchtete. Der Kerl wurde nie geschnappt.«

Jo spürte, dass Lutz keine mitleidigen Worte hören wollte. Deshalb schwieg sie. »Und du?«, fragte Lutz nach einigen Momenten. »Was hat dich zur Polizei getrieben, statt Karriere als Ärztin oder Juristin zu machen?«

»Wahrscheinlich, weil es in meiner Familie mütterlicherseits schon zu viele Ärzte und Juristen gab.« Aber das war nicht die ganze Wahrheit. »Mein Vater war Polizist und stellvertretender Polizeipräsident«, sagte Jo. »Ich war zwei Jahre alt, als er bei einer Verfolgungsjagd ums Leben kam. Ich habe überhaupt keine Erinnerung mehr an ihn. Nur ein paar alte Fotos ... Ich glaube, im Grunde genommen bin ich seinetwegen Polizistin geworden. Weil ich glaubte, ihm das schuldig zu sein.«

»Und, hast du es bereut?«

»Nein. Du?«

»Nein.« Lutz schüttelte den Kopf. »Also sind wir beide letztlich wegen toter Menschen Polizisten geworden«, stellte er dann nachdenklich fest.

»Wenn du so willst, ja.« Dass Lutz neben all seinem »Laisser-faire« eine durchaus ernsthafte Seite hatte, wusste Jo seit ihrer Zeitreise ins Mittelalter. Trotzdem war sie immer wieder überrascht, wenn diese Seite plötzlich zutage trat. *Es ist schön, hier mit ihm zu sitzen, zu rauchen, zu trinken und zu reden,* dachte sie. Plötzlich überkam sie der starke Impuls, sich vorzubeugen und ihn zu küssen.

*Um Himmels willen, bloß nicht,* durchfuhr es sie gleich darauf. *Die Situation ist schon kompliziert genug. Auch ohne dass ich eine Affäre mit einem Kollegen anfange, der seinerseits eine Affäre mit einer anderen Kollegin hat.*

»Ich glaube, ich sollte mich auf den Weg nach Hause machen«, sagte Jo verlegen.

»Ähm ja, natürlich ... Ich fahre dich.« Lutz stand so hastig auf, dass er gegen den Tisch stieß und die Bierflaschen gegeneinanderklirrten. »Was ich eben noch ganz vergessen habe, dir zu sagen: Der Mörder raucht laut Doktor Thorbecks Bekanntem Zigaretten der Marke Ramses.«

Den Impuls, Lutz zu küssen, hatte Jo immer noch nicht überwunden, als sie sich hinter ihn auf den Gepäckträger setzte. Im Gegenteil! Sie ertappte sich bei dem Wunsch, seine Anzugjacke und sein Hemd hochzustreifen, über seine nackte Haut zu streicheln und ... *O Gott! Einen Mann in einer kalten Aprilnacht, auf offener Straße in der Kaiserzeit ausziehen zu wollen, war wirklich keine gute Idee. Von all den Komplikationen persönlicher Art einmal ganz zu schweigen.* Unwillkürlich hielt sie Abstand von ihm und legte die Arme möglichst locker um ihn.

Lutz trat in die Pedale. Die karbidbetriebene Fahrradlampe flackerte auf. Schlingernd fuhren sie ein paar Meter, ehe er abbremste und sich zu Jo umdrehte. »Ich bin kein rohes Ei. Kannst du dich bitte besser festhalten, damit wir nicht ständig aus dem Gleichgewicht geraten?«

»Ähm, ja natürlich … tut mir leid.« *Also war es nichts mit dem Abstandhalten.* Jo legte nun die Arme eng um ihn und schmiegte die Wange gegen seinen Rücken. Ein heißer Schauder durchrieselte sie. Sie schloss die Augen, atmete den Zigarettengeruch ein, den seine Jacke verströmte, und den Duft von Sandelholz. Den hatte sie an Lutz noch nie wahrgenommen. Ob er in der Kaiserzeit ein Aftershave mit dieser Duftnote benutzte? Eigentlich war es sehr romantisch auf einem Fahrrad, an einen Mann gelehnt, in den man verliebt war, durch die Nacht zu fahren.

*Verliebt war?* Jo riss die Augen auf. *Okay, es hat keinen Zweck, dass ich mir noch länger etwas vormache,* begriff sie resigniert. *Ich bin in Lutz verliebt.*

Am Straßenrand verströmten die Gaslaternen in ihren verschnörkelten Fassungen ihr mildes gelbes Licht. In einem der kleinen Vorgärten blühte ein Baum. *Wie zart die Blüten vor dem Nachthimmel wirkten …* Ein Stück von ihnen entfernt klapperten Pferdehufe über das Pflaster. *Auch das war irgendwie ein sehr romantisches Geräusch.*

*Rumms!* Das Fahrrad sackte in ein Schlagloch. In Ermangelung einer Federung wurde Jo hochgeschleudert und krachte dann mit voller Wucht auf den Gepäckträger zurück.

»Verdammt!« Lutz fluchte und versuchte, das schlingernde Gefährt in der Balance zu halten. Ein Mann, der ihnen auf dem Trottoir entgegenkam, blickte zu ihnen. Dieses Mal war kein Zweifel möglich: Der Mann war Wilhelm. Jo stieß einen leisen Schrei aus. Der jedoch von einem Ruf im Befehlston hinter ihnen übertönt wurde: »He, Sie beide da auf dem Fahrrad … Halten Sie sofort an!«

Lutz wandte den Kopf. »Scheiße, Koschatzki, auf einem Pferd …«, stöhnte er. »Halt dich fest!« Er trat schneller in die Pedalen.

»Sofort stehen bleiben!« Der gebrüllte Befehl mischte sich mit schnellem Hufgetrappel.

»Gegen ein galoppierendes Pferd haben wir keine Chance«, rief Jo.

»Musst du immer so aufbauende Dinge sagen?!« Sie schossen um eine Straßenbiegung.

Aus einem der Gärten erklang ein wütendes Fauchen und Miauen. Gleich darauf flitzte ein Kater mit gesträubtem Schwanz dicht vor ihnen über die Pflastersteine. Lutz fluchte beim Versuch, dem Tier auszuweichen. Um Haaresbreite verfehlten sie es. Jo drehte sich um. Koschatzki auf seinem Pferd war nur noch wenige Meter hinter ihnen. Er schwang die Peitsche. Die Straßenlaternen verzerrten den Kopf des Gauls ins Riesenhafte.

»Anhalten!«

Wieder ein zorniges Fauchen und Miauen zwischen dem Geräusch der stampfenden Hufe. Von einer Gartenmauer sprang eine andere Katze wie ein schwarzer Pfeil in hohem Bogen auf die Straße, genau an den Nüstern des Pferdes vorbei. Ein schrilles Wiehern. Dann bäumte sich der Gaul hoch auf. Seine Vorderbeine schlugen in die Luft, während Horst Koschatzki aus dem Sattel geschleudert wurde.

Erst einige Straßenbiegungen weiter brachte Lutz das Fahrrad am Straßenrand zum Stehen. Nach Atem ringend, krümmte er sich über den Lenker. »War ziemlich knapp«, keuchte er.

»Hast du nicht neulich behauptet: Ich bin die Polizei – und deshalb ist es okay, wenn wir zu zweit auf einem Fahrrad unterwegs sind?«, konnte Jo sich nicht verkneifen zu bemerken.

»Na ja, Horst Koschatzki sieht das nun mal leider anders als ich.«

Was hatte Wilhelm so spät in der Nacht in dem kleinbürgerlichen Viertel zu suchen? Und warum hatte er sich nicht standesgemäß von Friedrich dort abholen lassen? Geistesabwesend blickte Jo in den dunklen Garten hinunter. Vor einer Weile hatte Lutz sie wieder bis zum Haus begleitet und gewartet, bis sie die Linde hochgeklettert und durchs Fenster ihres Zimmers gestiegen war.

*Dass du in Lutz verliebt bist, hat nichts zu bedeuten,* sagte sie sich streng. *Das gibt sich wieder. Es ist einfach eine von diesen Gefühlsaufwallungen, die in Extremsituationen entstehen. Und eine Zeitreise ist nun mal eine Extremsituation.*

Plötzlich sah Jo, wie unten im Garten jemand einen der Wege entlanglief – aus Richtung der Pforte in der Mauer. Es war jedoch zu dunkel, als dass sie hätte erkennen können, wer es war. Vorsichtig öffnete sie das Fenster einen Spaltbreit und lauschte. Sie hörte Kies unter Fußtritten knirschen. Das Geräusch verstummte. Dann ein anderes. Ein leises Klicken, als würde eine Tür vorsichtig geöffnet und wieder geschlossen.

Jo huschte zur Zimmertür, zog auch diese auf und horchte. Kurz darauf hörte sie Schritte auf der Treppe. Die Schritte schwenkten in den Flügel, den ihr Onkel bewohnte, und verloren sich in seinen Räumen.

*Lombards Täterprofil würde auf Wilhelm zutreffen,* durchfuhr es Jo. *Ein Mann in gehobener gesellschaftlicher Position. Selbstbewusst und diszipliniert.* Sie musste morgen unbedingt überprüfen, welche Zigarettensorte ihr Onkel rauchte. Nicht auszudenken, wenn der Serienmörder ihr eigener Verwandter wäre und sie mit ihm unter einem Dach lebte.

*Erst einmal ist das nichts als ein vager Verdacht! Reiß dich zusammen und entwickle keine Horrorszenarien,* rief sie sich zur Ordnung. Trotzdem sperrte Jo ihre Zimmertür sicherheitshalber von innen zu.

Nachdem sie endlich eingeschlafen war, träumte sie davon, dass sie durch den Garten der Villa rannte. Wilhelm verfolgte sie, ein Messer schwingend. Dann war plötzlich nicht mehr er hinter ihr her, sondern Malfalda rumpelte in ihrem Rollstuhl über den Kies. Ein riesiger Orchideenstrauch, die weißen Blüten weit aufgerissen wie gierige Münder, versperrte Jo den Weg. Panisch wandte sie sich um. Doch den einzigen Fluchtweg blockierte der Rollstuhl, der nun zum Stehen gekommen war. Lächelnd entstieg ihm Malfalda und schritt ihr leichtfüßig entgegen. Jo war unfähig, sich von der Stelle zu rühren. Dann legten sich Malfaldas Hände um ihren Hals und drückten unbarmherzig zu.

## 6. KAPITEL

*Kein Osterhase!* Auf dem Tisch im Frühstückszimmer stand ein Hefekranz, der mit buntgefärbten Eiern gefüllt war. Außerdem gab es eine ganze Batterie von Schmuckeiern: ausgeblasene Eier, die mit aufwendig gemalten Bildern der Kaiserfamilie verziert waren und die entsprechend der Bedeutung der dargestellten Persönlichkeiten in silbernen Bechern steckten. *Aber weit und breit kein Osterhase.*

*Na ja, Malfalda hat sicherlich keinen irgendwo im Haus für mich versteckt*, dachte Jo, während sie ihrer Großmutter und ihrem Onkel einen Guten Morgen wünschte. *Ob die andere Josepha, als sie ein Kind war, einen Hasen und ein Nest von ihr bekommen hat?* Jo hatte da so ihre Zweifel. Der Traum, in dem Malfalda sie fast erwürgt hatte, hatte ihre Sympathie für ihre Großmutter nicht gerade verstärkt.

»Guten Morgen, Josepha.« Wilhelm wirkte unausgeschlafen und zerstreut. Malfalda dagegen ignorierte Jos Begrüßung gänzlich und widmete sich, als sei ihre Enkelin Luft für sie, ihrem Hefegebäck. *Sollte sie ruhig.* Jo ließ sich von dem Dienstmädchen Kaffee einschenken. Nach heftigen Auseinandersetzungen hatten ihre richtige Großmutter und ihre Mutter diese Taktik auch immer angewendet. Jo war immun dagegen.

»Die Polizei scheint ja den Mörder dieses Dienstmädchens

und dieser Klavierlehrerin gefunden zu haben«, ließ sich Malfalda jetzt, an ihren Sohn gerichtet, vernehmen.

»Inoffiziell bin ich bereits davon unterrichtet.« Wilhelm nickte.

»Ein Arbeiter. Wie ich nicht anders vermutet hatte.« Malfalda rümpfte ihre aristokratische Nase und köpfte mit einem gezielten Messerschlag eins der Ostereier. »Ein durch diese sozialistischen Ideen völlig verdorbenes Gesindel!«

*Von wegen, der Mörder ist ein Arbeiter,* dachte Jo. Hatte der Blick ihres Onkels kurz geflackert, oder hatte sie sich das nur eingebildet?

Das Gespräch zwischen ihrem Onkel und ihrer Großmutter wandte sich anderen Themen zu. War es möglich, dass sie mit einem achtfachen Frauenmörder an einem Tisch saß – der es möglicherweise auf seine eigene Nichte abgesehen hatte? Im Licht der Morgensonne an der österlich dekorierten Tafel schien dies Jo fast unvorstellbar. Sie musste wirklich so bald wie möglich herausfinden, welche Zigarettensorte Wilhelm rauchte.

Weder das Hefegebäck noch die Eier, der Kaffee oder die anderen Speisen wollten Jo schmecken. Endlich neigte sich das Frühstück dem Ende zu. Malfalda nahm die Leinenserviette von ihrem Schoß, faltete sie und steckte sie in die dafür vorgesehene, mit ihren Initialen bestickte Tasche.

»Heute Nachmittag sind wir bei den von Kasttorffs zum Tee eingeladen«, sagte sie zu ihrem Sohn.

»Ich komme nicht mit!«, erklärte Jo entschieden.

Malfalda nahm dies kommentarlos zur Kenntnis. Wilhelm blickte von Jo zu seiner Mutter. Erst jetzt schien er die Spannung zwischen den beiden Frauen wahrzunehmen. Er zog es jedoch vor, sich nicht dazu zu äußern, sondern holte zwei kleine, in cremefarbenes, zartes Papier eingeschlagene und mit einem blauen Seidenband verschnürte

Päckchen aus seiner Anzugtasche. »Mutter ... Josepha ... Frohe Ostern.«

»Ähm, ja ... Ihnen auch frohe Ostern«, murmelte Jo. Das Päckchen enthielt ein kleines vergoldetes und mit Diamantensplittern besetztes Ei. Ziemlich hässlich, aber wahrscheinlich auch ziemlich wertvoll. Falls sie untertauchen musste, würde sie dafür in einem Leihhaus bestimmt eine nette Summe erhalten. *Jetzt reiß dich zusammen!*, befahl sich Jo. »Vielen Dank, Onkel, wie schön«, sagte sie mit gespielter Begeisterung.

»Ja, ganz entzückend, mein Lieber.« Malfalda reichte ihrem Sohn die Wange zum Kuss.

»Friedrich hat mir gestern Abend gesagt, dass mein Hengst lahmt. Ich gehe schnell einmal zu den Stallungen und erkundige mich, wie es mit dem Tier steht.« Wilhelm nickte seiner Mutter und Josepha zu, ehe er den Raum verließ.

*Das war die Gelegenheit, in seinem Arbeitszimmer nach den Zigaretten zu suchen.*

Auf der mit dunkelroter Seidentapete bespannten Wand von Wilhelms Arbeitszimmer hingen zwischen hohen Bücherregalen Gesichter aus Gips. Jo benötigte einige Augenblicke, ehe sie begriff, dass es sich bei ihnen um die Abgüsse von Totenmasken berühmter Männer handelte. Sie erkannte das hakennasige, eingefallene Antlitz Friedrichs des Großen. Andere Totenmasken waren die von Helmuth von Moltke und August von Gneisenau. *Brrr ... sehr morbide.*

Hastig blickte sie sich weiter um. Ein großformatiges Gemälde einer Schlacht, auf dem Pulverdampf über kürassierten Soldaten waberte. Ein weit ausladender Schreibtisch aus blankpoliertem Mahagoni, darauf teuer aussehendes Schreibgerät ... ein Tintenfass aus Bleikristall, ein Aschenbecher aus dem gleichen Material. Nur keine Zigaretten.

Rasch schloss Jo die Türen des Schreibtischs auf. Rechts befanden sich Schubladen voller Mappen mit teurem Schreibpapier und gefütterten Briefumschlägen, auf denen das Familienwappen prangte. In dem linken eine Art Tresor mit einem kleinen Zahlenschloss. *Nun, Zigaretten würde ihr Onkel darin kaum aufbewahren.*

Als Jo sich aufrichtete, sah sie auf der anderen Seite des Zimmers, neben dem Kamin, eine Art mit Intarsien verzierten Sekretär. Schon als sie die Lade herunterklappte, roch sie Tabak. Sie entdeckte einige mit Banderolen versehene Zigarrenkisten und ... ja, auch Zigarettenschachteln. Mit zitternden Händen nahm sie die oberste heraus. Der Schriftzug Ramses sprang ihr ins Auge. *O Gott! Wilhelm rauchte also tatsächlich dieselbe Marke wie der Serienmörder.*

Schwere Schritte draußen auf dem Flur ließen Jo zusammenzucken. *Das war keins der Dienstmädchen und auch nicht der schmächtige Arthur.* Sie schlug die Lade des Sekretärs zu, sprintete zu einem der Fenster und verbarg sich hinter dem bodenlangen, weinroten Samtvorhang.

Die Zimmertür wurde geöffnet. Die Schritte näherten sich dem Schreibtisch. Ein Stuhl wurde gerückt. Eine Feder kratzte über Papier. *Hoffentlich hat Wilhelm nicht vor, Stunden in seinem Arbeitszimmer zu verbringen*, dachte Jo.

Nach einer Weile, die Beine wurden ihr allmählich müde, klopfte es. Auf Wilhelms »Herein« hin erklang Malfaldas Stimme. *Auch das noch!* Jo drückte sich gegen die Wand.

»Wilhelm, ich muss unbedingt mit dir über Josepha sprechen.« Der Rollstuhl glitt mit seinem üblichen leisen Quietschen zum Schreibtisch. »Sie war immer schon ein schwieriges, aufsässiges Kind. Aber zurzeit ist überhaupt nicht mehr mit ihr auszukommen. Gestern, beim Abendessen, ist sie völlig grundlos außer sich geraten und hat mich beschimpft.«

*Ha, von wegen »grundlos«.*

»Ich weiß, dass Josepha nie leicht zu bändigen war. Aber manchmal wünschte ich, Sie würden mehr Geduld mit ihr haben. Im Grunde genommen besitzt sie einen guten Wesenskern.«

»Ich fürchte, wir haben schon viel zu viel Geduld mit ihr gezeigt. Sie hätte von Anfang an eine harte Hand gebraucht. Ihre Eltern haben sie viel zu sehr verwöhnt. Du weißt ja, wie dein Bruder war. Viel zu weichherzig. Glaub mir, eines Tages wird es mit ihr enden wie mit ihrer Mutter.«

»Mutter, ich bitte Sie, nun malen Sie den Teufel nicht an die Wand.« Wieder wurde der Schreibtischstuhl gerückt. Der Rollstuhl fuhr quietschend über den Teppich. Dann schlug eine Tür zu. Die Stimmen verklangen.

Jo zerrte ein Taschentuch aus ihrer Rocktasche und eilte zum Schreibtisch. Vorsichtig legte sie das Tuch um den Füllfederhalter, mit dem Wilhelm eben geschrieben hatte, und hob ihn hoch. *So schnell wie möglich muss Lutz davon Fingerabdrücke nehmen und sie mit denen auf der Tassenscherbe vergleichen,* dachte sie, während sie auf den Flur hinausspähte.

Dem Himmel sei Dank! Ihr Onkel und ihre Großmutter waren nicht zu sehen. Aus dem Erdgeschoss, ganz entfernt, konnte Jo ihre Stimmen noch hören.

Jo hatte eben die Tür des Arbeitszimmers zugezogen, als Arthur, mit einigen zusammengefalteten Hemden auf den ausgestreckten Armen, in den Gang einbog.

»Schöne Ostern, gnädiges Fräulein«, sagte er und verbeugte sich.

»Danke, dir auch.«

Ein Gedanke formte sich in Jos Kopf. »Arthur ... ähm ... Ich möchte meinem Onkel gerne ein Paar Manschettenknöpfe schenken. Er hat sich mir gegenüber sehr nett verhalten. Erinnere ich mich richtig, und er besitzt schon ein

Paar mit einem eingravierten Rautenmuster?« Jo beschrieb den Manschettenknopf, den Lutz auf der Brache gefunden hatte.

Arthur lächelte. »Ja, gnädiges Fräulein, Ihr habt recht. Manschettenknöpfe mit einem solchen Muster besitzt er bereits. Er bekam sie als Weihnachtsgeschenk von Eurer Großmutter.«

*O Mist!* »Mein Onkel hat heute Morgen erwähnt, dass er einen Manschettenknopf verloren hat«, schwindelte Jo.

»Nun, davon ist mir nichts bekannt.« Arthur nickte Jo würdevoll zu, ehe er auf Wilhelms Schlafzimmer zusteuerte.

Jo tastete vorsichtig nach dem Füllfederhalter in ihrer Rocktasche. *Ja, die Fingerabdrücke darauf würden ihr Gewissheit bringen.*

*Ein Königreich für ein Aspirin!* Lutz schnitt dem Bild von Wilhelm Zwo an der Wand seines *Amtszimmers* eine Grimasse und rührte das weiße Pulver, das man ihm in der Apotheke stattdessen verkauft hatte, in ein Glas Wasser. Der Apotheker wollte zwar gehört haben, dass eine Firma versuchte, ein Patent auf ein Mittel namens Aspirin anzumelden. Aber auf dem Markt war es noch nicht.

*Verwünschte Kaiserzeit!* Lutz verzog das Gesicht und stürzte die bitter schmeckende Flüssigkeit hinunter. Selbst das Bier verursachte einem hier ständig Kopfschmerzen. Nachdem er Jo in der letzten Nacht nach Hause gebracht hatte, hatte er noch eine Weile in seinem Pensionszimmer allein vor sich hin geraucht und getrunken.

*Es war schön, mit Jo zu reden*, dachte er. Klar, auch wenn sie sich in der Vergangenheit aufhielten, rieben sie sich aneinander und stritten sich. Aber das brachte sie einander eher nur näher. Während in der Gegenwart ständig eine Distanz zwischen ihnen herrschte. Als ob eine unsichtbare Wand zwischen ihnen stünde. Und dann gab es da auch noch einen gewissen Staatsanwalt Doktor Friedhelm Seidel – Jos Expartner, den Lutz auf den Tod nicht leiden konnte –, mit dem Jo neuerdings wieder recht häufig ausging.

Lutz seufzte melancholisch und griff nach der Liste von potentiellen Zeugen, die ihm Horst Koschatzki auf den Schreibtisch hatte legen lassen. Zeugen, deren Aussagen möglichst die Anklage gegen Jakob Leutner erhärten helfen sollten.

Krachend flog die Tür auf. *Nicht schon wieder Koschatzki!*, stöhnte Lutz in Gedanken. Doch statt seines lästigen Vorgesetzten stürmte Augusta Meyrink erbost auf ihn zu. »Junger Mann, wir beide haben miteinander zu reden.« Ihre Augen blitzten wütend. Die Krücke ihres schwarzen Spazierstocks war drohend auf ihn gerichtet. *Nur gut, dass sie nicht auch noch ihre riesige Dogge mitgebracht hatte.*

Lutz hob die Hände. »Von mir aus gerne – alles, was Sie möchten. Nur tun Sie mir bitte den Gefallen und schreien Sie nicht so. Mein Kopf ist heute Morgen nicht in der besten Verfassung.«

»Sie haben mir versprochen, die Sozialdemokraten aus Ihren Ermittlungen herauszuhalten.« Augusta Meyrink gab sich nicht die geringste Mühe, ihre Stimme zu dämpfen. »Stattdessen nehmen Sie den Arbeiter Jakob Leutner fest und pressen ihm ein Geständnis ab.«

»Wenn ich einmal klarstellen dürfte: Ich habe Ihnen ganz und gar nicht versprochen, die Sozialdemokraten bei meinen Ermittlungen außen vor zu lassen. Und was die Festnahme Leutners und sein Geständnis betrifft – dafür bin nicht ich verantwortlich.« Allmählich wurde auch Lutz wütend. »Leider besteht die Polizei in dieser Stadt nicht nur aus Josepha und mir. Auch wenn ich mir das sehr wünschen würde. Josepha und ich sind davon überzeugt, dass ein Serienmörder Magda Keuner und Appolonia Hogarth ermordet hat. Ihr Freund Frederick Lombard hat ein Täterprofil für uns erstellt. Und ... nun ja ... eigentlich hatte ich vor, mich jede Minute zu Ihnen auf den Weg zu machen, um Sie zusammen mit Josepha zu befragen, auf welche Männer aus Ebersheim und Umgebung Ihrer Meinung nach dieses Täterprofil zutreffen könnte.«

»Täterprofil?« Augusta Meyrink sah ihn verdutzt an.

»Persönlichkeitsmerkmale, die höchstwahrscheinlich den Täter kennzeichnen. Lombard vermutet, dass der Mörder der Ebersheimer High Society, ähm ... der Ebersheimer Oberschicht angehört und an einem körperlichen Gebrechen oder einem Makel leidet. Lombard hält es außerdem für ziemlich wahrscheinlich, dass der Täter impotent ist.«

»Oh ...«

Lutz hatte Augusta eben Lombards Thesen ausführlich dargelegt, als die Tür wieder aufflog und gegen die Wand knallte. *Nahm das denn an diesem Morgen kein Ende?* Lutz rieb sich stöhnend über die schmerzende Stirn.

Nun kam tatsächlich Koschatzki mit hochrotem Gesicht auf ihn zugestapft. »Jäger, was sitzen Sie denn noch hier herum? Hopp, hopp, machen Sie sich endlich auf den Weg zur Schrebergartensiedlung. Und damit das klar ist: Ich erwarte baldigst Ergebnisse.« Koschatzkis Blick fiel auf Augusta Meyrink. Lutz erwartete, dass sein Chef die Sozialdemokratin und Frauenrechtlerin aus dem Raum werfen oder sie bestenfalls ignorieren würde. Stattdessen verfärbte sich sein Gesicht zu einem blassen Rosa. Augusta Meyrink hob eine Augenbraue und schenkte Koschatzki ein süffisantes Lächeln.

»Nun, Jäger, wir sehen uns.« Der Hauptkommissar trat eilig den Rückzug an, wobei er, wie Lutz nun mitbekam, mit dem rechten Bein hinkte. Der Sturz vom Pferd war anscheinend nicht ohne Folgen geblieben.

Lutz grinste. Seine Kopfschmerzen und seine Laune besserten sich schlagartig. »Frau Meyrink, Sie und der Herr Hauptkommissar scheinen sich zu kennen.«

»Sagen wir es einmal so: Ich weiß einiges über ihn, von dem er sich wünschte, ich würde es nicht wissen.« Sie erwiderte sein Grinsen.

Lutz schob seinen Schreibtischstuhl zurück. »Ich schlage vor, wir unterhalten uns bei Ihnen zu Hause weiter, in Anwesenheit von Josepha.«

Jo blickte auf ihre goldene Armbanduhr. Seit einer Viertelstunde wartete sie nun schon auf Lutz. *Wo er nur bleibt?*, dachte sie. Seit sie sich in der Kaiserzeit befanden, hatte sich sein mangelhafter Sinn für Pünktlichkeit eigentlich verbessert. Anscheinend fruchteten die preußischen Tugenden wie Ordnung und Disziplin ja doch bei ihm. Unwillkürlich grinste sie. Nun, vielleicht war er durch irgendein Vorkommnis auf der Wache aufgehalten worden.

Nachdem sie noch weitere fünf Minuten vergebens gewartet hatte, beschloss Jo, schon einmal allein bei Augusta Meyrink vorstellig zu werden, und öffnete das Gartentor. Doch sie war nur wenige Schritte weit gekommen, als es neben ihr in den Büschen raschelte. Die Dogge schob sich an dem Flieder und einer Hortensie vorbei und stellte sich Jo in den Weg.

»Guter Hund.« Jo tätschelte seinen Kopf. »Und nun lass mich zur Haustür gehen.«

Die Dogge zeigte nicht die geringste Neigung, zu gehorchen und den Weg freizugeben. Im Gegenteil, sie blickte Jo nur seelenvoll aus ihren dunklen Augen an, wedelte mit dem Schwanz und rührte sich nicht von der Stelle.

»Auch gut!« Jo seufzte und schickte sich an, um das Tier herumzugehen. Doch sofort folgte ihr der Hund und platzierte sich wieder zwischen ihr und dem Eingang. Ein weiterer Versuch Jos, zum Haus zu gelangen, scheiterte ebenso. Nun stieß das Vieh sie auch noch auffordernd mit seinem Schädel an. *So musste sich ein Schaf fühlen, das einen Hütehund auf der Pelle hatte.*

»Kannst du mir vielleicht mal verraten, was du von mir willst? Ich kann dir versichern, ich bin kein Hundefan.« Die Dogge drehte sich zu den Büschen um, dann wieder Jo zu und stupste sie erneut an. Jo hob resigniert die Hände. »Okay, ich hab verstanden, dass du mir was im Garten zeigen willst.«

Die Dogge bedrängte Jo sanft, aber nachdrücklich, sich zwischen dem Flieder und der Hortensie hindurchzuquetschen. Der Hund folgte ihr und dirigierte sie ein schmales Rasenstück an der Hauswand entlang, das von einer Blumenrabatte und von weiteren Büschen begrenzt wurde. Schließlich erreichten sie die Rückseite des Hauses. Von einer kleinen Terrasse führten Stufen auf eine frisch gemähte Wiese hinunter.

Der Hund flitzte zu einem Apfelbaum und kehrte gleich darauf mit einem Lederball im Maul zu Jo zurück. Er ließ ihr den Ball vor die Füße fallen, setzte sich dann ins Gras, winselte und wedelte heftig mit dem Schwanz.

Jo stöhnte. »Es kann ja wohl nicht wahr sein, dass du mich hierhergeschleppt hast, weil du mit mir spielen willst!«

Da sie davon überzeugt war, dass der Hund sie nicht zur Terrasse gehen lassen würde, hob sie den vom Sabber feuchten Ball auf – *Igitt!* – und schleuderte ihn über die Wiese.

Die Dogge sprang auf, jaulte begeistert, schoss dem Ball hinterher und brachte ihn wieder zu Jo zurück. Zwei- oder dreimal hatte sie den Ball bereits geworfen, als sie von der Terrasse her ein Geräusch hörte. Hastig drehte sie sich um, denn sie hoffte, Augusta Meyrink oder ein Dienstmädchen wären aus dem Haus gekommen und würden sie von dem penetranten Vieh befreien.

Doch die Frau, die auf der Terrasse stand, war Jo völlig fremd und eindeutig kein Dienstmädchen. Denn ihr violettes, mit schwarzem Strass und Stickereien besetztes Kostüm war zwar nicht besonders geschmackvoll, aber unverkennbar teuer. Trotz der in ein Korsett gezwängten Taille war sie recht korpulent. Auf ihrem glanzlosen Haar thronte ein kleiner schwarzer Hut. Ihr rundes Gesicht war weder hässlich noch attraktiv. Während sie Jo anstarrte, bildeten sich hektische rote Flecke auf ihren Wangen. Dann zog sie sich so rasch wieder ins Haus zurück, dass Jo nicht dazu kam, sie um Hilfe zu bitten, und schlug die Glastür hinter sich zu.

*Mist!* Jo hatte den Ball wieder hochgehoben, als der Hund plötzlich die Ohren spitzte und dann freudig bellend zur Vorderseite des Hauses rannte. *Ob das Vieh sich wegen Augusta Meyrink so enthusiastisch gibt?*, fragte sich Jo und folgte der Dogge.

Tatsächlich hüpfte der Hund winselnd um seine Herrin herum. Verwundert sah Jo, dass Lutz Augusta Meyrink begleitete. Diese streichelte den Hund zärtlich und wandte sich dann an Jo: »Fritz hat Sie doch hoffentlich nicht belästigt? Er kann ziemlich hartnäckig sein, wenn er spielen will.«

Jo blickte Lutz an und bemerkte trocken: »Fritz würde sicher sehr gerne in deiner Fußballmannschaft mitmachen.«

Im Flur trat ein rundliches, etwa dreißig Jahre altes Dienstmädchen auf Augusta Meyrink zu und flüsterte ihr ein paar Worte zu. Die Hausherrin besann sich kurz. »Wenn Sie bitte einige Minuten warten würden«, sagte sie dann und wies Jo und Lutz in ihr Arbeitszimmer. Sie selbst verschwand in einem angrenzenden Raum, der – wie Jo von ihrem vorherigen

Besuch wusste – in den Garten führte und wo sich die Frau in dem teuren, strassbesetzten Kostüm aufhielt.

*Wahrscheinlich eine von Augusta Meyrinks Klientinnen*, vermutete Jo. Zu ihrer Erleichterung war Fritz seiner Herrin hinterhergetrottet.

»Augusta erschien auf der Wache, sozusagen bildlich gesprochen mit gezücktem Bajonett, um für Jakob Leutner auf die Barrikaden zu gehen«, berichtete Lutz und kam so einer Frage Jos zuvor. »Ich konnte sie aber zur Zusammenarbeit mit uns überreden.«

»Allmählich frage ich mich, ob nicht mein Onkel Wilhelm der Serienmörder ist«, platzte Jo heraus.

»Wie kommst du denn darauf?«

»Ich weiß, dass sich das ziemlich absurd anhört.« Jo seufzte. »Aber leider habe ich meine Gründe.« Sie zählte Lutz ihre Verdachtsmomente auf. »Außerdem ist sich Wilhelms Diener Arthur sicher, dass mein Onkel Manschettenknöpfe besitzt, die dem, den du am Tatort gefunden hast, zumindest sehr ähnlich sehen«, schloss sie. »Ich habe Wilhelms Füllfederhalter mitgehen lassen. Überprüf bitte, ob seine Fingerabdrücke mit dem auf der Tassenscherbe übereinstimmen.«

Jo reichte Lutz das in ihr Taschentuch gewickelte Schreibgerät. Noch ehe dieser etwas erwidern konnte, erschien Augusta Meyrink in dem Arbeitszimmer, gefolgt von Fritz, der es sich nicht nehmen ließ, schnell Jos Hände abzulecken. Lutz verstaute den Füllfederhalter in seiner Aktentasche. Während Jo sich die feuchten Hände an ihrem Rock abwischte, hörte sie die Haustür zuschlagen. Die korpulente Frau war anscheinend gegangen.

»Tja, ich vermute, dass auf etwa drei Dutzend Männer aus Ebersheim und Umgebung Frederick Lombards sogenanntes Täterprofil zutrifft. Wobei mir leider nichts über eine mögliche Impotenz der Herren bekannt ist. Frauen wenden sich im Allgemeinen mehr wegen des gegenteiligen Problems an mich: nämlich wenn sie unter der sexuellen Gewalt ihrer Gatten zu leiden haben.« Augusta Meyrink seufzte.

Sie griff nach einem Zigarrenkistchen, nahm eine Zigarre heraus, schnupperte daran und zwickte dann die Spitze mit einer runden Schere ab. »Beim Rauchen kann ich mich immer besonders gut konzentrieren. Möchten Sie auch eine?«

»Danke, nein.« Jo schüttelte den Kopf. Ihre neu erwachte Lust am Rauchen erstreckte sich nicht auch noch auf Zigarren. Lutz dagegen nahm eine.

Während Augusta Meyrink Namen auf ein Blatt Papier schrieb, füllte Rauch das Arbeitszimmer. Fritz lag lang hingestreckt vor dem Kamin, in dem ein kleines Feuer brannte, und schnarchte vor sich hin.

»Das wären die Männer.« Schließlich reichte Augusta Meyrink Jo und Lutz die Liste. »Hermann von Breuning habe ich nicht aufgeführt. Dem Guten fehlt seit dem 70/71er-Krieg zwar der rechte Unterschenkel. Aber mit seinen achtzig Jahren und klapprig, wie er ist, dürfte er als Mörder wohl nicht in Frage kommen. Dafür steht allerdings Polizeipräsident von Mettmann auf meiner Liste.«

»Allmählich wäre es mir ja nicht unlieb, von Mettmann als Verdächtigen betrachten zu können. Aber in der Nacht, als Magda Keuner ermordet wurde, befand er sich in Berlin und hielt einen Vortrag an der Polizeiakademie.« Lutz winkte ab.

»Dann wäre das geklärt.« Augusta Meyrink wandte sich nun Jo zu. Zum ersten Mal glaubte Jo, einen Anflug von Verlegenheit an ihr wahrzunehmen. »Sie verzeihen mir hoffentlich, Komtesse, dass ich Ihren Onkel ebenfalls aufgeführt habe. Das geschah nur der Vollständigkeit halber. Schließlich ist er ein sehr einflussreicher Mann.«

»Damit habe ich wirklich gar kein Problem«, murmelte Jo und vermied es, Lutz anzusehen.

»Ich glaube, du steigerst dich da in was rein«, sagte Lutz wenig später, als sie durch den Vorgarten gingen. »Wahrscheinlich gibt es für das seltsame Verhalten deines Onkels irgendeine ganz vernünftige Erklärung.«

»Er entspricht ganz genau dem Täterprofil«, entgegnete Jo düster. »Und an seiner Stelle würde ich, wenn ich jahrelang mit einer Frau wie Malfalda unter einem Dach leben müsste, auch einen Hass auf Frauen entwickeln.«

»Na ja, er hat es sich wahrscheinlich selbst ausgesucht, in einem Haushalt mit seiner Mutter zu leben.« Lutz grinste. »Außerdem meinte Frederick Lombard doch, dass das ›Trinken des Blutes‹ auf ein ›Sicheinverleiben der weiblichen Sexualität‹ hindeuten würde. Was im Falle deines Onkels und deiner Großmutter auf ein reichlich ödipales Verhältnis schließen ließe.«

»Vielleicht haben sie das ja. Schließlich kenne ich die beiden noch nicht lange. Bitte überprüf so schnell wie möglich die Fingerabdrücke!«

»Ja, ja, ich hab's verstanden. Mach ich sofort, nachdem ich die Zeugenbefragungen hinter mich gebracht habe, die Koschatzki mir aufgebrummt hat.« Lutz stellte seine Aktentasche auf dem niedrigen Mäuerchen ab und kramte darin herum.

»Nach was suchst du denn?«, fragte Jo ungeduldig. »Mal wieder nach einer Karbidlampe oder einer Kamera?«

»Nee, ganz und gar nicht.« Lutz förderte schließlich ein kleines, in geblümtes Seidenpapier eingeschlagenes Päckchen zutage, das mit einer grünen Schleife verziert war. »Hier, ich dachte das würde dich vielleicht ein bisschen aufmuntern.«

»Oh, ein Geschenk für mich?« Jo entfernte die Schleife und schlug das Seidenpapier auseinander. Zum Vorschein kam ein in verschiedenen Brauntönen marmoriertes Schokoladenei.

»Fabergé ist es leider nicht. Das hätte meinen Etat überstiegen.«

»Ich finde diese Dinger ohnehin hässlich.« Jo lachte. »Das Ei sieht sehr lecker aus. Und das ist für dich.« Sie holte einen kleinen Holzhasen aus ihrer Handtasche, der einen Ball unter den Arm geklemmt hatte. »Einen fußballspielenden Hasen konnte ich leider nicht auftreiben.«

»Ganz reizend.« Zu Jos Überraschung beugte sich Lutz vor und küsste sie auf die Wange. »Er wird das Maskottchen meiner Mannschaft werden.« Eine ältere Frau, die die Straße entlangkam, starrte Jo und Lutz entrüstet an.

*Meine Güte, im Verständnis dieser prüden Zeit hatten sie es ja fast öffentlich miteinander getrieben.*

»Keine Sorge«, Lutz lächelte die Frau an, »es ist alles in Ordnung, ich bin bei der Polizei.«

*Okay*, dachte Jo und versuchte, ihren Atem unter Kontrolle zu bekommen, *für meine Hormone war es nicht nur ein Kuss auf die Wange.*

Wieder zurück in seinem Büro, legte Lutz den Füllfederhalter von Jos Onkel auf seinen Schreibtisch. Er hatte vor, sofort die Fingerabdrücke darauf zu sichern. Aber dann schoss ihm ein Gedanke durch den Kopf. Einer der Namen von Augusta Meyrinks Liste war ihm bekannt vorgekommen. Lutz holte sein Notizbuch aus der Anzuginnentasche und ging die Einträge der letzten Tage durch.

Nach einer Weile fand er, wonach er gesucht hatte. Appolonia Hogarth war Klavierlehrerin im Hause von Almstätten gewesen. Und Graf Oswald von Almstätten gehörte zu den männlichen Honoratioren der Stadt, die – laut Augusta Meyrink – Frederick Lombards Täterprofil entsprachen. Und damit nicht genug: Eugénie von Almstätten war Kundin bei dem Hutsalon namens *Wernher*, bei dem wiederum Ruth Mergentheim beschäftigt gewesen war. Am Abend, als Ruth Mergentheim ermordet worden war, hatte sie einen Hut in das Haus der von Almstättens geliefert.

*Ich werde diesem Oswald von Almstätten auf jeden Fall einen Besuch abstatten*, beschloss Lutz. Jagdfieber erfasste ihn. Für Momente vergaß er ganz, dass er sich nicht im 21. Jahrhundert befand, sondern in der Vergangenheit. Er war einfach ein Polizist, der unbedingt einen Serienmörder aufspüren und aus dem Verkehr ziehen wollte, ganz egal, ob im Jahre 2013 oder im 19. Jahrhundert. Koschatzki, der mit dem üblichen jähen Türaufreißen und stampfenden Schritten Lutz' Büro enterte, brachte ihn unsanft in seine derzeitige Gegenwart zurück. *Würde das eine Wohltat sein, endlich nicht mehr mit diesem Ekel zusammenarbeiten zu müssen.*

»Jäger«, dröhnte Koschatzki, »was haben Ihre Zeugenbefragungen im Schrebergarten ergeben?«

»Steht alles da drin.« Lutz deutete auf einen Stapel beschriebener Seiten, die neben der Schreibmaschine lagen. Einige Stunden lang hatte er sich, nachdem er und Jo sich vor Augusta Meyrinks Haus getrennt hatten, dieser Aufgabe gewidmet.

»Und? Ich hoffe, die Aussagen untermauern Leutners Täterschaft?«

»Nein, das tun sie nicht. Denn ich habe den Zeugen keine Suggestivfragen gestellt.«

»Jetzt werden Sie mal nicht frech, Jäger. Niemand hat Ihnen aufgetragen, Zeugen zu beeinflussen.« Koschatzki glotzte ihn giftig an. »Sie sollten einfach Ihre Arbeit tun. Wozu Sie aber offensichtlich nicht imstande sind. Außerdem, nehmen

Sie gefälligst die Beine vom Schreibtisch, wenn Sie mit mir reden. Wir sind hier nicht bei den Hottentotten.«

*War wohl überflüssig, Koschatzki darauf hinzuweisen, dass dies eine übel diskriminierende Bemerkung war. Ach, wie schön wäre es doch, diesem Idioten eine reinhauen zu können,* dachte Lutz sehnsüchtig. *Auch wenn dieser Wunsch natürlich jedem Anti-Aggressions-Training Hohn sprach.* Sehr langsam nahm er die Beine vom Schreibtisch und stellte die Füße auf den Boden. »Ich bitte aufrichtig um Entschuldigung, Herr Hauptkommissar.« Wieder einmal entging Koschatzki die Ironie.

»Ich erwarte Ergebnisse, Jäger«, tönte er, während er mit dem ausgestreckten Zeigefinger auf Lutz deutete, als wollte er ihn durchbohren. »Strengen Sie sich gefälligst an. Andernfalls sind Sie die längste Zeit Polizist in dieser Abteilung gewesen. Und glauben Sie ja nicht, dass Sie sich mit Ihrer Disziplinlosigkeit und laxen Arbeitsmoral noch länger hinter Polizeipräsident von Mettmann verstecken können. Er hat endlich bemerkt, was für ein Blender Sie sind.«

Koschatzkis Blick fiel auf den Füllfederhalter von Jos Onkel, der auf dem Schreibtisch lag. Er stockte. Ehe Lutz ihn daran hindern konnte, hatte er den Füllfederhalter schon in die Hand genommen und drehte ihn zwischen den Fingern. »Ein teures Schreibgerät haben Sie da, Jäger. Ich könnte mir so etwas mit meinem ehrlich verdienten Geld nicht leisten. Haben Sie doch reiche jüdische Verwandte? Oder haben Sie sich im Dienst schmieren lassen? Ich garantiere Ihnen, dass ich Ihnen auf die Schliche kommen werde!« Verächtlich warf Koschatzki den Füllfederhalter auf die Schreibtischunterlage, ehe er sich umdrehte und aus dem Raum stapfte.

Stöhnend ließ sich Lutz auf seinem Stuhl zurücksinken. Wie sollte er es Jo nur begreiflich machen, dass nun alle Fingerabdrücke ihres Onkels unbrauchbar geworden waren?

*Verdammt!* Jo biss sich auf die Lippen, während sie den Hörer auf die Gabel des Telefons hängte. Allmählich hatte sie diesen Koschatzki auch wirklich satt. Sie hatte so sehr gehofft, durch den Abgleich des Fingerabdrucks endlich Klarheit über Wilhelm zu erhalten. Und nun musste es ihr erst wieder gelingen, ein Objekt mit seinen Abdrücken darauf an sich zu bringen. Wenigstens würden Lutz und Kurt ihren Onkel während der kommenden Nächte beschatten, damit er, falls er tatsächlich der Serienmörder sein sollte – Jo schauderte unwillkürlich –, nicht noch mehr Unheil anrichten konnte.

Die Möbel im Wohnzimmer warfen lange Schatten. Die verschnörkelte Standuhr zeigte halb sieben. Malfalda war glücklicherweise unterwegs. Sie besuchte wieder einmal irgendwelche adeligen Damen. *Wie gut*, dachte Jo, *dass meine Großmutter mich immer noch ignoriert.* So war es ihr erspart geblieben, Ausreden zu erfinden, um sie nicht begleiten zu müssen. Seit sie vor zwei Stunden nach Hause gekommen war, hatte sie Wilhelm weder gehört noch gesehen.

Jo beschloss, sofort zu handeln. Sie eilte aus dem Wohnzimmer, hastete die Treppe hinauf in den ersten Stock und dann in Wilhelms Flügel. Aus der Küche hörte sie entfernte Stimmen und Töpfeklappern. Aber aus den Räumen ihres Onkels war kein Laut zu hören. Kurz entschlossen klopfte Jo an die Tür des Arbeitszimmers. Als keine Antwort erfolgte, drückte sie die Klinke herunter, schlüpfte in den Raum und zog die Tür leise hinter sich zu.

Im Dämmerlicht wirkten die Totenmasken berühmter Männer an der Wand seltsam lebendig. *Richtig gruselig! Ob diese Masken vielleicht auch eine Art Fetisch sind?*, durchfuhr es Jo. Ihr schien es, als würde sie durch die geschlossenen, gipsernen Lider hindurch beobachtet. *Jetzt reiß dich zusammen!*, ermahnte sie sich, während sie sich wie am Morgen suchend umsah. Welchen Gegenstand würde Wilhelm wohl am ehesten in die Hand genommen haben, nachdem die tägliche Dienstmädchenbrigade mit ihren Staubwedeln und -tüchern herumgefuhrwerkt und Spuren vernichtet hatte? Sie konnte schlecht alle Utensilien, die auf dem Schreibtisch lagen, mitgehen lassen.

Jo hatte sich eben für einen Brieföffner mit ziseliertem silbernem Griff entschieden und streckte die Hand danach aus, als die Tür des Arbeitszimmers geöffnet wurde. Sie hoffte, Arthur oder ein Dienstmädchen zu sehen. Doch stattdessen kam Wilhelm auf sie zu.

»Oh ..., Onkel, bitte entschuldigen Sie«, stotterte Jo. »Ich habe geklopft – *das entsprach ja immerhin der Wahrheit* –, da ich mir gerne eins Ihrer Bücher ausleihen würde, und glaubte, Sie bäten mich herein.« Sie griff ins nächstbeste Regalfach und zog auf gut Glück ein schmales Buch heraus.

Wilhelms normalerweise so ordentlich gescheiteltes Haar war ein wenig zerzaust, und auf seiner rechten Wange zeichneten sich die Falten eines Kissens ab. Anders als sonst trug er auch keine Anzugjacke, sondern war hemdsärmelig, und seine Weste und sein Hemdkragen waren aufgeknöpft. Er schien gerade aus einem verspäteten Nachmittagsschlaf erwacht zu sein. Sein vergleichsweise legerer Aufzug und die Schläfrigkeit, die er ausstrahlte, ließen ihn weniger reserviert, ja fast nett wirken. *Dr. Jekyll und Mr Hyde?* Jo behielt sicherheitshalber den Brieföffner im Auge.

»Was für ein Buch hast du denn gewählt?« Wilhelm blickte auf den Einband. »Von Clausewitz' *Über den Krieg*? Josepha, du überraschst mich immer wieder.« Er lächelte ein wenig.

*Mist! Da hatte sie sich ja gewissermaßen selbst überrascht.* »Ähm, ich finde, man sollte die Thesen des Gegners kennen«, erwiderte sie.

»Schade, dass du dem preußischen Militär so wenig abgewinnen kannst. Aber da wir uns gerade unter vier Augen sehen ...« Ihr Onkel ließ sich in dem mit dunkelrotem Samt bezogenen Schreibtischstuhl nieder und forderte Jo auf, sich ebenfalls zu setzen. »Ich wollte ohnehin mit dir sprechen. Im Herbst wirst du ja vom Pensionat abgehen. Wie stellst du dir denn danach deine Zukunft vor?«

»Ähm ...« *Ihre Zukunft würde sich im 21. Jahrhundert bei der Polizei abspielen, falls es ihr gelang, dorthin zurückzukehren und sie nicht von dem Serienmörder – der ihr vielleicht gerade gegenübersaß – umgebracht wurde.* »Tja, also ...«, setzte Jo noch einmal an. Plötzlich fiel ihr Frederick Lombards Verlobte ein. »Ich würde gerne studieren. Medizin und Psychologie.« *Nicht, dass sie sich dafür auch nur die Bohne interessierte. Aber mit ihrem Berufswunsch »Polizistin« würde sie Wilhelm wahrscheinlich doch überfordern.*

»Ich bin gerne bereit, dir ein Studium in der Schweiz zu erlauben und zu finanzieren, auch wenn dies sicher auf keine große Gegenliebe bei deiner Großmutter stoßen wird.« *Das ist bestimmt die Untertreibung des Jahrhunderts,* dachte Jo. »Aber was willst du *nach* dem Abschluss deines Studiums tun?« Wilhelms Finger trommelten auf die dicke Schreibtischunterlage aus gegerbtem Leder.

»Na ja, ich könnte als Ärztin oder Psychologin arbeiten.« Jo zuckte mit den Schultern.

»Josepha«, Wilhelm seufzte, »du weißt doch so gut wie ich, dass Frauen von deinem Stand keiner Beschäftigung nachgehen. Ohnehin wirst du, dank deines Erbes, sehr vermögend sein. Wie steht es zwischen dir und Theodor Körner? Kannst du dir vorstellen, ihn zu heiraten?«

»Nein.«

»Gibt es einen anderen Mann?«

»Nein ...« *Zumindest keinen Heiratskandidaten.* »Außerdem ...

was spricht dagegen, dass ich einen Beruf ausübe und allein lebe? Doch nur die gegenwärtigen reaktionären gesellschaftlichen Regeln.«

»Josepha«, Wilhelm seufzte wieder, »ich werde jetzt nicht anfangen, mit dir über Politik zu diskutieren. Aber du solltest erwachsen genug sein, um zu wissen, dass gesellschaftliche Regeln eine große Bedeutung haben und wir uns ihnen auf Dauer nicht entziehen oder widersetzen können.« Er fuhr sich mit den Händen übers Gesicht, als wollte er einen Schatten wegwischen. Für einen Moment wirkte er müde und traurig.

»Welchen Traum hätten Sie denn gerne gelebt?«, fragte Jo impulsiv.

Wilhelm blickte einige Momente vor sich hin. Dann sah er sie an und antwortete zu ihrer Überraschung: »Ich wäre gerne Schreiner geworden.«

»Tatsächlich?«

»Ja, diesen Zigarrenschrank habe ich – neben vielen anderen Dingen – angefertigt, als ich jung war.« Er wies auf das Möbelstück, das auf den ersten Blick wie ein Sekretär wirkte und in das Intarsien eingefügt waren. Es war schlicht und doch elegant und – anders als alles, was Jo bisher an Möbeln in diesem Hause zu Gesicht bekommen hatte – erstaunlich modern.

»Der Schrank ist sehr schön«, sagte Jo und meinte es ehrlich. »Ich kann mir nicht vorstellen, dass man so etwas ohne jahrelange, intensive Übung hinbekommt.«

»Ich habe schon als Kind gerne mit Holz gearbeitet und mir nach und nach vieles selbst beigebracht.«

»Denken Sie, Sie wären als Schreiner glücklicher geworden als als Gerichtspräsident?«

»Wer sagt dir denn, dass ich nicht glücklich bin?«

»Ehrlich gesagt, wirken Sie nicht, als ob Sie es wären.«

»Es geht im Leben nicht darum, glücklich zu sein, sondern seine Pflicht zu erfüllen.«

*Ach Gott, ja! Das hatten sich die Leute zu Beginn des 20. Jahrhunderts bestimmt oft ins Poesiealbum geschrieben.* »Mein Vater und meine Mutter haben das aber, glaube ich, anders gesehen.«

»Deine Eltern waren beide noch recht jung, als sie starben. Und was die sozialistischen Ideen deines Vaters betrifft: Ich bezweifle sehr, dass er damit die Stofffabriken unseres Stiefvaters auf Dauer hätte erfolgreich weiterführen können.«

*Warum hängt nirgends im Haus ein Bild meiner Mutter?*, wollte Jo Wilhelm impulsiv fragen. Aber nun durchfuhr es sie: *Die Fingerabdrücke!* Da saß sie nun und unterhielt sich mit ihrem Onkel und hatte dabei völlig vergessen, weshalb sie sich in sein Arbeitszimmer geschlichen hatte.

Wilhelm betrachtete mit gerunzelter Stirn die Schreibtischplatte. »Wo habe ich nur meinen Füllfederhalter hingelegt?« Er begann, Schubladen aufzuziehen. *Nun, den Schreibtisch konnte sie sich leider nicht einfach unter den Arm klemmen und mitgehen lassen.*

Jo bemerkte plötzlich, dass sie immer noch das Buch *Über den Krieg* in den Händen hielt. Wenn sie es fallen ließe – würde sich Wilhelm bemüßigt fühlen, es ihr aufzuheben, oder galten im Falle von Onkel und Nichte die üblichen Höflichkeitsregeln nicht? Einen Versuch war es allemal wert. Sie ließ das Buch los. Mit einem vernehmlichen Plumps landete es auf dem Teppich. Wilhelm blickte von der Schublade, die er inspiziert hatte, hoch. Er sah das Buch auf dem Boden liegen, beugte sich vor und bückte sich … Ein Klopfen an der Tür ließ Jo zusammenzucken. Wilhelm richtete sich auf, ohne das Buch berührt zu haben.

Auf sein »Herein« betrat Arthur das Arbeitszimmer. »Gnädiger Herr, ich möchte nur fragen, ob das Abendessen wie immer um acht Uhr aufgetragen werden soll?«, fragte er. Dann entdeckte er das Buch auf dem Teppich, hob es auf und legte es mitten auf den Schreibtisch.

»Ja, das ist mir recht.« Wilhelm nickte, ehe er sich wieder Jo zuwandte.

»Josepha, wenn du mich nun bitte allein lassen würdest? Ich möchte mich vor dem Essen noch mit einem Schriftsatz befassen. Und – Arthur – weißt du vielleicht, wo mein Füllfederhalter geblieben ist?«

Aufgeregt spähte Kurt zwischen den Büschen hindurch. In dieser Nacht war er das erste Mal ganz allein für eine Beschattung verantwortlich. Noch dazu war sein Observationsobjekt der Herr Gerichtspräsident von Kästnitz, der, wie ihm Kommissar Jäger mitgeteilt hatte, verdächtig war, der Serienmörder zu sein. Von seinem Posten aus hatte Kurt die Einfahrt der Villa mit ihrem breiten schmiedeeisernen Tor sowie die Wiese, auf die die Gartenpforte führte, gut im Blick. Die Nacht war kühl. Seit gut zwei Stunden schon wartete Kurt in seinem Versteck. Allmählich drang die Kälte in seinen Körper, und er trat von einem Bein auf das andere, um sein Blut zum Zirkulieren zu bringen.

Solange Kurt Lutz Jäger kannte – also ungefähr seit einem Jahr –, war dieser immer anders gewesen als die übrigen Kollegen. Vor allem anders als Horst Koschatzki. Viel freundlicher und hilfsbereiter und weniger darauf bedacht, Autoritäten zu gefallen.

Seit der Woche vor Ostern hatte Kurt jedoch noch einmal völlig neue Seiten an seinem Vorgesetzten entdeckt. Er war stolz darauf, dass Lutz Jäger ausgerechnet ihn – den jüngsten in der ganzen Abteilung – ins Vertrauen zog. Sowohl was den Mordfall als auch was seine Liebe zu Komtesse Josepha betraf. Sie war zwar ein bisschen mager – eigentlich gefielen

Kurt Frauen mit großen Brüsten besser –, aber sie war trotz ihrer Sommersprossen sehr hübsch, und dass sie sich als Junge verkleidete, um Lutz Jäger nahe sein zu können, gefiel ihm auch. Kurt seufzte. Das hatte etwas von Karl May und *Der Graf von Monte Christo*, ein Buch, das Kurt, obwohl es ein *Erbfeind* geschrieben hatte, sehr liebte.

Das Beste von allem aber war, dass Lutz Jäger ihm Fußball spielen beibrachte. *Ach, wie ich beim abendlichen Training an zwei Verteidigern der gegnerischen Mannschaft vorbeigerannt bin und den dritten umdribbelt und dann aufs Tor gezielt habe*, träumte Kurt beseelt vor sich hin. *Der Schuss ist nahezu perfekt gewesen. Nur dank eines sechsten Sinnes hat Doktor Thorbeck, der heute der Torwart war, genau richtig gestanden und den Ball noch im letzten Moment mit einem Tritt zurück aufs Spielfeld befördern können.*

Auf der Wiese, die an den Garten der von Kästnitzschen Villa grenzte, bewegte sich etwas. Kurt hielt den Atem an. Ja, tatsächlich. Ein Mann, der einen dunklen Mantel trug und den Hut tief ins Gesicht gezogen hatte, schritt dicht an der Mauer entlang. Nun blieb er stehen und bog schließlich, nachdem er sich prüfend umgesehen hatte, in die Straße ein. Kurt gab ihm einen kleinen Vorsprung, ehe er dem Mann – immer darauf bedacht, sich im Schatten außerhalb der brennenden Gaslaternen zu halten – nachschlich.

# 7. KAPITEL

*Man sollte wirklich nicht glauben, wie schwierig es ist, Fingerabdrücke von einem Menschen zu nehmen, mit dem man unter einem Dach lebt*, sann Jo düster vor sich hin, während sie unter hohen, alten Bäumen in Richtung der Friedhofsverwaltung ging. Da und dort lagen weiße und rosa Blüten auf dem gepflasterten Zufahrtsweg, die von den Kastanien und Linden gefallen waren. Am vorigen Abend hatte ihr Onkel beschlossen, in seinem Arbeitszimmer zu essen, da er, wie Katharina Jo zu Beginn der Mahlzeit mitteilte – Gottlob war ihre Großmutter noch immer nicht von ihren Besuchen zurückgekehrt – sein Aktenstudium nur kurz unterbrechen wollte.

Jo hatte versucht, das Dienstmädchen abzufangen, das Wilhelms benutztes Geschirr zur Küche brachte. Doch sie hatte die junge Frau verpasst, und als sie in die Spülküche gekommen war, hatten Teller, Besteck und Glas bereits im dampfenden Wasser gelegen, und Katharina hatte den silbernen Serviettenring poliert.

Nach diesem Fehlschlag hatte Jo ihre Hoffnungen auf das Frühstück gesetzt. Aber ausgerechnet an diesem Morgen hatte Wilhelm das Haus bereits sehr früh verlassen. Zu allem Überfluss hatte Jo die Mahlzeit auch noch zusammen mit Malfalda einnehmen müssen. Wenigstens hatte ihre Großmutter Jo wieder ignoriert – was besser gewesen war, als sich von ihr maßregeln zu lassen – und häufig zu dem Gemälde Otto von Bismarcks geblickt, als würde sie stumme Zwiesprache mit ihm halten.

Hinter einer hohen, sorgfältig beschnittenen Buchsbaumhecke tauchte nun die Verwaltung des Hauptfriedhofs auf. Ein verschwenderisch mit Türmchen und Zinnen bestückter neugotischer Bau, der nicht die geringste Ähnlichkeit mit dem modernen Zweckgebäude hatte, das Jo aus dem 21. Jahrhundert kannte.

Nachdem Jo in einem Raum mit Spitzbogendecke an einer Art Holztresen einen Klingelzug betätigt hatte, kam ein verhutzelter schwarzgekleideter Mann aus einem Nebenraum gehinkt. »Ich suche nach der Gruft der Familie von Kästnitz«, erklärte Jo. »Könnten Sie mir bitte beschreiben, wo ich die Grabstätte finde?« Während des Zweiten Weltkrieges hatten einige Bomben den Friedhof getroffen, denen auch die Familiengruft zum Opfer gefallen war. Sonst hätte Jo sie in ihrer eigenen Zeit sicher einmal besucht.

Das mürrische Gesicht des Friedhofsbediensteten wurde ein wenig entgegenkommender, als er den Namen von Kästnitz hörte. Er holte einen angegilbten Plan aus einer Schublade und zeigte Jo, welche Wege sie nehmen musste.

Die Gruft war im Stil eines antiken Tempels erbaut – nur in kleinerem Maßstab – und stand unter einer weit ausladenden Kastanie. Auf den Stufen, die zu der schmiedeeisernen Gittertür hinaufführten, lag ein dichter Teppich aus weißen Blüten. In den Ästen zwitscherte eine Amsel.

Jo raffte ihren Rock und stieg die wenigen, niedrigen Stufen zur Gruft hinauf. Sie zog an der Gittertür, die aber, wie zu erwarten gewesen war, verschlossen war. Davor lag ein üppiges Gebinde aus weißen Rosen. Obwohl die Blumen nicht in einer Vase standen, wirkten sie noch recht frisch. Erst am Vortag musste sie jemand dort abgelegt haben.

*Wie seltsam, nach dem Tod in einer Gruft beigesetzt zu werden und nicht in einem Grab oder einer Urne,* ging es Jo durch den Kopf. *Hatte etwas von Dracula.* Sie für ihren Teil war nicht traurig darüber, dass es die Familiengruft nicht mehr gab. Auch wenn ihr Zweig der Familie darin wahrscheinlich ohnehin nicht beigesetzt worden wäre.

Einige Momente lauschte Jo geistesabwesend dem Vogelgezwitscher, ehe sie sich den Bronzeplaketten zu beiden Seiten der Gittertür zuwandte, auf denen die Namen der Verstorbenen standen. Sie las die Namen und die Todesdaten, stutzte und las sie noch einmal und dann zur Sicherheit schließlich noch ein drittes Mal.

Nein, sie hatte sich nicht getäuscht. Henriettas Name war nirgends aufgeführt.

*Was zum Teufel,* dachte Jo, während sie mit gerunzelter Stirn die Gruft mit ihren pseudogriechischen Säulen betrachtete, *hat das nun wieder zu bedeuten?*

Kurt hockte wie ein Häufchen Elend in Lutz' Büro. »Ich bin Graf von Kästnitz bis zur Gneisenaustraße gefolgt«, sagte er unglücklich. »Als der Graf dort in Höhe des Brunnens die Straße überquerte, befand ich mich ungefähr zwanzig Meter hinter ihm. Ich wollte ihm natürlich nachgehen. Aber zwei Droschken kamen die Straße entlang. Bis sie an mir vorbei waren, konnte ich den Grafen nirgends mehr entdecken. Ich bin in die Blücherstraße hineingerannt und dann in den Von-Marwitz-Weg. Aber Herr von Kästnitz war wie vom Erdboden verschluckt.«

»Glaubst du, Jos ... Josephas Onkel hat dich bemerkt?«, fragte Lutz.

»Ich weiß es nicht.« Kurt seufzte abgrundtief, während seine Schultern noch weiter nach vorn sanken. »Ich habe mich wirklich bemüht, Ihre Anweisungen zu beherzigen.

Ich habe Schuhe mit Gummisohlen getragen, die kein Geräusch verursachten, und ich habe mich im Schatten gehalten, und ...«

»Schon gut, schon gut. So etwas passiert jedem Beschatter mal. Davon geht die Welt nicht unter. Und eine Meldung über einen neuen Frauenmord liegt bislang glücklicherweise auch nicht vor«, versuchte Lutz, den Jungen aufzumuntern. Bei sich dachte er, dass er die Beschattung von Jos Onkel besser selbst übernommen hätte. Kurt war zwar talentiert und eifrig, jedoch auch noch sehr unerfahren. Aber Lutz hatte während der vergangenen Nacht dringend wieder einmal ein paar Stunden Schlaf benötigt.

Laut sagte er: »Ich werde Herrn von Almstätten aufsuchen und ihn zu Appolonia Hogarth befragen. Du hältst währenddessen hier die Stellung und gehst noch einmal die Zeugenaussagen in unseren Mordfällen durch. Vielleicht gibt es ja irgendwelche Querverbindungen, die wir übersehen haben. Falls Koschatzki nach mir suchen sollte – ich ermittle im Mordfall Hogarth. Nenn ihm aber bitte nicht von Almstättens Namen.«

»Natürlich nicht, Herr Kommissar.« Kurts Miene hellte sich ein bisschen auf, während er nach den Akten griff.

*Ziemlich nobler Schuppen*, stellte Lutz fest, als er sein Fahrrad vor der Villa der von Almstättens abstellte. Das zweiflügelige Gründerzeitgebäude stand auf einem Hügel über der Stadt. Die hellgrün gestrichene Fassade wurde von weißen Säulen untergliedert. Üppiger Stuck verzierte die Fensterumrandungen in den beiden oberen Stockwerken. Eine breite Treppe mit besonders aufwendig gestaltetem schmiedeeisernem Geländer führte zu dem Portal im Hochparterre. Beidseits davon befanden sich Fenstertüren. An den weitläufigen, mit Hecken unterteilten Garten grenzten Weinberge.

Wenn Lutz das Gebäude richtig zuordnete, unterhielten darin im 21. Jahrhundert Versicherungen, Rechtsanwaltskanzleien und Ärzte ihre Büros und Praxen. *Eindeutig kein Gebäude mit Wohnungen, die Normalsterbliche bezahlen konnten.*

Nachdem Lutz den Türklopfer aus Messing betätigt hatte, öffnete ihm ein junges, blasses Dienstmädchen. »Kommissar Jäger von der Ebersheimer Kriminalpolizei«, stellte er sich vor und zeigte ihr seine Dienstmarke.

»Oh …« Sie musterte ihn indigniert, als verströme er einen schlechten Geruch.

»Ich würde gerne Herrn von Almstätten sprechen.«

»Er befindet sich nicht im Haus.«

Lutz hob die Augenbrauen und bemerkte mit einer gewissen Schärfe: »Dann würde ich mich gerne mit seiner Gattin unterhalten.«

»Ich frage nach, ob die gnädige Frau bereit ist, Sie zu empfangen.« Das Dienstmädchen verschwand, ohne ihn noch eines weiteren Blickes zu würdigen, und ließ ihn in der holzgetäfelten Halle einfach stehen. Durch eins der Fenster neben dem Portal konnte Lutz nun ein etwa neun oder zehn Jahre altes Mädchen in einem Matrosenkleid sehen, das mit Hilfe eines Stabes einen Reifen über den kurzgeschnittenen Rasen trieb. Eine Frau Mitte zwanzig, die ein blau-weiß gestreiftes Kleid und eine gestärkte weiße Schürze trug, wahrscheinlich das Kindermädchen, folgte ihm.

»Die Frau Gräfin ist bereit, Ihnen kurz Gehör zu schenken.« Das Dienstmädchen war wieder in der Halle erschienen.

»Zu gütig von der Frau Gräfin.« Lutz' Sarkasmus prallte völlig an der jungen Frau ab. Sie führte ihn in ein großes, nach Süden gelegenes Wohnzimmer, in dem sich zwei Frauen aufhielten. Für einen Moment war Lutz von dem Panoramablick abgelenkt, der sich durch die Fenstertüren auf die Stadt und das Flusstal eröffnete. *Wirklich eine erstklassige Wohnlage!*

»Frau Gräfin – der Kommissar«, wandte sich das Dienstmädchen an die schlanke, vielleicht dreißig Jahre alte Dame, die auf dem chintzbezogenen Sofa saß. Frau von Almstätten trug ihr üppiges kastanienbraunes Haar zu einer kunstvollen Frisur hochgesteckt. Sie musterte Lutz herablassend aus großen grünen Augen. *Eine schöne Frau, die sich ihrer Schönheit nur zu sehr bewusst ist,* dachte Lutz. »Sie sind also der Polizist, der den Vordereingang gewählt hat statt die Hintertür«, sagte sie schließlich.

*Deshalb also der indignierte Blick des Dienstmädchens. Ach, wie ihm diese Zeit mit ihren dämlichen Standesunterschieden auf die Nerven ging!*

»Es ist mir neu, dass in Preußen das Gesetz durch die Hintertür zu treten hat«, erwiderte Lutz ruhig.

»Das Gesetz nicht, aber einfache Polizisten, zu denen ich auch einen Kommissar zählen würde, schon«, bemerkte die andere Dame. Nun erst nahm Lutz sie richtig wahr. Silbrig graues, streng frisiertes Haar, helle, fast faltenlose Haut, obwohl sie um die sechzig sein musste. Stahlblaue Augen in einem klassisch schönen Gesicht. In ihrer Jugend musste sie Ähnlichkeit mit Grace Kelly gehabt haben. Jetzt hatte sie die Ausstrahlung einer Margaret Thatcher und kam Lutz – obwohl er nicht die geringste Ahnung hatte, woher – entfernt bekannt vor. Sie saß nicht auf einem Sessel, sondern in einem Rollstuhl.

Lutz erwiderte ihren kühlen Blick. »Na ja, seien Sie froh, dass ich kein Proll wie Horst Schimanski bin. Zumindest nicht in Ihrer Zeit.«

»Ich würde vorschlagen, Sie erklären uns nun endlich den Grund Ihres Besuches«, sagte Eugénie von Almstätten mit gelangweilter Stimme.

»Könnte ich bitte mit Ihnen alleine sprechen?«, fragte Lutz. Keine der Damen befand es für nötig, ihm einen Platz anzubieten. Er klemmte seinen Hut unter den Arm.

»Ich habe keine Geheimnisse vor Baronin von Austère.« Eugénie von Almstätten schüttelte den Kopf.

*Um Himmels willen, die Eiskönigin ist Jos »Großmutter«*, begriff Lutz. Für einen Moment war er aus dem Konzept gebracht.

»Falls Sie mir zu dem armen Fräulein Hogarth Fragen stellen wollen, kann ich Ihnen ohnehin nicht weiterhelfen«, fuhr Eugénie von Almstätten fort. »Ich kannte sie kaum und habe so gut wie nie ein Wort mit ihr gewechselt.«

»War Appolonia Hogarth eine gute Klavierlehrerin?« Lutz wollte sich nicht so schnell geschlagen geben.

»Anna, meine Tochter, mochte sie, und sie machte durch ihren Unterricht Fortschritte.« Die Hausherrin hob gleichmütig die Schultern. »Deshalb habe ich Fräulein Hogarth letztlich doch als Lehrerin akzeptiert. Obwohl sie ja ein Krüppel war und obwohl sie – laut Annas Kindermädchen – recht neumodische Lehrmethoden hatte. *Lernen durch Spiel* nannte sie es.«

»Meine Liebe, sei froh, dass du diese Person los bist.« Malfalda umklammerte die Armlehnen ihres Rollstuhls. »Ein Kind benötigt Disziplin, Disziplin und noch einmal Disziplin. An meiner Enkelin sehe ich täglich, welche Auswirkungen ein Mangel in der Kindheit im späteren Leben zeitigt.«

Lutz hatte allmählich das Gefühl, dass ihm die beiden Frauen die Luft zum Atmen raubten. »Auf der Polizeiwache am Domplatz wurde dieser Manschettenknopf abgegeben«, sagte er. Er zog ein Foto davon aus seiner Jackeninnentasche und zeigte es Eugénie von Almstätten. »Ein Ebersheimer Juwelier, den ich dazu befragte, glaubte sich zu erinnern, dass Ihr Gatte ähnliche Manschettenknöpfe besitzt. Vermisst Ihr Gatte einen?«

Eugénie von Almstätten betrachtete das Foto gleichmütig. »In der Tat, mein Ehemann besitzt ähnliche Stücke. Dieses Rautenmuster ist zurzeit sehr in Mode. Meines Wissens hat er jedoch keinen Manschettenknopf verloren. Am besten, Sie fragen ihn selbst.«

*Genau das hatte er vor.* Lutz verabschiedete sich hastig und floh aus dem Zimmer.

Als Lutz zu seinem Fahrrad ging, kullerte ihm ein Holzreifen vor die Füße. Er hob ihn auf und ging zu dem Mädchen im Matrosenkleid, das ihm – gefolgt von dem Kindermädchen – quer über den Rasen neben der Auffahrt entgegengerannt kam.

»Vielen Dank«, sagte das Kind artig, als er ihm das Spielzeug reichte.

»Keine Ursache.« Er lächelte es an.

»Ja, danke schön«, sagte auch das Kindermädchen rasch und fasste das Mädchen an der Hand, um mit ihm wieder in den Garten zurückzukehren.

»Jäger, von der Kriminalpolizei«, stellte sich Lutz, aus einem Impuls heraus, vor. »Könnte ich kurz mit Ihnen sprechen?«

»Oh, ja, natürlich. Anna«, wandte sich die junge Frau an das Kind, das Lutz neugierig ansah, »geh schon einmal spielen. Ich komme gleich zu dir.«

»Ja, Fräulein Hansen.« Das Mädchen nickte und lief dann gehorsam zu einer Rotbuche, unter der kleine, bunte Holzstühle standen und ein Tisch, der mit Puppengeschirr gedeckt war.

»Sie sind bestimmt wegen Fräulein Hogarth hier, nicht wahr?« Das Kindermädchen, das ein recht hübsches, stupsnasiges Gesicht hatte, biss sich auf die Lippen.

»Wie hat Anna denn den Tod ihrer Klavierlehrerin aufgenommen?«, fragte Lutz mitleidig. »Ihre Mutter meinte, Sie hätte Fräulein Hogarth gerngehabt.«

»Wir haben Anna erklärt, Fräulein Hogarth sei an einer Krankheit gestorben und nun im Himmel, wo sie den kleinen Engeln Klavierspielen beibringe. Wir fanden es nicht angebracht, dem Kind zu sagen, auf welch grausame Weise seine Lehrerin umgekommen ist.«

»Hm ...« Nach Lutz' Erfahrung spürten Kinder es, wenn sie angelogen wurden, aber er war nicht hier, um darüber zu diskutieren. »Kannten Sie Fräulein Hogarth näher?«

»Ich mochte sie.« Fräulein Hansens Blick wanderte zu Anna, die Puppen und Spieltiere auf den Stühlen rund um den Tisch verteilte. »Aber wir haben am Anfang und am Ende der Klavierstunden eigentlich immer nur über Anna gesprochen und so gut wie nie ein persönliches Wort gewechselt.«

»Frau von Almstätten meinte, Fräulein Hogarth habe recht neumodische Lehrmethoden angewendet.«

»Sie ließ Anna Noten und Melodien mit ihrem Körper nachspielen.« Das Kindermädchen nickte. »Bei tiefen Tönen wies sie Anna zum Beispiel an, sich auf den Boden zu legen, und bei hohen Tönen durfte das Kind auf Zehenspitzen im Zimmer herumrennen. Oder bei Schuberts Lied von der Forelle sollte sich Anna wie ein Fisch gebärden. Wenn Sie verstehen, was ich meine.«

Lutz glaubte, eine gewisse Skepsis in ihrer Stimme wahrzunehmen. »Sie scheinen von diesen Methoden nicht sehr überzeugt zu sein«, hakte er nach.

»Nun ja, Anna ist ein sehr gutwilliges und fügsames Kind. Bei ihr fruchteten diese Methoden. Bei einem anderen Kind wäre sicher mehr Disziplin notwendig gewesen.«

*Disziplin gehörte auf jeden Fall zu den Top Ten der Lieblingsworte Ende des 19. Jahrhunderts.*

»Trotzdem verstand Fräulein Hogarth etwas von Musik, und sie war eine gute Lehrerin«, fuhr das Kindermädchen fort. »Ich bin selbst nämlich nicht gerade unmusikalisch und kann richtige von falschen Tönen unterscheiden, anders als die gnädige Frau – auch wenn sie das nie zugeben würde.«

»Und der gnädige Herr?«

»Wenn er während der Klavierstunden im Haus war, hielt er sich oft neben dem Musikzimmer auf und öffnete die Zwischentüre einen Spaltbreit, um dem Unterricht lauschen zu können.«

»Ein sehr interessierter Vater …«

Fräulein Hansen schaute rasch zum Haus, als wollte sie sich vergewissern, dass sie von dort niemand beobachtete. »Wenn Sie mich fragen, war er nicht an dem Unterricht, sondern an Fräulein Hogarth interessiert.« Unwillkürlich senkte sie ihre Stimme. »Anna wollte ihre Lehrerin immer bis zur Auffahrt begleiten, und bei gutem Wetter erlaubte ich es und kam mit nach draußen. Einige Male habe ich dabei Herrn von Almstätten am Fenster stehen gesehen. Er blickte Fräulein Hogarth nach.«

»Vielleicht schaute er ja auch seiner Tochter nach«, sagte Lutz leichthin. Von der Rotbuche her war Annas helle Stimme zu hören, die mütterlich auf ihre Puppen und Stofftiere einredete.

»Und warum hätte sich der Graf dann schnell ins Zimmer zurückziehen sollen, wenn er bemerkte, dass ich auf ihn aufmerksam wurde?« Das Kindermädchen schüttelte den Kopf und rümpfte die Nase. »Nein, nein, er hatte ganz gewiss ein Auge auf Fräulein Hogarth geworfen. Und das, obwohl sie ein Krüppel war. Im Allgemeinen schenkt Herr von Almstätten Anna außerdem nicht viel Beachtung. Genau genommen ist sie nämlich seine Stieftochter.«

»Seine Stieftochter«, wiederholte Lutz langsam. »Hat Herr von Almstätten denn leibliche Kinder?«

»Soviel ich weiß, ist das nicht der Fall.«

Ein Gärtner, der eine Hacke trug, näherte sich der Rotbuche und blickte zu ihnen. Fräulein Hansen zuckte zusammen. »Wenn Sie mich bitte entschuldigen würden«, sagte sie rasch. »Ich muss mich wieder um Anna kümmern.«

*Sieh einer an*, dachte Lutz, während das Kindermädchen davonhastete, *Herr von Almstätten ist also möglicherweise impotent. Und er hat sich auffällig für Appolonia Hogarth interessiert. Wenn das nicht endlich einmal eine heiße Spur ist.*

Mit einem Silberlöffel kratzte Jo den Rest Vanillesorbet in ihrem Dessertschälchen zusammen. Unter gesenkten Lidern schielte sie wieder einmal zu ihrem Onkel. Wilhelm leerte sein Weißweinglas. Der Schein der brennenden Kerzen auf den hohen Silberleuchtern in der Tischmitte spiegelte sich in der feinen Gravur. Wilhelms Glas war mit Gräsern verziert, das ihrer Großmutter mit Lilien und ihr eigenes mit Veilchen. *Es muss mir einfach gelingen, endlich an verwertbare Fingerabdrücke meines Onkels zu kommen*, brütete Jo vor sich hin. *Ich werde noch verrückt, wenn ich nicht endlich Klarheit habe, ob ich mit einem Serienmörder an einem Tisch sitze oder nicht.*

»Josepha! Josepha, hättest du die Güte, mir deine Aufmerksamkeit zu schenken?« Jo schrak hoch. Ihre Großmutter blickte sie gereizt an.

»Wie ... bitte?«, stammelte Jo. »Verzeihen Sie, aber was haben Sie gerade gesagt?« Zum ersten Mal seit Tagen hatte Malfalda wieder das Wort an sie gerichtet.

»Ich sagte, dass die Schneiderin morgen dein Abendkleid liefern wird.«

»Welches Abendkleid?«

»Nun stell dich nicht so begriffsstutzig an, Mädchen. Das für unsere große Gesellschaft natürlich.«

*Davon wusste sie definitiv nichts.* »Gibt es denn einen speziellen Anlass für dieses Fest?«

Wilhelm seufzte und schob die Leinenserviette in den versilberten Ring. »Josepha, übermorgen ist der Geburtstag deiner Großmutter.«

»Oh …« *Ach, du lieber Himmel, dann musste sie Malfalda auch noch etwas schenken!* Jos Gedanken griffen wieder ineinander. Sie wandte sich ihrer Großmutter zu. »Sie sprachen eben von meinem Abendkleid. Aber ich habe es nie anprobiert.«

»Frau Bauer – unsere Schneiderin, an die du dich hoffentlich erinnerst – näht seit Jahren deine Kleider. Sie hat deine Maße, kennt deinen Geschmack. Also war eine Anprobe nicht nötig. Kleinigkeiten können bis übermorgen immer noch geändert werden.«

»Meine Maße …« Jo runzelte die Stirn. »Sie meinen meine Maße mit Korsett?«

Malfalda schlug mit der flachen Hand auf den Tisch. »Zu meiner Geburtstagsfeier wirst du dich gefälligst wieder einmal anständig anziehen, wie es sich für eine junge Dame aus gutem Hause gehört. Oder du wirst der Feier fernbleiben.« Der Blick aus ihren stahlblauen Augen war unnachgiebig.

*Ich denke überhaupt nicht daran, mich wieder in ein Korsett zu zwängen*, wollte Jo auffahren. Aber dann erinnerte sie sich: *Wilhelms Weinglas …* Bald würde ein Dienstmädchen erscheinen, um das Geschirr abzuräumen. Höchste Zeit, dieses Gespräch und die Mahlzeit zu beenden.

»Schon gut, anlässlich Ihres Geburtstages werde ich das Abendkleid tragen«, versprach Jo hastig.

Ihre Großmutter sah sie verblüfft an. »Wie erfreulich, dass du ausnahmsweise einmal schnell zur Vernunft gekommen bist«, bemerkte sie dann.

»Ähm, wie gesagt, es ist schließlich Ihr Geburtstag«, murmelte Jo.

Wilhelm wirkte überrascht – und sehr erleichtert. »Mutter, wenn es Ihnen recht ist, klingele ich nach dem Mädchen«, warf er rasch ein, als sei auch ihm daran gelegen, jede weitere Diskussion zwischen seiner Mutter und seiner Nichte im Keim zu ersticken.

»Gewiss doch.« Malfalda nickte huldvoll. »Ich möchte vor dem Schlafengehen ohnehin noch einige Briefe schreiben.«

Wilhelm schob den Rollstuhl aus dem Speisezimmer. Kaum dass sich die Tür hinter ihnen geschlossen hatte, sprang Jo auf und wickelte Wilhelms Weinglas vorsichtig in ihre Leinenserviette.

Auf dem Flur hörte sie die Schritte des Dienstmädchens. *Ufff …* Jo präsentierte Bismarck und Moltke ihren hochgereckten Daumen, während sie aus dem Zimmer schlüpfte. *Das war ja gerade noch einmal gutgegangen.*

Jo blickte von dem Heft auf, in das sie die bisherigen Fahndungsergebnisse eingetragen hatte. Sie konnte sich einfach nicht konzentrieren. Wieder einmal beäugte sie von ihrem Schreibtisch aus die oberste Schublade ihrer Kommode, in der sie das Weinglas mit den Fingerabdrücken ihres Onkels sicher verstaut hatte. Das Gaslicht verlieh dem Kirschbaumholz einen intensiven Rotton, als würde es von einem verborgenen Feuer glühen. *Ja, als ginge dieses Feuer von dem Weinglas aus.*

Jo fuhr sich über die Stirn. *Reiß dich zusammen*, ermahnte sie sich in Gedanken, *allmählich geht wirklich deine Fantasie mit dir durch!* Wieder versuchte sie, sich den Fahndungsergebnissen zu widmen. Doch nach einigen Minuten schlug sie das Heft zu. Es hatte einfach keinen Sinn. *Stammen die Fingerabdrücke nun von Wilhelm, oder nicht? Gibt es in meiner Ahnen-*

*galerie tatsächlich einen Serienmörder?*, grübelte sie. Ha, schon die bloße Frage würde ihre richtige Großmutter, die immer so stolz auf die Familiengeschichte war, zutiefst empören. Von Malfalda einmal ganz zu schweigen.

Sie stand auf und tigerte zwischen dem Bett mit dem Samtbaldachin und der Kommode hin und her. Eigentlich hatte sie vorgehabt, das Weinglas früh am nächsten Morgen zu Lutz zu bringen, damit er die Fingerabdrücke mit dem Abdruck auf der Tassenscherbe vergleichen konnte. *Eigentlich ...* Jo blieb vor der Kommode stehen und fixierte sie einige Momente lang. Dann zog sie die oberste Schublade auf und nahm das in die Serviette eingewickelte Glas heraus. Sie konnte nicht bis zum Morgen warten. Sie musste Gewissheit haben.

Rasch zog sich Jo die Jungenkleidung an. Glas und Serviette wickelte sie zusätzlich in eins ihrer Nachthemden, ehe sie beides sehr vorsichtig in einer Segeltuchtasche verstaute. Danach hängte sie sich den Taschenriemen quer über den Rücken und öffnete das Fenster.

Die Nacht war kühl und windig. Wolken trieben über den fast vollen Mond, der hoch am Himmel stand. Während Jo durch die Äste der Linde hinunterkletterte, sah sie, dass in den Räumen ihres Onkels und ihrer Großmutter noch Licht brannte. In den Schatten, die Bäume und Büsche warfen, sprintete sie durch den Garten und zur Pforte in der Mauer.

Nachdem Jo die schmale Tür hinter sich geschlossen hatte, breitete sich die Wiese dunkel vor ihr aus. Das flackernde Licht der Gaslaternen am Straßenrand schien Jo plötzlich sehr weit entfernt zu sein. *Ob es wirklich eine so gute Idee ist, dass ich mich allein auf den Weg zu Lutz mache?*, durchfuhr es sie. *Ach, Blödsinn! Bis zur Straße sind es nur gut zweihundert Meter. Dort werde ich mir dann eine Droschke nehmen. Und außerdem trage ich Jungenkleidung*, beruhigte sie sich.

Jo holte tief Atem und ging weiter. Ganz in ihrer Nähe

hörte sie etwas rascheln. *Dort raschelte nichts. Und wenn, dann stromerte nur eine Katze oder ein anderes Tier im Gras herum.* Der Mond schien wieder zwischen den Wolken hervor. Er tauchte die Wiese in ein silbriges Zwielicht und die Fassaden der irgendwie immer noch weit entfernten Villen in ein fahles, geisterhaftes Weiß.

Das Mondlicht war so hell, dass Jo deutlich die Zweige und Blätter eines Busches ganz in ihrer Nähe erkennen konnte. Schwerfällig zog sie ihr verkrüppeltes linkes Bein nach. Unvermittelt – von einem Augenblick auf den anderen – tauchten Wolken die Wiese wieder in Schwärze. Jo stolperte – und spürte plötzlich ganz deutlich die Gegenwart eines Menschen. Sie versuchte, sich wegzuducken, und stolperte wieder. Hände strichen über ihren Rücken, glitten über ihren Hals. Jo wollte schreien. Doch die Hände schlossen sich um ihre Kehle, drückten zu.

Jo zappelte, schnappte vergebens nach Luft. Panik stieg in ihr auf. Wieder übergoss Mondlicht die Wiese, ließ sie ihren Angreifer schemenhaft sehen. Er war groß. Etwas Dunkles verdeckte seine untere Gesichtshälfte. Nur die Augen waren zu erkennen. Sie schimmerten in dem Zwielicht, wirkten wie von einer grausamen Lust erfüllt. *Nein, er sollte sie nicht auch noch umbringen!*

Mit aller Kraft rammte Jo ihr rechtes Knie in seine Geschlechtsteile. Sie traf ihn nicht mit voller Wucht, aber doch so, dass er aufkeuchte und seinen Griff kurz lockerte. Mit einem Selbstverteidigungsgriff hebelte sie seine Arme auseinander. Die Hände glitten an ihr herunter. Sie fühlte mehr, als dass sie sah, wie er wieder nach ihr fasste. Instinktiv trat sie gegen seine Beine. Er taumelte, doch er drang weiter auf sie ein. Jo wich zurück und ihm aus. Von seinem eigenen Schwung aus dem Gleichgewicht gebracht, stürzte er zu Boden.

Jo drehte sich um und rannte zur Straße. Pferdehufe klapperten auf dem Pflaster. Eine Droschke näherte sich.

»Anhalten, halten Sie bitte an!« Sie schrie und winkte. Der Kutscher brachte die Pferde zum Stehen. »Ist etwas passiert, Junge?«, fragte er brummig. »Du wirkst ja ganz außer dir.«

Jo blickte zur Wiese. Im Mondlicht waren nur Büsche und Bäume zu sehen. *Sie war Polizistin. Sie musste sich zusammenreißen.* Ihr Verstand arbeitete wieder klarer. Bis ein Suchtrupp auf der Wiese erschien, würde der Mörder schon längst in Sicherheit sein. Stattdessen würde nur ihre Tarnung auffliegen.

»Nein«, versicherte sie, »es ist alles in Ordnung.«

Lutz tauchte den Schwamm in die mit Veilchen verzierte Porzellanschüssel auf seinem Waschtisch und fuhr sich dann damit über seinen verschwitzten Oberkörper. Das Wasser war recht warm, denn er hatte es aus dem Kessel in der Küche geholt. *Aber allmählich hätte ich*, dachte er, *nichts gegen eine heiße Dusche einzuwenden. Vor allem nach dem Fußballspielen.*

Er hörte ein mehrmaliges Pochen an der Eingangstür. In den Tiefen des Hauses wurde eine Tür aufgerissen, seine Wirtin schimpfte vor sich hin. Lutz achtete jedoch nicht weiter darauf. *Ein super Spiel, auch wenn sie es knapp verloren hatten. Und wie ihm selbst dieser Pass zu Kurt geglückt war … aus dreißig Metern Entfernung. Eric Cantona hätte das nicht besser hingekriegt.*

Schritte näherten sich seinem Zimmer. »Herr Jäger«, erklang die aufgebrachte Stimme seiner Vermieterin. *War Kurt der nächtliche Besucher? Gab es etwa einen weiteren Mord?*

»Ich komme …« Hastig schlang Lutz sich ein Handtuch um den Oberkörper und öffnete die Tür. Frau Schwendtner trug einen gemusterten Morgenrock. Ihre Haare steckten unter einer Art Netz. Ihre Miene war eindeutig wütend. Sie stemmte die Hände in die fülligen Hüften. »Herr Jäger, ich sehe es ja noch ein, wenn Ihre Kollegen mich wecken. Der Polizei zu öffnen ist schließlich meine Pflicht. Aber dass nun auch noch Ihre Freunde mich mitten in der Nacht aus dem Bett klopfen, das geht zu weit.«

Hinter Frau Schwendtners voluminösem Körper sah Lutz nun Jo. Selbst in dem schwachen Flurlicht wirkte ihr Gesicht unter der Schirmmütze erschreckend bleich. Ihre blauen Augen waren – wie im Schock – weit aufgerissen.

»Ich verstehe Sie völlig, liebe Frau Schwendtner, es wird nicht wieder vorkommen.« Lutz schob seine Vermieterin sanft, aber bestimmt zur Seite. »Gute Nacht, schlafen Sie gut.«

Die Miene seiner Wirtin wurde milder. Ihr »Und ich möchte keinen Lärm hören, Herr Jäger« war schon fast ein Friedensangebot. Lutz achtete nicht länger auf sie, sondern zog Jo ins Zimmer. Kaum, dass die Tür hinter ihnen zugefallen war, wurde Jo, zu Lutz' Erschrecken, von einem trockenen Schluchzen geschüttelt. Zitternd klammerte sich an ihn.

»He, ist ja schon gut, ich bin ja bei dir.« Er führte sie zum Bett, wo er sich neben sie setzte. Jo barg den Kopf an seiner Brust. Sie weinte und ließ es zu, dass er sie in den Armen wiegte wie ein trostbedürftiges Kind. *Okay, sie stand eindeutig unter Schock.*

Erst nach einer ganzen Weile versiegten ihre Tränen, und sie löste sich von ihm. Lutz registrierte plötzlich, dass das Handtuch von seiner Brust gerutscht war und er bis zum Hosenbund ganz nackt war. *Nicht, dass ihm das bei anderen Frauen viel ausgemacht hätte, aber bei Jo schon.*

Eilig stand er auf und zog ein Hemd an, das über einem Stuhl hing. In seiner Hosentasche entdeckte er ein sauberes Baumwolltaschentuch und reichte es Jo.

Jo schnäuzte sich. »Tut mir leid, dass du wegen mir Ärger mit deiner Wirtin hast«, murmelte sie dann.

»Blödsinn!« Lutz entdeckte die Brandy-Flasche seines Alter Ego auf der Kommode und goss Jo davon in ein Glas. »Hier, trink das.«

Sie schnupperte daran. »Alkohol ist schädlich bei Schockzuständen.«

»Na ja, immerhin bist du schon wieder in der Lage zu erkennen, dass du einen Schock hast.« Lutz grinste schwach. »Was andres kann ich dir leider nicht anbieten. Außerdem soll man die Meinungen von Medizinern nicht überbewerten. Ständig finden sie heraus, dass irgendetwas schädlich ist, und ...« Vor Erleichterung, dass Jo mit dem Weinen aufgehört hatte, redete er ganz schnell.

»Schon gut, schon gut.« Jo nippte an dem Brandy.

Lutz wartete, bis sie das Glas ganz geleert und aufgehört hatte zu zittern. »So und jetzt erzählst du mir bitte, was vorgefallen ist«, sagte er bestimmt.

»Ich bin dem Mörder begegnet, auf der Wiese, die an den Garten grenzt.«

»Du bist was?!« Lutz starrte sie fassungslos an.

»Er hätte mich fast getötet.« Jo begann wieder zu weinen.

Lutz benötigte einige Momente, bis er wirklich begriff. »Herrgott, bist du wahnsinnig? Wie kommst du überhaupt dazu, bei Dunkelheit draußen allein unterwegs zu sein?«

»Schrei mich nicht an!« Unter Tränen richtete sich Jo kampfbereit auf. »Denk an deine Zimmerwirtin. Ich musste dich einfach wegen der Fingerabdrücke meines Onkels treffen, und ...« Sie brach ab, fasste hektisch nach der Segeltuchtasche, öffnete sie und griff hinein. »O nein«, stöhnte sie dann auf, »das Glas mit Wilhelms Abdrücken ist zerbrochen.«

Ihre offenkundige Verzweiflung besänftigte Lutz etwas.

»Beruhig dich erst mal. Vielleicht lassen sich ja von den Scherben Abdrücke nehmen.«

»Meinst du wirklich?«

»Ja.« Sehr behutsam nahm Lutz das Stoffbündel aus der Tasche und schlug es auf dem Tisch auseinander. »Siehst du«, sagte er dann, »die Scherben sind groß.« Tatsächlich war das Glas in vier Teile zerbrochen.

»Ich brauche eine Zigarette«, bat Jo.

»Bedien dich!« Lutz wies auf seinen Schreibtisch, wo eine Packung lag. Während er die Scherben mit Grafitpulver bestäubte und schließlich eine Fotografie des blutigen Fingerabdrucks aus seiner Aktentasche holte – er hatte ihn vor zwei Tagen sicherheitshalber noch einmal mit einer Großbildkamera fotografiert –, sog Jo heftig an der Zigarette.

»Und?«, fragte sie, nachdem Lutz die Abdrücke auf dem Weinglas ausgiebig durch ein Vergrößerungsglas betrachtet hatte. »Nun sag schon.« Ihre Stimme klang ein wenig zittrig.

»Ich hoffe, dass dich das ein bisschen tröstet. Dein Onkel wollte dich jedenfalls nicht umbringen.« Lutz lächelte sie an. »Die Abdrücke stimmen nicht überein. Sieh selbst!«

Jo beugte sich vor. Tatsächlich. Wilhelms Abdrücke wiesen schleifenförmige Kapillare auf. Die Kapillare des Scherbenabdrucks waren dagegen wie Wirbel angeordnet.

Ihr Schock saß noch zu tief, als dass sie wirkliche Erleichterung hätte empfinden können. Trotzdem versuchte Jo, Lutz' Lächeln zu erwidern. »Es wäre aber auch wirklich das Letzte gewesen, von dem eigenen Onkel ermordet zu werden«, murmelte sie. »Nicht, dass so etwas nicht vorkommen würde.« Sie stockte. Ihr Gesicht wurde ganz blass. »Dieser Mistkerl muss mich wirklich schon tagelang beobachtet haben«, flüsterte sie. »Sonst hätte er ja nicht gewusst, dass ich das Anwesen durch die Pforte in der Gartenmauer verlasse und ich mich als Junge verkleide. Er muss auch wissen, dass wir beide zusammen ermitteln.«

»Ist dir etwas an deinem Angreifer aufgefallen?«, fragte Lutz ruhig.

»Nur, dass er groß war. Zumindest kam er mir in dem Zwielicht so vor.«

»Sonst nichts? Konzentrier dich!«

»Was glaubst du, was ich hier grade tue?«, erwiderte Jo gereizt. Sie zündete sich eine weitere Zigarette an und nahm wieder einen tiefen Zug. »Dir ist klar, dass wir bei unserer Mordermittlung wieder ganz am Anfang stehen?« Ihre Stimme klang bitter.

»Du siehst das mal wieder zu negativ.« Lutz wiegte den Kopf. Kurz fasste er zusammen, was er in der Villa der von Almstättens herausgefunden hatte. »Ich werde diesem Oswald von Almstätten auf jeden Fall noch mal auf den Zahn fühlen und versuchen, seine Fingerabdrücke zu bekommen. He, Jo«, er lächelte sie aufmunternd an, »im Gegensatz zum Mittelalter können wir tatsächlich Fingerabdrücke nehmen und abgleichen.«

»Sehr tröstlich. DNA wäre mir viel lieber.«

»Wie ich dir schon mehrmals sagte – du bist auch nie zufrieden. Als ich mit Frau von Almstätten sprach, befand sich übrigens eine Baronin von Austère bei ihr.«

»Um Himmels willen, meine Großmutter.«

»Tja, eine gewisse Ähnlichkeit in Aussehen und Wesen mit dir fiel mir schon auf.«

»Sag, dass du das nicht ernst meinst.«

»Du bist auch hübsch und kannst ziemlich frostig sein. An Margaret Thatcher hast du mich zwar noch nicht erinnert. Aber vielleicht kommt das ja noch, wenn du älter wirst.« Erleichtert sah Lutz, dass Jo ein bisschen lächelte. Trotzdem war nicht zu übersehen, wie erschöpft sie wirkte. »Jo, wenn du noch ein paar Stunden hierbleiben möchtest«, sagte er rasch, »kannst du gerne in meinem Bett schlafen. In den Augen von Frau Schwendtner bist du ja als Junge ungefährlich für meine Moral. Und ich nehme natürlich das Sofa.«

»Ehrlich gesagt möchte ich heute Nacht wirklich lieber nicht noch mal in die Dunkelheit hinaus und über die Linde in mein Zimmer klettern.« Jo gähnte. »Die Vorstellung, dass dieser Kerl vielleicht wieder irgendwo im Dunkeln lauert und uns beobachtet …« Sie schauderte.

»Gut, dann leg dich hin«, erklärte Lutz energisch. Folgsam kuschelte Jo sich in die Kissen. Während Lutz die Bettdecke über sie breitete, murmelte sie: »Irgendetwas ist aber trotzdem faul mit Wilhelm.«

»Das finden wir schon noch raus. Jetzt schlaf erst mal.« Kaum dass er das Licht gelöscht hatte, hörte er auch schon, wie Jos Atem tief und gleichmäßig wurde.

Lutz öffnete das Fenster, setzte sich auf das Brett und zündete sich eine Zigarette an. Melancholisch blickte er dem Rauch nach, der zum Nachthimmel aufstieg. *Wenn die Situation anders gewesen wäre, hätte er nichts dagegen gehabt, mit Jo im Bett zu liegen. Vorausgesetzt natürlich, sie wollte ihn auch. Was er bezweifelte.*

# 8. KAPITEL

Das junge Dienstmädchen der von Almstättens behandelte Lutz ebenso hochnäsig wie bei seinem letzten Besuch und ließ ihn eine ganze Weile in der Halle warten, ehe sie ihm beschied, dass »der Herr Graf« bereit sei, ihn zu empfangen. Während Lutz ihr durch einen mit violetter Seidentapete bespannten Flur folgte – Ende des 19. Jahrhunderts litten die Leute seiner Meinung nach wirklich unter Geschmacksverirrung –, dachte er wieder, dass es ein Trugschluss war zu glauben, Polizisten seien in früheren Zeiten Respektspersonen gewesen.

Kurz nach Anbruch der Morgendämmerung hatte er Jo in einer Droschke nach Hause begleitet und dann unter der Linde gewartet, bis sie sicher in ihrem Zimmer war. Auf dem Weg zurück durch den Garten und über die daran angrenzende taufeuchte Wiese hatte ihn die Vorstellung heimgesucht, wie der Serienmörder in der Dunkelheit über sie hergefallen war. *Nicht auszudenken, wenn es Jo nicht gelungen wäre, dem Kerl zu entkommen!* Lutz schluckte hart.

»Bitte sehr«, sagte das Dienstmädchen schnippisch und öffnete eine Tür. »Der Kommissar«, stellte sie Lutz einem großen, schlanken Mann vor, der Reitkleidung trug und vor den offenstehenden Fenstertüren eines nach Osten gelegenen Zimmers auf und ab ging. Morgensonne spielte sich auf den blankpolierten Stühlen, dem runden Tisch und der Anrichte.

»Fassen Sie sich kurz, Mann!«, beschied Oswald von Almstätten Lutz. Er hatte eine kühle und selbstsichere Stimme. »Ich habe nicht viel Zeit.«

*Wirklich ein gutaussehender Typ mit seinem ebenmäßigen Gesicht und den elegant angegrauten blonden Haaren*, ging es Lutz durch den Kopf. Auch von Almstätten hielt es nicht für nötig, ihm einen Stuhl anzubieten. Allmählich hatte es Lutz wirklich satt, sich wie einen niederen Bediensteten behandeln zu lassen.

Laut sagte er: »Ich ermittle, wie Ihnen Ihre Gattin sicher mitgeteilt hat, im Mordfall Hogarth. Um zur Aufklärung eines Verbrechens beizutragen, sollte man sich – finde ich – doch Zeit nehmen.«

»Da haben Sie natürlich recht.« Von Almstätten neigte zustimmend den Kopf, eine eher hoheitsvolle als einlenkende Geste. »Aber ich kannte Fräulein Hogarth kaum.«

»Vermissen Sie einen solchen Manschettenknopf?« Lutz nahm ein Foto aus seiner Aktentasche und reichte es von Almstätten. Dieser ergriff es – *Mist*, Lutz stöhnte innerlich, *der Kerl trug lederne Reithandschuhe* – und betrachtete es flüchtig, ehe er es auf den Tisch legte. »Ich besitze tatsächlich ähnliche Manschettenknöpfe, aber ich vermisse keinen. Außerdem verstehe ich nicht recht, was diese Frage mit dem Mord zu tun hat.« Er musterte Lutz ungeduldig.

Doch hinter seiner beherrschten, gelassenen Fassade glaubte Lutz, eine plötzliche Anspannung wahrzunehmen. *Hat dieser Kerl Jo fast umgebracht?*, fragte sich Lutz. Zorn regte sich in ihm. Er hatte das 19. Jahrhundert satt. Er hatte das Herumgeeiere mit sogenannten hochgestellten Persönlichkeiten noch viel gründlicher satt. Er traf seine Entscheidung. »Ich finde es schon merkwürdig, dass Sie kaum etwas über Fräulein Hogarth wissen«, sagte er ruhig.

»Sie war eine Angestellte.« Von Almstätten zuckte mit den

Schultern. »Für derlei Dinge ist meine Frau zuständig. Solange es keine Schwierigkeiten gibt, kümmere ich mich nicht um den Unterricht meiner Stieftochter.«

»Dann gab es also Probleme mit Fräulein Hogarths Unterricht?«

»Nein, ich sagte Ihnen doch gerade ...«

Lutz ließ ihn nicht ausreden. »Ich habe gehört, dass Sie, wann immer es Ihnen möglich war, Fräulein Hogarths Klavierstunden lauschten. Wenn Sie dies nicht taten, um die Qualität des Unterrichts zu überwachen, warum dann? Die einzige andere plausible Erklärung, die sich mir bietet, ist die, dass Sie sich für Fräulein Hogarth als Frau interessierten.«

»Was fällt Ihnen ein!« Eine Ader an von Almstättens Schläfe begann zu pochen.

»Ach, aus welchem anderen Grund sahen Sie ihr denn dann heimlich nach, wenn sie das Haus verließ?«

»Sie impertinenter ...«

»Sie meinten eben, dass Sie nicht viel Zeit hätten.« Lutz lächelte ihn an. »Sagen Sie mir doch einfach, was Sie in der Nacht vom fünften auf den sechsten April und in der Nacht von Karfreitag auf Karsamstag getan haben. Und nennen Sie mir möglichst auch ein paar Zeugen dafür. Dann verschwinde ich fürs Erste.«

Von Almstättens Gesichtszüge verhärteten sich, als er begriff. »Raus!«, erklärte er mit leiser, eisiger Stimme. »Und zwar auf der Stelle. Sonst lasse ich Sie von meinen Dienern hinauswerfen.«

»Ich bin bereits unterwegs.« Lutz verbeugte sich. »Und den Hinweis, dass dies Konsequenzen für mich haben wird, können Sie sich sparen. Darüber bin ich mir im Klaren.« Er hatte sich schon abgewandt, als er aus den Augenwinkeln eine Bewegung wahrnahm. Eine weiße Katze schlüpfte durch die offenstehende Terrassentür und strich an von Almstättens Beinen entlang. *An Magda Keuners Kleidern haben sich weiße Katzenhaare gefunden*, schoss es Lutz durch den Kopf. »Sie mögen Katzen?«, fragte er beiläufig.

»Raus!«, wiederholte von Almstätten nur.

*Das Kleid war wirklich schön und raffiniert geschnitten.* Jo hielt es vor sich und betrachtete sich im Spiegel. *Und die Farben standen ihr gut.*

Eine Art Mantel aus schwerer lindgrüner Seide bildete das Überkleid. Die cremefarbenen Blumen, die in die Seide gewebt waren, fühlten sich wie Samt an. Die Ärmel reichten bis zu den Ellbogen und waren, ebenso wie der viereckige Halsausschnitt, verschwenderisch mit Spitze besetzt. Das Vorderteil des Unterkleids bestand aus einer dünneren cremefarbenen Seide, die gänzlich gesmokt war. Malfalda hatte sich das Kleid wirklich etwas kosten lassen. *Bedauerlich nur, dass die Taille einen Umfang von wenig mehr als vierzig Zentimetern hatte.* Jo seufzte.

»Okay«, sie wandte sich an Katharina, die im Hintergrund des Schlafzimmers wartete, »bringen wir's hinter uns. Schnür mich zur Anprobe in dieses verwünschte Korsett ein.«

»Sehr wohl, gnädiges Fräulein.« Katharina legte ihr das leinene, mit Fischbeinstäben verstärkte Teil um, das, wie Jo wieder fand, das Gewicht eines mittelalterlichen Kettenhemdes hatte. Während Katharina die Schnüre strammzog, klammerte Jo sich an einem der Bettpfosten fest. *Atmen … ruhig und gleichmäßig atmen. Ach, verdammt, war das eng, und Katharina war noch nicht einmal fertig.* Sie hechelte nach Luft.

*Wenn nicht drei der Männer, die auf der Liste der potentiellen Serienmörder stehen, zum Geburtstag meiner Großmutter geladen wären, würde ich mir doch überlegen, ob ich mir diese Folter wirklich antun soll*, ging es Jo durch den Kopf. Aber diese Gelegenheit konnte sie einfach nicht ungenutzt verstreichen lassen. Vielleicht gab der Mörder ja irgendetwas preis, was ihr und Lutz weiterhalf.

Endlich hatte Katharina auch noch die letzte Schnur festgezurrt. Vorsichtig richtete Jo sich auf. Die Dienerin half ihr in den langen, seidenen Unterrock und dann in das Kleid. Probeweise zog Jo auch noch die hellgrünen Seidenschuhe an, die passend zu dem Kleid angefertigt worden waren. Dann betrachtete sie sich wieder im Spiegel. Ja, sie sah wirklich hübsch aus. Die Haare würde sie natürlich hochstecken müssen. Aber auf ein paar Unannehmlichkeiten mehr wie pikende Haarnadeln kam es auch nicht mehr an. Wenigstens würde sie die Tortur nicht länger als ein paar Stunden ertragen müssen.

Hinter sich im Spiegel konnte Jo Katharina sehen. Sie bemerkte plötzlich, dass die Miene der Dienerin unbehaglich wirkte, als hätte sie etwas auf dem Herzen, was sie nicht zu sagen wagte.

»Was ist los, Katharina?«, fragte Jo. »Findest du mich etwa hässlich in dem Kleid? Heraus mit der Sprache.«

»Nein, gnädiges Fräulein, Ihr seid wunderhübsch«, – *genau das hatte Jo hören wollen* – »aber …« Katharina rang die Hände. »Ich bin heute Morgen früher als sonst aufgestanden. Ich hatte schlecht geschlafen. Und als ich aus dem Fenster blickte, sah ich einen jungen Mann in der Linde hochklettern, während ein anderer Mann unten am Baum Wache hielt. Ich dachte, die beiden wären Einbrecher und wollte schon Euren Onkel alarmieren. Aber dann sah ich, dass Ihr der junge Mann wart. O gnädiges Fräulein, Ihr habt Euch doch hoffentlich nichts zuschulden kommen lassen?« Katharina schaute Jo flehend an.

*Mist!* Jo ließ sich auf das Bett sinken. Wie kam sie aus dieser Kiste wieder heraus? »Ähm … Katharina, ja also … weißt du, es ist so … Ich bin in einen Mann unter meinem Stand verliebt, einen Polizisten. Meine Großmutter und mein Onkel würden diese Liebe niemals akzeptieren.« *Jetzt erzählte sie schon den gleichen Schwachsinn wie Lutz.* »Deshalb können wir uns nur heimlich treffen, und ich muss mich verkleiden. Bitte, Katharina«, Jo ergriff die Hände des Dienstmädchens und drückte sie, »du wirst mich doch nicht verraten?«

»Ihr habt auch wirklich nichts Unrechtes mit diesem jungen Mann getan?« Katharinas Lider flatterten unsicher.

»Nein, ich schwöre dir, zwischen uns ist nichts Unmoralisches geschehen«, erwiderte Jo fest. *Und dies entsprach ja der Wahrheit, auch wenn sie sich etwas anderes wünschte.*

»Jäger!«, hörte Lutz Koschatzki schon draußen auf dem Flur brüllen. Lutz seufzte. Oswald von Almstätten hatte wirklich prompt reagiert. Nun gut, dann hatte er die ganze Sache wenigstens hinter sich. »Schon gut, ich komme«, rief er und schwang die Beine vom Schreibtisch. »Kein Grund, ein derartiges Geschrei zu veranstalten.«

Er nickte Kurt zu, der von den Akten aufsah und ihn erschrocken anstarrte. »Mach dir keine Sorgen! Falls ich suspendiert werden sollte und mein Büro nach dem Gespräch mit von Mettmann und Koschatzki nicht mehr betreten darf, sehen wir uns heute Abend trotzdem beim Fußballspielen.«

Jo übergab ihren nassen Regenschirm und ihren nassen Mantel einem herbeieilenden Kellner. Dann hielt sie durch ihren Hutschleier hindurch Ausschau nach Lutz. Wegen des schlechten Wetters waren die Tische im Innern des Domcafés fast alle besetzt. Vor einer halben Stunde hatte Lutz unter einem Vorwand bei Jo angerufen und ihr mitgeteilt, dass er sie dringend sprechen müsse. Gegenüber ihrer

Großmutter hatte Jo behauptet, dass sie sich mit Theodor von Körner treffen würde, was ein wohlwollendes Lächeln auf Malfaldas Gesicht gezaubert hatte.

Nachdem Jo sich einige Meter in das Café vorgewagt hatte – vorbei an der weiß-goldenen, verschnörkelten Theke, in der üppige Kuchen und Torten unter Glashauben thronten –, entdeckte sie Lutz in einer Ecke. Er stand hastig auf, als sie den Tisch erreichte, und rückte ihr einen Stuhl zurecht, dessen mit altrosa Samt gepolsterte Lehne zum Cafésaal wies.

»Sehr gute Manieren«, murmelte Jo, »richtig gentlemanlike.«

»Ich passe mich eben den Gepflogenheiten der Jahrhundertwende an.« Lutz grinste.

Jo überzeugte sich rasch, dass sie von einem zufällig vorbeigehenden Gast nicht gesehen werden konnte. Trotzdem lüpfte sie den Schleier nur bis zur Nasenspitze. *Ach, wenn ich doch nur einmal in einer Zeit landen würde, in der ich mich ohne demütigende Vorsichtsmaßnahmen mit einem Mann treffen kann,* ging es ihr durch den Kopf. Nur gut, dass es Sitte war, dass Frauen in den Cafés ihre Hüte aufbehielten.

»Ich hoffe, dass es einen wichtigen Anlass für dieses Treffen gibt«, bemerkte sie entnervt.

»Na ja, ich bin knapp an einer Suspendierung entlanggeschrammt. Reicht dir das als Grund?«

»Wie bitte?«

Lutz erzählte ihr, dass Polizeipräsident von Mettmann ihn nach seinem Besuch bei von Almstätten zu sich beordert und abgekanzelt hatte. Eine derartige Tirade hatte er zuletzt während seiner Bundeswehrzeit über sich ergehen lassen müssen. Lutz' einzige Genugtuung hatte darin bestanden, dass von Mettmann auf Koschatzkis Anwesenheit verzichtet hatte.

»Nur aufgrund der guten Arbeit, die mein Alter Ego während der vergangenen Jahre geleistet hat, darf ich – gewissermaßen auf Bewährung – vorerst im Polizeidienst bleiben«, kam Lutz zum Ende seines Berichts. »Und ehe du mir jetzt Vorhaltungen machst, dass ich mich diesem Arroganzling von Almstätten gegenüber diplomatischer hätte verhalten sollen – ich finde, es ist an der Zeit, dass wir die Dinge ein bisschen in Bewegung bringen. Ganz zu schweigen davon, dass ich es satthabe, den Hochwohlgeborenen in den Hintern zu kriechen und sie mit Samthandschuhen anzufassen. Verdammte Klassenjustiz!«

Jo seufzte. »Ich kann dich ja verstehen, aber ...«

Ein Kellner kam, um ihre Bestellung entgegenzunehmen. Nachdem er ihre Wünsche notiert hatte, verschwand er mit durchgedrücktem Rücken und Trippelschritten, als würde er sich auf Rollen vorwärtsbewegen.

»... wenn du aus dem Polizeidienst fliegst, ist uns damit auch nicht gedient«, vollendete Jo ihren Satz.

»Ach, allmählich bezweifle ich, dass uns mein Beruf hier wirklich weiterbringt«, knurrte Lutz. Jo sah ihm an, dass er, was selten war, wirklich äußerst schlechtgelaunt war. »Sobald ich einen anderen Typen von unserer Liste härter befrage, beschwert der sich auch bei von Mettmann. Soll ich etwa durch höfliche Konversation was aus den Kerlen rauskriegen? Zuallererst müssten wir mal herausfinden, wer von denen eigentlich an einem nicht sichtbaren Gebrechen leidet. Aber ohne richterlichen Befehl – den ich niemals erhalten werde – wird kein Arzt mir die Krankenakten herausrücken.«

Der Kellner erschien. Er brachte das Bestellte – Kaffee in dünnwandigen mit Röschen verzierten Porzellankännchen, ein Stückchen Obstkuchen für Jo *ohne Sahne* und ein Stückchen Schwarzwälder Kirschtorte für Lutz.

»So etwas wie Krankenkassen- und Privatkassencomputer, in die man sich einhacken könnte, gibt es ja leider noch nicht.« Jo nippte entmutigt an ihrem Kaffee, während Lutz den Kuchen probierte. Sie war mit ihrem Latein auch am Ende.

»Ha, als ob du so etwas Widergesetzliches wirklich tun oder in Auftrag geben würdest.« Lutz spießte ein weiteres Stück der Torte so wütend auf seine Kuchengabel, als wollte er sie seinem Chef in den Leib rammen. »Noch nicht mal der Kuchen schmeckt mir mehr. Obwohl der ja wirklich selbst gebacken ist und keine Fertigteigmischung. Zum Kochen komme ich mangels eigener Kochstelle auch nicht. Es ist ein Elend.«

Flüchtig dachte Jo daran, mit wie viel Hingabe Lutz im Mittelalter seine Kneipe *Die grüne Traube* betrieben hatte. »Beim Militär werden bestimmt Krankenakten gesammelt«, sagte sie. »Also zumindest die von der Musterung und die von etwaigen Kriegsverletzungen.«

»Im Vergleich zur preußischen Militärverwaltung wird wahrscheinlich Fort Knox nachlässig bewacht.« Lutz winkte ab. Sein Blick wanderte zu zwei Männern, die nun ein paar Tische entfernt Platz nahmen und Uniform trugen. »Wie kann man diese Kluft nur freiwillig in der dienstfreien Zeit anbehalten? Langsam wird es mir schlecht, wenn ich Uniformen nur sehe.« Unvermittelt ließ Lutz die Kuchengabel sinken und starrte vor sich hin. Seine Miene nahm einen nachdenklichen Ausdruck an.

»Der Hauptmann von Köpenick«, murmelte er dann.

»Hä?« Jo sah ihn verständnislos an.

»Wann hat dieser Schuster in Uniform die Militärkasse geklaut?«

»Warte mal ...« Jo runzelte die Stirn. »1905, nein 1906.«

»Bist du dir wirklich ganz sicher? Nicht im Jahr 1898 oder davor?«

»Ja, ich musste mal in der Schule ein Referat über das Zuckmayer-Stück halten. Worauf willst du eigentlich hinaus?«

Ein Grinsen breitete sich auf Lutz' Gesicht aus.

»O nein«, sagte Jo, als sie begriff, »du hast doch wohl hoffentlich nicht im Ernst vor ...«

»Doch, ich werde ein Hauptmann oder irgendein anderer hochrangiger preußischer Offizier sein und du mein Bursche. Gemeinsam klauen wir die Akten.«

»Zum einen ist das wirklich eine super Aufgabenverteilung.«

»Klein und zierlich wie du bist, würde dir niemand einen preußischen Offizier abkaufen.«

»Und zum anderen klappt das niemals.«

»Glaub mir, das ist eine todsichere Sache.« Das Grinsen auf Lutz' Gesicht vertiefte sich. »Schließlich kennt noch niemand den Trick.«

»Wie willst du überhaupt an Uniformen kommen? Du hast hoffentlich nicht vor, dazu auch noch in eine Kaserne einzubrechen?«

»Lass das mal meine Sorge sein.« Lutz winkte lässig. »Mir fällt da schon noch was Praktikables ein.«

»Falls ich die Geburtstagsfeier meiner Großmutter überstehe, ohne an eingeschnürten Organen zu sterben, stehen mir also ein paar Jahre in einem preußischen Militärgefängnis bevor«, sagte Jo bitter. »Wenigstens wurde der Schuster Voigt nicht standesrechtlich erschossen.«

»Schön, dass du mal in der Lage bist, das Positive an einer Situation zu sehen. Hast du vielleicht eine andere Idee, wie wir an die Akten gelangen können?«

»Ehrlich gesagt, nein.«

»Na, also. Was schenkst du deiner Großmutter eigentlich zum Geburtstag?«

»Einen ziemlich protzigen Ring, der aber, laut ihrem

Juwelier, ihren Geschmack garantiert treffen wird. Wenigstens ist es nicht tatsächlich mein Geld, mit dem ich ihn bezahlt habe.«

»Tss, tss«, Lutz schüttelte tugendhaft den Kopf, »was du schenkst, das schenke aus vollstem Herzen.«

Jo war versucht, ihn gegen das Schienbein zu treten. Eine andere Sache ging ihr plötzlich durch den Kopf. »Wenn ich mich auf dieses Himmelfahrtskommando mit der Köpenickiade einlasse – könntest du mir dann einen Gefallen tun? Als Polizist hast du sicher Zugang zu den Sterberegistern. Könntest du bitte überprüfen, wann Henrietta von Kästnitz gestorben ist und wo sie begraben liegt?«

»Klar, mach ich.« Lutz nickte.

»Überprüf es aber bitte bald, solange du noch Polizist bist und nicht in einem Militärgefängnis sitzt«, konnte Jo sich nicht verkneifen hinzuzufügen.

Von der Halle schallten Stimmen zu Jo herauf, und ein Orchester fiedelte gängige Mozart-Melodien. Der riesige Kristallleuchter an der Decke verströmte goldgelbes Licht. Während Jo die Treppe hinunterging, reflektierten die hohen Wandspiegel ihr Spiegelbild. *Ja, sie sah wirklich gut aus.* Das Haar lag in kunstvollen Wellen um ihren Kopf. Sie trug eine Art goldene Tiara – *wie die Queen* – und um den Hals eine schwere, mit grünen Edelsteinen besetzte Goldkette. Beides Erbstücke von ihrer »Mutter«.

Okay, das Atmen stellte nach wie vor ein Problem dar, die Haarnadeln pikten, und die langen weißen, bis an den Ellbogen reichenden Seidenhandschuhe waren auch gewöhnungsbedürftig. Aber Jo ertappte sich plötzlich bei dem Wunsch, dass Lutz sie in ihrer festlichen Aufmachung sehen könnte. Ob er sie wohl auch schön fände? *Ach, egal ... allmählich mutierte sie wirklich zum Weibchen.*

Wegen Henriettas Todesdaten hatte Lutz sich noch nicht bei ihr gemeldet. Jo selbst war den ganzen Tag vollauf mit dem Geburtstag ihrer Großmutter beschäftigt gewesen und hatte die Villa nicht verlassen können. Beim Frühstück hatte sie Malfalda den Protz-Ring überreicht, der gnädig akzeptiert worden war. Danach waren ständig irgendwelche Besucher eingetroffen, die Blumen und Geschenke überbracht hatten. Jo hatte stundenlang neben Malfalda im Wohnzimmer sitzen und völlig nichtssagende Gespräche über sich ergehen lassen müssen.

Der an die Halle grenzende Salon diente an diesem Abend als Empfangsraum. Malfalda thronte, gekleidet in ein rubinrotes seidenes Abendkleid, in ihrem Rollstuhl und hielt huldvoll Hof. Wilhelm stand im Frack neben ihr und betrieb Konversation mit den Gästen. Gemietete Kellner eilten mit Silbertabletts voller Champagnerschalen hin und her. Ein Fotograf hatte in einer Ecke seine Kamera aufgebaut. Dann und wann, wenn er Bilder machte, blitzte und zischte es laut.

Jo schnappte sich ein Glas von einem Tablett. Sie kostete und leerte das Glas dann rasch. *Hm, lecker! Malfalda und Wilhelm hatten sich den Champagner einiges kosten lassen.*

»Fräulein Josepha«, Theodor von Körner trat, ebenfalls eine Champagnerschale in der Hand, auf sie zu, »wie schön, Sie zu sehen.«

»Ganz meinerseits«, erwiderte Jo lächelnd. Sie dirigierte ihren »Verehrer« unauffällig in eine Zimmerecke, wo sie ein bisschen für sich waren. »Ich hoffe, es geht Ihnen gut?«

»Ja, sehr. Ich habe vor kurzem einen jungen Mann kennengelernt. Er teilt meine Neigungen.« Theodor von Körners Augen strahlten. »Ich bin sehr glücklich. Das Gespräch mit Ihnen im Gewächshaus hat mir sehr geholfen. Anderenfalls hätte ich es kaum gewagt, Gottfried meine Gefühle zu gestehen.«

»Ich freue mich sehr für Sie.« *Als – wenn auch nur indirekter – Amor hatte sie bisher noch nie fungiert.*

Ein elegantes Paar betrat jetzt den Empfangsraum. Der Mann groß und gutaussehend, die Schläfen vorteilhaft grau meliert. Die Frau an seiner Seite eine grünäugige Schönheit.

»Wer sind denn die beiden?«, fragte Jo Theodor von Körner leise.

»Aber Fräulein Josepha«, er sah sie irritiert an, »Sie kennen doch den Grafen und die Gräfin von Almstätten.«

*Das ist also der Mann, in dessen Haus Appolonia Hogarth Klavierlehrerin war und der ein viel zu großes Interesse an ihr hegte*, durchfuhr es Jo. Die von Almstättens hatten Malfalda begrüßt. Nun winkte ihre Großmutter Jo zu sich.

»Gnädiges Fräulein.« Oswald von Almstätten verbeugte sich vor Jo.

»Ähm, guten Abend.« Jo ignorierte Malfaldas giftigen Blick. Auf keinen Fall würde sie einem Mann, der möglicherweise versucht hatte, sie umzubringen, die Hand zum Kuss reichen.

»Josepha«, Eugénie von Almstätten lächelte sie gönnerhaft an, »wie erwachsen und wie hübsch Sie doch seit unserem letzten Treffen geworden sind.«

»Liebe Eugénie, setzen Sie meiner Enkelin keine Flausen in den Kopf«, ließ sich Malfalda prompt vernehmen. Andere Gäste trafen ein und enthoben Jo einer Antwort. Ein massiger Mann, dessen Gesicht ein kurz gestutzter schwarzer Vollbart umrahmte, steuerte auf Malfalda zu. Die Frau, die ihm folgte, hatte ihren korpulenten Körper in ein türkisfarbenes Seidenkleid gezwängt. Die drei Pfauenfedern, die in ihrem Haar steckten, passten überhaupt nicht zu ihrem unscheinbaren Gesicht. *Als würde ein Spatz sich als Paradiesvogel verkleiden*, dachte Jo unwillkürlich. Sie runzelte nachdenklich die Stirn. Von irgendwoher kannte sie die Frau.

»Mein lieber Landrat, ich bin entzückt, Sie und Ihre liebe Gattin auf meiner Geburtstagsfeier begrüßen zu dürfen«, gurrte Malfalda. Der Landrat Ehrhardt von Gleiwitz war ein weiterer Verdächtiger von Augusta Meyrinks Liste. Jo schenkte ihm ein verkrampftes Lächeln und trank wieder hastig einen Schluck Champagner, um ihre Nerven zu beruhigen.

»Liebe Constanze«, hörte sie nun Eugénie von Almstätten zu der Frau des Landrats sagen, »bei den Bessinghoffs habe ich kürzlich Ihre Söhne getroffen. Wie alt sind die beiden noch einmal? Sie sind ihrem Vater wirklich wie aus dem Gesicht geschnitten.«

»Albert wird zwölf und Franz zehn.« Frau von Gleiwitz lächelte stolz. »Ja, sie ähneln meinem Gatten wirklich sehr, vor allem Albert.«

*Na ja, ich weiß ja nicht, ob ich meinen Söhnen unbedingt das breite Gesicht des Landrats wünschen würde*, dachte Jo. Dann erinnerte sie sich plötzlich: Bei Constanze von Gleiwitz handelte es sich um die Frau, die sie am Ostersonntag auf Augusta Meyrinks Terrasse gesehen hatte.

Der nächste Gast, der sich über Malfaldas ausgestreckte Hand beugte und ihr »nur das Allerbeste zu Ihrem Geburtstage« wünschte, war Polizeipräsident von Mettmann. *Eindeutig ein glatter Karrieretyp!*

Einige adelige Verwandte Malfaldas erschienen, deren Gesichter Jo vage von verblichenen Fotos bekannt vorkamen. Da sie viel zu aufgewühlt war, um mit ihnen Konversation zu betreiben, zog sie sich ein Stück zurück und suchte Deckung hinter einem Grüppchen plaudernder Gäste.

»Gnädiges Fräulein, noch ein Glas Champagner?« Ein Kellner präsentierte ihr sein Tablett.

»O ja, gerne.« Jo griff gerade hastig nach dem Glas, als ein Mann in blinkender Uniform, der von einer kleinen hübschen Frau begleitet wurde, den Salon betrat. Er hatte eine athletische Figur, die von dem engen Schnitt der Uniform noch betont wurde, und ein recht attraktives Gesicht.

»Der gute Küstow wird's sicher noch zum General bringen«, hörte sie einen Mann ganz in ihrer Nähe ein wenig spöttisch sagen.

»Wenn Sie mich fragen, liegt das weniger an seinen Talenten als an seinen guten Beziehungen zum Kaiserhof«, antwortete ein Mann neben ihm. »Schließlich wurde er schon mehrmals zu den Nordlandfahrten unseres Kaisers eingeladen.«

»Na, wenn Sie mich fragen, ist damit der Generalsrang recht teuer erkauft. Würden Sie gerne täglich an den Frühsportübungen unseres Kaisers teilnehmen?« Die beiden lachten.

*Major Heinrich von Küstow, der dritte männliche Gast von Augusta Meyrinks Liste, der als Mörder in Frage kommt,* begriff Jo. Der Champagner brannte plötzlich in ihrem Magen. Das Korsett schnürte ihr die Luft ab, und sie rang nach Atem. Erleichtert nahm sie wahr, dass zwei Dienstmädchen die Türen zum Esszimmer öffneten und sich die Festgesellschaft lachend und plaudernd in Bewegung setzte.

Der Esstisch im Hause von Kästnitz/Austère war schon an normalen Tagen – nach Jos Standards aus dem 21. Jahrhundert – festlich gedeckt. Doch anlässlich des Geburtstages ihrer Großmutter war nun das ganz große Geschütz aufgefahren worden. Überbordende Buketts aus Orchideen und Hortensien prangten zwischen ganzen Batterien von Silberleuchtern in der Tischmitte. Pyramiden aus Pfirsichen, Trauben und Ananas, die mit Efeuranken umwunden waren, bildeten einen weiteren Tischschmuck. Gestärkte, kunstvoll gefaltete Leinenservietten ragten von den Tellern aus extra feinem Porzellan auf. Die Menge an blinkendem Besteck und unterschiedlichen Kristallgläsern an jedem Platz ließ auf ein etwa zehngängiges Menü schließen.

Laut den Tischkärtchen aus handgeschöpftem Papier saß Jo zwischen Theodor von Körner und einem etwa achtzig Jahre alten, mageren Herrn, einem Freiherr von und zu Felsenhoff.

Jo ließ sich von einem Kellner den Stuhl zurechtrücken und nahm beklommen an der Tafel Platz. *Da hatte es ihr bei der Vorstellung gegruselt, mit ihrem Onkel einem potentiellen Mörder gegenüberzusitzen. Und nun waren gleich drei mögliche Täter mit ihr im Raum.* Sie ignorierte das erneute nervöse Ziehen in ihrem eingeschnürten Magen und trank einige Schlucke von dem Weißwein, der zur Hummersuppe gereicht wurde.

Zu Jos Erleichterung war Theodor von Körner feinfühlig genug, wahrzunehmen, dass sie nicht in der Stimmung für Konversation war. Der Freiherr dagegen war so gut wie taub und führte zufrieden ein lautes Selbstgespräch, bei dem er hin und wieder mit dem Löffel in der Luft herumfuchtelte.

Da ... hatte ihr jetzt Landrat von Gleiwitz einen bohrenden Blick zugeworfen? Oder schaute Oswald von Almstätten gelegentlich in ihre Richtung? Nun schien Heinrich von Küstow seine Aufmerksamkeit auf sie zu richten. Erinnerte sich einer der drei daran, wie seine Hände auf der nächtlichen Wiese ihren Hals umklammert und dann zugedrückt hatten? Bestimmt wartete der Mörder nur auf eine neue Gelegenheit, um seinen Plan zu Ende zu führen.

»Fräulein Josepha ...« Theodor von Körner berührte ihre Hand.

»Ja?« Jo schreckte auf. Ein Kellner wartete neben ihr, um ihren Suppenteller abtragen zu können.

*Schnapp nicht über!*, ermahnte Jo sich in Gedanken. *Du bist hier, um etwaige Hinweise auf den Mörder zu bekommen. Also konzentrier dich gefälligst auf die Unterhaltung.*

Ein anderer Kellner erschien und kredenzte ihr ein Schälchen mit Gurkensorbet. Eine neue Weißweinsorte wurde in ein frisches Glas gefüllt.

»Nun, Gleiwitz, es ist Ihnen doch bestimmt eine große Freude, in zwei Tagen, am Freitag, das neue Bismarck-Denkmal im Stadtpark enthüllen zu können«, sagte Wilhelm gerade.

»Ja, allerdings. Das wird ein Feiertag für jeden aufrechten Ebersheimer.« Der Landrat lächelte in die Runde. »Besonders glücklich bin ich über den Umstand, dass dieses Denkmal unseren hochverehrten früheren Reichskanzler, den Schöpfer des deutschen Kaiserreiches, in Gestalt eines Rolands zeigen wird. Gewissermaßen als treuen, wackeren Beschützer der deutschen Grenzen.«

*Bismarck als Roland? Was meinte der Landrat denn damit? O Himmel, das waren doch diese furchtbaren, klobigen Statuen, die Bismarck mit hüfthohen Stiefeln, Schwert und Schild zeigten. Wie außerordentlich geschmacklos.* Jo grauste es. Der Reichskanzler in seinem Bilderrahmen schien sie höhnisch anzugrinsen.

»Auf Bismarck!«

»Ja, auf den Fürsten!«

Die Gäste standen auf und erhoben ihre Weingläser. Mit etwas Verspätung tat Jo es ihnen gleich und kippte dann voller Verachtung den Inhalt ihres Glases hinunter.

»Apropos Beschützer der deutschen Grenzen ... Was halten die anwesenden Damen und Herren denn von der Hunnenrede unseres geliebten Kaisers?«, ergriff von Mettmann das Wort.

*Hunnenrede ... Hunnenrede?* Jo kramte in ihrem Gedächtnis.

»Nun, mir erschien seine Wortwahl doch etwas sehr *stark*, um nicht zu sagen *unglücklich* gewählt«, bemerkte Wilhelm. »Auch wenn ich dem Kaiser im Prinzip natürlich recht gebe.«

»Ach, kommen Sie, Kästnitz.« Oswald von Almstätten

legte seinen Löffel neben das Glasschälchen. »Diesem asiatischen Pöbel kann gar nicht deutlich genug klargemacht werden, dass er von uns Deutschen kein Pardon zu erwarten hat.«

*Es ging um diese berüchtigte Rede.* Jo begriff.

»Aber die Reaktionen in der ausländischen Presse waren alle sehr negativ«, wandte Theodor von Körner ein.

»Was scheren uns die Meinungen des Franzmanns und des Engländers.« Von Küstow lachte. »Auch die sollen ruhig wissen, dass man einen aufrechten Deutschen besser nicht scheel ansieht.«

»Ich stimme völlig mit Ihnen überein, Major.« Malfalda klopfte bekräftigend mit der Hand auf den Tisch.

»Ja, sonst ergeht es dem Franzmann sehr schnell wieder wie anno 70/71«, erklärte einer ihrer Verwandten, ein hagerer Mann um die fünfzig, »und wir hauen ihm die Hucke voll.« Zustimmendes Gemurmel wurde rings um die Tafel laut.

*Das konnte doch wohl nicht wahr sein!* Jo sprang auf. »Ich werde mir dieses reaktionäre Gerede nicht länger mit anhören!«, brüllte sie in die Runde. »Begreift ihr eigentlich überhaupt nicht, was für ein militaristisches und menschenverachtendes Geschwätz ihr von euch gebt?«

Die Gesichter der Anwesenden erstarrten. »Fräulein Josepha, bitte, ich bin ja einer Meinung mit Ihnen«, flüsterte Theodor von Körner, »aber mäßigen Sie sich doch.«

Jo war jedoch nicht bereit, sich zu bremsen. Sie funkelte von Küstow, den hageren Verwandten, und Malfalda wütend an. »Säbelrasselnde Reden wie diese werden zum Ersten Weltkrieg führen. Und wenn der Krieg dann Gott sei Dank für Deutschland verloren sein wird, werden nationalistisch verbohrte Leute wie ihr Typen wie Hindenburg und Ludendorff unterstützen und die Weimarer Republik untergehen lassen.« Sie brach ab. Das Korsett raubte ihr den Atem, weiterzusprechen. In ihrem Magen rumorten Alkohol, Hummersuppe und Sorbet.

In der Stille, die sich über den Speisesaal gelegt hatte, hörte Jo, wie eine Kerzenflamme zischend aufloderte. Dann schob Wilhelm seinen Stuhl zurück und erhob sich. »Josepha, verlass auf der Stelle diesen Raum«, forderte er sie mit lauter, kalter Stimme auf.

*Nur zu gerne!* Mit hocherhobenem Kopf kam Jo dem Befehl nach. Auf ihrem Zimmer angelangt, übergab sie sich in die Toilettenschüssel.

*O seliges Mittelalter, o seliges Dasein als wohlhabende, selbstständige Witwe!* Stöhnend vergrub Jo ihren Kopf in den Händen. Hätte sie eine Flasche Brandy oder sonstigen Alkohol in ihrem Zimmer gehabt, dann hätte sie sich höchstwahrscheinlich sinnlos betrunken.

Kaum dass die letzte Kutsche der Gäste die Auffahrt hinuntergerollt war, hatte Wilhelm nach ihr gerufen. Wenigstens war es ihr in der Zwischenzeit gelungen, sich von dem Abendkleid und dem Korsett zu befreien und einen Rock und eine Bluse anzuziehen, in denen sie atmen konnte.

Wilhelm hatte sie auf dem Treppenabsatz empfangen und mit finsterer Miene und ausgestrecktem Arm auf sein Arbeitszimmer gedeutet – wo natürlich schon Malfalda in ihrem Rollstuhl auf sie wartete.

Jo ließ die anschließende Szene in ihren Gedanken Revue passieren: Sie lehnte es kategorisch ab, sich zu entschuldigen. Woraufhin Malfalda mit sich überschlagender Stimme schrie: »Erster Weltkrieg, den Deutschland verlieren wird ... Ich sage dir, Wilhelm, dieses Mädchen ist völlig irre. Sie ist noch schlimmer als ihre Mutter.«

»Weshalb ist Henrietta nicht in der Familiengruft begraben?«, fragte Jo kalt. »Weshalb hängen nirgends im Haus Bilder von ihr?«

»Bilder?«, fauchte Malfalda. »Von dieser Person, die Schande über unsere Familie gebracht hat?«

»Ach, hat sie sich etwa nicht Ihren rigiden, verlogenen Moralvorstellungen beugen wollen?«

»Josepha, sprich nicht so mit deiner Großmutter!« Wilhelm hob die Hand, als ob er sie schlagen wollte.

*Wenn er mich schlägt, schlage ich zurück*, dachte Jo. Sie sah ihm fest in die Augen. »Warum liegt Henrietta nicht in der Familiengruft begraben?«, wiederholte sie.

»Du weißt sehr gut, dass sie in Holstein, wo ihre Familie lebt, bestattet wurde«, erklärte Wilhelm. Aber sein Blick war für einen Moment dem Jos ausgewichen und zu seiner Mutter geirrt. *Er log.*

Nachdem Jo noch eine Tirade von Vorwürfen seitens ihres Onkels und ihrer Großmutter über sich hatte ergehen lassen müssen, hatte Wilhelm sie für den Rest ihrer Ferien zu *Stubenarrest* verdonnert. Jo war versucht gewesen, ihm das Götz-von-Berlichingen-Zitat entgegenzuschleudern. Nur das Bewusstsein, dass sie noch nicht volljährig war und Wilhelm und ihre Großmutter sie – falls sie sich offen widersetzte – wahrscheinlich mit Polizeigewalt in die Villa zurückschleppen lassen würden, hatte sie davon abgehalten.

*Stubenarrest* ... Jo stöhnte wieder. *Und das mit 38 Jahren.*

»Gnädiges Fräulein«, Katharina beugte sich über sie, »was für ein furchtbarer Streit. Ich dachte, dass Euch vielleicht eine heiße Milch guttut.« Sie stellte die Tasse mit dem Rosenmuster und ein Schüsselchen voller Kekse neben Jo auf den Schreibtisch.

»Danke, Katharina, das ist sehr nett von dir.« Jo rang sich ein Lächeln ab.

Katharina zog sich einen Stuhl heran. »Heute Nachmittag

wurde ein Brief für Euch abgegeben. In dem ganzen Festtrubel habe ich es leider völlig vergessen, ihn Euch zu überreichen. Ein junger Mann hat ihn überbracht. Er nannte *Jäger* als seinen Namen, und er sagte, er sei Kommissar.«

»Oh, tatsächlich?« Jo nahm den Umschlag entgegen, den Katharina aus ihrer Schürzentasche gefischt hatte.

»Das Aussehen des jungen Mannes war ja etwas verwegen, aber seine Art sehr höflich und gewinnend.« Katharina lächelte verträumt. »Sagt, ist er der junge Mann, in den Ihr verliebt seid?«

»Ähm, ja ...« Jo traf eine rasche Entscheidung. »Katharina, ich darf das Haus bis zum Ende der Ferien nicht mehr verlassen. Mein Onkel und meine Großmutter haben es mir verboten. Aber ich muss Lutz – also den Mann, den ich liebe – unbedingt treffen. Ich ertrage es nicht, ohne ihn zu sein – *O Gott, das war ja Courts-Mahler pur. Na ja, sei's drum ...* – Katharina, bitte, würdest du mich decken?« Sie sah das Dienstmädchen flehentlich an.

»Wenn Ihr mir versprecht, dass Ihr Euch nichts Unehrenhaftes mit dem jungen Mann zuschulden kommen lasst«, erwiderte Katharina seufzend.

»Ich verspreche es.« Jo legte die Hand aufs Herz.

»Dann werde ich Euch helfen.« Katharina tätschelte Jos Hand. »Und nun trinkt Eure Milch, und dann geht zu Bett und versucht zu schlafen.«

»Mache ich.«

Nachdem Katharina ihr endgültig Gute Nacht gewünscht hatte, riss Jo den Briefumschlag auf.

*Es gibt kein Todesdatum von Henrietta von Kästnitz*, las Jo in Lutz' krakeliger Schrift auf einem Stück Kanzleipapier.

## 9. KAPITEL

Eins, zwei, drei, vier«, kommandierte Lutz. »Und eins, zwei, drei, vier ...«

»Hör endlich mit diesem albernen Gezähle auf«, zischte Jo.

»Na ja, wir müssen schon im Takt marschieren.«

»Herr im Himmel, wir sind zwei Soldaten und keine ganze Kompanie.«

Nebeneinander schritten sie auf den Eingang der Blücher-Kaserne zu, ein braunes Backsteingebäude im Wilhelminischen Stil, in dem die Akten der in Ebersheim und Umgebung gemusterten und dienenden Soldaten aufbewahrt wurden. Friedlich lag die Kaserne hinter dem hohen Gitterzaun im morgendlichen Sonnenlicht da. Kastanien am Straßenrand warfen ihre Schatten auf die beiden Wachhäuschen am Tor.

*Was ich hier tue, ist einfach nicht wahr*, dachte Jo. Sie musste aufpassen, nicht in den unbequemen Stiefeln zu stolpern. *Dieser Plan ist einfach völlig irrsinnig.*

Die beiden Wachen sprinteten aus ihren Häuschen, salutierten und präsentierten ihre Gewehre. »Herr Major!«

Lutz hob lässig die Hand an seine Mützenkrempe. Gerade noch rechtzeitig tat Jo es ihm gleich. »Morgen, Männer. Wo finde ich die Registratur?«, schnarrte er.

»Quer über den Hof, Herr Major. Dann sehen der Herr Major die Tür mit der entsprechenden Aufschrift«, gab die eine Wache zackig zur Antwort, während die andere das Tor aufriss.

»Siehst du, funktioniert doch«, raunte Lutz Jo zu. »Dabei hat Koschatzki behauptet, ich würde es nicht mal zum Unteroffizier bringen.«

»Weder haben wir bisher die Akten, noch haben wir das Kasernengelände wieder heil verlassen.«

Lutz ignorierte Jos Einwand und erwiderte den militärischen Gruß eines Trupps Soldaten, der ihnen auf dem gepflasterten Hof im Stechschritt entgegenkam. Dank seiner vielfältigen Beziehungen – einer von Lutz' Fußballkumpels hatte einen Freund, der wiederum einen Vetter hatte, der für den Kostümfundus des Stadttheaters verantwortlich war – waren Jo und Lutz in den vorübergehenden Besitz je einer nach Mottenkugeln riechenden Majors- und Gefreitenuniform gelangt.

Katharina hatte Wort gehalten und Jo geholfen, aus der Villa zu entwischen. *Ob das, was wir hier tun, für sie wohl »unehrenhaft« ist?*, dachte Jo düster. *Wahrscheinlich schon.* Nun waren sie vor der dicken Holztür der Registratur angelangt.

»He, als der Rangniedrige von uns beiden musst du mir öffnen«, murmelte Lutz. Jo unterdrückte einen Fluch und riss die Tür auf. Hinter einer Holzbalustrade lümmelte ein Soldat an einem Tisch herum. Als er die Schritte auf dem Steinboden hörte und die Uniformen sah, sprang er auf, als würden ihn unsichtbare Marionettenschnüre in die Höhe reißen.

»Herr Major …«

»Ich benötige die Akten von gut zwei Dutzend Ebersheimer Männern«, erklärte Lutz, wieder in diesem schnarrenden Ton. »Geheimsache des Kriegsministeriums.«

»Sehr wohl, Herr Major, zu Befehl.«

Während Lutz dem Soldaten die Namen Oswald von Almstätten, Ehrhardt von Gleiwitz, Heinrich von Küstow und dann die anderen nannte, die auf Augusta Meyrinks Liste standen, dachte Jo wieder: *Das klappt niemals.* Doch der Soldat machte sich eifrig Notizen. Kaum dass Lutz seine Aufzählung beendet hatte, wuselte er schon davon und kehrte kurz darauf, ein Leiterwägelchen voller Akten hinter sich herziehend, zurück.

»Hier die gewünschten Akten, Herr Major!«, meldete er, während er eine Tür in der Balustrade aufsperrte und das Wägelchen hindurchschob. Die Militärakten wirkten – wie auch ihre polizeilichen Pendants – wie zusammengeschnürte Briefbündel.

»Danke, Gefreiter«, erklärte Lutz wohlwollend, ehe er Jo bedeutete, nun das Wägelchen zu ziehen.

»Verzeihung, Herr Major, aber …«, wandte der Gefreite schüchtern ein.

»Was denn, Mann?« Lutz hob die Augenbrauen.

*Jetzt hatte der Soldat ihre Maskerade durchschaut.*

»Wenn der Herr Major mir bitte den Erhalt der Akten quittieren würden.«

»Aber natürlich.« Lutz lächelte. »Wir sind schließlich in Preußen, wo alles seine Ordnung haben muss.« Er krakelte eine Unterschrift in das Buch, das ihm der Soldat hinlegte. »Es darf auf keinen Fall öffentlich werden, dass wir diese Akten mitgenommen haben. Im Vertrauen gesagt: Die Herren sind für Orden vorgeschlagen. Aber nicht alle werden einen erhalten. Wir wollen doch nicht Hoffnungen wecken, die dann möglicherweise zerschlagen werden.« Er zwinkerte dem Soldaten jovial zu, der ihn verständnisvoll angrinste.

»Und nun man los, Junge.« Lutz klopfte Jo auf die Schulter.

*Blödmann!* Jo zerrte das Wägelchen über den Steinboden

der Registratur und dann über das Pflaster des Hofes. Wieder salutierten die Wachen am Tor, und wie von Zauberhand schwang es vor ihnen auf.

Als sie die erste Straßenbiegung hinter sich gelassen hatten und aus der Sichtweite der Wachsoldaten waren, blieb Jo stehen und fuhr sich über die verschwitzte Stirn.

»Ich hab's dir ja prophezeit, dass die Sache wie am Schnürchen laufen würde.«

»Ich glaube es immer noch nicht«, ächzte Jo. »Mit welchem Namen hast du eigentlich den Empfang der Akten quittiert?«

Lutz grinste zufrieden. »Mit *Magnum*.«

In Lutz' Pensionszimmer stapelten sie die Akten auf den Tisch und, da dessen Platte nicht groß genug war, auch auf den Boden. Unten in der Küche rumorte Frau Schwendtner. Jo kam es völlig irreal vor, dass sie Akten auf der Suche nach einem Serienmörder in einem Raum durchgingen, dessen Tapeten mit Blümchen gemustert waren, während Kohlgeruch durch die Türritzen waberte. Doch tagsüber, wenn Koschatzki auf der Wache war, konnten sie Lutz' *Amtszimmer* nicht benutzen.

»Hast du eigentlich vor, die Akten irgendwann wieder zur Registratur zurückzubringen?«, fragte Jo. Vor einer Weile hatten sie sich in einem Schuppen, der einem weiteren von Lutz' Kumpeln gehörte, der Uniformen entledigt.

»Nee, die werden auf dem Dienstweg leider verlorengehen.« Lutz winkte ab. »Als Zivilist kann ich sie schlecht zurückexpedieren. Und noch mal diese Klamotte mit der Majorsuniform durchzuziehen – darauf lege ich nun doch keinen Wert.« Lutz nahm sich eine der Akten. »Ich schlage vor, ich befasse mich mit dem Stapel auf dem Boden, und du widmest dich dem auf dem Tisch.«

»Wie ich diese Sütterlinschrift hasse«, murmelte Jo.

»Ach, allmählich müsstest du doch wirklich Übung darin haben, sie zu entziffern. Zigarette?«

»Ja, gerne.« *Waren das die ersten Anzeichen einer Sucht, dass die Zigaretten unangenehme Aufgaben erträglicher machten?*

Schweigend und rauchend arbeiteten sie sich durch die Akten. Nach einer Weile, Jo hatte etwa die Hälfte ihres Stapels bewältigt, sagte sie: »Mit Oswald von Almstättens Papieren bin ich durch. Laut den Militärärzten ist er topfit, und er scheint keinerlei auffällige körperliche Merkmale zu besitzen. Impotent ist er auch nicht, obwohl er keine eigenen Kinder hat. Wahrscheinlich war er einfach nur in Appolonia Hogarth verliebt und hat deshalb ihren Musikstunden gelauscht und ihr nachgestarrt, wenn sie die Villa verließ.«

»Hm, immerhin besitzt die Familie eine weiße Katze. Denk an die Katzenhaare, die an Magda Keuners Kleidung hingen.« Lutz wiegte den Kopf.

»Weiße Katzen sind wirklich keine Seltenheit. Gib es ruhig zu – du hättest gern, dass von Almstätten der Serienmörder ist, da du ihn nicht leiden kannst.«

»So einfach bin ich nun auch wieder nicht gestrickt!«

»Aber ...«, Jo hob die Hand, »... ich habe hier die Akte eines Freiherrn Gernot von Stempff. Geheimer Regierungsrat – was auch immer das sein mag – achtundvierzig Jahre alt. Unter körperliche Merkmale steht: ausgeprägtes Feuermal auf dem Rücken.«

»Da das Ding unter der Kleidung kaum sichtbar sein dürfte, würde ich das jetzt nicht gerade als großen Makel einstufen.«

»Frederick Lombard hat ausdrücklich gesagt, als wie schwerwiegend und belastend ein Makel oder ein Gebrechen empfunden wird, ist völlig subjektiv.«

»Ja ja, wahrscheinlich wurde dieser Stempff als Kind beim

Schwimmen von seinen Kameraden wegen des Feuermals übel verspottet und ist deshalb schwer traumatisiert.« Lutz seufzte. »Schon gut, reg dich nicht auf. Wir werden ihn überprüfen.« Er legte die Akte, in der er selbst gerade gelesen hatte, weg und nahm eine neue zur Hand. Nach einigen Minuten richtete er sich abrupt auf. Seine Miene war verblüfft und gleichzeitig hochkonzentriert.

»Was hast du?«, fragte Jo überrascht.

Lutz gab ihr keine Antwort, sondern kramte in seiner Aktentasche, holte seine Notizbücher heraus und begann hastig in ihnen zu blättern.

»Würdest du nun bitte wieder mit mir sprechen?«

»Landrat von Gleiwitz ...« Lutz deutete auf den Namen in Sütterlinschrift.

»Was ist mit ihm?«

»Im 1870/71er-Krieg wurde er als ganz junger Mann durch feindliches Geschützfeuer am Unterleib schwer verwundet. Weshalb seine Geschlechtsteile – oder das, was von ihnen noch übrig war – entfernt werden mussten.« Lutz' Zeigefinger wanderte die engbeschriebenen Zeilen auf dem Papierbogen in der Akte hinunter, ehe er auf eins der aufgeschlagenen Notizbücher deutete. »Theresia Ahrenz, Magda Keuners Freundin, ist Dienstmädchen im Haus des Landrats. Und seine Gattin ist Kundin beim Hutsalon Wernher, bei dem Ruth Mergentheim arbeitete.«

»Du glaubst also, von Gleiwitz ist impotent und unser Serienmörder?«

»Ich würde doch meinen, im Moment sprechen einige Anzeichen dafür.«

»Aber ...« Irgendetwas an dieser These stimmte nicht. Jo kramte in ihrem Gedächtnis. Dann erinnerte sie sich wieder. »Auf der Geburtstagsfeier meiner Großmutter hat die Ehefrau des Landrats von ihren gemeinsamen Söhnen gesprochen. Die Jungen sind zwölf und zehn Jahre alt. Also lange nach dem Krieg gegen Frankreich geboren.«

»Das könnten auch Stiefsöhne oder adoptierte Söhne sein.«

»Nein.« Jo schüttelte den Kopf. »Frau von Gleiwitz sprach davon, wie ähnlich die Jungen ihrem Vater sehen.«

»Na ja, die Möglichkeit von eingefrorenem Sperma vor 1870/71 und einer künstlichen Befruchtung können wir ausschließen. Mist …« Lutz sann einige Momente vor sich hin, ehe er schließlich sagte: »Entweder entspricht der Eintrag in der Akte nicht der Wahrheit oder das, was Frau von Gleiwitz erzählte.«

»Am Ostersonntag habe ich Constanze von Gleiwitz in Augusta Meyrinks Garten gesehen. Sie scheint eine von ihren Klientinnen zu sein. Wenn eine Licht in dieses Dunkel bringen kann, dann Augusta.«

»Dann nichts wie los zu ihr.«

»Da es bei dieser Angelegenheit sicher um eine Frauensache geht, ist es besser, wenn ich erst einmal allein mit Augusta spreche«, wehrte Jo ab.

Lutz verdrehte die Augen und stöhnte auf.

Als Jo Augusta Meyrinks Vorgarten betrat, raschelte es in den Büschen. Fritz quetschte sich zwischen den Zweigen hindurch und stellte sich ihr hechelnd und schwanzwedelnd in den Weg.

»Vergiss es, kein Ballspiel heute«, sagte Jo barsch. »Und jetzt verschwinde.«

Fritz schien zu begreifen, dass es ihr ernst damit war, denn er bedachte sie mit einem tiefgekränkten Hundeblick und ließ sie passieren. Nachdem Jo den Türklopfer betätigt hatte, öffnete ihr Augusta Meyrink selbst.

»O Komtesse, es tut mir leid, aber ich erwarte in wenigen Minuten eine Klientin«, erklärte sie.

»Die muss warten. Ich habe dringend mit Ihnen zu reden«, erwiderte Jo knapp im Befehlston einer Polizistin. Augusta schien etwas einwenden zu wollen, besann sich dann jedoch anders und bat sie in ihr Arbeitszimmer.

»Nun, worum geht es?«, fragte sie und bedachte Jo mit einem scharfen Blick. Jo war klar, dass sie zwar fürs Erste eingelenkt hatte, aber sicher nicht ohne weiteres zur Kooperation bereit sein würde.

»Frau von Gleiwitz gehört zu Ihren Klientinnen, nicht wahr?«, kam sie ohne Umschweife zur Sache.

»Ich spreche nicht über die Frauen, die mich um Hilfe bitten.«

»Ich respektiere Ihre Verschwiegenheit, aber in diesem Fall muss ich Sie bitten, davon Abstand zu nehmen.« Jos Tonfall wurde Fritz, der sich wieder auf seinen Platz vor dem Kamin hatte fallen lassen, nun doch zu schroff. Er hob seinen mächtigen Schädel und stieß ein leises, warnendes Knurren aus. *Ach, dass sie auch noch dieses Vieh auf dem Hals haben musste!*

»Kommissar Jäger und ich verdächtigen Landrat von Gleiwitz, der Serienmörder zu sein. Laut den Militärakten ist er impotent«, fügte Jo ruhiger hinzu, »womit er ein ganz wesentliches Kriterium von Frederick Lombards Täterprofil erfüllt. Außerdem sind wir uns ziemlich sicher, dass er Magda Keuner und Ruth Mergentheim zumindest vom Sehen kannte.«

»Oh ...« Augusta Meyrink ließ sich auf ihrem Stuhl zurücksinken.

»Was ich nun nicht verstehe, ist, wie der Landrat durch eine Verletzung aus dem 70/71er-Krieg impotent sein kann, dabei jedoch zwei Söhne im Alter von zehn und zwölf Jahren hat, die ihm angeblich wie aus dem Gesicht geschnitten sind.«

»Nun, die beiden sind nicht seine leiblichen Söhne«, sagte Augusta Meyrink langsam.

»Constanze von Gleiwitz kam vor über zwölf Jahren zu Augusta«, berichtete Jo Lutz eine Weile später. Sie hatten sich in einer kleinen Grünanlage in der Nähe von Augustas Haus getroffen und saßen auf einer Parkbank. Der Himmel wölbte sich strahlend blau über ihnen. »Die Gattin des Landrats behauptete, *sie* könne keine Kinder bekommen. Höchstwahrscheinlich scheute sie davor zurück, ihren Mann als impotent bloßzustellen, und nahm deshalb die Unfruchtbarkeit auf sich.«

»Ich verstehe.« Lutz nickte. »Deshalb kam Augusta, als wir ihr das Täterprofil schilderten, auch nicht auf die Idee, der Landrat könne impotent sein.«

»Ja, Frau von Gleiwitz legte Augusta sogar einige präzise medizinische Gründe für ihre Unfruchtbarkeit dar. Sie erklärte weiter, Kinder seien ihr größter Lebenswunsch und beschwor Augusta, wenn sich ledige Mütter an sie wenden sollten, die für ihre unehelichen Kinder ein gutes Elternhaus suchten, sollte sie ihr das mitteilen. Sie und ihr Ehemann würden alles tun, damit diese Kinder eine gute und liebevolle Erziehung erhielten. Kurz darauf kam ein Dienstmädchen zu Augusta. Augusta nannte die junge Frau Elsa, aber das ist natürlich nicht ihr richtiger Name. Elsa war vom Sohn ihrer Dienstherren geschwängert worden, der natürlich – das alte Lied – nicht daran dachte, Verantwortung für seine Vaterschaft zu übernehmen. Als uneheliche Mutter wäre Elsa ruiniert gewesen, und sie wollte das Kind abtreiben. Augusta ist nun wahrhaftig keine Abtreibungsgegnerin.«

»Das hätte mich auch sehr gewundert …«

»… aber Abtreibungen sind Ende des neunzehnten Jahrhunderts nun einmal keine ungefährliche Sache. Augusta überredete Elsa zu einem Treffen mit Frau von Gleiwitz. Das Dienstmädchen konnte sich mit dem Gedanken anfreunden, dass das Landratsehepaar ihr Kind adoptierte. Augusta Meyrink hält, nebenbei bemerkt, Constanze von Gleiwitz für politisch nicht gerade fortschrittlich, aber ansonsten für eine gute Seele. Sie war davon überzeugt, dass Frau von Gleiwitz sich gut um das Kind kümmern würde und es dieses im Haushalt des Landrats besser haben würde als bei wechselnden Pflegeeltern oder gar in einem Waisenhaus.«

»Ein nachvollziehbarer Standpunkt.« Lutz seufzte.

»Der Landrat und seine Gattin sorgten dafür, dass Elsa bis zur Niederkunft auf dem Land untergebracht und dort gut versorgt wurde. Constanze von Gleiwitz ließ ihrerseits verbreiten, dass sie schwanger sei und wegen ihres angeschlagenen Gesundheitszustandes eine Kur antreten müsse.«

»Einige Monate später brachte Elsa einen Jungen zur Welt. Constanze von Gleiwitz holte das Kind ab, reiste mit ihm nach Hause und gab es als ihr eigenes und das ihres Gatten aus«, vermutete Lutz.

»Genau. Der Junge erhielt den Namen Albert. Die Taufe wurde im Beisein der Hautevolee der Stadt groß gefeiert. Zwei Jahre darauf wandte sich eine andere junge Frau in einer ähnlichen Notlage an Augusta. Constanze hatte verlauten lassen, dass sie und ihr Mann gerne noch ein weiteres Kind adoptieren würden. Da Augusta wusste, dass es Albert bei den von Gleiwitz' gutging, sorgte sie dafür, dass auch dieses Kind – Franz – von ihnen adoptiert wurde.«

»Und was hat es mit der Ähnlichkeit der beiden Jungs mit Ehrhardt von Gleiwitz auf sich?«

»Albert und Franz haben, laut Augusta, zufällig die gleiche Haar- und Augenfarbe wie ihr Adoptivvater.« Jo zuckte mit den Schultern. »Alles Weitere ist wohl Einbildung. Die Leute sehen ja häufig das, was sie sehen wollen.«

»Als der älteste Sohn meiner Schwester Sanne geboren wurde, haben auch zig Leute behauptet, der Junge würde mir ähnlich sehen. Obwohl sein zerknautschtes Gesichtchen, zumindest meiner Meinung nach, allenfalls Ähnlichkeit mit einem Alien hatte.« Lutz lachte.

*Ob er wohl gerne eigene Kinder hätte?*, ging es Jo durch den Kopf.

»He, Jo, Raumschiff an Erde ...« Lutz wedelte mit seiner Hand vor ihrem Gesicht herum. »Ich sagte gerade, wir brauchen dringend die Fingerabdrücke des Landrats, um endgültig sicher sein zu können, ob er wirklich der Täter ist. Das mit den Fingerabdrücken dürfte allerdings nicht so ganz einfach werden, wenn ich daran denke, dass wir zwei Anläufe benötigten, bis wir die Abdrücke deines Onkels endlich hatten.«

»Heute ist Donnerstag, nicht wahr?«, meinte Jo nachdenklich.

»Ja, aber weshalb ist das plötzlich wichtig für dich?«

»Weil morgen Landrat von Gleiwitz ein neues Bismarck-Denkmal im Stadtpark einweihen wird.«

»Ja, und? Willst du etwa eine Bismarck-Statue mit Grafit einstäuben und auf Abdrücke untersuchen?« Lutz sah Jo verständnislos an.

»Natürlich nicht die Statue.« Jo verdrehte die Augen. »Aber von Gleiwitz wird bestimmt ein Band mit einer Schere oder etwas Ähnlichem durchschneiden.«

»Und du hast meinen Plan, mich als eine Art Hauptmann von Köpenick auszugeben, irrwitzig gefunden.« Lutz seufzte.

»Jedenfalls wird der Diebstahl einer Schere nicht mit mehreren Jahren Gefängnis bestraft. Sieh zu, dass du dir Informationen über den Ablauf der Feier besorgst. Du kannst ja versuchen, sie mir wieder brieflich über Katharina zukommen zu lassen.« Jo stand auf. »Ich muss los – für den Fall, dass Wilhelm oder Malfalda meinen *Stubenarrest* kontrollieren. Diese bescheuerte Situation hat wenigstens den einen Vorteil, dass ich nun nicht mehr die Mahlzeiten mit ihnen einnehmen muss, sondern allein auf meinem Zimmer essen kann.«

»Ach, herrje – apropos dein Onkel.« Lutz griff sich an die Stirn. »Wegen des ganzen Drumherums mit den Militärakten habe ich völlig vergessen, dir zu sagen, dass ich weiß, wen dein Onkel nachts heimlich besucht.«

Jo starrte ihn fragend an.

Lutz hob die Augenbrauen. »Na ja, eine Frau …«

Die erste Wache während der vergangenen Nacht hatte Lutz Kurt übertragen. Denn er war davon ausgegangen, dass Wilhelm wegen des Geburtstagsfestes die Villa, wenn überhaupt, dann erst spät verlassen würde. Gegen zwei Uhr, als Lutz den Jungen ablöste, rollten die letzten Kutschen der Gäste vom Grundstück. Nach und nach erloschen die Lichter in dem Gebäude. Eine gute Stunde später sah Lutz, wie ein Mann von der Wiese auf die Straße und in den Schein der Straßenbeleuchtung trat – Wilhelm, den er anhand eines Fotos, das Jo ihm vor einigen Tagen gegeben hatte, sofort erkannte.

»Es war überhaupt nicht schwer, ihm zu folgen«, berichtete Lutz. »Ich hatte nicht den Eindruck, dass er sich davor fürchtete, beobachtet zu werden.«

Wilhelm in einem gebührenden Abstand folgend, gelangte Lutz in die Nähe der Schrebergartenkolonie und dort in den Asternweg 24, wo eine Frau Wilhelm die Haustür öffnete. Am Morgen dann, nach einer wieder einmal viel zu kurzen Nacht, holte ein übermüdeter Lutz im Asternweg diverse Erkundigungen ein. Die Nachbarn, darunter hauptsächlich Frauen, erzählten ihm hinter vorgehaltener Hand, dass eine Frau namens Agnes Hauser in der Nummer 24 wohnte. Eine kinderlose Witwe von etwa 45 Jahren. Ihren Unterhalt verdiene sie sich durch Näharbeiten. Und ja, man habe beobachtet, dass sie schon seit längerem heimlich Männerbesuch empfange. Nein, wer der Mann sei, wisse man leider nicht. Aber sehr unmoralisch natürlich, das alles.

Anschließend hatte sich Lutz beeilen müssen, um die Majors- und die Gefreitenuniform zum vereinbarten Zeitpunkt im Stadttheater abzuholen. Auf dem Weg zur Blücher-Kaserne hatte er Jo nicht über die Geliebte ihres Onkels informieren wollen, denn es stand ja Wichtigeres an. Und danach hatte er es erst einmal schlichtweg vergessen.

Ein niedriger Staketenzaun umgab Agnes Hausers Garten. Margeriten sowie Tulpen, Primeln und Ranunkeln in allen möglichen Farben wuchsen in hübschen Mustern zwischen Gemüse- und Salatsetzlingen.

*Ob es sich bei Agnes Hauser vielleicht in Wahrheit um Henrietta handelt, die das Leben unter einem Dach mit Malfalda nicht mehr aushielt und eine falsche Identität annahm, um vor den Nachstellungen ihrer Schwiegermutter sicher zu sein?*, schoss es Jo durch den Kopf. *So eine Art ganz privates Zeugenschutzprogramm.* Doch gleich darauf rief sie sich zur Ordnung: *Jo, du befindest dich nicht in einem von Katharinas Romanen.*

Die Frau, die auf ihr Klopfen an der Haustür erschien, hatte ein freundliches Gesicht und trug ein dunkles schlichtes Kleid. Ihr von grauen Strähnen durchzogenes schwarzes Haar hatte sie im Nacken zu einem Knoten gebunden. *Sie war eindeutig nicht Henrietta.*

»Ja bitte, wie kann ich Ihnen helfen?«, fragte sie höflich.

»Sie sind Frau Hauser?«, vergewisserte sich Jo.

»Ja.« Sie nickte.

»Ähm, mein Name ist Josepha von Kästnitz.«

»Oh …« Frau Hauser erbleichte. »Wenn Sie hereinkommen möchten«, fügte sie schließlich nach einer kurzen Pause hinzu.

An einen schmalen, schattigen Flur schloss sich eine Küche an. Vor einem der Fenster stand eine Nähmaschine, auf der ein halbfertiges Kleid lag. In einem Regal lagerten unterschiedliche Stoffe und Nähutensilien. Auch über das Sofa waren Stoffe gebreitet. Töpfe und Pfannen hingen an Haken über einem Herd. Frau Hauser bot Jo einen Platz an dem weißlackierten Küchentisch an, auf dem gelbe und rote Ranunkeln in einer kleinen Tonvase einen Farbklecks bildeten.

»Kann ich Ihnen einen Kaffee anbieten, gnädiges Fräulein?«, fragte sie schüchtern.

»O nein, nein, vielen Dank«, wehrte Jo ab, die sich plötzlich sehr unbehaglich fühlte.

»Sie sind sicher wegen Ihres Onkels zu mir gekommen?«

»Ja, ich wollte einfach wissen, warum er nachts heimlich aus dem Haus schleicht. Ich habe absolut nichts dagegen, dass er sich mit Ihnen trifft. Falls Sie sich deshalb Sorgen machen sollten. Und es geht mich ja eigentlich auch gar nichts an.«

»Wilhelm und ich waren ineinander verliebt, als wir junge Leute waren.« Agnes Hauser lächelte ein wenig. »Ich lernte ihn bei meinem Großvater kennen. Mein Großvater war ein sehr guter Schreiner, und Wilhelm ließ sich von ihm in der Intarsientechnik unterrichten. Es war uns natürlich klar, dass wir keine gemeinsame Zukunft haben würden. Ich heiratete meinen Mann, einen Schneider. Wilhelm beendete sein Studium und heiratete ebenfalls. Wir verloren uns aus den Augen. Dann, vor ungefähr acht Jahren, begegneten wir uns zufällig auf dem Markt. Wilhelm war seit kurzem Witwer, und mein Mann war seit drei Jahren tot. Wir verabredeten uns in einem Café, um alte Erinnerungen aufzufrischen. Ich hatte Wilhelm nie wirklich vergessen.« Agnes Hauser hob resigniert die Schultern. »Nun ja, eins kam zum anderen. Wir trafen uns wieder und wieder. Und schließlich begann Wilhelm, mich zu Hause zu besuchen. Ich habe ihn niemals gebeten, mich zu heiraten. Falls Sie das befürchten sollten.«

»Ich befürchte gar nichts«, erklärte Jo hastig. »Es tut mir leid. Ich hätte Sie nicht behelligen sollen. Ich wünsche Ihnen und Wilhelm alles Gute. Und meiner Meinung nach kann mein Onkel sich glücklich schätzen, dass er Ihnen begegnet ist.«

»Das ist sehr freundlich von Ihnen.« Agnes Hauser errötete.

»Ich meine es ernst. Ich habe nur noch eine Frage: Hat Wilhelm jemals mit Ihnen über Henrietta, also ... über meine Mutter gesprochen?«

»Er hat sie nicht oft erwähnt. Aber aus dem wenigen, was er sagte, habe ich geschlossen, dass er sie sehr gerne mochte und ihren frühen Tod sehr bedauerte.«

»Er hat Ihnen gegenüber explizit erklärt, dass Henrietta tot ist?«

»Ja, das hat er.« Agnes Hauser blickte sie verwundert an.

*War nur ein Versuch gewesen.* Jo berührte kurz ihre Hand. »Leben Sie wohl. Und noch einmal: alles Gute!«

*Ich hätte es Wilhelm wirklich nicht zugetraut, dass er eine Affäre mit einer netten Frau wie Agnes Hauser hat,* dachte sie, während sie das Haus verließ. *Tja, wirklich wie Courts-Mahler, wenn auch ohne Hochzeits-Happy-End. Wobei sich immer noch die Frage stellte: Was war mit Henrietta von Kästnitz geschehen?*

Der Organisator der Denkmalseinweihung war ein kleiner, schmächtiger Mann, der mit einigen quer über den Schädel gekämmten Haarsträhnen vergeblich versuchte, seine Glatze zu kaschieren. Von Beruf war er Gymnasiallehrer für Griechisch und Latein, was ihn Ende des 19. Jahrhunderts einen Professor sein ließ. Sein Name lautete auf Gustav Carus.

»Ein detaillierter Plan über den Ablauf der Feierlichkeiten …« Carus gestikulierte aufgeregt hinter seinem Schreibtisch, wo eine Sokrates-Büste auf einige dicke Lexika herabblickte. »Bei allem Respekt, Herr Kommissar, aber ich verstehe nicht ganz, wofür das nötig sein soll.«

»Wir verfügen leider über Informationen, dass möglicherweise einige anarchistische Elemente versuchen werden, die Feier zu stören.« Lutz senkte verschwörerisch die Stimme.

»Oh, ich begreife.« Carus seufzte und murmelte düster etwas vor sich hin, was sich in Lutz' Ohren irgendwie lateinisch anhörte.

»Es tut mir leid, ich habe keine humanistische Bildung genossen und verstehe deshalb kein Latein.« *Dass sich seine einzige Begegnung mit der alten Sprache auf Asterix-Hefte beschränkte, sagte er dem Prof wohl besser nicht.*

»Das war Altgriechisch. Frei übersetzt: Viel Feind, viel Ehr«, fügte Carus erklärend hinzu. »Kein Wunder, dass unserem verehrten vormaligen Reichskanzler eine ganze Phalanx von Feinden gegenübersteht.«

»Gewiss, gewiss …«

Carus' Federhalter kratzte eifrig über ein Blatt Papier. Nachdem er seine Auflistung beendet hatte, reichte er sie Lutz. »Im Zentrum der Feierlichkeit wird natürlich die Rede unseres Landrats stehen.«

»Gewiss … Ob ich wohl die Schere oder das Messer sehen könnte, mit dem Herr von Gleiwitz das Band um das Denkmal durchschneiden wird?«

Gustav Carus' Augen weiteten sich entsetzt. »Vermuten Sie

etwa, dass ein Anarchist mit dieser Schere ein Attentat verüben wird?«

»Nun, man kann nie wissen.« Lutz ließ den Satz vielsagend ausklingen.

Carus erhob sich hastig hinter seinem Schreibtisch. Mit zitternden Händen öffnete er einen Schrank, dem er einen Karton entnahm. »Hier, sehen Sie selbst.«

Eine etwa fünfzehn Zentimeter lange Schere lag auf einem Seidenkissen, das mit dem preußischen Adler bestickt war. Lutz prägte sich die Maße und die Marke der Schere ein. »Ich glaube eher nicht, dass sie als Mordwerkzeug in Frage kommt«, stellte er fest.

»Ich bin erleichtert, das zu hören.«

»Trotzdem werde ich sicherheitshalber Polizisten in der Menge postieren.« Lutz klopfte Carus auf die Schulter. »Natürlich in Zivil. Also versuchen Sie erst gar nicht, die Männer erkennen zu wollen.«

# 10. KAPITEL

Am nächsten Vormittag hastete Jo, so schnell es ihr verkrüppeltes linkes Bein erlaubte, über die Wiese im Stadtpark. Eine große Menschenmenge hatte sich um die Anhöhe versammelt, auf der das noch verhüllte Bismarck-Denkmal thronte wie eine Skulptur von Christo. Spitzenbesetzte Sonnenschirme reckten sich in den strahlend blauen Himmel. *Sozusagen Kaiserwetter!* Die Damen trugen helle Kleider und ausladende Hüte. Die Männer hatten sich des festlichen Anlasses wegen in dunkle Anzüge gezwängt. Die Äste eines spärlich belaubten Baums waren patriotisch mit schwarz-weiß-roten Schleifen dekoriert. Durch ihren Schleier sah Jo ihre Umgebung wieder einmal wie gerastert.

»Hallo, hier bin ich!«, hörte sie plötzlich Lutz' Stimme rufen. Er stand vor einer jungen Buche am Rand der Menge und wedelte mit den Armen. »Wo bist du denn nur abgeblieben? Ich habe schon befürchtet, du kommst überhaupt nicht mehr«, stöhnte er, als Jo ihn erreicht hatte.

»Darf ich dich daran erinnern, dass ich nicht kommen und gehen kann, wie es mir beliebt, sondern unter *Stubenarrest* stehe?«, erwiderte Jo gereizt. »Ständig ist eins der Dienstmädchen im Treppenhaus oder in der Halle herumgewuselt, oder ein Gärtner hat sich an den Eingängen herumgetrieben.«

»Ja, ja, schon gut. Die vaterländische Rede des Landrats hast du verpasst. Jetzt müsste gleich die eigentliche Einweihung vonstattengehen. Wir haben keine Zeit zu verlieren.« Lutz zückte seine Dienstmarke. »Polizei, bitte gehen Sie zur Seite!«, rief er, während er sich einen Weg durch die Menge bahnte. Gehorsam befolgten die Menschen den Befehl.

Jo folgte Lutz, während eine Kapelle *Die Wacht am Rhein* anstimmte und gleich darauf Hunderte begeistert das Lied schmetterten. *»Es braust ein Ruf wie Donnerhall, wie Schwertgeklirr und Wogenprall. Zum Rhein, zum Rhein, zum deutschen Rhein, wer will des Stromes Hüter sein?«*

*O Gott, o Gott!* Jo wand sich innerlich. *Was für eine Wohltat würde es sein, endlich nicht mehr diesen Müll hören zu müssen.* Während des dritten Kehrverses hatten sie sich endlich bis zum freien Platz vor dem Denkmal vorgearbeitet.

Der Frühlingswind bauschte die Planen des Denkmals. Eine Art Absperrung in Form eines breiten Seidenbandes in den preußischen Farben umgab es. Landrat von Gleiwitz stand neben einem ebenfalls schwarz-weiß-rot dekorierten Rednerpult. Ganz in seiner Nähe war ein Trupp kleiner Mädchen in weißen Musselinkleidern und weißen Blumenkränzen im Haar postiert. Eins der Mädchen hielt ein Seidenkissen in den Händen, auf dem eine Schere lag.

Jo knuffte Lutz in die Seite und deutete in Richtung der Kinder. Auf der anderen Seite des Denkmals, unter einem Sonnensegel, entdeckte sie nun eine Gruppe vornehm gekleideter Menschen, die Champagnergläser in den Händen hielten. In der vordersten Reihe waren Constanze von Gleiwitz, ihre beiden Söhne an ihrer Seite, und Malfalda und Wilhelm zu sehen. Hastig senkte Jo den Kopf. *Mist! Natürlich durften die bei diesem Anlass nicht fehlen.* Das Lied klang aus.

»Und nun – ein dreifaches Hoch auf den verehrten Fürsten und vormaligen Reichskanzler Otto von Bismarck, den wahrsten und treuesten Recken, der uns Deutschen je vergönnt war!«, rief Landrat von Gleiwitz.

Unter den Jubelrufen der Menge ergriff er die Schere und schnitt das Seidenband durch. Ein weiterer Griff nach einer Seidenschnur, ein Zug daran – und die Planen um das Denkmal wallten zu Boden.

Der Bismarck-Roland erinnerte Jo an eine überdimensionale Playmobilfigur, die aus klobigen Steinen zusammengesetzt war. *Wirklich außerordentlich hässlich! An Bismarcks Stelle würde ich mich im Grabe umdrehen*, dachte sie.

»Jo, nun mach schon!«, zischte Lutz ihr ins Ohr.

»Entschuldigung, ja natürlich.« Die Kapelle spielte die Töne von God save the Queen. *God save the Queen? Was war das denn ...? Egal!*

Jo trat rasch neben das Mädchen, das das Kissen trug. Die Schere, die nun wieder dort lag, blitzte im Sonnenlicht. Jo zückte, als sei sie von patriotischer Rührung übermannt, ein Taschentuch und tupfte sich damit über die Augen. Dann ließ sie das Taschentuch, als hätte es ihr der Wind aus der Hand gerissen, auf das Kissen und die Schere fallen.

»Entschuldigung, meine Kleine.« Jo lächelte das Kind an und fasste nach dem Taschentuch und der Schere. Während sie beides eilig in ihrem Seidenbeutel verstaute, beugte sich Lutz vor und legte – wie sie es vereinbart hatten – eine andere Schere auf das Kissen.

Jo richtete sich auf und blickte sich vorsichtig um. *Uff ...* Niemand schien etwas bemerkt zu haben. Die Blicke des Landrats waren voller Inbrunst auf das Denkmal gerichtet. Einige Damen weinten tatsächlich Tränen der Rührung, während »*Heil dir im Siegeskranz, Herrscher des Vaterlands! Heil, Kaiser, dir!*« zur Melodie der britischen Nationalhymne über den Park schallte.

Jo verständigte sich durch einen raschen Blick mit Lutz.

*Nichts wie weg hier!* Lutz zückte wieder seine Polizeimarke, und sie traten ihren Rückzug durch die Menge an.

Jo beugte sich über Lutz' Schulter. Die Schere lag vor ihnen auf dem runden Tisch in seinem Pensionszimmer. Auf dem Weg vom Park bis zu dem Augenblick, als Jo die Schere vorsichtig aus ihrem Taschentuch gewickelt hatte, hatten sie kaum ein Wort miteinander gesprochen. Zu angespannt waren sie gewesen.

»Nun wollen wir mal«, murmelte Lutz. Er griff nach dem Pinsel und stäubte damit vorsichtig Grafit über die Schere. Wie von Geisterhand erschienen auf dem eben noch blanken Metall Fingerabdrücke. Lutz hielt das Vergrößerungsglas darüber. Einige Abdrücke waren nur bruchstückhaft und zudem sehr klein, wie von einer Kinderhand. Aber ein Abdruck auf einem der Scherenblätter war groß und zudem ganz deutlich zu erkennen. Die Kapillare bildeten ein wirbelförmiges Muster. Dicht über dem zweiten Fingerglied befand sich eine kleine Kerbe mit auseinanderklaffenden Rändern, als würde sie von einem Schnitt herrühren.

Lutz ließ das Vergrößerungsglas zu dem Foto mit dem Abdruck auf der Tassenscherbe wandern. Jo hielt den Atem an. Tatsächlich, die beiden Abdrücke waren identisch. Sie wechselte einen Blick mit Lutz. Er nickte schweigend.

Jo ließ sich in einen Sessel sinken. Sie fühlte sich plötzlich zu Tode erschöpft. Sie hatten den Serienmörder gefunden, der acht Frauen umgebracht und auch sie selbst fast getötet hätte. Durch das offenstehende Fenster war ein rhythmisch schlagendes Geräusch zu hören. In einem der kleinen Gärten wurde ein Teppich mit einem Teppichklopfer bearbeitet, und eine Frauenstimme sang ein kitschiges Lied.

»Und was machen wir jetzt?«, fragte Lutz leise und fuhr sich mit den Händen übers Gesicht. Auch er wirkte müde.

»Wenn ich den Fingerabdruck von Mettmann präsentiere, ignoriert der ihn garantiert, und ich fliege aus dem Polizeidienst. Ich habe schon überlegt, ob wir die Abdrücke nicht vielleicht der Ebersheimer Presse zuspielen sollen, zusammen mit unseren anderen bisherigen Ermittlungsergebnissen. Vielleicht bringt das ja von Mettmann zum Handeln.«

»Na ja, ich weiß nicht.« Jo wiegte zweifelnd den Kopf. »Wäre ich Chefredakteur, dann hätte ich ganz schön Angst vor einer Verleumdungsklage.«

»Gab's nicht diesen Typen namens Hardenberg, der sich mit der Clique um den Kaiser angelegt hat?«

»Maximilian Harden – nicht Hardenberg – war, wenn mich mein Geschichtswissen nicht trügt, selbst Verleger und außerdem ein von Sendungsbewusstsein erfüllter homophober Monomane. An ihn würde ich vorerst lieber nicht herantreten.« Jo seufzte. »Seit gestern habe ich auch immer wieder darüber nachgedacht, was wir tun könnten, falls von Gleiwitz tatsächlich der Täter ist. Was hältst du davon, wenn ich die Fakten Wilhelm darlege? Er ist immerhin Präsident des Oberlandesgerichts und verfügt über einigen Einfluss.«

»Und du glaubst ernsthaft, er würde uns unterstützen?« Nun wirkte Lutz alles andere als überzeugt.

»Ich bin mir darüber im Klaren, dass Wilhelm in vielem sehr konservativ ist. Aber er ist eine Persönlichkeit mit vielen Facetten. Zum Beispiel hätte ich ihm niemals zugetraut, dass er eine langjährige *unmoralische* Beziehung mit einer sympathischen Frau wie Agnes Hauser unterhält, die zudem – nach den Maßstäben Ende des neunzehnten Jahrhunderts – gesellschaftlich weit unter ihm steht. Außerdem ist Wilhelm technischen Neuerungen gegenüber sehr aufgeschlossen. Wenn einer die Beweiskraft des Fingerabdrucks anerkennt, dann bestimmt er. Und schließlich«, zählte Jo weiter auf, »soll Wilhelm, laut der Familienüberlieferung, ein zwar strenger, aber gerechter Richter gewesen sein.«

»Familienüberlieferung, wenn ich das schon höre.« Lutz verdrehte die Augen.

»Es tut mir leid, aber ich kann auch nichts dafür, dass ich in eine Familie hineingeboren wurde, die Wert auf ihren Stammbaum legt«, erwiderte Jo ein wenig spitz.

»Entschuldige«, Lutz hob die Hände, »war nicht so gemeint. Aber dann lass mich wenigstens an dem Gespräch mit deinem Onkel teilhaben.«

»Ich würde lieber erst mal allein mit ihm sprechen. Ich fürchte, du entsprichst nicht so ganz seinem Idealbild von einem preußischen Polizisten.«

»War das jetzt als Kompliment gemeint?« Lutz grinste schwach.

»Von meiner Seite schon. Außerdem, auch falls Wilhelm außer sich geraten sollte, was kann mir noch Schlimmeres als Hausarrest blühen?« Jo lächelte ihn an. Lutz hatte seine Krawatte abgelegt und den Hemdkragen geöffnet. Ein dünner Bartflaum spross auf seinen Wangen. Wie meistens war sein Haar sehr unordentlich. *Er wirkte müde und gleichzeitig sehr wach und ja ... unbestreitbar attraktiv.*

Die Tür öffnete sich. Rosalia Schwendtner trat, einen Stapel Bettwäsche auf den Armen, ein. »Oh, Herr Jäger, verzeihen Sie, ich dachte, Sie wären im Dienst«, sagte sie, »sonst hätte ich geklopft.« Nun fiel ihr Blick auf Jo. »Herr Jäger«, ihre Stimme schwoll entrüstet an, und sie stemmte die Arme in die Hüften, »Sie wissen ganz genau, dass Damenbesuch auf dem Zimmer untersagt ist.«

»Ich gehe ja schon.« Jo erhob sich hastig. »Lutz, ich ruf dich auf der Wache an, sobald ich mit meinem Onkel gesprochen habe.«

*Dong … Dong … Dong …* Dumpf schlug die große Standuhr in der Halle sechsmal. Jo lauschte in ihrem Zimmer. Die Stunden, seit sie sich von Lutz verabschiedet hatte, waren zäh wie Kleister verstrichen. Vor einer ganzen Weile war aus dem unteren Stockwerk ein quietschendes Geräusch zu hören gewesen – Malfalda war in ihren Flügel gerollt. Nun endlich erklangen schwere Schritte auf der Treppe. Sie bogen in den Flur zu Wilhelms Räumen ein. Ihr Onkel war nach Hause gekommen.

Jo wartete noch einige Momente, ehe sie aus ihrem Zimmer schlüpfte und die Treppe hinunterlief. Auf gut Glück klopfte sie an die Tür des Arbeitszimmers. Zu ihrer Erleichterung antwortete ihr Wilhelm mit »Herein«.

Ihr Onkel saß in einem mit rotem Samt bezogenen Lehnstuhl vor der Bücherwand und war dabei, sich eine Zigarette anzustecken. Auf seinem Schreibtisch lagen einige aufgeschlagene Akten. »Josepha«, er sah sie überrascht an, »bist du gekommen, um dich zu entschuldigen?«

»Nein, das nun nicht.«

»Ich habe mir Arbeit mitgebracht und habe weder die Zeit noch die Geduld für irgendwelche fruchtlosen Diskussionen.« Unwillig runzelte Wilhelm die Stirn.

»Ich weiß, dass Sie seit langem eine Beziehung mit Agnes Hauser haben«, sagte Jo ruhig.

Wilhelms Hand, die die brennende Zigarette hielt, sank auf die Armlehne des Sessels. Er rang kurz nach Fassung, wich aber Jos Blick nicht aus. »Und?«, fragte er dann.

»Ich wollte Sie einfach davon unterrichten, dass ich von der Beziehung weiß. Ich verurteile Sie deshalb nicht. Alles, was ich möchte, ist, dass Sie mich wegen einer anderen Sache anhören.«

»Damit bin ich einverstanden.« Wilhelm nickte. Unaufgefordert setzte Jo sich in den Sessel ihm gegenüber. Auf dem

Tischchen neben ihrem Onkel befanden sich eine Zigarettenpackung, Streichhölzer und ein Bleikristallaschenbecher.

Jo war plötzlich nervös und sehnte sich danach, sich ebenfalls eine Zigarette anzuzünden. *Aber vermutlich wird es Wilhelm völlig überfordern*, dachte sie, *wenn ich ihn jetzt auch noch um eine Kippe bitte.* Sie räusperte sich. »Sie wissen ja, dass in den letzten beiden Wochen zwei junge Frauen in Ebersheim ermordet wurden.«

»Ja, ein Arbeiter namens Jakob Leutner hat die Taten gestanden. Ich bin – inoffiziell – darüber informiert, dass die Staatsanwaltschaft bereits Anklage gegen ihn erhoben hat.«

»Leutner hat die Morde nicht begangen.«

»Josepha, dies zu beurteilen steht dir in keinster Weise zu.« Wilhelm hatte sich wieder in der Gewalt und sog an seiner Zigarette. Die Abendsonne verlieh den Totenmasken an der Wand einen rötlichen Ton, als seien sie aus Kupfer und nicht aus Gips gefertigt.

»Doch, denn ich bin Polizistin. Ich meine, ich interessiere mich sehr für Polizeiarbeit«, verbesserte sich Jo rasch. »Deshalb habe ich zusammen mit einem Kommissar der hiesigen Kriminalpolizei die Morde untersucht.«

»Du warst mit einem Mann unterwegs? Allein und ohne dass ich oder deine Großmutter davon wussten?«

»Ja, aber aus rein beruflichen Gründen. Bitte, Onkel, hören Sie mich einfach an. Der Kommissar und ich«, Jo fand es besser, Lutz' Namen erst einmal unerwähnt zu lassen, »entdeckten, dass die Morde an Magda Keuner und Appolonia Hogarth Teil einer Serie sind, die schon seit zehn Jahren andauert. Sechs Frauen brachte der Mörder vor ihnen um. Allen Opfern war gemeinsam, dass sie ein körperliches Gebrechen oder einen Makel besaßen. Deshalb baten wir einen psychoanalytisch geschulten Arzt, uns ein Profil dieses

Täters zu erstellen. Uns also gewissermaßen einen Steckbrief des Mörders zu entwerfen.« Da der Polizeipräsident das Täterprofil von vorneherein verworfen hatte, weil Frederick Lombard Jude war, zog es Jo vor, auch dessen Namen nicht zu nennen.

Sie schilderte die verschiedenen Stadien und Irrwege ihrer Ermittlungen und berichtete auch, dass sie Wilhelm eine Zeitlang verdächtigt hatte, der Mörder zu sein. Was ihr Onkel überraschend ungerührt zur Kenntnis nahm und ihn nur murmeln ließ, dies würde immerhin Jos *plötzliches, auffälliges Interesse für Clausewitz* erklären.

Die genauen Details, wie Lutz und sie an die Militärakte des Landrats gekommen waren, ließ Jo aus, da Wilhelm die Köpenickiade sicher zutiefst missbilligen würde. Sie informierte ihren Onkel jedoch über die Impotenz des Landrats und dass sie und Lutz deshalb beschlossen hatten, an seine Fingerabdrücke zu gelangen, um sie mit dem Abdruck auf der Scherbe vergleichen zu können.

»Ich habe darüber gelesen, dass in manchen Staaten ernsthaft darüber diskutiert wird, Fingerabdrücke als Beweismittel vor Gericht zuzulassen.« Wilhelm drückte seine mittlerweile dritte Zigarette in dem Bleikristallaschenbecher aus.

»Wie stehen Sie zur Beweiskraft der Abdrücke?«, konnte Jo sich nicht verkneifen zu fragen.

»Wenn die Fingerabdrücke jedes Menschen einzigartig sind – und darauf scheint alles hinzudeuten –, dürfte es kaum ein aufschlussreicheres Indiz für eine Täterschaft geben.«

Jo atmete innerlich auf. *Sie hatte sich in Wilhelms Technikbegeisterung und seiner Aufgeschlossenheit den Naturwissenschaften gegenüber nicht getäuscht.* »In gut achtzig Jahren wird es möglich sein, einen Täter aufgrund seiner DNA, also seiner ganz speziellen Zellstruktur, die sich in jedem noch so kleinen

Hautpartikel wiederfindet, zu überführen«, begann sie enthusiastisch.

»DNA?« Wilhelms Gesicht war ein einziges Fragezeichen.

»Vergessen Sie's einfach«, sagte Jo hastig. »Ähm, wo war ich stehengeblieben ... Ja, die Fingerabdrücke des Landrats ... Dem Kommissar und mir schien die Einweihung des Bismarck-Denkmals eine gute Gelegenheit zu sein, an sie zu kommen. Wir haben die Abdrücke von der Schere genommen, mit der von Gleiwitz das Band um die Statue durchgeschnitten hat.« *Wilhelm schien die Tatsache, dass sie ihren »Stubenarrest« ignoriert hatte, nicht weiter zu stören.*

»Ein Abdruck auf der Schere und auf der Tassenscherbe aus Appolonia Hogarths Laube stimmen genau überein«, redete Jo weiter. »Deshalb sind der Kommissar und ich davon überzeugt, dass von Gleiwitz der Serienmörder ist. Was uns aber bestimmt niemand glauben würde. Deshalb habe ich mich an Sie gewandt, Onkel. Das, was ich Ihnen erzählt habe, ist die Wahrheit. Sie müssen uns helfen, dass dieser Mörder verurteilt und eingesperrt wird.«

Jos Worte schienen in dem Arbeitszimmer widerzuhallen. Die Sonne war weitergewandert. Der Raum lag nun im Schatten. Wilhelm blickte eine ganze Weile stumm vor sich hin. »In der Tat, das ist eine unglaubliche Geschichte«, sagte er schließlich.

»Aber Sie halten sie für die Wahrheit?«

»Ja, das tue ich.« Wilhelm erwiderte ihren Blick.

Jo hatte das Gefühl, dass ihr ein Stein von der Größe des Bismarck-Denkmals vom Herzen plumpste.

»Ich werde mit dem Polizeipräsidenten sprechen.« Ihr Onkel erhob sich. »Verlass bitte nicht das Haus, ehe ich wieder zurück bin.«

»Das verspreche ich Ihnen gerne.« Jo lächelte ihn an.

Lutz schlug die Akte über den Mordfall Edeltraud Hunck zu. In Gedanken versunken, lehnte er sich auf seinem hölzernen Bürodrehstuhl zurück. Der Schein der Gaslampe, die er vor einigen Minuten angestellt hatte, mischte sich mit dem letzten Abendlicht, das durch die Fenster seines Amtszimmers fiel. *Wie haben Jo und ich nur so blind sein können*, ging es ihm durch den Kopf. Jetzt, da er wusste, dass von Gleiwitz der Mörder war, erkannte er in den Zeugenaussagen und anderen Aufzeichnungen ein klares Muster. Diverse Nachforschungen hatten ihm im Laufe des Nachmittags zusätzliche Informationen verschafft.

Von Gleiwitz hatte sowohl durch seine Position als Landrat als auch auf privater Ebene alle Opfer gekannt. Theresia Ahrenz, das Dienstmädchen der von Gleiwitz', war mit Magda Keuner befreundet gewesen. Lutz hatte die junge Frau vor der landrätlichen Villa abgepasst. Ja, Magda sei immer wieder einmal auf eine Tasse Kaffee bei ihr vorbeigekommen, hatte ihm Theresia versichert. Auch zu gemeinsamen Unternehmungen habe Magda sie hin und wieder abgeholt.

Ruth Mergentheim hatte für die Modistin gearbeitet, bei der Constanze von Gleiwitz eine gute Kundin war, und hatte ihr gelegentlich Hüte nach Hause geliefert. Auch von dem Blumenladen, für den Olga Claussner tätig gewesen war, waren die von Gleiwitz Kunden. Laut ihrer Chefin hatte Olga regelmäßig Gestecke und Sträuße in die Villa gebracht. Appolonia Hogarth war Ehrhardt von Gleiwitz wahrscheinlich im Hause der von Almstättens begegnet. Oder bei einer anderen Familie der Ebersheimer Oberschicht, bei der sie als Klavierlehrerin gearbeitet hatte und mit denen die von Gleiwitz gesellschaftlich verkehrten.

Amelie von Büsow kannte der Landrat ebenfalls durch seine gesellschaftlichen Kontakte mit ihrer Familie.

Anderthalb Jahre vor ihrer Ermordung hatte Käthe Osslowski für einen Wohltätigkeitsbasar, den Frau von Gleiwitz organisiert hatte, Kissen bestickt sowie andere Handarbeiten angefertigt. Bei der Eröffnung des Basars hatte von Gleiwitz laut einem Artikel des Ebersheimer Tageblatts das Grußwort gesprochen und den beteiligten Frauen persönlich gedankt.

Ebenfalls durch seinen Besuch im Zeitungsarchiv hatte Lutz erfahren, dass der Landrat ein gutes Dreivierteljahr, bevor Edeltraud Hunck getötet worden war, eine neue Schule in Dernberg eröffnet hatte, dem Dorf, in dem sie als Magd gelebt hatte. Nach der feierlichen Eröffnung hatte in dem Ort ein großes Fest stattgefunden. Lutz vermutete, dass von Gleiwitz dabei Edeltraud Hunck begegnet war.

*Jo kennt von Gleiwitz wiederum, da er, ihr Onkel und ihre Großmutter freundschaftlich miteinander verkehren,* dachte Lutz. *Sich vorzustellen, wie von Gleiwitz sich an ihrer Behinderung weidete und er sie als Opfer auserkor, wie er ihr nachspionierte.* Lutz schauderte. Dass die Mordpläne eigentlich Jos Ahnin galten, minderte seine Sorge um Jo und seinen Abscheu nicht im Geringsten.

Lutz fragte sich, ob Jo wohl mittlerweile mit ihrem Onkel gesprochen hatte und wie der es aufgenommen hatte, dass der hochgeschätzte Landrat ein Serienmörder war. Auch wenn sie vereinbart hatten, dass Jo sich bei ihm melden würde – sollte er nicht doch einmal unter einem Vorwand in der Villa anrufen?

Er stand auf, um zur Wachstube zu gehen und dort das Telefon zu benutzen, als er lautes Rufen und rennende Schritte draußen auf dem Gang hörte. Gleich darauf kam Kurt in den Raum gestürzt. Er war leichenblass. »Herr Kommissar«, keuchte er, »Jakob Leutner hat sich in seiner Zelle aufgehängt.«

Jakob Leutners Gesicht war blau angelaufen. Ein Strick aus zerrissenen Laken hing um seinen Hals. Gisbert Mettenschlag und Gregor Wenger hatten seinen Körper um die Hüften gepackt und stützten ihn, so dass der Strick, der an der Deckenlampe befestigt war, ihm nicht mehr die Luft abschnüren konnte.

»Scheiße!« Lutz schnappte sich den umgestürzten Holzschemel, der unter Leutner lag. Immer noch fluchend, stieg er darauf und schnitt den improvisierten Strick mit seinem Taschenmesser durch. »Lasst Leutner vorsichtig auf den Boden gleiten«, befahl er dann den beiden Kollegen. »Und du«, er wandte sich zu Kurt um, »lauf und hol einen Arzt.«

Hastig kniete er sich neben den Gefangenen und suchte nach dessen Puls.

»Lebt er noch?«, hörte er Wenger fragen.

»Ja.« Nur noch ganz schwach war der Puls zu fühlen. Lutz öffnete Leutners Mund und machte dessen Kehle frei. Dann begann er, seine Hände wieder und wieder auf dessen Brust zu drücken, um den Herzschlag zu stabilisieren. Zwischen den Bewegungen presste er seine Lippen auf die Leutners und flößte ihm seinen Atem ein. *Verdammt, kämpf gefälligst! Du darfst nicht sterben*, beschwor er ihn stumm im Takt seiner Bewegungen.

Irgendwann, Leutners Augenlider zuckten, hörte Lutz eine Männerstimme sagen: »Was, beim Zeus, machen Sie denn da, Kommissar?«

Lutz blickte hoch, ohne mit der Herzdruckmassage aufzuhören. Ein grauhaariger, großer Mann, der einen gestärkten Arztkittel trug, beugte sich über ihn und Leutner.

»Ich wende eine neuartige medizinische Methode an«, keuchte Lutz. »Haben Sie Adrenalin? Meiner laienhaften Meinung nach könnte dem Suizidalen eine Adrenalinspritze nicht schaden.«

»Adrenalin?« Der Arzt starrte ihn nur an.

»Vergessen Sie's. Am besten, Sie verschwinden einfach und lassen Leutner und mich in Ruhe.«

»Ich verbitte mir …«

»Raus!«, brüllte Lutz. »Hauen Sie ab, wenn Sie hier schon nicht helfen können!« Er registrierte flüchtig, dass der Arzt seiner Entrüstung Luft machte, ehe er endlich mit wehendem Kittel entschwand.

Als sich Leutners Atmung und Herzschlag stabilisiert hatten, bat er Wenger und Mettenschlag, ihm zu helfen, den Gefangenen auf die Pritsche zu betten. Anschließend teilte er den beiden mit, dass sie gehen könnten, und setzte sich auf den Schemel neben das Lager, um abzuwarten, ob Leutner das Bewusstsein wiedererlangen würde.

Nervös ging Jo in ihrem Zimmer auf und ab. Inzwischen waren fast drei Stunden seit ihrem Gespräch mit Wilhelm vergangen. *Na ja, es war schließlich nicht zu erwarten, dass von Mettmann es sofort schlucken würde, dass von Gleiwitz ein Serienmörder ist*, versuchte sie sich zu beruhigen. *Sicher muss Wilhelm Überzeugungsarbeit leisten.*

Kurz nachdem die Standuhr in der Halle neun geschlagen hatte, hörte Jo Pferdegetrappel, und Kutschenräder knirschten auf dem Kies der Auffahrt. Sie war nahe daran, die Treppe hinunter- und ihrem Onkel entgegenzusprinten. Nur die Möglichkeit, Malfalda über den Weg zu laufen, hielt sie davon ab. Denn sie hatte nicht die geringste Lust, ihrer Großmutter ausgerechnet jetzt zu begegnen und sich wieder einmal eine Tirade von ihr anhören zu müssen.

Dem Klang der Schritte nach zu schließen, kamen mehrere Personen die Treppe herauf und bogen in Wilhelms Flügel ab. *Anscheinend hatte Wilhelm von Mettmann mitgebracht. Vielleicht war ja auch Lutz mit ihnen gekommen.*

»Josepha!«, hörte sie gleich darauf ihren Onkel ihren Namen rufen.

*Endlich!* Jo eilte los.

Wilhelm erwartete sie vor seinem Arbeitszimmer. »Josepha, komm herein.« Er öffnete ihr die Tür.

»Onkel, was hat von Mettmann gesagt? Er hat Ihnen doch geglaubt, oder? Ist von Gleiwitz schon festgenommen?«, sprudelte Jo hervor, während sie sich zu Wilhelm umdrehte, der ihr gefolgt war und nun die Tür zuzog.

»Josepha, es tut mir sehr leid, aber du hast mir keine andere Wahl gelassen«, sagte Wilhelm leise. Seine Miene wirkte sehr müde und spiegelte Bedauern.

»Was meinen Sie damit? Hat von Mettmann Ihnen nicht geglaubt?« Jo starrte ihn an.

»Ihr Onkel versucht Ihnen begreiflich zu machen, Fräulein von Kästnitz, dass Sie sich in eine krankhafte Wahnvorstellung hineingesteigert haben und man Sie nicht mehr sich selbst überlassen darf«, hörte Jo eine trockene Stimme hinter sich sagen. Sie fuhr herum. Aus dem Schatten trat ein kleiner, hagerer Mann auf sie zu. Er hatte schütteres Haar und ein glattrasiertes, verkniffenes Gesicht. Etwas an ihm war Jo unangenehm vertraut, auch wenn sie nicht zu sagen wusste, was genau dies war.

»Mein Name ist Curtius, und ich bin Arzt.« Er verzog den Mund zu einem schmallippigen Lächeln, doch seine Augen hinter der randlosen Brille blieben davon gänzlich unberührt. »Meine Pfleger und ich werden Sie nun zu meinem Sanatorium bringen. Dort werde ich Mittel und Wege finden, Ihre Geisteskrankheit angemessen zu behandeln.«

*Das konnte doch alles einfach nicht wahr sein!* Nun erst bemerkte Jo die beiden stämmigen Männer in Uniformen, die sich in der Nähe der Tür postiert hatten. Ehe sie reagieren konnte, hatten die Kerle sie an den Oberarmen gepackt.

Jos Verstand arbeitete wieder. »Lasst mich sofort los!«, brüllte sie. Es gelang ihr, sich aus dem Griff des einen zu winden und ihm einen Tritt in den Bauch zu verpassen, so dass er japsend gegen den Schreibtisch taumelte. Doch der andere packte sie um die Schultern und rang sie nieder.

»Onkel, bitte, ich habe keine Wahnvorstellungen«, schrie Jo verzweifelt und bäumte sich unter dem Griff des Pflegers auf.

»Es ist immer wieder erstaunlich, welche gewaltigen Kräfte ein Anfall bei einem Irren auslösen kann«, drang Curtius' Stimme an ihr Ohr. Sie nahm eine Bewegung neben sich wahr. Dann legte sich ein feuchter, süßlich riechender Lappen auf ihr Gesicht.

*Äther ...* Jo wand sich, versuchte den Lappen abzuschütteln. Doch Curtius presste ihn brutal auf ihren Mund und ihre Nase.

»Josepha, ich bedaure dies alles so sehr«, hörte sie Wilhelm noch sagen, ehe sie das Bewusstsein verlor.

Jakob Leutner regte sich auf seiner Pritsche. Stöhnend schlug er die Augen auf. Während er sich an seinen Hals fasste, wo der improvisierte Strick blau verfärbte Abdrücke hinterlassen hatte, fiel sein Blick auf Lutz. »O Gott, ich habe ...«, stammelte er gurgelnd.

»Ja, Sie haben versucht, sich das Leben nehmen.«

»Ich ... bin kein ... Mörder.«

»Ich weiß, dass Sie Magda Keuner und Appolonia Hogarth nicht umgebracht haben.« Lutz beugte sich vor und legte Jakob Leutner die Hand auf die Schulter. »Und ich werde alles tun, um Ihre Unschuld zu beweisen.«

Jakob Leutner blickte ihn aus glasigen Augen an. »Unschuldig ...«, murmelte er. Dann drehte er den Kopf zur Seite, würgte und übergab sich über die Pritsche und den

Boden. Ein Teil des Erbrochenen spritzte auch auf Lutz. *Verdammte Scheiße!*

Lutz riss die Zellentür auf und brüllte nach Wenger und Mettenschlag, während Leutner hilflos vor sich hin schluchzte. Kurt drückte sich hinter den beiden in die Zelle.

»Pfui Teufel!« Wenger und Mettenschlag betrachteten die Kotze angewidert.

»Ihr wischt das weg und besorgt Leutner frisches Bettzeug und frische Häftlingskleidung. Währenddessen bleibt Kurt bei ihm«, befahl Lutz. Ein Blick auf seine Taschenuhr zeigte ihm, dass es mittlerweile nach neun war. »Hat jemand auf der Wache für mich angerufen?«, fragte er.

»Nein, niemand.« Mettenschlag schüttelte den Kopf und blinzelte Lutz zu. »Geht es etwa um ein Rendezvous?«

*Idiot!* Lutz ordnete an, dass die drei Kollegen abwechselnd die Nacht bei Jakob Leutner verbringen sollten. Nachdem er sich notdürftig gesäubert hatte, ging er auf die Wache und rief bei Jo zu Hause an. Doch – wie ihm das Fräulein vom Amt beschied – nahm dort niemand das Gespräch entgegen.

Lutz beschloss, mit dem Fahrrad zur Villa zu fahren und sich dort nach Jo zu erkundigen. Doch da er nach Erbrochenem stank, suchte er zuvor noch sein Pensionszimmer auf, um schnell die Kleidung zu wechseln.

Er hatte gerade eine andere Hose und ein frisches Hemd angezogen, als das Geräusch des Türklopfers durch das Haus schallte. Gleich darauf ertönte Rosalia Schwendtners lautes Gegrummel. *Ob wohl Jo gekommen war?* Hastig schlüpfte Lutz in die Anzugjacke.

Als er auf den Treppenabsatz hinaustrat, kam seine Wirtin keuchend die Stufen heraufgestapft. Zu Lutz' Überraschung wirkte sie weniger verärgert als vielmehr eingeschüchtert. »Herr Jäger, Sie haben Besuch«, sagte sie beinahe kleinlaut.

Nun sah Lutz, dass Polizeipräsident von Mettman und Horst Koschatzki ihr folgten.

»Jäger, wir haben mit Ihnen zu reden«, beschied ihm der Polizeipräsident knapp.

»Bitte …« Lutz wies in sein Zimmer. Von Mettmanns Miene wirkte frostig, Koschatzkis Gesichtsausdruck war nicht anders als hämisch zu bezeichnen. *Okay, die Sache ist eindeutig: Falls Jos Onkel mit ihnen gesprochen hat, glauben sie nicht, dass von Gleiwitz ein Serienmörder ist,* begriff Lutz.

»Jakob Leutner hat einen Selbstmordversuch unternommen«, sagte er, um Zeit zu gewinnen. *Nicht, dass dies für die beiden eine Rolle spielen würde.*

»Ich bin darüber informiert.« Von Mettmann winkte ab und fixierte Lutz kalt. »Jäger, geben Sie zu, mit Fräulein von Kästnitz unlautere Beziehungen unterhalten zu haben?«

*Hä? Was sollte das denn bedeuten?* »Jo … Josepha und ich haben zusammengearbeitet«, protestierte Lutz. »Wir …«

Horst Koschatzki schnitt ihm das Wort ab. »Als Graf von Kästnitz uns die Geschichte seiner Nichte unterbreitete, versicherte ich dem Herrn Polizeipräsidenten, dass es sich bei diesem namenlosen Kommissar – falls er denn wirklich existierte und nicht nur eine Fantasie des kranken, bedauernswerten gnädigen Fräuleins war – nur um Sie handeln konnte.« Seine kleinen Augen funkelten vor selbstgerechter Empörung. »Ich wusste ja immer schon, Jäger, dass Sie ein verkommenes Subjekt sind. Aber dass Sie die Schwäche einer leidenden jungen Frau ausnutzen würden, hätte selbst ich Ihnen nicht zugetraut.«

*Jo, krank, leidend. Was hatte das zu bedeuten?*

»Jäger, ich kann Ihnen gar nicht sagen, wie sehr ich von Ihnen enttäuscht bin.« Die Stimme von Mettmanns klang schneidend. »Nicht nur, dass Sie Dienstvorschriften auf das Sträflichste verletzt haben. Sie haben auch noch die Notlage einer jungen Frau skrupellos ausgenutzt. Ich verhafte Sie wegen Gefährdung der Polizeiarbeit und Unzucht mit einer Minderjährigen.«

»Jäger, los, Ihre Arme!« Im Licht der Gaslampe blitzten Handschellen in Koschatzkis Händen auf. *Die beiden hatten sie doch nicht mehr alle.* Als Lutz nicht reagierte, packte Koschatzki seinen rechten Arm.

»Finger weg!« Lutz riss sich los und versetzte Koschatzki einen Kinnhaken, der diesen gegen von Mettmann taumeln ließ. *Ach, war das eine Wohltat, diesem Idioten endlich eine reinhauen zu können!*

Mit einem Satz war Lutz an der Tür und schlug sie dann von außen zu. Auf dem Treppenabsatz stand ein Stuhl, dessen Lehne er unter die Klinke klemmte. Während er die Stufen hinunterrannte, hämmerten Koschatzki und von Mettmann gegen die Tür. »Aufmachen, verdammt, machen Sie sofort auf!« *Die beiden hatten sie wirklich nicht mehr alle. Für wie blöde hielten die ihn eigentlich?*

Türen öffneten sich auf den Gängen. Verschlafene Gesichter starrten Lutz an. Die nächste Kehre der Treppe nahm er zu schnell und prallte gegen eine Messingvase, die dumpf tönend die Stufen hinunterrumpelte.

Rosalia Schwendtner erschien im unteren Flur. »Herr Jäger, das geht nun wirklich zu weit!«, schnaufte sie entrüstet.

»Tut mir sehr leid, Frau Schwendtner. Aber ich hätte ohnehin gekündigt.« Lutz lächelte sie entschuldigend an, ehe er hinaus auf die Straße stürmte.

# 11. KAPITEL

Die Totenmasken schwebten über Jo. Das spitznasige, eingefallene Antlitz Friedrichs II., das hagere Gesicht Helmuth von Moltkes und das breite von Gneisenaus. Die Totenmasken verwandelten sich. Haut überzog den Gips. Die Münder verzerrten sich zu einem Grinsen. Die Lider öffneten sich. Doch dort, wo sich die Augäpfel mit der Iris darin hätten befinden sollen, war nur eine glatte weiße Fläche. Jo schrie. Sie wollte weg von diesen Köpfen, die sie umtanzten wie groteske Luftballons. Doch sie konnte sich nicht bewegen. Nun trat ein riesiger steinerner Bismarck auf sie zu. »Josepha, ich bedaure dies alles so sehr«, sagte er polternd, als würde Granit aufeinanderschlagen, und richtete die Spitze seines Schwertes auf ihre Brust. Gleich würde er damit zustoßen.

»Nein, neiiiin …« Jo erwachte von ihren Schreien. Scharfer Karbolgeruch stach ihr in die Nase. Vergeblich versuchte sie, sich aufzurichten. Als sie den Kopf ein wenig drehte, sah sie, dass sie in einem Krankenhausbett lag. Ihre Arme und Beine waren unter der Decke mit irgendetwas fixiert. Über ihr brannten Gasflammen in gläsernen Zylindern.

Jo erinnerte sich wieder daran, wie sie im Arbeitszimmer ihres Onkels überwältigt und betäubt worden war.

»Ich bin nicht irre. Das ist widerrechtliche Freiheitsberaubung. Lasst mich sofort hier raus!«, brüllte sie und riss an ihren Fesseln.

Ein Geräusch, als würden ein Schlüssel im Schloss gedreht und ein Riegel zurückgeschoben. Schnelle Schritte. Dann trat Curtius in ihr Blickfeld.

»Lassen Sie mich sofort frei!«

Statt ihr zu antworten, beugte er sich über Jo und schlug die Bettdecke zur Seite.

»Rühren Sie mich nicht an!« Ihr wurde klar, dass sie nur ein Nachthemd trug.

»Aber Fräulein von Kästnitz, wir wollen doch nicht einen solchen Lärm veranstalten und uns möglicherweise selbst verletzen«, sagte er dann, nachdem er sich davon überzeugt hatte, dass die Lederfesseln noch richtig saßen. Wieder lächelte er sein falsches Lächeln. »Sie sind nur zu Ihrer eigenen Sicherheit an dieses Bett fixiert.«

»Ich bin nicht irre. Draußen läuft ein Serienmörder frei herum. Den sollten Sie in Ihre Anstalt sperren, ehe er weitermordet.«

»Ja, ja, ich weiß. Ein Serienmörder ...«

»Sie verdammter Idiot!«

Curtius' Lächeln verschwand urplötzlich von seinem Gesicht, und er blickte Jo kalt an. »Fräulein von Kästnitz, damit das klar ist: Solange Sie sich nicht einsichtig und kooperationswillig zeigen, bleiben Sie gefesselt. Sobald Sie sich auf die Behandlung einlassen, werden Sie in ein hübsches Zimmer im obersten Stockwerk verlegt und können sich in der Anstalt – wenn auch natürlich unter Aufsicht – relativ frei bewegen. Falls Sie sich dagegen entscheiden: Wir verfügen hier noch über andere Methoden als die Fixierung, um die Patienten zum Einlenken zu bewegen. Und ich garantiere Ihnen, dass Ihnen diese Methoden gar nicht zusagen werden. Also wählen Sie. Sie sind doch eine intelligente junge Frau.«

Er tätschelte Jo die Wange. Seine Hand fühlte sich unangenehm kühl und zugleich trocken an. *Wie die Schuppen einer Schlange*, ging es Jo durch den Kopf. Sie widerstand dem Impuls, ihren Kopf zu drehen und ihm in die Finger zu beißen.

»Gute Nacht, gnädiges Fräulein«, säuselte er. »Ich wünsche Ihnen einen erfrischenden Schlaf.« Curtius machte sich an den Glaszylindern zu schaffen. Das Licht der Gasflammen wurde schwächer, ohne ganz zu verlöschen.

Als die Metalltür hinter ihm ins Schloss fiel, begriff Jo, dass Curtius sie an den Inquisitor Lutger und an Herbert Rosner erinnerte. *Verdammt, verdammt, verdammt!* Wütend zerrte sie an ihren Fesseln. *Wie kam sie nur aus diesem Schlamassel wieder heraus? Und wie es Lutz wohl mittlerweile ergangen war?*

Während Lutz durch das Tor des von Kästnitzschen Grundstücks ging, senkte er den Kopf unwillkürlich tiefer. Aus seiner unzureichenden Maskierung damals in der Arbeiterkneipe hatte er gelernt. Er hatte eine Schiebermütze tief ins Gesicht gezogen. Seine Haare hatte er in die Stirn gekämmt. Falsche Brauen klebten über seinen Augen, und ein dichter, ebenfalls falscher Bart bedeckte seine untere Gesichtshälfte. Vor sich her schob er einen Karren, in dem, dick in Stroh verpackt, Eisblöcke lagen. Bart und Brauen hatte ihm wieder der Chef des Theaterfundus besorgt, den Karren ein Fußballkumpel geliehen, der Eisblöcke von Haus zu Haus verkaufte.

*Unter Fußballspielern gibt es eben Solidarität*, dachte Lutz, *sogar in dieser blöden Kaiserzeit.* Solidarität hatte auch Frederick Lombard bewiesen. Nach seiner Flucht aus der Pension hatte Lutz ihn aufgesucht – einfach, weil dessen Wohnung am nächsten gelegen war – und ihm seine Notlage geschildert. Für einen Arzt und Psychologen hatte Lombard erstaunlich schnell begriffen, was Sache war. Er hatte Lutz angeboten, ihn in seinem Arbeitsstudio in den Weinbergen zu verstecken.

Ausgestattet mit Zigaretten, einigen Flaschen Bier und einem Stapel belegter Brote hatte er Lutz dorthin begleitet und dann gemeinsam mit ihm überlegt, wie sie am besten vorgehen sollten, um von Gleiwitz der Morde zu überführen. Wobei sie als Erstes erfahren mussten, wie es Jo nach dem Gespräch mit ihrem Onkel ergangen war. Nach dem Auftritt Koschatzkis und von Mettmanns schwante Lutz nichts Gutes.

Vor der Hintertür begegnete ihm eine junge Frau, die in ihrer Dienstmädchenuniform mit dem weißen Häubchen sehr niedlich wirkte. »Gut, dass Sie kommen«, sagte sie. »Die Köchin braucht neues Eis. Legen Sie ruhig schon drei Blöcke in den Eisschrank. Ich komme gleich nach.«

Lutz streifte Lederhandschuhe über und wuchtete einen der Blöcke vom Karren. In der Küche blickte er sich irritiert um. Wo war hier ein chromglänzender Schrank, den er als Eisschrank hätte identifizieren können? Und auch von Katharina, Jos Vertrauter, war weit und breit nichts zu sehen. *Mist!*

»Ähm, der Eisschrank …?«, wandte er sich hilfesuchend an das hübsche Dienstmädchen.

»Na, dort!« Sie deutete auf ein Möbelstück, das aussah wie eine große Holztruhe.

Lutz hatte eben den Eisblock in dem mit Stroh ausgepolsterten Ungetüm verstaut, als Katharina, ein Tablett voll schmutzigen Geschirrs in den Händen, die Küche betrat. Sie erkannte ihn nicht. Was einerseits für die Verkleidung sprach. Andererseits aber auch wieder schlecht war, denn sie sah durch ihn hindurch und verschwand in einem angrenzenden Raum.

*Egal, dann würde er jetzt die ganz plumpe Tour anwenden.* Er hatte *nicht ewig Zeit.* Lutz folgte Katharina in die Spülküche, wo ein vielleicht fünfzehn Jahre altes, mageres Mädchen damit beschäftigt war, in einem riesigen Porzellanbecken Geschirr abzuwaschen, und trat dicht an die ältliche Magd heran.

»Schöne Frau, haben wir uns nicht gestern auf dem Markt gesehen«, säuselte er.

»Ich wüsste nicht ...« Katharina richtete sich entrüstet auf.

»Ich bin's«, zischte Lutz, »Josephas Kommissar.«

»Oh ...« Katharina warf einen besorgten Blick auf das Mädchen, das aber nichts bemerkt zu haben schien, sondern weiterspülte. »Warten Sie auf der Straße, in der Nähe des Tors auf mich«, flüsterte sie.

»Alles klar!«

Es dauerte nicht lange, bis Katharina angehuscht kam. »Herr Kommissar«, stöhnte sie, »Entsetzliches ist geschehen. Das gnädige Fräulein wurde gestern Nacht ohnmächtig weggeschleppt. Drei Männer haben sie zu einer Kutsche gebracht. Ich habe sagen hören, dass das gnädige Fräulein in das Sanatorium eines Professors namens Curtius eingeliefert wurde. Dabei soll es sich um eine Irrenanstalt handeln.« Katharina fasste nach Lutz' Händen und blickte ihn flehentlich an. »Herr Kommissar, das gnädige Fräulein ist doch nicht verrückt?«

»So wenig wie Sie und ich«, erwiderte Lutz grimmig. »Keine Sorge, ich werde Jo da rausholen.«

Die Andeutung eines Lächelns erschien auf Katharinas Gesicht. »Sie lieben das gnädige Fräulein wohl sehr.«

Lutz räusperte sich. »Ähm, gewiss ...« Er begriff: *Ja, ich liebe sie wirklich.*

Wieder wurde der Riegel zurückgeschoben und ein Schlüssel im Schloss gedreht. Scharrend öffnete sich die Metalltür. Der süßliche Geruch von Bohnerwachs schwappte in den

Raum und mischte sich mit dem des Karbols. Mittlerweile musste es Tag sein, denn die Flammen hinter den Glaszylindern an der Decke waren erloschen. Graues Licht fiel durch das vergitterte Milchglasfenster. Vor einer Weile waren zwei Pflegerinnen mit den Körpermaßen von Catchern erschienen und hatten Jo auf eine Bettschüssel gezerrt.

Jetzt trat Professor Curtius in ihr Blickfeld. »Nun, Komtesse, wie haben wir geschlafen?«, fragte er mit aufgesetzter Freundlichkeit. *Widerlicher Mistkerl!*

»O bitte, bitte, befreien Sie mich von den Fesseln«, wimmerte Jo und presste einige Tränen aus den Augen. »Ich halte es nicht mehr aus, an das Bett gebunden zu sein. Ich tue auch alles, was Sie von mir verlangen.«

Professor Curtius betrachtete sie mit skeptischer Zufriedenheit. »Das ist ein guter Beginn. Aber ich bin mir nicht sicher, ob es nicht ein bisschen zu früh ist, die Fixierung zu lösen«, murmelte er wie zu sich selbst.

»Bitte, ich habe eingesehen, dass es falsch von mir war, aufsässig zu sein und mich Ihnen und meinem Onkel zu widersetzen. Ich verspreche Ihnen, dass ich Ihnen in allem gehorchen werde.« Jo ließ ihr Wimmern noch dünner und kläglicher klingen. »Ich ... ich bin Ihnen so dankbar, dass Sie mich behandeln wollen.« *Brrr ...* Sie schüttelte sich innerlich über ihre Worte. Aber dieses Geheuchel musste leider sein.

»Nun gut, ich will einen Versuch wagen. Das Anerkennen von Autoritäten dürfte ein erster wichtiger Schritt zu Ihrer Heilung sein.« Curtius seufzte wohlgefällig.

*Dieser Mistkerl wollte wirklich die absolute Unterwerfung.*

»Danke«, schluchzte Jo. »Danke.«

Curtius ließ das Seitenteil des Bettes herunter, ehe er die Decke wegnahm und die Fesseln mit einem Schlüssel öffnete. Dann half er Jo, sich auf den Bettrand zu setzen. Unter gesenkten Lidern schielte sie zu ihm. *Dieser Widerling begaffte tatsächlich ihre Brüste, die sich unter dem groben Anstaltsnachthemd abzeichneten.* Vorsichtig bewegte sie ihre Beine, um das Blut wieder zum Zirkulieren zu bringen.

»Dann wollen wir uns einmal auf den Stuhl setzen, damit Ihnen die Pflegerin ein schönes Frühstück bringen kann.« Curtius machte Anstalten, Jo stützend um die Schultern zu fassen.

»Iss das verdammte Frühstück selbst!« Jo rammte ihm ihre Fäuste in den Magen. Während Curtius sich mit einem erstickten Laut vornüberkrümmte, richtete sie sich blitzschnell auf und rammte ihren Schädel von unten gegen sein Kinn. Er sackte zusammen. Sie packte seine Arme und fesselte sie mit einem der Lederbänder ans Bett. Dann machte sie den Schlüsselbund von seinem Gürtel los und hastete zur Tür. Curtius stieß röchelnde Laute aus.

Der mit grauem Linoleum ausgelegte Flur lag leer vor Jo. Ein Dutzend Türen ging von ihm ab. Die Fenster waren, wie in ihrem Zimmer, vergittert und undurchsichtig. Irgendwo in den Tiefen des Gebäudes stieß ein Mensch gellende, panische Schreie aus.

*Nichts wie weg hier!* Mit zitternden Fingern steckte Jo Schlüssel in das Schloss der Metalltür am Ende des Ganges. Der dritte passte. Sie befand sich nun in einem kahlen Treppenhaus, im zweiten Stock des Gebäudes, denn zwei Treppenfluchten führten in eine Halle. Der Eingang war sicherlich bewacht. *Es muss mir gelingen, mich irgendwie zu einer Hintertür durchzuschlagen,* überlegte Jo hastig. Sie fühlte sich nackt und schutzlos in dem sackartigen Nachthemd und hätte alles dafür gegeben, ihre Dienstwaffe bei sich zu haben.

Sie eilte die erste Treppenflucht hinunter und öffnete dort nach einigen weiteren vergeblichen Versuchen mit den Schlüsseln die nächste Metalltür. Als sie auf den Gang trat, der mit dem darüberliegenden identisch war, ging eine Tür auf. Ein breitschultriger Pfleger kam auf den Flur heraus. Jo presste sich gegen die Wand. Der Pfleger blickte nicht in ihre Richtung, sondern ging in ein anderes Zimmer.

*Uff, Glück gehabt!* Jo atmete pfeifend aus. Unbemerkt erreichte sie die Tür am entgegengesetzten Ende des Flurs. Der erste Schlüssel war der richtige. Jo schlüpfte in ein enges Treppenhaus, dessen Stufen ebenfalls mit Linoleum ausgelegt waren. Die schmalen Fenster waren zwar vergittert, bestanden aber zur Abwechslung einmal nicht aus Milchglas. Sie konnte Bäume und Rasen sehen. *Freiheit …*

Ein Alarm schrillte durch das Gebäude. *Oh, verdammt!* Jo hetzte die Treppe hinunter, in einen gefliesten Vorraum. Eine Tür, deren Sichtfenster mit Metallstäben gesichert war, führte in einen Garten. Während Jo panisch nach dem Schlüsselbund griff, öffnete sich die Tür. Ein uniformierter Pfleger, der einen Wäschekorb in den Händen hielt, starrte Jo verdutzt an. »He, was soll denn das …?«

Sie stieß ihn zur Seite. Der Garten, der sich vor ihr auftat, war von einer hohen Mauer umgeben. Im Inneren des Gebäudes schrillte weiterhin der Alarm. Füße trampelten die Treppe hinunter. Einige Pfleger, die rauchend in der Nähe der Hintertür standen, wurden auf Jo aufmerksam und kamen auf sie zu. Sie schlug einen Haken und rannte hinkend über den Rasen in Richtung der Mauer.

»Fräulein von Kästnitz, das hat doch alles keinen Sinn! So bleiben Sie doch stehen«, hörte sie Curtius rufen.

Aus den Augenwinkeln bemerkte Jo eine schmale Frau, die auf einer Gartenbank saß. Die Frau hob den Kopf, blickte in ihre Richtung. *Ein blasses verhärmtes Gesicht von ergrauendem rotem Haar umrahmt. Ein seltsam vertrautes Gesicht …*

Für einen Moment war Jo abgelenkt gewesen. Von allen Seiten kamen nun Pfleger auf sie zugerannt. *So musste sich ein Fuchs fühlen, der von einer Jagdmeute gestellt wurde.*

Zwei Pfleger packten sie an den Armen. Vergebens strampelte Jo und trat nach ihnen. Andere hielten sie an den Beinen fest und drückten sie auf den Boden.

Professor Curtius beugte sich über sie. Ein Blutstropfen rann über sein Kinn. Sein sonst sorgsam gescheiteltes Haar hing ihm wirr in die Stirn.

»Fräulein von Kästnitz, niemand verlässt diese Anstalt gegen meinen Willen.« Seine Stimme bebte vor unterdrückter Wut, während er ihr wieder ein mit Äther getränktes Tuch auf das Gesicht presste.

»Jo, also ich meine Josepha, wurde in das Sanatorium eines Professors namens Curtius verschleppt«, sagte Lutz düster. Zusammen mit Augusta Meyrink und Frederick Lombard saß er in dessen Studio. Es befand sich in einem umgebauten Gartenhaus in den Hügeln oberhalb von Ebersheim, das mit dem Kohleofen, dem Feldbett, auf dem bunte Wolldecken lagen, dem abgenutzten Tisch, der als Schreibtisch diente, und den Korbmöbeln durchaus gemütlich wirkte – auch wenn für Lutz' Geschmack ruhig weniger Bücher in den Regalen an den Wänden hätten stehen können. Der Himmel vor den großen Fenstern hatte eine bleierne Farbe.

»Malte Curtius«, so wie Augusta den Namen aussprach, klang es wie ein Fluch. Auch Frederick Lombard wirkte entsetzt.

»Sie kennen diesen Kerl?« Lutz blickte von Augusta zu Frederick.

»Er gehört zu den Ärzten, die jedes von der gesellschaftlichen Norm abweichende Verhalten als *krank* einstufen.« Lombard seufzte. »Seine sogenannten Behandlungen zielen darauf ab, den Willen der Patienten zu brechen und sie in konforme Wesen zu verwandeln. Dabei schreckt er auch vor

Methoden nicht zurück, die ich als Folter bezeichnen würde. Im Rahmen meiner Ausbildung bin ich Curtius einige Male bei Kongressen begegnet. Meiner Ansicht nach ist der Mann ein Sadist, dem es die herrschenden Verhältnisse erlauben, seine kranken Neigungen ganz legal auszuüben. Durch die Vermittlung von Frau Meyrink lernte ich einige frühere Patientinnen des Professors kennen ...«

»... vormals ganz gesunde Frauen, aus denen Curtius psychische und physische Wracks gemacht hatte.« Augustas Stimme klang bitter.

»Verdammte Scheiße!« *Na, wenn das nicht mal wieder all meine Vorurteile gegenüber diesen Seelenklempnern bestätigt*, dachte Lutz wütend. Sein einziger Trost war, dass Jos Wille nicht so leicht zu brechen sein würde. »Wir müssen Josepha so schnell wie möglich da rausholen. Wo liegt denn diese Anstalt?«

»Das *Sanatorium* befindet sich jenseits eines kleinen Wäldchens, auf der anderen Seite des Stadtparks, vom Zentrum aus gesehen«, erklärte Lombard.

»Es ist also eher abgelegen?«, hakte Lutz nach.

»Die *Irren* sollen möglichst gründlich von der gesunden Allgemeinheit separiert werden. Oder was man so als *gesund* bezeichnet.« Lombard lächelte schief.

»Die Anstalt ist sicherlich bewacht?«

»Im Rahmen eines Kongresses war ich einmal dort. Curtius veranstaltete stolz eine Führung durch sein Haus.« Lombard verzog angewidert das Gesicht. »Ein massives Tor. Eine bewachte Pforte. Hohe Mauern rings um das Gelände, die auf der Krone mit Glasscherben gesichert sind. Und, wie das in derartigen Anstalten ebenfalls üblich ist, jede Menge kräftige und alles andere als zartbesaitete Pfleger.«

Lutz ließ sich die anschauliche Beschreibung durch den Kopf gehen. »Dass wir drei und Fritz das Gebäude stürmen, ich mit meiner Pistole herumwedele und wir Jo auf diese

Weise freibekommen, dürfte also eher nicht funktionieren«, sagte er schließlich frustriert.

Fritz, der zu Augustas Füßen lag, horchte kurz auf, als sein Name genannt wurde, und ließ dann grunzend seinen Kopf wieder auf die Pfoten sinken.

»Ich habe ganz vergessen, Ihnen zu sagen, dass ich heute Morgen Doktor Thorbeck begegnet bin«, warf Lombard lebhaft ein. »Er hat erfahren, dass per Haftbefehl nach Ihnen gesucht wird, und meinte, Sie könnten voll und ganz auf seine Unterstützung zählen. Von Mettmann und Horst Koschatzki seien, so seine Worte, *ohnehin Schwachköpfe.*« Lombard grinste. »Auch andere unserer Mitspieler sind bestimmt vertrauenswürdig und bereit, bei Fräulein Josephas Befreiung mitzuhelfen.«

»Na, das ist ja immerhin mal was.« Lutz' Laune besserte sich. Und was den Haftbefehl betraf: Er stellte sich vor, dass Plakate mit seinem Konterfei überall in der Stadt hingen. *So ähnlich wie in einem Western. Lutz Jäger, wanted. Irgendwie hatte das was!*

»Apropos Western ...«

»Wie meinen Sie das?« Augusta Meyrink und Frederick Lombard blickten ihn verdutzt an. Lutz hatte gar nicht bemerkt, dass er laut vor sich hin gesprochen hatte.

»Stellen wir uns doch mal vor, diese Anstalt wäre ein Fort oder eine Farm«, führte er seinen Gedanken weiter aus.

»So ähnlich wie in diesen Abenteuergeschichten von Karl May?«, fragte Lombard.

»Na ja, es ist ziemlich lange her, dass ich Karl May zum letzten Mal gelesen habe.« *Er hatte eher an Filme mit John Wayne gedacht, aber egal.* »Wir sind die Guten, die das feindliche Fort stürmen wollen. Höchstwahrscheinlich würden wir versuchen, das Tor mittels einiger Stangen Dynamit zu sprengen, und dann durch die so entstandene Bresche eindringen ...«

Lutz brach ab. »Mist, das funktioniert nicht. Sobald wir das Tor sprengen, verständigen die in der Anstalt die Polizei – und wahrscheinlich auch das Militär –, und wir haben es sofort mit einer ganzen Armada von Gegnern zu tun.«

»Ihr Plan ist zwar einerseits bizarr, hat aber andererseits auch etwas für sich.« Frederick Lombard wiegte nachdenklich den Kopf. »Was das Anfordern von Hilfe seitens der Polizei oder des Militärs anbelangt – ich kann mir nicht vorstellen, dass es in der Anstalt mehr als einen Telefonapparat gibt. Und wenn es uns rasch gelänge, diesen unbrauchbar zu machen ...«

*Klar, wir befinden uns ja noch in den allerersten Anfängen der Telekommunikation.* Lutz schlug sich gegen die Stirn. *An Handys ist ja noch nicht mal zu denken.* »Wir bräuchten einen genauen Plan der Anstalt. Ich vermute mal, dass ein Telefon, sofern es eins gibt, in Curtius' Arbeitszimmer steht.«

»Seit einigen Monaten habe ich Kontakt zu einer der Pflegerinnen, die von den Methoden des Professors zunehmend abgestoßen ist.« Augusta Meyrink beugte sich vor. »Ich bin überzeugt, sie wird bereit sein, uns zu helfen.«

*Frauennetzwerke waren doch eine gute Sache.* »Schön ...« Lutz hielt inne. Fritz war aufgesprungen und knurrte. Auf dem Weg vor dem Studio waren Schritte zu hören. Lutz sprang auf, zog sich in eine Ecke zurück und nahm seine Pistole in die Hand. *Hatten von Mettmann und Koschatzki etwa herausgefunden, dass er sich hier verbarg?*

Jemand klopfte an die Tür.

»Machen Sie auf«, raunte Lutz Lombard zu. »Sonst wirkt es nur verdächtig.«

In seinem Winkel spähte Lutz über Lombards Schulter. Ein Mann Ende zwanzig, der ein sympathisches Gesicht mit großen braunen Augen hatte, stand draußen auf den Stufen. »Das Dienstmädchen Katharina hat mir anvertraut, dass ich hier einen Herrn Jäger finden würde«, sagte er unsicher. »Ich habe erfahren, was Fräulein Josepha zugestoßen ist, und ich würde ihr gerne helfen. Mein Name ist Theodor von Körner.«

*Jos Quasiverlobter.* Lutz begriff. Er trat vor und klopfte von Körner auf die Schulter. »Willkommen im Team!«

Eiskaltes Wasser klatschte auf Jo nieder. Sie erwachte aus ihrer Bewusstlosigkeit. *Was ...?* Sie riss die Augen auf und versuchte, dem Schwall auszuweichen. Doch sie konnte sich nicht bewegen. Vom Hals bis zu den Füßen war ihr Körper eng in Tücher gewickelt. Zudem steckte sie in einer schmalen Zinkwanne. *Wie eine ägyptische Mumie in ihrem Sarkophag,* schoss es Jo durch den Kopf. Nur dass deren Oberkörper nicht leicht aufgerichtet gewesen wäre. Durchlitt sie gerade einen Albtraum?

Der neuerliche eisige Wasserschwall, der sich über sie ergoss, fühlte sich erschreckend real an. Jo blinzelte. Durch die Tropfen hindurch sah sie nun, dass eine stämmige Frau in Schwesterntracht einen Eimer über sie hielt. Jo zitterte, und ihre Zähne schlugen aufeinander. »Wa ... was ... tun Sie denn da?«, brachte sie mühsam hervor. »Hören Sie sofort damit auf!«

»Nun, Fräulein von Kästnitz, ich habe Sie gewarnt, dass wir noch über ganz andere Methoden verfügen als die Fixierung, um unsere Patienten gefügig zu machen.« Professor Curtius war an den Rand der Wanne getreten und lächelte auf sie herunter. In seinem Rücken befand sich eine weißgekachelte Wand. *Eindeutig kein Albtraum, sondern die Realität.*

»Das ist Folter!«

»Die Kaltwasser-Behandlung dient dazu, heftige Emotionen zu dämpfen.« Curtius hob die Hand. »Dass Sie sie als Folter bezeichnen, zeigt nur, wie uneinsichtig und verstockt Sie sind. Seit Ihrer Flucht frage ich mich, ob Sie nicht das geeignete Objekt für eine ganz neue Heilmethode wären.« Seine Augen hinter der randlosen Brille verengten sich leicht. »Das operative Entfernen der Geschlechtsorgane – so haben neue Forschungen bewiesen – kann Frauen von dem Leiden der Hysterie befreien. Womit Sie in hohem Maße geschlagen sind. Deshalb werde ich Ihren Onkel bitten, eine derartige Operation bei Ihnen vornehmen zu dürfen.«

»Nein ... nein!« Verzweifelt wand Jo sich in der Wanne. »Sie verdammter Mistkerl!«

»Fahren Sie fort!« Curtius nickte der Schwester zu. »Noch drei Güsse. Und lassen Sie Fräulein von Kästnitz danach noch mindestens eine Viertelstunde in dem kalten Wasser liegen.«

Wieder prasselte ein eisiger Schwall auf Jo nieder.

Ein heftiger Krampf erfasste Jo und ließ ihre Zähne aufeinanderschlagen. Obwohl sie schon vor einer ganzen Weile von drei Schwestern aus der Wanne gezerrt, grob abgetrocknet und dann in ihr Zimmer geschleppt worden war, wo man sie erneut ans Bett gefesselt hatte, war ihr immer noch so kalt, als würde sie in einer eisigen Winternacht nackt in einer Schneewehe liegen. *So musste sich ein Hühnchen in einer Gefriertruhe fühlen. Wobei ein totes Hühnchen natürlich nichts mehr empfinden konnte. Sehr im Gegensatz zu ihr!* Sich gegen die drei Furien zu wehren war Jo unmöglich gewesen, da ihre völlig steifen Glieder ihr nicht mehr gehorcht hatten.

Selbst nachzudenken fiel ihr schwer. *Curtius wollte ihr die Geschlechtsorgane entfernen. Falls Wilhelm zögern sollte, der Verstümmelung zuzustimmen, würde Malfalda ihn bestimmt bald überzeugen, seine Einwilligung zu geben.*

*Lutz wird bestimmt alles tun, um mich zu befreien,* dachte Jo. *Aber ob er schnell genug sein wird?* Und vielleicht hatte Wilhelm ihn ja festnehmen lassen. Zutrauen würde sie dies ihrem

Onkel mittlerweile. Sie musste raus hier. *Raus ... raus ... raus!* Aber es gelang ihr noch nicht einmal mehr, sich gegen die Fesseln zu wehren.

Die Metalltür wurde geöffnet und leise wieder geschlossen. *O Gott, nicht schon wieder Curtius!* Jo biss sich auf die blau gefrorenen Lippen. Doch eine schmale Frau beugte sich über sie. Die Frau, die sie im Garten der Anstalt gesehen hatte, kurz bevor sie betäubt worden war. Jo begriff plötzlich, an wen sie sie erinnert hatte. »Henrietta«, murmelte sie.

»Oh, Josepha!« Tränen schimmerten in den grünen Augen der Frau. »Ich verstehe, dass du mich nicht mehr Mutter nennen kannst.«

*Was in aller Welt ...?* »Henrietta?«, wiederholte Jo fassungslos.

»Ja, ich bin es, deine Mutter.« Ein Lächeln erhellte ihr verhärmtes Gesicht und ließ es lebendiger und jünger erscheinen. »Eine Schwester, die mich mag, hat mir erlaubt, dich kurz zu sehen, als ich ihr sagte, dass du meine Tochter bist. Aber Curtius und die anderen Pfleger dürfen mich nicht entdecken.« Ihr Blick irrte ängstlich zur Tür.

»Wie kommt es, dass du hier in dieser Anstalt bist? Du giltst doch als tot.«

»Wilhelm und Malfalda haben mich für verrückt erklären und hier einweisen lassen. Ich glaube, das ist jetzt vierzehn Jahre her. Manchmal verwischen in meiner Erinnerung die Jahre.« Henriettas Miene nahm einen leeren Ausdruck an, und sie senkte den Kopf, während sie wie zu sich selbst weitersprach.

»Ich wollte es nicht zulassen, dass sie die Fabriken deines Vaters verkauften. Ich wollte sie weiterführen, nach seinen und meinen Vorstellungen. Ich ging auf Versammlungen der Sozialdemokraten, wollte bessere Bedingungen für alle Arbeiter und vor allem auch für die Frauen. Und das allgemeine

Wahlrecht. Dein Onkel und deine Großmutter waren außer sich, als sie davon erfuhren. Sie drohten, mich entmündigen zu lassen. Ich beschloss, mit dir zusammen ins Ausland zu reisen und dort zu leben. Wilhelm und Malfalda entdeckten meine Pläne. Am Tag vor unserer Abreise baten sie mich zu einer Aussprache in die Villa. Aber das war nur ein Vorwand. Curtius wartete dort auf mich und schleppte mich fort.« Henrietta duckte sich unwillkürlich, und ihr Gesicht verzerrte sich vor Furcht und Abscheu.

*Vierzehn Jahre an diesem grauenhaften Ort, in der Gewalt dieses Sadisten Curtius!* Jo mochte sich nicht vorstellen, was Henrietta alles hatte erdulden müssen.

»Curtius sagte mir, dass Geisteskrankheiten erblich seien. Wenn sich meine Wahnvorstellungen als nicht heilbar erwiesen, müsste er davon ausgehen, dass auch meine Tochter mit großer Wahrscheinlichkeit verrückt sei. Du warst in seinen Augen ohnehin schon ein sehr aufsässiges Kind, wiesest erste Symptome auf.« Henrietta flüsterte atemlos. »Ich wusste, dass du ebenso wenig verrückt bist wie ich. Aber ich hatte Angst, dass Wilhelm und Malfalda auch dich für krank erklären lassen würden. Deshalb unterwarf ich mich Curtius' Behandlungen und wagte nicht zu fliehen. Manchmal besuchte mich Wilhelm und erzählte mir von dir. Er sagte mir, dir ginge es gut. Aber nun hat er auch dich hierherbringen lassen. Ich konnte dich nicht beschützen.« Henrietta stöhnte auf und schien sich gänzlich in sich zurückzuziehen.

*Was hatte Curtius nur aus der Frau gemacht, die auf dem Foto so fröhlich und lebendig gewirkt hatte?* Hass stieg in Jo auf, und eine wilde Entschlossenheit. »Henrietta, Henrietta, Mutter«, fügte sie hinzu, als Henrietta nicht reagierte. »Wir müssen zusammen fliehen, und zwar möglichst bald.«

Henrietta horchte auf, und ihr Blick wurde wieder ein wenig klarer. »Du musst fliehen. Ich habe dazu keine Kraft mehr«, murmelte sie. »Nimm du das Messer. Ich habe es vor ein paar Jahren einem Pfleger gestohlen. Es war meine letzte Freiheit. Falls ich eines Tages erfahren hätte, dass du tot bist, hätte ich mir damit die Adern aufgeschnitten.« Jo sah ein kleines Klappmesser zwischen ihren Fingern aufblitzen. Auf dem Gang näherte sich jemand.

»Schieb das Messer unter meine rechte Hand«, raunte sie ihr zu.

Henrietta hob die Decke hoch. Sie stöhnte wieder auf, als sie die Fesseln sah. Doch sie tat, worum Jo sie gebeten hatte. Sie hatte eben die Decke zurechtgezogen, als die Tür geöffnet wurde. »Frau von Kästnitz, es ist Zeit. Wir müssen gehen«, drängte eine raue Frauenstimme. »Der Professor wird bald seine abendliche Runde bei den Patienten absolvieren.«

»Leb wohl.« Henrietta küsste Jo auf die Wange.

Jos Finger schlossen sich um das kleine Klappmesser. Endlich war ihr wieder wärmer geworden.

Hinter Doktor Thorbeck schob sich Kurt in das Studio. Mit den beiden drängten sich nun vierundzwanzig Männer und eine Frau – Augusta Meyrink – in dem kleinen Raum. *Zwei Fußballmannschaften samt Ersatzspielern*, ging es Lutz durch den Kopf. *Wobei Augusta bestimmt auch gut als Schiedsrichter einzusetzen wäre.* Zigarre rauchend und wie üblich schwarz gewandet, thronte sie in dem einzigen Lehnstuhl und ließ ihre scharfen Blicke respektgebietend über die Anwesenden gleiten.

Frederick Lombard lehnte neben einem der mit handgewebten Vorhängen verschlossenen Fenstern. Theodor von Körner hatte sich ebenfalls eingefunden. Er wirkte ein wenig schüchtern, strahlte aber dennoch Entschlossenheit aus. Außerdem waren alle Fußballkumpel von Lutz erschienen.

»Bitte mal herhören!« Lutz klatschte in die Hände, um sich

Aufmerksamkeit zu verschaffen. Nachdem sich alle um ihn versammelt hatten, deutete er auf den gezeichneten Plan der Anstalt, der vor ihm auf dem Esstisch lag. Die Pflegerin, von der Augusta gesprochen hatte, war tatsächlich bereit gewesen, sich mit ihm zu treffen, und hatte ihn mit detaillierten Informationen versorgt.

»So ist das Gebäude unterteilt: drei Stockwerke, jedes ist mit abgeschlossenen Metalltüren gesichert. Schlüssel besitzen neben Professor Curtius auch die Pflegekräfte. Laut Augustas Klientin befindet sich Jo im zweiten Stock, in Zimmer zwölf. Das ist hier ...« Lutz wies auf das kleine Rechteck. *Wie es ihr wohl gehen mochte? Ach, verdammt, er durfte jetzt nicht zu intensiv an sie denken! Das lenkte ihn nur ab.* Er räusperte sich. »Ich schlage vor, wir gehen morgen folgendermaßen vor ...«

Nachdem Lutz seinen Plan dargelegt hatte, diskutierten sie noch Details. Als alle Einzelheiten geklärt waren, stach Frederick Lombard ein Bierfass an, das er am Nachmittag besorgt hatte, und gab jedem ein Freibier aus.

*Wirklich, ein ganz erstaunlicher Psychofritze!* Mit dem gefüllten Glas in der Hand bahnte sich Lutz einen Weg zu Kurt. Er berührte den Jungen am Arm. »Hör mal, ich weiß es sehr zu schätzen, dass du mir morgen helfen willst. Aber ich möchte dich nicht in einen Loyalitätskonflikt gegenüber von Mettmann und Koschatzki stürzen. Deshalb ist es völlig in Ordnung für mich, wenn du es dir noch mal anders überlegst und dich aus der Sache raushältst.«

»Na ja, außer Ihnen vermummen wir uns doch alle. Koschatzki und von Mettmann werden es also höchstwahrscheinlich nicht erfahren, dass ich an der Befreiung mitwirke.« Kurt zuckte mit den Schultern.

»Und falls doch? Du bist schließlich Polizist. Du wirst deinen Beruf verlieren und höher bestraft werden als die anderen.«

»Aber ich möchte unbedingt mitmachen. Ihretwegen und auch Fräulein Josephas wegen. Sie ... sie ist eine ganz besondere Frau.« Kurt errötete und blickte verschämt in sein Glas.

»Ja, das ist sie.« Lutz musste sich wieder räuspern. »Gut, dann beteilige dich. Aber halt dich in der Nähe von Doktor Thorbeck, damit er dich notfalls aus der Gefahrenlinie bringen kann.« Während er Kurt auf die Schulter klopfte, dachte er gerührt, dass das sentimentale Gerede von den *elf Freunden* manchmal anscheinend doch zutraf.

Während Lutz aus der Mietdroschke stieg, streifte er mit einem raschen Blick das Wäldchen. Zwischen den mit zartem Grün belaubten Bäumen und Büschen verbarg sich Jos Rettungstrupp, ausgestattet mit etlichen Stangen Dynamit und einigen Gewehren. Erfreulicherweise hatte allein Theodor von Körner drei Jagdflinten beigesteuert. Auch eine Kutsche – *das Fluchtfahrzeug* – befand sich dort.

Der steife Hemdkragen und die enggebundene Krawatte scheuerten an Lutz' Hals. Um als respektabler preußischer Regierungsrat, speziell abgeordnet für die Bereiche Hygiene und Gesundheit, durchzugehen, hatte ihm Doktor Thorbeck einen eleganten, maßgeschneiderten Dreiteiler, Hemd, Krawatte sowie Schuhe und Hut geliehen. Unter dem Jackett drückte seine Pistole gegen seinen Brustkorb. Er fand es sehr beruhigend, eine einigermaßen moderne Waffe bei sich zu haben. Anders als im Mittelalter, als er und ein Trupp seiner damaligen Freunde Jo mit Hilfe von Schwertern, Dolchen und Messern aus einem Kerker hatten befreien müssen.

Das dreistöckige, weißgestrichene Gebäude mit den vergitterten Fenstern und der hohen Mauer um das Gelände wirkte wie ein Gefängnis und nicht wie ein Ort, an dem eine kranke Seele gesunden konnte. *Fehlt nur noch der Stacheldraht auf der Mauerkrone*, ging es Lutz durch den Kopf, während er auf den Eingang zusteuerte. *Na ja, wahrscheinlich war der noch nicht erfunden.*

Neben dem Tor befand sich eine weitere Tür. Lutz trat dicht an das vergitterte Fenster heran und fasste den dahintersitzenden Mann streng ins Auge. Das Fenster wurde aufgeschoben.

»Regierungsrat Lucius von Jagdhausen«, näselte Lutz und reichte dem Uniformierten ein gefälschtes Beglaubigungsschreiben. »Ich komme im Auftrag des preußischen Gesundheitsministeriums und möchte Herrn Professor Curtius sprechen.«

Der eingeschüchterte Wächter warf nur einen flüchtigen Blick auf das Schreiben und öffnete die Tür. »Der Herr Professor befindet sich gerade auf seiner morgendlichen Visite.«

*Bestens, genau so war der Plan.* »Dann werde ich in seinem Arbeitszimmer auf ihn warten«, erwiderte Lutz huldvoll. Der Wächter begleitete ihn die Treppe hinauf und dann in einen Seitenflügel, wo sich – wie Lutz laut dem Gebäudeplan wusste – die Verwaltungsräume der Anstalt befanden.

Vor einer Tür aus blankpoliertem, massivem Holz blieb der Mann stehen und klopfte. Ein barsches *»Herein«* ertönte. In einem Vorzimmer saß eine breitschultrige Schwester hinter einem Schreibtisch und bedachte die beiden Störenfriede mit einem unwirschen Blick.

»Herr Regierungsrat von Jagdhausen …«, stellte der Wächter Lutz vor, »für den Herrn Professor …«

»Sie sind aber nicht angemeldet. Nehmen Sie bitte erst einmal hier Platz.« Die Schwester deutete auf eine Reihe von Stühlen an der Wand und widmete sich wieder ihrer Schreibarbeit. *Das lief nun nicht nach Plan.*

*Ein preußischer Regierungsrat würde sicher nicht versuchen, die Situation mit Charme zu bereinigen.* »Was erlauben Sie sich? Ich bin kein Bittsteller, sondern ein Repräsentant der Regierung«, Lutz verlieh seiner Stimme einen eisigen Klang, »ich werde im Arbeitszimmer auf den Professor warten.«

»Aber Sie können nicht einfach ...«

»Schweigen Sie!«, schnitt er ihren Protest brüsk ab. Die Schwester klappte ihren Mund zu und nahm eine defensive Körperhaltung ein. Lutz unterdrückte ein Grinsen. *Vielleicht sollte er Frauen öfter herumkommandieren.*

In dem Arbeitszimmer waren die Jalousien der Sonne wegen geschlossen. Lutz benötigte einen Moment, bis sich seine Augen an das Dämmerlicht gewöhnt hatten. Er hatte gerade das Telefon auf dem überdimensionalen Eichenschreibtisch entdeckt, als sich ein Mann aus einem ledernen Besuchersessel erhob. *Mist, auch das lief nicht nach Plan!*

»Oh, ich dachte Sie wären der Professor«, sagte der Mann überrascht und reichte ihm die Hand. »Von Kästnitz mein Name.« Nun erkannte Lutz Jos Onkel.

»Regierungsrat von Jagdhausen, vom Gesundheitsministerium ...« *Herrje, er musste sich schleunigst etwas einfallen lassen!* »Ähm, ich bin Curtius eben auf der Treppe begegnet«, improvisierte er. »Er sagte mir, dass er Sie gerne im Garten sprechen würde.«

»Im Garten, sind Sie sich sicher?«

»Völlig.«

Nachdem die Tür hinter Jos Onkel zugefallen war, atmete Lutz tief durch – *so war das mit den Plänen, meistens verlief etwas unplanmäßig* –, ehe er die Schnur des Telefons ergriff und sie aus der Verankerung in der Wand riss. Das war erledigt. Sollte er schnell noch nachsehen, ob dieser Professor irgendwo im Raum einen Ersatzschlüsselbund aufbewahrte? Nach kurzem Herumkramen im Schreibtisch wurde Lutz fündig. Er ließ die Schlüssel in seiner Aktentasche verschwinden und eilte aus dem Zimmer.

»Ich dachte, Sie wollten im Arbeitszimmer warten.«

Lutz bedachte die Schwester mit einem hochmütigen Blick. »Wo finde ich ein Urinal?«, redete er sich heraus.

»Oh …«

Ungeduldig wartete er, bis sie ihm den Weg beschrieben hatte. Während er die Treppe hinunterlief, nahm er seine Pistole aus dem Futteral. Wieder zurück in der Pförtnerloge, richtete er die Waffe auf den Wächter, der damit beschäftigt war, ein Kreuzworträtsel in einer Zeitung auszufüllen. »Hände hoch und aufstehen!«, befahl Lutz.

»Aber, Herr Regierungsrat …«

»Ich bin kein Regierungsrat. Und jetzt machen Sie schon!« Lutz dirigierte den Mann, der keinerlei Anstalten unternahm, sich zu wehren, in den Anstaltshof. Zwei Pfleger kehrten dort das Pflaster. Lutz richtete die Waffe auch auf sie. »Weg vom Tor, an die Wand dort hinten! Mit dem Rücken zum Hof!«, kommandierte er. Die beiden Männer gehorchten ebenfalls sofort.

Lutz stellte sich breitbeinig hin, hob die Pistole und feuerte einen Schuss ab. Das verabredete Zeichen für die Sprengung des Tors. *Ach, es hat wirklich Spaß gemacht, einmal als John Wayne zu agieren*, dachte er, während er sich schleunigst zu seinen drei Gefangenen und in Sicherheit begab.

Jo horchte auf die Geräusche im Flur. Bei Curtius' Visite am vorigen Abend war es ihr gelungen, das Klappmesser unter ihrer flach auf der Matratze ausgestreckten Hand zu verbergen. Der widerliche Kerl hatte glücklicherweise nur ihre Fesseln überprüft – wobei er sich nicht die geringste Mühe gemacht hatte zu verbergen, wie sehr er es genoss, dass sie ihm scheinbar völlig ausgeliefert war. Dann, als zwei Pflegerinnen sie wieder einmal auf eine Bettpfanne gezerrt hatten, hatte Jo vorgegeben, von einem plötzlichen, heftigen

Krampf erfasst zu werden und das kleine Messer in ihrer spastisch zur Faust gekrümmten Hand versteckt. Aber früher oder später würde es sicher entdeckt werden. Falls Curtius sie bei der Visite losschnallte, musste sie einen weiteren Fluchtversuch wagen.

*Und dieser muss gelingen,* dachte Jo. *Auch um Henriettas willen.* Wieder graute ihr bei der Vorstellung, was diese während der vergangenen vierzehn Jahre durch Curtius alles erlitten hatte. *Dass Malfalda das Schicksal ihrer Schwiegertochter völlig egal ist, wundert mich nicht,* ging es ihr durch den Kopf. *Aber von Wilhelm hätte ich das nicht erwartet.*

Jo sah zu, wie Sonnenstreifen über die Zimmerdecke wanderten. Sie schätzte, dass es neun Uhr war, als sie endlich Schritte hörte und die Tür metallisch klappernd aufgeschlossen wurde.

»Nun, Fräulein von Kästnitz, hungrig? Wenn Sie sich fügsam erweisen, bekommen Sie vielleicht heute Mittag wieder etwas zu essen.« Curtius lächelte auf sie herab. Zwei kräftige Pfleger standen hinter ihm. »Aber nun ist es erst einmal an der Zeit für eine neuerliche Kaltwasser-Behandlung.«

»O bitte, bitte nicht ...«, wimmerte Jo.

»Mich täuschen Sie nicht noch einmal.« Curtius schloss ihre Fesseln auf. Während die Pfleger sie grob in eine sitzende Position hievten, verbarg Jo das kleine Messer in ihrer Hand.

»Ich habe übrigens gestern noch Ihrem Onkel wegen der Operation geschrieben. Der Brief müsste ihm mit der Abendpost zugestellt worden sein.« Curtius betrachtete sie lauernd.

»Nein ... nein!« Ihrer Rolle gemäß schrie Jo verzweifelt auf und sackte auf der Bettkante zusammen.

»Nun kommen Sie schon.« Die beiden Pfleger machten Anstalten, sie unter den Achseln zu packen, und Jo spannte ihre

Muskeln, als ein dumpfes Geräusch ähnlich einem sehr lauten Donner durch das Gebäude rollte und die Wände zum Zittern brachte.

»Wahrscheinlich eine Sprengung im Wäldchen ...«, begann Curtius verdutzt.

Jo erholte sich als Erste von ihrer Überraschung. Sie ließ das Messer in ihrer zur Faust geballten Rechten aufschnappen, glitt von der Bettkante und trat dem einen Pfleger mit aller Kraft zwischen die Beine, so dass er sich vornüberkrümmte. Dann war sie mit einem Satz bei Curtius, packte ihn mit der Linken am Hemdkragen und presste die rechte Hand mit der Messerklinge gegen seinen Hals.

»Wenn Sie sich gegen mich wehren oder einer der Pfleger mich angreift, ramme ich Ihnen die Klinge in die Kehle«, erklärte sie kalt.

Curtius' Körper wurde ganz schlaff. »Aber Fräulein von Kästnitz, wir können doch über alles miteinander reden«, japste er.

*Pah, wenn sie diesen Unsinn nur hörte!* »Sie halten den Mund«, fuhr sie ihn an, »und Sie«, sie wandte sich dem unverletzten Pfleger zu, der vor ihr zurückgewichen war, »öffnen mir jetzt die Tür. Und immer schön Abstand zu mir und dem Professor halten.«

»Gewiss ... doch, gnädiges Fräulein ...«, stammelte er. *Ach, tat es gut, endlich wieder die Kontrolle über die Situation zu haben.*

Jo hatte Curtius etwa bis zur Mitte des Ganges vor sich hergeschubst, als die Metalltür krachend aufflog. *War es diesem Mistkerl etwa gelungen, einen geheimen Alarm auszulösen?*

»Ich sage es nur noch einmal – falls ich angegriffen werde, steche ich zu«, herrschte sie Curtius an.

»Ja, ich habe Sie verstanden«, jammerte er. »Bitte, tun Sie mir nichts.«

Etwas Braunes, Felliges schoss auf Jo zu. *Ein großes Tier ... ein Hund.* »Fritz«, keuchte sie. Schwanzwedelnd sprang die Dogge um sie herum. Unwillkürlich lockerte sie ihren Griff um Curtius' Hals. Er riss sich von ihr los und rannte in Richtung der Tür, nur um gleich darauf Lutz in die Arme zu laufen, der eine Pistole in der Hand hielt. Hinter ihm tauchten vermummte Männer auf ...

»Jo, komm schnell«, rief er ihr zu und streckte die Arme nach ihr aus. *Nicht, dass sie kein Bedürfnis gehabt hätte, sich ihm an die Brust zu werfen.*

»Wir müssen erst noch Henrietta befreien«, erwiderte sie stattdessen hastig. »Sie wird auch in dieser Anstalt gefangen gehalten.«

»Wo finden wir sie?« Lutz richtete die Pistole auf Curtius, der sich zitternd an die Wand presste. Seine Brille war auf den Boden gefallen.

»Im dritten Stock. Sie hat das Zimmer Nummer fünf«, stöhnte er.

Gemeinsam mit Lutz rannte Jo die Treppe hinauf. Auf einem Absatz hielten zwei Männer, die Masken über den Gesichtern trugen, einige Pfleger mit Gewehren in Schach. Einer der Vermummten drehte sich um. Er lüpfte für einen Moment die Maske und zwinkerte Jo zu. *Theodor von Körner ... wie kam der denn hierher? Egal!* Jo lächelte ihn dankbar an.

Henriettas Zimmer war nicht abgeschlossen. Jo erinnerte sich flüchtig daran, dass Curtius ihr gesagt hatte, Patienten, die Wohlverhalten zeigten, dürften sich relativ frei in der Anstalt bewegen. Sie nahm wahr, dass an den Wänden kleine Zeichnungen hingen, ehe sich ihre Aufmerksamkeit auf Henrietta richtete. Diese saß mit einer Stickarbeit in den Händen am Fenster.

»Josepha ...« Henrietta sah sie und Lutz aus weit aufgerissenen Augen an.

Jo fasste sie an den Händen und zog sie hoch. »Du bist wieder frei«, sagte sie sanft. Henrietta begann zu zittern, doch sie ließ sich von Jo aus dem Raum und dann die Stufen hinunterführen. In der Halle im Erdgeschoss blieb sie plötzlich stehen.

»Henrietta, bitte«, drängte Jo.

»Wilhelm«, flüsterte Henrietta.

Nun erst sah Jo ihren Onkel, der vor dem Gang stand, der in den Garten führte. Ein weiterer Vermummter hielt einen Gewehrlauf auf ihn gerichtet.

»Josepha, Henrietta«, keuchte er auf. Er wollte auf sie zugehen, aber das barsche »He, stehen geblieben!« des Vermummten hielt ihn zurück. Die Stimme war tief und rauchig und hörte sich, fand Jo, sehr nach Augusta Meyrink an.

»Du hast mir versprochen, dass meine Tochter niemals an diesen schrecklichen Ort kommen würde, wenn ich mich gefügig zeigte«, brachte Henrietta tonlos hervor.

»Henrietta ...« Wilhelms Antlitz wurde aschfahl. »Du musst mir glauben, was ich getan habe, habe ich aus Liebe zu dir und Josepha getan. Ich konnte nicht zulassen, dass ihr euch durch eure Wahnideen zerstört.«

Henrietta schnitt ihm das Wort ab. »Mein Eintreten für die Rechte der Frauen und der Arbeiter war keine Wahnidee.«

»Es ging ja nicht nur darum. Ich hatte vertrauliche Informationen, dass du zu anarchistischen Kreisen in Verbindung standest, die ein Attentat auf den Kaiser planten. Ich konnte nicht tatenlos zusehen, wie du dich an den Galgen brachtest.«

»Ich habe einige Anarchisten flüchtig gekannt, aber ich habe niemals mit ihnen paktiert.«

»Henrietta ...« Wilhelms Stimme klang flehend. »Ich habe dich geliebt. Schon als ich dich das erste Mal zusammen mit Ludwig sah. Deine Schönheit und deine Herzenswärme. Josepha ist dir so ähnlich. Auch sie kann die Realität nicht akzeptieren, wie sie ist.«

»Dir ging es immer nur um die Familienehre und deine gesellschaftliche Reputation. Du widerst mich an.« Henrietta streifte Jos Hand ab. Dann trat sie auf Wilhelm zu und spuckte ihm ins Gesicht.

»Also ich mische mich ja ungern in Familienstreitigkeiten ein«, ließ Lutz sich vernehmen, »aber wir sollten jetzt wirklich verschwinden.«

Als hätte sie all ihre Energie aufgebraucht, ließ Henrietta sich wieder von Jo am Arm nehmen und aus der Halle und zu dem zerstörten Tor hinausführen. Davor wartete eine Kutsche. Lutz half erst Henrietta, dann Jo einsteigen. Auf einer der mit Leder gepolsterten Bänke saß schon ein Mann. Als er seine Maske abnahm, kam Frederick Lombards Gesicht zum Vorschein. »Josepha, ich kann Ihnen gar nicht sagen, wie froh ich bin, dass Ihre Befreiung geglückt ist«, sagte er lächelnd.

*Er hatte sich an ihrer Rettungsaktion beteiligt.* Jo strahlte Lombard an, ehe ihr bewusst wurde, dass sie nur dieses grauenhafte Anstaltsnachthemd trug und zudem ihre Beine, die unter dem Saum hervorlugten, bleich und unrasiert waren.

Lutz, der sich nun auch in die Kutsche geschwungen hatte, blickte zwischen Lombard und Jo hin und her. »Ich würde sagen, die Rettungsaktion ist erst geglückt, wenn wir unser Versteck erreicht haben«, bemerkte er trocken.

## 12. KAPITEL

Vor der geöffneten Terrassentür erstreckte sich ein hübscher, ein wenig verwilderter Garten. Jo erschienen die beiden Tage in der Anstalt, die Befreiungsaktion und auch, dass sie sich nun in einem Haus in der Nähe von Ebersheim befand, völlig irreal. Augusta Meyrink hatte das Anwesen, das abgelegen am Rand eines Dorfes lag, unter falschem Namen gemietet. In der Küche hörte Jo Lutz rumoren. Frederick Lombard hatte sich vor einer Weile mit Henrietta zurückgezogen.

Vor dem Haus hörte Jo nun eine Kutsche vorfahren. Gleich darauf kam Fritz vom Garten in das Zimmer gerannt und stürzte sich begeistert auf sie. Hastig wich sie auf der Ottomane vor ihm zurück und brachte ihre Hände vor seiner nassen Zunge in Sicherheit. »Ja, ja, schon gut. Ich weiß es wirklich zu schätzen, dass du an meiner Rettung beteiligt warst«, murmelte sie, »aber ich kann es trotzdem nicht leiden, wenn du mich vollsabberst. Guter Hund, sitz schön still.«

»Essen ist fertig!« Lutz, der ein Tablett mit einer blau-weiß gemusterten Keramikterrine und einem Brotkorb darauf in den Händen hielt, lenkte Fritz glücklicherweise von Jo ab. Er begann, schwanzwedelnd um Lutz herumzustreifen. Lutz stellte das Tablett auf dem bereits gedeckten Esstisch ab. Er wirkte ausgesprochen gutgelaunt. »Eine exzellent ausgestattete Küche, das muss ich wirklich sagen. Ich hätte ja nicht gedacht, dass ich während dieser verwünschten Zeitreise noch zum Kochen kommen würde.«

»Zeitreise?« Augusta Meyrink, die Lutz zusammen mit Frederick Lombard gefolgt war, sah ihn verwundert an.

Lutz tauschte einen raschen Blick mit Jo. »Ich meinte *Kaiserzeit*«, verbesserte er sich eilig.

»Na, bis Preußen zur Republik wird, das dürfte noch dauern.« Augusta Meyrink schnupperte. »Was gibt es denn?«

»Feines Kalbsfleischfrikassee.« Während Lutz den Deckel der Terrine hob und das Frikassee auf die Porzellanteller verteilte, wandte sich Jo Frederick Lombard zu. »Henrietta hatte keinen Hunger?«

»Sie wollte sich ausruhen.«

»Glauben Sie denn, dass sie jemals über die Jahre, die sie in Curtius' Gewalt verbracht hat, hinwegkommen wird?«

»Während unseres Gesprächs habe ich den Eindruck gewonnen, dass Ihre Mutter eine starke Persönlichkeit ist. Ich bin zuversichtlich, dass sie bei entsprechender Pflege an einem geschützten Ort gesunden wird. Auch wenn der Heilungsprozess sicherlich einige Jahre dauert.«

»In Preußen ist sie aber nicht geschützt«, erwiderte Jo düster. »Bestimmt waren die Nachmittagszeitungen schon voll von unserer Flucht.«

»Keine Zeile stand darin. Nur von einer mysteriösen Detonation in einem Ebersheimer Wäldchen war die Rede.« Augusta Meyrink lächelte.

»Wie kommt das denn?«

»Nun ja, der Obrigkeit ist nicht daran gelegen, dass die Bevölkerung von dem *Anschlag* auf diese sogenannte Klinik erfährt.« Augusta Meyrink tunkte gleichmütig ein Stückchen Brot in das Frikassee. »Denn dies könnte das Vertrauen in die staatliche Sicherheit erschüttern. Was jedoch nicht bedeutet, dass nicht bereits überall nach Ihnen gefahndet wird.«

»Koschatzki ist bestimmt schon zur Hochform aufgelaufen.« Lutz verzog angewidert das Gesicht.

»Ich könnte Henrietta zu Freunden von mir in die Schweiz bringen.« Augusta sah Jo an. »Ich würde vorschlagen, dass wir schon heute Abend aufbrechen. Je eher Ihre Mutter über der Grenze ist, desto besser.«

»Ich bin ganz Ihrer Meinung.« Jo nickte. »Womit wenigstens eine Schwierigkeit behoben wäre. Aber auf unser Problem, wie wir von Gleiwitz der Morde überführen und Jakob Leutners Unschuld beweisen können, haben wir noch immer keine Antwort. Nur dass jetzt wahrscheinlich auch noch ganze Hundertschaften von Polizisten nach uns suchen.« Sie schob den Teller weg. Ihr war plötzlich jeglicher Appetit vergangen.

Schweigen breitete sich um den runden Tisch aus. Fritz, der eine Meise draußen auf der Terrasse herumhüpfen sah, knurrte kurz, verlor jedoch gleich wieder das Interesse und schlief ein.

»Ob von Mettmann und dein Onkel den Landrat darüber informiert haben, dass wir ihn verdächtigen, ein Serienmörder zu sein?«, fragte Lutz schließlich nachdenklich.

»Keine Ahnung. Warum interessiert dich das?«

»Weil ich mich frage, ob von Gleiwitz in diesem Falle die Fetische, die er seinen Opfern abnahm, beseitigt hätte.«

»Ich bin davon überzeugt, dass sich von Gleiwitz unter gar keinen Umständen von diesen Dingen trennen wird«, erklärte Frederick Lombard entschieden. »Sie besitzen eine viel zu große Bedeutung für ihn. Außerdem weiß er ja ohnehin, dass diese Verdächtigungen in der Wahrnehmung von Herrn von Mettmann und Herrn von Kästnitz bloße Hirngespinste sind.«

»Worauf willst du hinaus?« Jo sah Lutz an.

»Na ja, diese Fetische sind, neben seinem Fingerabdruck,

der jedoch nicht als Beweismittel gilt, die einzigen Dinge, die von Gleiwitz wirklich mit den Morden in Verbindung bringen.«

»Das mag ja sein.« Jo stöhnte. »Aber wie wollen wir an die Fetische rankommen? Einen Hausdurchsuchungsbefehl werden wir nicht kriegen. Wir können nicht in die Villa der von Gleiwitz' einbrechen und sie vom Keller bis zum Dachboden auf den Kopf stellen.«

»Das dürfte nicht nötig sein«, mischte sich Frederick Lombard lebhaft ein. »Von Gleiwitz bewahrt die Fetische sicher an einem Ort auf, der für ihn schnell zugänglich ist und zudem eine gewisse Intimität besitzt. Also wahrscheinlich in seinem Schlaf- oder Ankleidezimmer. Ich vermute, in der Nähe seiner Unterwäsche.«

Jo war nicht überzeugt. »Er müsste doch damit rechnen, dass seine Frau gelegentlich in seinen Sachen herumkramt.«

»Die von Gleiwitz' haben getrennte Schlafzimmer«, warf Augusta Meyrink gelassen ein. *Wirklich erstaunlich, was die alles wusste.* Jo starrte sie einen Moment lang perplex an. »Trotzdem – einfach in die Villa einzubrechen, ist, finde ich, nicht sehr erfolgversprechend«, beharrte sie dann.

»Constanze von Gleiwitz ist für einige Tage mit den beiden Jungen zu ihren Eltern gereist.« Augusta rückte den Zwicker auf ihrer Nase zurecht. Die runden Brillengläser vor ihren Augen verliehen ihr eine gewisse Ähnlichkeit mit einer alten Eule. »Bei diesen Gelegenheiten bekommen häufig die Dienstboten ein paar Tage Urlaub. Und soviel ich weiß, hält von Gleiwitz morgen Abend in Ebersheim eine Wahlkampfrede für die Konservative Partei.«

»Na, wenn das nicht die optimalen Bedingungen für einen Einbruch sind.« Lutz grinste.

»Gesetzt den Fall, uns gelingt es tatsächlich, die Fetische unbemerkt an uns zu bringen – wem willst du sie dann als

Beweisstücke präsentieren? Von Mettmann und Koschatzki kommen dafür ja wohl nicht in Betracht.«

Lutz verdrehte entnervt die Augen. »Herrgott, Jo, musst du die Dinge immer gleich rabenschwarz sehen? Sogar in Preußen gibt es so etwas wie eine überregionale kritische Presse. Wenn Fotos der Fetische in den Zeitungen veröffentlicht werden, werden die Angehörigen der Opfer sicher das eine oder andere Stück wiedererkennen. Gut, möglicherweise wird das nicht ausreichen, damit von Gleiwitz als Mörder verurteilt wird. Aber die Chancen, dass wenigstens Jakob Leutner auf diese Weise einer Verurteilung entgeht, sind meiner Meinung nach nicht schlecht. Das ist immerhin besser als nichts.«

»Diese Ansicht teile ich.« Augusta Meyrink nickte und schlug energisch auf den Tisch, während sie Frederick Lombard ansah. »Was meinen Sie dazu, Lombard?«

»Auch wenn ein Einbruch natürlich ungesetzlich ist, plädiere ich in diesem Fall dafür.« Er lächelte ein bisschen.

»Okay, okay.« Jo hob resigniert die Hände. »Ich gebe mich geschlagen.«

Eine Bewegung ließ sie sich umdrehen. Henrietta war in den Raum gekommen. Ihre Augen waren vom Schlaf gerötet. Trotzdem wirkte sie bleich und erschöpft. *Zu erfahren, dass ihre »Tochter« versucht, einen Serienmörder zu überführen, dürfte wirklich zu viel für sie sein.* Als hätte Augusta Jos Gedanken erraten, stand sie auf und ergriff Henriettas Hand. »Sind Sie sehr hungrig, meine Liebe? Nein? Dann würde ich gerne etwas mit Ihnen besprechen.« Sie führte Henrietta in ein Nebenzimmer.

»Ich bringe schon mal das Geschirr weg.« Lutz begann, die benutzten Teller aufeinanderzustapeln.

*Viele Gelegenheiten, mit Frederick Lombard zu sprechen, werde ich nicht mehr haben*, ging es Jo durch den Kopf. Schon lange hatte sie sich immer wieder Sorgen um ihn gemacht, wenn sie an die Zukunft dachte.

»Frederick«, sagte sie, als die Tür hinter Lutz ins Schloss gefallen war, »ich muss Sie vor etwas warnen. Bitte hören Sie mich an, auch wenn Ihnen das, was ich Ihnen zu sagen habe, sicherlich völlig verrückt erscheinen wird.«

»Ich würde niemals etwas aus Ihrem Munde für verrückt halten.«

»Na, warten Sie es ab.« Jo seufzte. »Im Jahr 1933 werden die Nationalsozialisten in Deutschland die Macht ergreifen. Bis dahin wird Deutschland einen Weltkrieg verloren haben und zur Republik geworden sein. Die Nationalsozialisten hassen die Juden. Sie werden bis zum Ende eines weiteren Weltkrieges Millionen von Juden umbringen. Versprechen Sie mir, dass Sie Deutschland mit Ihrer Familie vor 1933 verlassen und so viele Menschen wie möglich vor den Nazis warnen werden!«

»Josepha, was beschwören Sie da für eine grauenvolle Vision?« Frederick Lombard schüttelte verstört den Kopf. »Kein Mensch kann in die Zukunft blicken. Ich bin mir darüber im Klaren, dass die Situation für uns Juden im deutschen Kaiserreich nicht ideal ist und es starke antisemitische Strömungen gibt. Aber das Bild, das Sie zeichnen, ist völlig absurd. Niemals könnte in einer gebildeten Nation, wie es Deutschland ist, etwas derart Schreckliches geschehen.«

»So wie Sie jetzt haben viele Menschen auch 1933 reagiert«, erwiderte Jo traurig. »Frederick, bitte, versprechen Sie mir, dass Sie sich, sobald ein Mann namens Hitler versucht, an die Macht zu kommen, an meine Worte erinnern und entsprechend handeln werden.« Ernst und unverwandt blickte sie ihn an.

Schließlich nickte Frederick Lombard. »Gut, ich verspreche es Ihnen – auch wenn ich nicht glauben kann, dass diese Zukunft jemals eintreten wird.«

»Danke für Ihr Versprechen und für alles andere ...« Jo beugte sich vor und küsste ihn auf die Wange – nur um sich rasch wieder auf ihrem Stuhl zurücksinken zu lassen.

Denn Lutz war aus der Küche zurückgekommen. Er hielt ein Tablett voller kleiner Tassen und geschliffener Gläser in den Händen. »Ich schlage vor, wir genehmigen uns noch einen türkischen Mokka und einen Cognac«, sagte er, während er das Tablett schwungvoll auf den Tisch stellte. »Ich finde, es gibt kaum etwas Besseres, um den Geist zu schärfen, als Alkohol und Koffein – abgesehen von Zigaretten.«

»Du hast ihn vor den Nazis gewarnt, nicht wahr?«, fragte Lutz, nachdem sich Frederick Lombard verabschiedet hatte.

»Ja.« Jo nickte.

»Gut, denn das wollte ich auch unbedingt noch tun.« Lutz goss sich einen weiteren Cognac ein und trank das Glas in einem Zug aus. »Sich vorzustellen, was auf die Menschen, die jetzt leben, noch alles zukommen wird ...«

Jo wollte etwas erwidern. Doch Henrietta, die verzweifelt »Josepha!« rief, hielt sie davon ab. *Verflixt, nahm das denn mit den emotional aufwühlenden Szenen gar kein Ende?*

»Josepha, Frau Meyrink hat mir vorgeschlagen, dass sie mich in die Schweiz bringen will. Aber ich habe dich doch gerade erst wiedergefunden. Ich kann mich nicht schon wieder von dir trennen.« Tränen schimmerten in ihren Augen. Lutz erhob sich taktvoll und verließ den Raum.

»Du musst gehen. Du bist hier nicht sicher.« Jo streichelte Henriettas Hände.

»Aber du doch auch nicht ...«

»Na ja, ich kann schon auf mich aufpassen.« *Und wenn*

*es ihnen tatsächlich gelang, von Gleiwitz der Morde zu überführen, würde sie sich hoffentlich nicht mehr lange im Jahr 1898 aufhalten.*

»Josepha wird Sie bald in der Schweiz besuchen.« Augusta Meyrink hatte sich neben Henrietta gesetzt.

»Das wirst du wirklich tun?« Henriettas Blick hing ängstlich an Jo.

»Ja, natürlich«, log Jo. *Herrje, sie hatte doch keine Ahnung, ob sich die wirkliche Josepha und ihre Mutter wiedersehen würden. Auch wenn sie es den beiden von Herzen wünschte.*

»Alles wird gut«, hörte Jo Augusta Meyrink sagen. Die offenstehende Terrassentür erzitterte, da Fritz' heftig wedelnder Schwanz dagegenschlug. Ein Sonnenstrahl fing sich im Glas, irrlichterte durch das Zimmer und über Augustas Gesicht. Für einen Moment glaubte Jo, statt ihrer die alte Äbtissin Agneta aus dem Mittelalter zu sehen.

Jo blinzelte und schluckte.

Der Eindruck verflog, als Augusta nach einem versilberten Etui griff und eine Zigarre herausnahm.

»So, die Leiter steht gut.« Jo konnte Lutz' Gesicht nicht genau erkennen. Dazu war es an der Mauer des von Gleiwitzschen Anwesens zu dunkel. Aber seine Stimme klang sehr zufrieden. Fast den ganzen Tag lang war er unterwegs gewesen, um die Dinge zu organisieren, die sie für den Einbruch benötigten – wie etwa die Klappleiter und einen Bund Dietriche.

Währenddessen war Jo in dem gemieteten Haus auf- und abgetigert. Sie war so nervös gewesen, dass sie schließlich, um sich abzulenken, angefangen hatte, einen Nudelauflauf zuzubereiten. Obwohl sie es eigentlich hasste zu kochen. Das Ergebnis war dementsprechend schlecht gewesen. Nur durch Lutz' energisches Eingreifen hatte das Gericht noch gerettet werden können. Gegen neun Uhr waren sie dann mit einer Mietkutsche zu einem Schuppen gefahren, wo ein Fahrrad samt Anhänger und Klappleiter auf sie wartete. Jo hatte von dort die anderthalb Kilometer zur Villa des Landrats zu Fuß zurückgelegt. Denn wegen unerlaubten Fahrens zu zweit auf einem Fahrrad verhaftet zu werden war nun definitiv das Letzte, was sie in dieser Nacht gebrauchen konnten.

Lutz hatte, mit einem Packen leerer Säcke in seiner Segeltuchtasche die ersten Sprossen erklommen. Die Leiter quietschte ein wenig unter seinem Gewicht. Jo stellte fest, dass sie wegen des Einbruchs keinerlei Skrupel hatte. *Ob ich, wenn ich in die Gegenwart zurückgekehrt bin, wieder moralisch sensibler reagieren werde?*, fragte sie sich. Sie hoffte es. Genauso, wie sie hoffte, dass sie dann kein Bedürfnis mehr haben würde zu rauchen. *Obwohl ... gerade jetzt hatte sie so richtig Lust auf eine Zigarette.*

»Ich bin oben«, hörte sie Lutz leise rufen. »Die Mauerkrone ist, wie zu erwarten war, mit Glasscherben geschützt. Ich lege grade noch die Säcke drüber. So, jetzt kannst du kommen.«

*Also dann ...* Jo folgte ihm. *Nur gut, dass sie sich in einer Zeit befanden, in der Alarmanlagen und automatische Bewegungsmelder noch nicht erfunden waren.*

Auf der Mauerkrone angelangt, kauerte sie sich neben Lutz. Er zog die Leiter hoch und ließ sie dann auf der anderen Seite in den Garten gleiten. Fahl schimmerte die Fassade der Villa im Mondlicht durch die hohen, alten Bäume.

Den Weg zum Haus hatten sie schnell zurückgelegt. Ebenso rasch umrundeten sie es. Jo atmete auf. Hinter keinem der Fenster war ein Licht zu sehen. *Tatsächlich schien niemand anwesend zu sein.*

»Was meinst du – sollen wir über den Baum zum Obergeschoss klettern?«, flüsterte Lutz, während er auf eine Kastanie deutete, deren dicke Zweige sich bis an die Villa erstreckten. »Das erspart es uns, die Leiter hierherzuschleppen.«

»Im Bäumeersteigen habe ich ja mittlerweile Übung, das müsste ich schaffen«, gab Jo trocken zurück. Sie folgte Lutz in einigem Abstand. Verglichen mit der Linde vor ihrem Fenster, die mindestens den *Schwierigkeitsgrad zwei* führte, war die Kastanie mit ihren breiten Astgabelungen ein bequemer Wanderweg. Lutz hatte das hohe Fenster im ersten Stock bereits geöffnet, als Jo über einen langen Ast zu ihm balancierte.

Im Zimmer roch es schwach nach Eau de Cologne und Bergamotte. Lutz ließ das Licht seiner Karbidlampe aufblitzen. Jo sah ein Bett mit einem Baldachin aus einem schweren Stoff, in den Blumen eingewebt waren. Auf einer Frisierkommode standen Glasflakons und Porzellandöschen neben Kämmen und Bürsten aus Silber und Schildpatt. Dies musste das Schlafzimmer von Constanze von Gleiwitz sein.

Als sie auf den Flur hinausschlüpften, hörte Jo ein leises, dumpfes Geräusch. Gleich darauf stieß Lutz einen unterdrückten Fluch aus. Etwas Weiches strich um Jos Beine. *Eine Katze ... Auf Magda Keuners Kleidung hatten sie Katzenhaare gefunden.* Jos Herz klopfte rascher.

»Ich hasse diese Tiere«, murmelte Lutz.

»Na ja, sie sind nicht grade Teamplayer.«

Im nächsten Zimmer entriss der Lampenschein ein Schaukelpferd und eine hölzerne Burg der Dunkelheit. An das Spielzimmer schlossen sich die beiden Schlafräume der Jungen und das ihres Kindermädchens an. Die vorletzte Tür führte sie endlich zu einem Männerschlafzimmer. Da die Vorhänge vor den Fenstern zugezogen waren, öffnete Lutz den Schieber der Karbidlampe ganz. Jo registrierte ein Mahagonibett mit einer Steppdecke aus schwerer Seide darauf.

Ansonsten gab es in dem Raum nur noch einen Frisier- und einen Nachttisch aus dem gleichen rötlichen Holz sowie eine Kommode und zwei bequeme Sessel, die zu beiden Seiten des Kamins standen.

»Meinst du, wir sollen es mit der Kommode versuchen?« Lutz sah Jo fragend an.

»Nee, irgendwie kommt die mir zu exponiert, also zu ungeschützt vor.« Jo schüttelte den Kopf. »Lass uns ins Ankleidezimmer gehen.«

Die zweiflügelige Tür rechts vom Bett führte dort hinein. Ein Schrank aus Mahagoni nahm die ganze Längswand ein. Davor stand ein großer Spiegel in einem hölzernen Rahmen. *Beeindruckend!*

»So ein Ankleidezimmer hätte ich auch mal gerne«, raunte Jo.

»Frauen denken aber auch immer nur an Klamotten.« Lutz verdrehte die Augen. »Lombard vermutete, dass von Gleiwitz die Fetische in der Nähe seiner Unterwäsche verstecken würde.« Er begann, die Schranktüren zu öffnen. Hinter der dritten wurde er fündig. Unterhemden und -hosen aus cremefarbener Seide stapelten sich in den Fächern.

»Wie kann ein Mann nur so was tragen?« Lutz schüttelte missbilligend den Kopf, während er einen Stapel herausnahm und auf eine mit Samt bezogene kleine Bank legte.

»Du stehst wahrscheinlich eher auf Boxershorts?«

»Auf bunte, genau genommen.«

*Es war wirklich nicht der passende Moment sich wieder einmal vorzustellen, wie Lutz und Jacqueline Steinert einander auszogen.* Jo schluckte ärgerlich. Sie durchsuchte die Stapel, die Lutz aus dem Schrank holte. Doch außer zwei Lavendelsäckchen konnte sie zwischen der Wäsche nichts finden.

»Mist!« Lutz starrte in die leeren Fächer. »Uns bleibt wohl nichts anderes übrig, als den ganzen verdammten Schrank zu durchsuchen. Mit meinem Schrank, das kann ich dir versichern, hätten wir weniger Arbeit.«

»Warte mal!« Jo kaute an ihrer Unterlippe. »Mein Gefühl sagt mir, dass Frederick Lombard mit seiner Einschätzung recht hatte.«

»Ah ja? Und wo befinden sich dann die Fetische? Hat von Gleiwitz sie vielleicht mit einem Zauberbann belegt und unsichtbar werden lassen?«

»Möglicherweise so was Ähnliches.«

»Hä?«

»In Romanen, die im neunzehnten Jahrhundert spielen, kommen häufig Geheimfächer in Wänden und Möbeln vor«, erklärte Jo. »Außerdem gibt es auch eins in meiner – also Josephas – Kommode.«

»Dann viel Spaß beim Suchen. Das Spezifische eines Geheimfachs ist ja wohl, dass es *geheim* ist.«

»Ein Geheimfach zwischen der Wäsche dürfte aber eher untypisch gewesen sein.« Jo kniete sich vor den Schrank und tastete das unterste Fach ab. »Wenn wir Glück haben, ist es nicht ganz so raffiniert versteckt.«

Lutz schnaubte nur.

In den beiden unteren Fächern wurde Jo nicht fündig. Aber in dem dritten ertastete sie links eine kleine Erhebung. Vorsichtig drückte sie darauf. Das Holz glitt zur Seite. Dahinter wurde ein Hohlraum sichtbar. Als Lutz den Strahl der Karbidlampe darauf richtete, blitzte etwas metallen auf.

»Schnell«, drängte Jo, »gib mir die Handschuhe.« Nachdem sie das Paar aus dünnem Leder übergestreift hatte, griff sie in den Hohlraum und förderte etwas Kleines, Goldenes zutage.

»Appolonia Hogarths Ohrring«, murmelte Lutz.

»Ja …« Jos Magen verkrampfte sich vor Abscheu und Anspannung.

Behutsam legte sie das Schmuckstück auf einen Wandsims. Nach und nach förderte sie einen schmalen Ring und eine goldene Kette mit Medaillon zutage – Jo erinnerte sich daran, dass Amelie von Büsow am Tag ihrer Ermordung ein derartiges Medaillon getragen haben sollte, das nicht bei ihrer Leiche gefunden worden war. Der Fäustling aus grober Wolle konnte einer Magd wie Edeltraud Hunck gehört haben. Sie fand Magda Keuners Strumpf in dem Hohlraum. Ein schwarzes Samthalsband, ein blau-weiß gepunktetes Seidenhalstuch, einen etwas abgetretenen Spangenschuh und ein umhäkeltes Leinentaschentuch mit den Initialen LM darauf. Die Dinge wirkten, als seien sie ihren Besitzerinnen erst vor kurzem abgenommen worden. Jo spürte einen Kloß im Hals.

»Es sind neun Fetische, nicht acht.« Lutz deutete auf das Leinentaschentuch. Seine Stimme klang belegt. »Von einem Opfer wissen wir noch nichts. Lass uns einpacken und verschwinden.« Er öffnete die Segeltuchtasche und stellte sie unter das Sims.

Sie hatten alle Fetische bis auf das gepunktete Halstuch hineingelegt, Jo hielt es noch in den Händen, als die Tür, die auf den Gang führte, aufgerissen wurde.

»Scheiße!« Lutz wirbelte herum. *Hatte er etwa eine besonders üble Halluzination?* Nein, der Mann, der im Türrahmen stand, eine Pistole in den Händen hielt und ihn hämisch angrinste, war eindeutig Koschatzki.

»Jäger«, trompetete er, »ich hatte also recht mit meiner Vermutung, dass Sie die Villa des Landrats heimsuchen würden. Das Anwesen ist umstellt. Dieses Mal werden Sie mir nicht entkommen.« In seinem Rücken sah Lutz nun zwei kräftige uniformierte Polizisten. *Er und Jo saßen eindeutig in der Scheiße.*

»Ich glaube, es war gut, dass ich den Jungen, Kurt, nicht über meine Pläne informiert habe.« Koschatzkis Grinsen vertiefte sich. »Sie beide waren mir in der letzten Zeit ein bisschen zu vertraut miteinander. Und jetzt nehmen Sie gefälligst die Hände hoch und kommen ganz langsam auf mich zu.« Sein Blick fiel auf Jo. Er räusperte sich. »Oh, Fräulein von Kästnitz, in Ihrer Aufmachung als Junge hätte ich Sie fast nicht erkannt. Wenn Sie mir versprechen, keine Sperenzchen zu machen, werde ich Ihnen keine Handschellen anlegen lassen.«

»Ich danke Ihnen«, flüsterte Jo. »Ich ... ich ... wollte nicht in die Villa einbrechen. Herr Jäger hat mich dazu gezwungen.«

»Nun, das werden wir schon noch herausfinden.« Koschatzkis Stimme klang merklich milder. Lutz beobachtete, wie Jo mit gesenktem Kopf auf seinen ehemaligen Chef zuging. Als sie ihn erreicht hatte, riss sie ihr rechtes Bein hoch. Koschatzki stieß einen Schmerzensschrei aus und fasste sich an sein Handgelenk. Die Pistole wirbelte durch die Luft. Lutz fing sie auf. *Good girl!*

Jo hatte sich schon an Koschatzki vorbei und zwischen den beiden Polizisten hindurchgeschlängelt.

»Aus dem Weg!«, brüllte Lutz und richtete die Waffe auf die drei Männer. Sie wichen zur Seite. Lutz schnappte sich die Segeltuchtasche, dann rannte er hinter Jo her, den Gang entlang und eine breite Holztreppe hinunter in die Halle. In den Tiefen des Hauses gellte eine Trillerpfeife. Im Garten blitzten Lichter auf, die auf die Eingangstür zukamen.

»Nimm den Flur!«, schrie Lutz Jo zu. Stolpernd wechselte sie die Richtung. Schritte trampelten durch die Halle. Der Flur war dunkel, nur schemenhaft nahm Lutz Türen auf beiden Seiten wahr. Jo riss eine davon auf. Licht flutete ihnen entgegen. Für einen Moment war Lutz davon geblendet und musste die Augen schließen.

»Die beiden sind tatsächlich gekommen, Kästnitz«, hörte er eine gelassene Männerstimme sagen.

Lutz blinzelte. Vor ihnen lag ein großes, von Gaslicht erhelltes Zimmer. An einem Billardtisch standen Jos Onkel und von Gleiwitz. Sie hielten Queues in den Händen. Klackend schlug eine Kugel gegen drei andere.

»Jäger, lassen Sie die Waffe fallen«, sagte Wilhelm ruhig. »Das ist doch Unsinn. Das Gebäude ist umstellt. Auch wenn Sie uns beide als Geiseln nehmen sollten, werden Sie nicht weit kommen.«

*Verdammt, was sollen wir nur tun?* Lutz' Gedanken überschlugen sich. *Diese Aktion war nun wirklich völlig in die Hose gegangen. Jo würde wieder in die Anstalt gesperrt werden, er selbst ins Gefängnis kommen, und von Gleiwitz würde ungehindert weitermorden können.* Noch nie hatte er sich so hilflos gefühlt. Auch Jo wirkte panisch.

»Jäger! Runter mit der Waffe«, brüllte nun auch noch Koschatzki im Flur. Lutz ließ die Pistole langsam sinken. Sein Kopf war wie leer.

Von Gleiwitz' triumphierender Blick wanderte von Lutz zu Jo. Urplötzlich erlosch das Lächeln auf seinem Gesicht. Als hätte man eine Maske davon weggezogen, verschwand der joviale Adelige. Seine Miene spiegelte Hass und Wut und tiefe Grausamkeit, während er auf das gepunktete Tuch in Jos Hand starrte.

»Du Miststück«, zischte er. »Wie konntest du es wagen, dich an meinen Dingen zu vergreifen? Sie gehören mir, nur mir. Du hast sie entweiht. Sie werden mich nie mehr befriedigen. Ach, hätte ich dich doch auch getötet.«

Ehe Lutz reagieren konnte, war von Gleiwitz auf Jo zugesprungen und umklammerte ihren Hals mit beiden Händen. Wahnsinn leuchtete in seinen Augen.

»Schlampe, Miststück!«, kreischte er wieder und wieder, während Lutz versuchte, ihn von Jo wegzureißen. Jos Augen waren weit aufgerissen und voller Entsetzen. Ihr

Gesicht verfärbte sich bläulich. Ein Schuss peitschte an Lutz vorbei.

»Koschatzki, unterlassen Sie das!«, hörte er Wilhelm rufen. Dann war Jos Onkel bei ihm. Gemeinsam gelang es ihnen endlich, von Gleiwitz' Hände von Jos Hals zu lösen.

Jo sackte zu Boden, hustete und rang keuchend nach Atem. Lutz kniete sich neben sie und legte seinen Arm um ihre Schultern. »Jo«, flüsterte er, »mein Gott ..., Jo.«

»Mit mir ist alles in Ordnung«, brachte sie heiser hervor. »Was ist mit von Gleiwitz?« Lutz sah auf. Der Landrat war auf einem Stuhl zusammengebrochen. Er hatte die Hände vors Gesicht geschlagen, wiegte den Oberkörper vor und zurück und weinte stoßweise, wobei er hohe, schrille Laute ausstieß. Wilhelm betrachtete ihn fassungslos. Koschatzki stand mit kalkweißem Gesicht in der geöffneten Tür.

Wilhelm gab sich einen Ruck. Er trat zu von Gleiwitz und legte ihm die Hand auf die Schulter. »Mann, reißen Sie sich zusammen!«, sagte er barsch.

Von Gleiwitz hob den Kopf. Noch immer rannen ihm Tränen übers Gesicht, aber der Ausdruck von Wahnsinn war aus seinen Augen gewichen. Nur noch Resignation und Hass waren darin zu sehen. »Ich habe sie alle getötet«, murmelte er. »Neun Schlampen, und sie«, er blickte zu Jo, »hätte die zehnte sein sollen.«

»Aber, Herr Landrat, das ist doch nicht möglich«, stöhnte Koschatzki auf.

»Was weiß denn einer wie du, welch eine Erfüllung das Töten bedeutet? Nichts, aber auch gar nichts ist damit zu vergleichen.« Von Gleiwitz lachte bitter auf, ehe er wieder das Gesicht in den Händen verbarg.

Angeekelt nahm Wilhelm die Hand von seiner Schulter. »Koschatzki, gehen Sie zu Ihren Leuten und bewachen Sie das Gebäude«, wies er den Hauptkommissar knapp an.

»Zu Befehl, Herr Graf.« Koschatzki salutierte und eilte davon.

»Und ihr beide«, Wilhelm blickte von Jo zu Lutz, »geht jetzt und lasst mich und Gleiwitz kurz allein.«

»Von Gleiwitz muss vor Gericht gestellt werden«, sagte Jo hart.

»Er wird seine Strafe erhalten.« Wilhelm nickte.

»Komm, Jo.« Lutz war zu erschöpft, um sich mit ihm zu streiten. »Dein Onkel weiß jetzt, dass von Gleiwitz ein mehrfacher Mörder ist.« Er half ihr auf die Beine und führte sie aus dem Billardzimmer. In der Halle ließen sie sich auf eine Treppenstufe sinken. Jo begann zu zittern. Lutz zog sie an sich. »Schh, es ist ja alles gut«, murmelte er.

»Das ist jetzt aber eine ziemliche Übertreibung.« Jo schniefte.

»Na ja, wahrscheinlich hast du jetzt einen ganz schönen Schock. Aber du wirst sicher nicht mehr Curtius' Obhut unterstellt werden, und ich komme um eine Verhaftung herum. Hoffe ich zumindest. Und die Rückkehr in die Gegenwart dürfte uns auch winken.«

Jo hob den Kopf. In dem schwachen Lichtschein, der vom Garten in die Halle fiel, wirkten ihre Augen sehr groß und verletzlich. Sehr behutsam strich er eine Haarsträhne aus ihrem Gesicht.

»Jo«, flüsterte er, »ach, Jo …«, als ein Schuss durch die Villa peitschte.

»Verdammt!« Jo befreite sich aus seiner Umarmung und sprang auf.

In dem Billardzimmer stank es nach Pulverdampf. Von Gleiwitz saß vornübergesunken in einem Sessel. Seine rechte Schläfe war weggeschossen. Blut, Gehirnmasse und Knochensplitter klebten an der Täfelung neben ihm. Seine

Rechte hielt noch einen Revolver umklammert. Die Türen eines massiven Schrankes standen halb offen. Darin schimmerte das Metall von Gewehrläufen und kleineren Waffen. Wilhelm lehnte mit fahlem Gesicht an dem Billardtisch. Neben ihm lag ein gefaltetes und mit einem Namen versehenes Blatt Papier auf der Bande.

*Verdammt ... verdammt ... verdammt!* Jo ballte die Hände zu Fäusten und stöhnte vor Zorn und Frustration laut auf. Warum hatte sie nicht daran gedacht, dass sich möglicherweise Waffen in dem Zimmer befanden?

»Du hast mir versprochen, dass von Gleiwitz vor Gericht gestellt würde!«, schrie sie Wilhelm außer sich an.

»Ich habe dir versichert, dass er seine Strafe erhalten wird. Er hat sich selbst gerichtet.«

Jo wirbelte zu Lutz herum. »Ich muss mit meinem Onkel unter vier Augen sprechen.«

Lutz zögerte und rieb sich über das Kinn. »Sorry, aber ich bleibe«, sagte er dann. »Ich lege im Allgemeinen keinen Wert darauf, Zeuge von Familienzwistigkeiten zu werden. Aber von Gleiwitz' Morde und sein Selbstmord gehen mich auch etwas an.«

Jo funkelte ihn aufgebracht an, ehe sie sich wieder Wilhelm zuwandte. »Hast du ihn zum Selbstmord überredet, oder war das seine eigene Idee?«

»Ich habe ihm dazu geraten, seinem Leben selbst ein Ende zu setzen. Und – bevor du mir gleich diese Frage stellst – in dem Abschiedsbrief an seine Frau schreibt er, dass er seit Jahren an einer wachsenden Schwermut leidet und sich deshalb getötet hat. Es steht nichts von seinen Morden darin.«

»Ein preußischer Landrat, der ein Serienmörder ist – das wäre auch ein zu großer Skandal gewesen.« Jo lachte bitter auf. »Dir geht es immer nur darum, die bestehende Ordnung zu erhalten.«

Wilhelm schüttelte den Kopf. »Auch wenn du mir wahrscheinlich nicht glauben wirst, ging es mir vor allem darum, Frau von Gleiwitz und die beiden Jungen zu beschützen. Ihr Leben wäre zerstört gewesen, wenn publik geworden wäre, dass ihr Gatte und Vater ein mehrfacher Mörder ist.«

»Vielleicht war das ja tatsächlich Ihr Motiv«, sagte Lutz, ehe Jo ihrem Onkel etwas erwidern konnte, »aber was ist mit den Opfern? Haben die etwa keine Gerechtigkeit verdient?«

Wilhelm stützte sich schwer auf den Rand des Billardtischs. Das glänzende Holz spiegelte verzerrt seine Gestalt. »Von Gleiwitz hat seine Taten mit dem Leben gesühnt«, wiederholte er leise.

»Aber nicht vor einem Gericht.«

»Die Angehörigen der Opfer hätten doch nur gelitten, wenn die Einzelheiten der Morde noch einmal öffentlich ausgebreitet worden wären.«

»Nach meiner Erfahrung ist so etwas für die Angehörigen zwar sehr schwer, aber immer noch besser, als wenn sie niemals erfahren, wer ihre Tochter oder ihre Frau umgebracht hat«, entgegnete Lutz entschieden.

»Sie können zu Mettmann gehen und ihm den wahren Grund des Selbstmords nennen.« Wilhelm lächelte freudlos. »Aber ich glaube nicht, dass der Polizeipräsident daraufhin handeln wird. Koschatzki wird Sie sicher nicht unterstützen.«

Lutz hob die Augenbrauen. »Das glaube ich Ihnen aufs Wort. Wo er mich schon nicht verhaften durfte.«

Jo trat auf Wilhelm zu. »Du Schwein!«

»Josepha, bitte ...« Wilhelm fuhr sich mit der Hand über die Stirn. »Ich verstehe ja, dass du mich hasst und verachtest. Ich verspreche dir und Herrn Jäger, dass ich dafür sorgen werde, dass Jakob Leutner freikommt, und zwar als Unschuldiger. Es wird keinerlei Makel an ihm haften bleiben. Ich verspreche dir auch, dass ich nicht nach Henrietta suchen lassen werde. Im Gegenteil, ich werde monatlich einen Wechsel auf ihren Namen ausstellen, der es ihr ermöglichen wird, wo auch immer sie sich befindet, sorgenfrei zu leben.«

»Du hast mich schon zweimal belogen.«

Wilhelms Aufmerksamkeit war ganz auf Jo gerichtet. Er schien Lutz gar nicht mehr wahrzunehmen. »Was ich gestern im Sanatorium sagte, entspricht der Wahrheit. Henrietta war die große Liebe meines Lebens. Ich wollte sie vor sich selbst beschützen. Ich war überzeugt, dass Curtius sie heilen oder zumindest ihr Leiden lindern könnte. Nach den ersten Monaten in der Klinik hat sie mich nie mehr angefleht, sie dort wegzuholen.«

»Damit wollte sie mich beschützen.« *Jetzt rede ich schon, als sei ich tatsächlich Josepha*, schoss es Jo durch den Kopf. Sie geriet ein wenig aus dem Konzept. »Was ist mit Frau Hauser? Dient sie dir nur als Sexobjekt?«

Wilhelm starrte Jo verwirrt an.

»Sie fragt, ob Sie nur mit dieser Frau zusammen sind, weil Sie mit ihr schlafen wollen«, warf Lutz erklärend ein.

»Sie bedeutet mir sehr viel. Wenn auch nicht so viel wie Henrietta.« Wilhelm hatte sich wieder gefasst. »Ich bin mir darüber im Klaren, dass ihr noch die Dinge in eurem Besitz habt, die Gleiwitz seinen bedauerlichen Opfern abgenommen hat.« Er streifte den Leichnam des Landrats mit einem kurzen Blick. »Ihr könnt damit natürlich an die liberale Presse treten.«

»Genau das werden wir tun.«

Wilhelm ignorierte Jos hitzigen Einwand. »Aber euer Wort wird gegen meines und das Mettmanns stehen.«

»Das Wort eines preußischen Polizeipräsidenten und eines hochrangigen Richters gegen das einer verrückten Frau und eines suspendierten Polizisten. Ach, ich hasse diese Zeit wirklich.« Lutz verzog angewidert das Gesicht.

»Sie umreißen die Situation sehr treffend.« Wieder lächelte Wilhelm freudlos. »Josepha, wenn ihr Gleiwitz' Selbstmord auf sich beruhen lasst, werde ich dir ein Studium ermöglichen und dich dein eigenes Leben leben lassen. Außerdem werde ich mich dafür einsetzen, dass Herr Jäger in einer anderen Stadt als Polizist weiterarbeiten kann.«

»Oh, machen Sie sich um mich keine Gedanken.« Lutz winkte ab.

*Wilhelm hat leider recht*, begriff Jo. *Er hat die meisten Trümpfe in der Hand. Was sollen wir nur tun?* Fragend sah sie Lutz an.

Lutz nahm eine der Billardkugeln in die Hand, warf sie dann auf den Tisch und verfolgte nachdenklich, wie sie gegen andere Kugeln prallte und diese in alle Richtungen wegrollten. »Ich schlage folgenden Deal vor«, sagte er schließlich. »Morgen steht in der Ebersheimer Nachmittagszeitung groß auf der Titelseite, dass Jakob Leutner erwiesenermaßen unschuldig ist. Andernfalls werden Jo und ich an die liberale Presse herantreten. Natürlich könnten Sie unsere Glaubwürdigkeit leicht erschüttern. Aber ein Zweifel würde doch an von Gleiwitz und dessen Familie hängenbleiben. Ebenso wie an Ihnen und dem geschätzten Polizeipräsidenten«

»Der Artikel wird morgen Nachmittag in der Zeitung stehen.« Wilhelm streckte die Hand aus, doch Jo und Lutz ignorierten die Geste.

»Komm Jo, mir ist die Luft hier zu schlecht.« Lutz nickte Jo auffordernd zu.

An der Tür drehte sich Jo noch einmal zu Wilhelm um. »Hättest du Curtius die Operation an mir durchführen lassen?«, fragte sie.

»Nein, das hätte ich nicht.« Wilhelm wich ihrem Blick nicht aus. Jo war geneigt, ihm dieses Mal zu glauben.

»Ich bin mir immer noch nicht sicher, ob wir auf den Deal mit Wilhelm wirklich hätten eingehen sollen«, sagte Jo zum wiederholten Male. Sie und Lutz waren mittlerweile in das gemietete Haus zurückgekehrt und saßen im gelblichen Schein einer Petroleumlampe am Esstisch. Die Nacht war warm. Draußen, vor der geöffneten Terrassentür, schwirrten tatsächlich Glühwürmchen herum. Vor kurzem hatte eine Uhr fünf geschlagen. Bald würde der Tag anbrechen.

»Hör endlich auf, dich zu zerfleischen.« Lutz stöhnte ungeduldig. »Das Leben besteht nun mal öfter aus faulen Kompromissen. Ich brauche jetzt jedenfalls was Starkes zu trinken. Nach all den Schockerlebnissen ... die Begegnung mit Koschatzki, von Gleiwitz, der dich fast erwürgt hätte, und seine Leiche war auch nicht gerade ein schöner Anblick. Und sag bloß nicht wieder, dass man bei Schockzuständen keinen Alkohol trinken soll.«

»Schon gut, schon gut.« Jo hob abwehrend die Hände. »Ich nehme auch ein Glas.«

»Dann wollen wir doch mal sehen, was die Hausbar zu bieten hat.« Lutz stand auf und trat an einen Schrank. »Den Cognac hatten wir schon gestern. Außerdem gibt es Brandy und verschiedene Whiskey-Sorten. Hey, ich hätte auch nicht gedacht, dass ich mal einen Whiskey von 1880 trinken könnte. Das liegt normalerweise weit außerhalb meiner finanziellen Möglichkeiten. Ich trinke auf jeden Fall einen Whiskey.«

»Gut, ich auch.«

»Bowmore, GlenGrant oder Mortlach?«

»Ist mir völlig egal.«

»Dann würde ich den Mortlach empfehlen.« Lutz goss die bernsteinfarbene Flüssigkeit in zwei Gläser und reichte dann eines Jo. »Hach, was für ein Duft ... Wie Sommerregen, der auf warme, staubige Erde fällt.«

»Hm ...« Jo roch vor allem Torf. Sie stießen miteinander an. Der Whiskey brannte in ihrer Kehle, und sie musste husten.

Genießerisch trank Lutz einen weiteren Schluck, ehe er sich auf seinem Stuhl zurücklehnte. »Wir werden ja wahrscheinlich sehr schnell merken, ob das Schicksal, die Vorhersehung oder was auch immer uns ins Jahr 1898 expediert hat, unseren Deal akzeptiert. Öffentlich aufgeklärt haben wir die Morde – anders als bei unserer Zeitreise ins Mittelalter – dieses Mal ja nicht. Entweder wir landen, sobald der Zeitungsartikel erscheint, der Leutners Unschuld publik macht, wieder in der Gegenwart, oder wir bleiben hier stecken.«

»Welch äußerst beruhigende Aussichten!«

»Für den Fall, dass wir hierbleiben müssen, werde ich freiwillig den Polizeidienst quittieren. Noch länger ertrage ich Typen wie Koschatzki nicht.«

Das Wort Polizeidienst ließ Jo an Jacqueline Steinert denken. Der Whiskey machte sie beschwipst. »Was ist eigentlich genau zwischen dir und dieser Steinert?«, hörte sie sich plötzlich fragen.

»Jacqueline und ich ...« Lutz drehte das Glas zwischen seinen Fingern und begutachtete die Flüssigkeit, die nun, im Schein der Petroleumlampe, einen intensiven Rotton hatte. »... das war ein One-Night-Stand. Na ja ... vielleicht nicht direkt *ein* One-Night-Stand. Vielleicht auch zwei oder drei. Ich finde sie einfach sehr attraktiv. Mehr ist da aber nicht zwischen uns.«

»Zwei oder drei?«

»Was? Ach so, eher drei.« Lutz sann noch einen Moment vor sich hin, dann schob er das Glas mit einer energischen Bewegung von sich weg, verschränkte die Arme vor der Brust und blickte Jo an. »Wenn wir gerade schon bei dem Thema sind. Wie steht es denn zwischen dir und deinem Ex

Friedhelm Seidel? Und von Frederick Lombard warst du ja auch ganz hingerissen.«

»Was soll zwischen mir und Friedhelm Seidel sein?« Jo fühlte sich plötzlich in der Defensive.

»Auf dem Polizeiball vor sechs Wochen habt ihr engumschlungen miteinander getanzt. Kein Blatt Papier hätte mehr zwischen euch gepasst.«

Jo wurde rot. »Ich war an dem Abend ein bisschen betrunken.«

»Ah ja?« Lutz hob die Augenbrauen.

»Und was Frederick Lombard betrifft«, sagte Jo eilig, um von dem Ball abzulenken, »ich mag und schätze ihn sehr. Aber *geschwärmt* habe ich für den Brad Pitt in ihm. Du musst bedenken, ich stecke im Körper eines Teenagers.« Sie musste plötzlich lachen.

»Was ist daran so komisch?«

»Ach, einfach alles. Wir beide im Jahr 1898 ... ich eine Achtzehnjährige ... und du bei der preußischen Polizei.« Auf der Terrasse schossen die Glühwürmchen ihr winziges Signalfeuer ab. *Blink ... Blink ...* Jo senkte den Kopf. Als sie wieder aufblickte, sah Lutz sie immer noch unverwandt an.

»Im Mittelalter haben wir uns mal geküsst«, sagte er langsam.

»Ähm, ja, ich habe es nicht vergessen.«

»Wir könnten das eigentlich wiederholen. Auch wenn ich mich damit natürlich der Verführung einer Minderjährigen schuldig mache.«

»Einer beschwipsten Minderjährigen.«

»Noch schlimmer.«

*Blink ... Blink ... Blink ... Blink ...* Jo beugte sich zu ihm.

Jo schlug die Augen auf und blinzelte. Sonnenlicht füllte das Zimmer, Lutz lag neben ihr im Bett, den Kopf tief in ein Kissen vergraben. *Wir haben tatsächlich miteinander geschlafen*, dachte sie, während sich ein Lächeln auf ihrem Gesicht ausbreitete. Es war einfach ... rundum *gut* gewesen. Plötzlich spürte sie ihre Blase. Sie beugte sich zu Lutz und küsste ihn auf die stoppelige Wange.

Nachdem Jo sich rasch ihr Hemd übergestreift hatte, tappte sie den Flur entlang und zu der geschwungenen Holztreppe, denn Bad und Toilette lagen im Erdgeschoss. Auf dem Rückweg – *ob Lutz wohl ebenfalls aufgewacht war und ob er genauso glücklich über die gemeinsame Nacht war wie sie selbst?* – sah sie durch das runde Fenster über dem Treppenabsatz, dass ein Mann vom Haus wegradelte. Auf den hölzernen Anhänger waren Gemüsesorten gemalt. Am Vortag waren ihnen schon einmal frisches Gemüse, Brot und Milch und die Nachmittagszeitung geliefert worden. *Meine Güte*, überlegte Jo, *wir haben den größten Teil des Tages verschlafen. Na ja, bis wir voneinander abgelassen haben, war es auch schon lange hell.*

*O Gott, die Nachmittagszeitung!*, durchfuhr es sie im nächsten Moment.

Jo raste die Treppe hinunter und riss die Haustür auf. Zwischen einer Milchflasche und diversen gefüllten Papiertüten steckte eine zusammengerollte Zeitung. Auf einmal hatte sie Angst, dass Wilhelm sie wieder belogen und sein Versprechen nicht erfüllt hatte. Sie hob die Zeitung auf, ohne das Titelblatt anzusehen.

»Hallo ...« Lutz kam die Treppe hinunter und lächelte sie an. Das Haar stand ihm verstrubbelt um den Kopf. Er wirkte – fand Jo erleichtert – verschlafen, aber durchaus zufrieden. Um die Hüften hatte er lässig ein Handtuch geschlungen.

Nun sah er die Zeitung in ihrer Hand. »Ach, du lieber Himmel!« Er sprang die restlichen Stufen hinunter. »Was ist los? Ist Leutner freigekommen, oder nicht?«

»Ich hab mich noch nicht getraut nachzuschauen.«

»Tss … nun gib schon her.« Lutz nahm ihr die Zeitung aus der Hand und schlug sie auf. Jo schielte an ihm vorbei.

»Mordverdächtiger unschuldig«, sprang es ihr in großen, altdeutschen Lettern entgegen. Darunter stand in kleinerer Schrift:

*Der Arbeiter Jakob Leutner, der sich seit einigen Tagen in Polizeigewahrsam befand, da er verdächtigt wurde, das Dienstmädchen Magda Keuner und die Klavierlehrerin Appolonia Hogarth umgebracht zu haben, kam heute am frühen Morgen überraschend frei. Wie Polizeipräsident von Mettmann mitteilte, besitzt Leutner ein einwandfreies Alibi für beide Mordnächte. Leutners früheres Geständnis wertete von Mettmann als »eindeutig falsch«. Es sei auf einen »akuten Erschöpfungszustand« zurückzuführen, denn Leutner habe in den Wochen vor seiner Verhaftung vielfach Doppelschichten gearbeitet. Von Mettmann lobte vor allem die gründliche Arbeit seitens des Hauptkommissars Horst Koschatzki. Koschatzki habe früh an dem Wahrheitsgehalt des Geständnisses gezweifelt und sei unermüdlich Spuren nachgegangen, die schließlich Leutners Unschuld bewiesen hätten. »In Preußen«, so zeigte sich Polizeipräsident von Mettmann zufrieden und erleichtert, »herrschen nun einmal Recht und Gerechtigkeit für jedermann.«*

»Koschatzki wird belobigt, das darf ja wohl nicht wahr sein«, knurrte Lutz. Dann hellte sich sein finsteres Gesicht wieder auf. »Na ja, Leutner ist frei und rehabilitiert. Und von Gleiwitz wird nicht wieder morden. Das ist immerhin besser als nichts.« Er sah Jo an, plötzlich ein bisschen verlegen. »Ich schlage vor, ich mach uns mal ein spätes Frühstück.«

»Warte …« Jo schloss die Augen und schmiegte sich an ihn. Die Zeitung segelte zu Boden, ebenso wie das Handtuch um Lutz' Hüften.

»Wieder ins Bett?«, murmelte Lutz, während er sie hochhob.

»Hm ja …« Jo schlang die Beine um ihn. Ein höchst angenehmer Schauder durchrieselte sie. Plötzlich verschwamm alles um sie herum. Lutz wurde von ihr fortgerissen. Dann fiel sie und fiel und fiel …

# 13. KAPITEL

P*iep … Piep … Piep …* Jo glaubte, eine ganz leichte Erschütterung zu spüren. Ja, in die gleichmäßigen, durchdringenden Töne mischte sich das Geräusch eines Automotors. *Was um alles in der Welt …?*

»Frau Webers Herzschlag stabilisiert sich. Sie kommt zu sich«, hörte Jo eine tiefe Stimme sagen. Ein Mann um die vierzig in weißer Arztkluft, auf dessen kahlrasiertem Schädel sich grelles, elektrisches Licht spiegelte, beugte sich über sie.

»Frau Weber, Sie befinden sich in einem Krankenwagen. Sie wurden durch einen Blitzschlag verletzt«, sagte der Mann. »Wir bringen Sie jetzt ins Katharinenhospital.«

*Die Baustelle im ehemaligen Industriegebiet der Stadt … der Arbeiter, der unter ungeklärten Umständen von einem Gerüst gestürzt war … der skelettierte Schädel im Erdaushub auf der Baggerschaufel.* Jo erinnerte sich wieder.

»Lutz …«, flüsterte sie.

»Ihr Kollege Jäger befindet sich in einem anderen Krankenwagen, ebenfalls auf dem Weg ins Krankenhaus.« Die weiteren Worte des Arztes gingen im plötzlichen Aufheulen des Martinshorns unter.

*Sie haben wirklich sehr viel Glück gehabt, dass Sie den Blitzschlag unbeschadet überstanden haben. Auch wenn wir dieses Wort nicht gern in den Mund nehmen, müssen wir hier eigentlich von einem medizinischen Wunder sprechen.* Das waren die Worte des Ärzteteams gewesen, dem Jo im Krankenhaus übergeben worden war. Von der Bettkante aus starrte sie frustriert auf die kahle Wand des Patientenzimmers. Sie hatte Krankenhäuser schon immer gehasst. Nicht erst, seit sie im vorletzten Winter nach dem Autounfall, der sie und Lutz ins Mittelalter *geschleust* hatte, viele Wochen in einem verbracht hatte. Von der anschließenden Zeit in der Reha-Klinik ganz zu schweigen.

Doch trotz des *medizinischen Wunders* musste sie noch mindestens einen Tag zur Beobachtung im Krankenhaus bleiben. Jo war versucht gewesen, dies zu ignorieren und ihre Sachen zu packen. Aber ihre Chefin Brunhild Birnbaum, die sich über Jos Gesundheitszustand hatte informieren wollen und sie deshalb kurz besucht hatte, hatte ihr eingeschärft, dies unter keinen Umständen zu tun.

»Falls du dich selbst entlässt, hänge ich dir ein Disziplinarverfahren wegen unverantwortlichen Handelns an«, hatte sie Jo mit ihrer vom vielen Rauchen heiseren Stimme erklärt. Jo hielt es für durchaus möglich, dass ihre Chefin ihre Drohung wahrmachen würde.

Immerhin hatte es Jo sehr erleichtert zu erfahren, dass Lutz ebenfalls unter das *medizinische Wunder* fiel. Denn auch er hatte keine Schäden von dem Blitzschlag davongetragen, musste allerdings – laut Brunhild Birnbaum – ebenso noch zur Beobachtung in der Klinik bleiben.

*Was ihn mindestens genauso »freuen« wird wie mich*, dachte Jo ärgerlich. Herbert Rosner hatte es dagegen schlimmer erwischt. Er befand sich nicht in Lebensgefahr, hatte jedoch Verbrennungen und Nervenschädigungen davongetragen. Da Jo immer noch vermutete, dass er eine Inkarnation von Pater Lutger und Malte Curtius war, empfand sie kein übermäßiges Mitleid mit ihm.

*Ich muss Lutz sehen,* beschloss Jo, *herausfinden, ob das, was im Jahr 1898 zwischen uns war, auch in der Gegenwart Bestand hat.*

Sie stand auf, zog das Krankenhausnachthemd aus – *wenn sie etwas noch mehr hasste als Hospitäler, dann diese lächerlichen Flügelkittel* – und ihren spitzenbesetzten BH an, der zusammen mit ihrer übrigen Kleidung über einem Plastikstuhl hing. Wieder zwickte und kniff er. *Ach, zum Teufel damit! Sie hatte ein für alle Mal die Nase voll von einengenden Dessous.*

Jo streifte den BH ab und pfefferte ihn in den Papierkorb. *Die Frauen, die ihre BHs in den 70ern verbrannten, hatten wirklich recht,* dachte sie bissig. Nachdem sie ihre Hose und ihre Leinenbluse angezogen hatte und in ihre Sneakers geschlüpft war, verließ sie das Zimmer.

Es war schon nach neun. Auf dem Flur brannte Licht. Es kam Jo, wie schon im Krankenwagen und in ihrem Zimmer, nach den Wochen mit Petroleum- und Gasbeleuchtung sehr grell vor. Lutz war, das hatte sie von ihrer Chefin erfahren, im Männerflügel im zweiten Stock untergebracht.

Im Treppenhaus kam Jo an einer offenstehenden Glastür vorbei. Es stank nach Zigarettenrauch. Draußen, auf einer Art Balkon, standen, wie sie nun bemerkte, einige Patienten in der milden Abendluft und rauchten. Jo verzog das Gesicht. *Igitt … in Krankenhäusern sollte Rauchen aber wirklich endgültig verboten werden.* Dann begriff sie: *Ich finde Zigarettenrauch wieder ekelhaft.* Sie atmete auf. *Gott sei Dank, dass ihr Suchtverhalten von vor über hundert Jahren keine Auswirkungen auf ihr reales Ich hatte.*

Als Jo Lutz' Zimmer betrat und wieder Zigarettenrauch wahrnahm, dachte sie zuerst, sie hätte sich getäuscht. Aber nein, er lag in der Luft. Zwar schwach nur, aber unverkennbar. Nach einigen weiteren Schritten entdeckte sie die Quelle des Qualms. Lutz hockte vollständig angekleidet auf dem Brett des offenen Fensters – er hasste Krankenhausnachthemden genauso wie sie. Er hatte den Oberkörper hinausgebeugt und hielt eine glimmende Zigarette in der Hand.

»Auf den Zimmern herrscht definitiv Rauchverbot«, sagte Jo.

»Schön, dich zu sehen. Ich wollte übrigens gleich zu dir.« Lutz lächelte sie an, während er die Zigarette außen am Rahmen ausdrückte. »Genau genommen habe ich nicht *im* Zimmer geraucht. Bin sofort wieder hier.« Die Kippe zwischen den Fingern, verschwand er im Bad. Jo hörte, wie er die Toilettenspülung betätigte.

In den Fensterscheiben konnte Jo ihr Spiegelbild sehen. Ja, sie war wieder Jo Weber – 38 Jahre alt, groß und schlank, die blonden Haare am Hinterkopf zu einem Knoten zusammengefasst. Auch Lutz war wieder er selbst. Ende dreißig und größer und kräftiger als sein Ich aus dem 19. Jahrhundert. Sein Gesicht war nicht mehr glattrasiert, sondern zeigte seinen üblichen Schnurr- und Spitzbart, und er trug Jeans und ein ausgewaschenes T-Shirt statt eines Anzuges.

*Nein, sie waren nicht mehr die Menschen, die sich ineinander verliebt und miteinander geschlafen hatten.* Jo schluckte hart, als sie begriff, dass sie sich etwas vorgemacht hatte.

»Kippen sind äußerst schädlich fürs Grundwasser«, sagte sie gereizt, als Lutz wieder ins Zimmer kam.

»Noch schädlicher wäre es gewesen, die Kippe einfach in die Dunkelheit zu schleudern und möglicherweise dieses verwünschte Krankenhaus abzufackeln.« Lutz hob die Augenbrauen. »Deinem Statement entnehme ich, dass das Rauchen wieder passé für dich ist?«

»Ja, wofür ich sehr dankbar bin.«

Lutz lehnte sich an die Wand. »Weißt du schon, dass dieser Arbeiter – wie war noch einmal sein Name, Conrad Hesse? – einen Herzinfarkt hatte und deshalb von dem Gerüst gestürzt ist? Als Brunhild Birnbaum vorhin bei mir war, erhielt sie einen Anruf mit dem Obduktionsbefund.«

»Nein, das wusste ich noch nicht.« Jo schüttelte den Kopf. »Na ja, dann wäre dieser Fall ja geklärt.«

»Ja, allerdings ...« Lutz fuhr sich mit der Hand übers Kinn. Auch er wirkte verlegen.

*Okay, es war wirklich unnötig, peinliche Situationen über Gebühr auszudehnen.* Jo schluckte wieder hart. »Ich bin sehr froh, dass es dir gutgeht. Also, ich bin eigentlich auch nur gekommen, weil ich mich davon überzeugen wollte. Und jetzt weiß ich es ja. Wir sehen uns dann spätestens in ein paar Tagen im Präsidium wieder.« Sie nickte Lutz zu und wandte sich zur Tür.

»Jo, unter deiner Bluse kann man deinen Busen sehen.«

»Was?!?« Jo wirbelte herum. »Ich verbitte mir diese sexistischen Sprüche.« Sie schielte an sich hinunter. *Nun gut ... unter dem hellen, dünnen Stoff zeichneten sich ihre Brustwarzen wirklich deutlich ab.*

»Das war nicht sexistisch gemeint. Ich finde deine Brüste einfach sehr erotisch. Mein Gott ... vor ein paar Stunden – oder, wenn du so willst, vor über hundert Jahren – hab ich dich nackt gesehen. Weshalb störst du dich jetzt daran, wenn ich deinen Busen unter deiner Bluse registriere?«

»Das war nicht *mein* Busen ... ich meine, das war nicht *ich*.«

»Doch, das warst du. Genauso, wie ich *ich* war.« Lutz stand nun dicht vor ihr. Er legte ihr die Hände auf die Schultern. »Ich bin noch gar nicht dazu gekommen, dir zu sagen, dass ich es toll mit dir fand und ganz besonders ...« Er lächelte sie an. Sein Gesichtsausdruck war ganz weich.

Jo räusperte sich. »Na ja, ich fand es auch schön. *Sehr* schön, genau genommen.« *Ihr Atem ging ziemlich schnell ... und ihre Stimme hörte sich ziemlich heiser an.*

»Dann sollten wir es wiederholen, meinst du nicht?«

*Ein Krankenhauszimmer war wohl nicht ganz der richtige Ort. Aber egal!* Jo schlang die Arme um Lutz' Hals und ließ sich von ihm zum Bett tragen.

»Wir sind wirklich nicht prüde. Aber dass es die Patienten in unseren Betten miteinander treiben, das geht zu weit!« Eine aufgebrachte Frauenstimme weckte Jo. Eine stämmige Frau um die fünfzig stand, die Arme in die Hüften gestemmt, im Zimmer und starrte sie und Lutz an, als wären sie ein besonders widerlicher Krankheitsherd. Lutz richtete sich neben Jo auf und fuhr sich durch die Haare. Ausnahmsweise einmal war er um eine Erklärung verlegen.

»In einer Viertelstunde komme ich wieder. Dann liegt nur noch eine Person in diesem Bett.« Nach einem letzten wütenden Blick drehte sich die Schwester um und marschierte zur Tür.

»O mein Gott!« Lutz begann zu lachen und ließ sich in die Kissen zurückfallen. »Irgendwie hat sie mich an Rosalia Schwendtner erinnert.«

»Vielleicht ist sie ja eine Reinkarnation von ihr.« Jo musste ebenfalls lachen. Sie beugte sich zu Lutz und küsste ihn auf die Wange. »Dann verschwinde ich mal besser.«

Im Bad, während sie sich schnell das Gesicht wusch, lächelte sie immer noch vor sich hin. Mit Lutz zu schlafen war wieder ... nun ja, schön war nicht das richtige Wort ... aufregend, beängstigend, vertraut, toll, intensiv ... kurzum einfach *irre* gewesen. Wobei ihr niemals das Wort *irre* eingefallen wäre, um ihren Sex mit Friedhelm Seidel zu beschreiben.

*Ja,* dachte Jo, *ich bin in Lutz verliebt. Und das nicht nur wegen des guten Sex, den wir miteinander haben. Und vielleicht war ja der Sex auch so gut, weil ich mich wirklich tief in ihn verliebt habe?*

Sie hatte sich gerade angezogen, als sie aus dem angrenzenden Zimmer schnelle Schritte hörte. *Der Drache von Kran-*

*kenschwester war aber schnell zurückgekommen.* Jo öffnete die Badezimmertür. Keine Schwester durchquerte den Raum – Jacqueline Steinert eilte auf hochhackigen Schuhen auf Lutz zu.

»Lutz«, sie setzte sich auf die Bettkante, »ich bin so froh, dass es dir gutgeht. Vorhin habe ich im Präsidium erfahren, was geschehen ist.«

»Bitte, Jacqueline ...«, begann Lutz. Jo nahm wahr, dass er nervös in Richtung des Bades schielte und Jacquelines schwarze Haare wieder bis zu ihren wohlgeformten Hüften reichten.

»Lutz ...« Sie ließ ihn nicht ausreden, sondern senkte den Kopf, während sie nach seiner Hand griff. »... ich bin nicht nur wegen dir froh. Ich ... gestern habe ich einen Schwangerschaftstest gemacht. Meine Periode war ausgeblieben ... und ... ich bin schwanger. Von dir.«

Das Bad begann sich um Jo zu drehen.

»Hier ist ja noch eine Frau.« Die Stimme der Krankenschwester brachte sie wieder zu sich. Sie riss die Tür auf und stürmte hinaus.

»Jo, Jo, warte!«, hörte sie Lutz hinter sich rufen. Sie ignorierte ihn und Jacquelines überraschten Aufschrei und rannte den Gang entlang.

An der Treppe holte Lutz sie ein und hielt sie fest. Er hatte die Bettdecke um sich gewickelt. »Mensch, Jo ...«

»Kann es stimmen, dass Jacqueline von dir schwanger ist?« Einen Moment lang hoffte Jo, dass dies alles eine Täuschung sei.

Aber Lutz' bedrückter Gesichtsausdruck belehrte sie eines Besseren. »Einmal ist uns das Kondom geplatzt«, gab er leise zu und hob die Schultern.

»Nur ein One-Night-Stand ...« Jo starrte ihn an und bemühte sich verzweifelt, ihre Tränen zurückzuhalten. Dann versetzte sie ihm eine schallende Ohrfeige und hastete die Treppe hinunter. *Schwanger von dir ... schwanger von dir*, dröhnte es in ihren Ohren.

# EPILOG

*Herrje …* Jo ertappte sich dabei, dass sie nach dem Türklopfer Ausschau hielt, als sie vor der Haustür ihrer Großmutter stand. Mittlerweile war eine Woche vergangen, seit sie in die Gegenwart zurückgekehrt war, und noch immer hatte sie *Flashbacks*. Erst vorhin hatte sie sich gewundert, dass keine Pferde im Straßenverkehr zu sehen waren. Energisch betätigte sie den Klingelknopf. Ein dezent melodischer Ton schallte durch das villenartige Zwanzigerjahre-Haus.

Lutz hatte sie, seit sie ihn geohrfeigt hatte, nicht mehr gesehen. Er hatte sich Resturlaub genommen. Seine Nachrichten auf ihrem Anrufbeantworter und ihrer Handy-Mailbox hatte Jo ebenso ignoriert wie seine SMS. Einige Male hatte sie Jacqueline Steinert von Ferne im Polizeipräsidium gesehen, was Jo stets mit hilflosem Zorn auf Lutz erfüllt hatte. Wenigstens war sie – *dem Himmel sei Dank* – selbst definitiv nicht schwanger, denn gleich nach der Entlassung aus dem Krankenhaus hatte sie ihre Tage bekommen.

»Ja, bitte?« Die kultivierte Stimme ihrer Großmutter tönte durch die Gegensprechanlage.

»Ich bin's, Jo.«

»Ach, natürlich, Josepha, komm herein.« Der Türöffner summte.

In dem großen, schattigen Treppenhaus war es, verglichen mit der Wärme des sonnigen Tages, recht kühl. Jo stieg die mit einem Teppich ausgelegte Holztreppe hinauf – nur um auf dem ersten Treppenabsatz zurückzuprallen. Vom Ende der Stufen blickte ihr Malfalda entgegen. *Bin ich unversehens wieder in der Zeit zurückgereist?*, durchfuhr es Jo. *Oder hat es Malfalda durch eine Laune des Schicksals in die Gegenwart verschlagen? Eine Vorstellung war so gruselig wie die andere.*

Dann erkannte sie, dass sie es nicht mit der realen Malfalda zu tun hatte, sondern mit deren Porträt. Das Gemälde stand auf einem von mehreren Umzugskartons. *Uff, da hatte sie ja noch mal Glück gehabt.* Nun tauchte Jos Großmutter oben an der Treppe auf. Dezent elegant gekleidet wie immer, das graue kinnlange Haar sorgfältig onduliert.

Sie streckte Jo die Hände entgegen. »Schön, dass du dich wieder einmal zu deinem vierteljährlichen Besuch bei deiner Großmutter sehen lässt.« In dem *vierteljährlich* schwang ein leiser, aber unüberhörbarer Vorwurf mit.

»Na ja, das letzte Mal war ich vor zwei Monaten hier.«

»Vor zehn Wochen, genau genommen.« Ihre Großmutter wies auf das Porträt und die Umzugskartons. »Du musst entschuldigen. Aber ich hatte gerade die Tapezierer hier, und im Wohnzimmer ist noch nicht alles wieder eingeräumt. Schade, dass du dich so kurzfristig angekündigt hast.«

»Die Unordnung stört mich wirklich nicht«, versicherte Jo hastig, während sie sich nicht des Gefühls erwehren konnte, dass sich ihr Malfaldas Blick in den Rücken bohrte.

»Draußen auf dem Balkon ist schon gedeckt. Ich sage Frau Schreiber schnell Bescheid, dass Sie uns Kaffee kocht.«

Jo folgte ihrer Großmutter in den Flur, der zum Wohnzimmer und zur Küche führte. »Manchmal ist es wirklich seltsam, was einem so alles in die Hände fällt, wenn man Regale und Schränke ausräumt.« Ihre Großmutter drehte sich zu ihr um. »Ich habe ein altes Kistchen mit Briefen entdeckt. Darunter befand sich einer von Henrietta von Kästnitz, meiner Urgroßmutter. Ich war immer überzeugt, dass sie früh verstarb, gegen Mitte der 1880er Jahre. Aber dieser Brief ist von 1906 datiert und in der Schweiz geschrieben.«

»Kann ich diesen Brief mal lesen?«, fragte Jo impulsiv.

»Du wirst ihn bestimmt nicht entziffern können. Er ist in Sütterlin geschrieben.«

»Oh, ich kann das ganz gut lesen. Ich habe einmal an einem Volkshochschulkurs teilgenommen ...«, improvisierte Jo, »... sozusagen als Entspannung und Ausgleich zum Beruf.«

»Eigenartig, was ihr jungen Leute so alles treibt.« Ihre Großmutter schüttelte den Kopf. »Natürlich kannst du dir den Brief gerne ansehen.«

Die Wände des Wohnzimmers, das mit Antiquitäten aus dem Biedermaier und der Zeit um die vorige Jahrhundertwende ausgestattet war, schimmerten in einem seidig frischen Dunkelgrün. Jo ließ sich auf dem in einem passenden Ton gehaltenen Chintz-Sofa nieder, denn auf dem Tisch davor stand die kleine, mit Schnitzereien verzierte Holzkiste, von der ihre Großmutter gesprochen hatte. Auf der gegenüberliegenden Wand, zwischen zwei Bücherschränken, entdeckte sie das Bismarck-Porträt, das im Frühstückszimmer der Villa gehangen hatte. Bismarcks Miene schien melancholischer geworden zu sein. *Vielleicht trauerte er ja der Abdankung der Hohenzollern nach.*

Neben dem Kästchen lag ein einzelner Brief ohne Umschlag, aber ein braunkörniges Foto war zwischen die gefalteten Papierbögen geschoben. Er trug das Datum vom 1. Juni 1906 und begann mit *Liebe Josepha!* Rasch las Jo die Zeilen. Er handelte von einer Reise, die Henrietta an den Vierwaldstätter See unternommen und davon, wie sehr sie es genossen hatte, die Landschaft in Aquarellbildern festzuhalten. Außerdem schrieb sie von einem Mann namens

Benedikt Färber, den sie auf der Reise kennengelernt hatte und der ihr ein »sehr lieber Freund« geworden sei. Der Brief brach am Ende der zweiten Seite ab, so als sei ein weiterer Bogen verlorengegangen. Auf einem dritten Blatt Papier berichtete Henrietta von ihren anderen Reisezielen. Er schloss mit den »allerbesten Wünschen für meine geliebte Tochter Josepha – deine Mutter«.

Das Foto zeigte Henrietta in Kostüm und Hut mit einem Fahrrad vor einer Alpenkulisse. Bei ihr befand sich ein Mann Mitte vierzig, der Knickerbocker trug und einen freundlichen Eindruck machte. Henrietta lächelte gelöst in die Kamera. *Gut möglich, dass sich zwischen den beiden etwas angebahnt hat,* dachte Jo und lächelte. *Wie auch immer ... Henrietta scheint ihre Zeit in Curtius' Anstalt überwunden zu haben und wieder gesund geworden zu sein.*

»Tja, wirklich sehr seltsam, dass der Brief auf 1906 datiert ist.« Jos Großmutter hatte mit einer Kaffeekanne in den Händen das Wohnzimmer betreten. »Ich muss Henrietta von Kästnitz' Todesdatum unbedingt in der Familienbibel nachschlagen. Vielleicht hatte ich es doch falsch im Kopf.«

*Nein, in der Bibel würde bestimmt 1884 als Todesdatum stehen.* Neben dem Kistchen, das sah Jo jetzt, lag noch ein weiteres Foto. Eine junge Frau war darauf abgebildet, die in kostbarer Abendgarderobe neben einer Säule stand. Das Kleid war vorn aufwendig gesmokt und so gearbeitet, dass es auch noch aus einer Art Mantel bestand. Auf dem Kopf trug die junge Frau eine Tiara. *Das bin ja ich, an Malfaldas Geburtstag,* durchfuhr es Jo.

»Dieses Foto kannte ich auch noch nicht, wirklich sehr fraulich, die Mode damals«, sagte ihre Großmutter, nur um Jo gleich darauf kritisch zu betrachten. »Immer diese Jeanshosen und diese T-Shirts und diese straff zurückgekämmten Haare. Du könntest dich ruhig einmal ein bisschen weiblicher kleiden.«

»Großmutter …« Jo seufzte. »Ich trage nicht immer nur Hosen und T-Shirts.«

Sie hatten mittlerweile auf dem Balkon Platz genommen, der die Ausmaße eines Reihenhausgartens hatte. Über ihnen flatterte die rot-weiß gestreifte Markise im Wind, die zum Schutz vor der Sonne über dem Tisch heruntergelassen worden war. Jos Großmutter hob die Glashaube von der Tortenplatte, auf der pastellfarbene Petit Fours, Baumkuchenspitzen und kleine Obsttörtchen standen, und goss Jo Kaffee in die weiße Porzellantasse.

»Vor einigen Tagen bin ich Herrn Doktor Seidel in Wiesbaden begegnet. Er hat sich sehr nett nach dir erkundigt. Ich bin überzeugt, er ist immer noch nicht über dich hinweg. Ein sehr gutaussehender Mann mit einer glänzenden Karriere. Bestimmt wird er es bald zum Oberstaatsanwalt bringen.«

»Großmutter, bitte …« Jo stöhnte und verdrehte die Augen.

»Ich möchte dich nur darauf aufmerksam machen, dass du jetzt Ende dreißig bist, da sind die Männer nicht mehr dicht gesät. Erst recht nicht die guten Partien. Ich mache mir einfach Sorgen um dich.«

Jo schluckte die bissige Bemerkung hinunter, dass eine *gute Partie* nun wirklich nicht alles sei, was die nicht besonders glückliche Ehe ihrer Großmutter nun gründlich bewiesen habe. Stattdessen fragte sie: »Was ist eigentlich aus Henriettas Tochter Josepha geworden?«

»Seit wann interessierst ausgerechnet du dich für die Familiengeschichte?« Ihre Großmutter hob mit der Kuchenzange ein lindgrünes Stück Gebäck auf ihren Teller. Aber sie wirkte besänftigt. »Sie studierte Jura in der Schweiz und heiratete in jungen Jahren einen Rechtsanwalt, der jede Menge wirrer, anarchistischer Ideen im Kopf hatte. Zu Beginn der 1930er Jahren emigrierte sie mit ihm nach Südamerika. Dort starb sie 1946. Ich selbst kann mich nicht mehr an sie erinnern. Aber sie muss eine reichlich exzentrische Person gewesen sein. Ihre ältere Tochter Antonie – meine Mutter – und sie kamen nicht gut miteinander aus.«

*Was nun wirklich nicht verwunderlich war!* Jo grinste. Antonie war sehr auf gesellschaftlichen Status bedacht gewesen und hatte – so weit reichten Jos Kenntnisse in der Familienhistorie zurück – kaum zwanzigjährig einen reichen Industriellen geehelicht.

Ihr Handy piepte. Jo hangelte es aus ihrer Handtasche. Das Display zeigte, dass eine SMS eingegangen war – von Lutz. *Jo, melde dich bitte bei mir,* schrieb er. Jo starrte die SMS an, wollte sie wieder wegklicken.

»Etwas Wichtiges?«, fragte ihre Großmutter.

*Lutz hat mich aus dem Sanatorium gerettet. Er hat mir geholfen, die Morde aufzuklären,* ging es ihr durch den Kopf. *Ohne ihn wäre ich jetzt nicht hier. Ich bin es ihm zumindest schuldig, ihn anzuhören.*

»Ja, etwas Wichtiges, bitte entschuldige«, erwiderte sie, während sie rasch tippte: *Heute Abend um acht im Klosterrestaurant.*

Durch die offenstehende Balkontür konnte Jo das Bismarck-Porträt sehen. Täuschte sie sich, oder hellte sich sein melancholischer Gesichtsausdruck etwas auf?

## NACHBEMERKUNG

Ich habe mich bemüht – wenn auch ironisch zugespitzt – die Atmosphäre der Wilhelminischen Zeit zu treffen. 1903 wurde der Fingerabdruck erstmals als wissenschaftliches Beweismittel in Deutschland anerkannt. Was die detaillierte Historie anbelangt, habe ich mir einige Freiheiten genommen. Seine berühmt-berüchtigte »Hunnenrede« hielt Wilhelm II. erst im Juli 1900. Fußball kam in den 1870er Jahren nach Deutschland. Im Gegensatz zum Turnen galt er lange als nicht gesellschaftsfähig, ja als jugendgefährdend.

## DANKE AN

wie immer, meinen Partner Hartmut Löschcke für Anregungen und konstruktive Kritik

meine Freundinnen und Kolleginnen Brigitte Glaser und Ulrike Rudolph und vor allem auch Mila Lippke für das inspirierende Gespräch über den »Karfreitagsmord« in Unkel im Dezember 2012

meine Lektorin Wiebke Bolliger

meinen Agenten Bastian Schlück

Der Vortrag, den Frau Dr. Doris Maurer über »Fontane und seine Heldinnen« im September 2012 während der »Lesereise durch die Bonner Altstadt« hielt, inspirierte mich zur fehlgeschlagenen Verführung im Gewächshaus.

Ich hatte das Glück, die Seiten 140 bis 200 des »Karfreitagsmordes« im April 2013 auf Juist schreiben zu können, da ich das »Tatort Töwerlandstipendium« erhalten hatte. Danke an Thomas Koch, den Organisator und Schirmherrn des Stipendiums, und an Familie Peters vom Hotel »Friesenhof«. Sie stellten mir freundlicherweise Kost und Logis zur Verfügung und trugen mit dazu bei, dass mein Aufenthalt auf

Juist sehr angenehm wurde. Auf Juist hatte ich – was ein schöner Zufall war – eine Geräuschkulisse wie anno 1898, nämlich Hufgeklapper und Wagenrollen, denn die Insel ist autofrei, Menschen und Waren werden mit Pferdewagen transportiert. Und dass die Grundsteinlegung für den »Friesenhof« im Jahr 1898 stattfand, betrachte ich als ein gutes Omen.

Beate Sauer,
Bonn im Juli 2013

Zwei Kommissare von heute und eine Leiche aus dem Mittelalter – das wird der aufregendste Fall ihrer Karriere! Jo Weber und Lutz Jäger ermitteln quer durch Raum und Zeit.

Bea Rauenthal

# Dreikönigsmord

Kriminalroman

ISBN 978-3-548-61180-8

Eine skelettierte, fünfhundert Jahre alte Leiche? Das ist ja wohl verjährt, denken Hauptkommissarin Jo Weber und ihr streitlustiger Kollege Lutz Jäger. Bis sie sich plötzlich im Mittelalter wiederfinden, als Kaufmannswitwe und Kneipenwirt. Um zurück in die Gegenwart zu können, müssen sie den Mordfall lösen! Ohne moderne Spurensicherung und Genanalyse scheint ihnen das zunächst unmöglich. Schnell ist ihr größtes Problem allerdings nicht mehr der Mörder, sondern die Inquisition: Jo und Lutz müssen aufpassen, dass sie nicht bald auf dem Scheiterhaufen brennen. Werden sie es schaffen – zurück in die Zukunft?

**Lesen Sie weiter, wie der Roman beginnt …**

List

# 1. KAPITEL

Eine unüberschaubare Menschenmenge drängte sich zu beiden Seiten der Gasse. Wut- und hassverzerrte Gesichter starrten Jo an.

»Hexe!«

»Verdammte Hexe!«

»Tötet das verfluchte Weib!«

Die Schreie prasselten wie Hiebe auf sie nieder. Sie stand auf einem Karren und trug ein seltsames, zerfetztes Kleid. Ihre Hände waren auf ihren Rücken gefesselt. *Wie war sie nur hierhergekommen?* Ihr wurde übel vor Angst. Panisch wollte sie von dem Wagen springen. Doch ein grobschlächtiger Mann hielt sie mit eisernem Griff fest.

Ein Stein pfiff vor ihr durch die Luft. Ein anderer traf sie mit voller Wucht am Arm. Während ihr der Schmerz den Atem raubte, kam der Karren zum Halten. Ein weiterer Mann, noch fetter als der, der sie gepackt hatte, trat auf sie zu. Ehe sie reagieren konnte, hatte er schon den Strick ergriffen und zerrte sie von dem Karren. *Sie musste sich wehren, sich von dem Kerl befreien ... Wie war noch einmal die erste Kampfstellung im Aikido? Verdammt, niemand hatte ihr beigebracht, was sie tun sollte, wenn jemand sie mit einem Kälberstrick hinter sich herschleppte.*

Wieder traf sie ein Stein. Diesmal am Bein.

Etwas Weiches, Stinkendes klatschte ihr ins Gesicht. Sie sackte zu Boden.

»Komm schon, Täubchen, nicht schlappmachen«, höhnte der Fette.

Mit dem unverletzten Bein trat sie nach ihm. Sein Fausthieb gegen ihren Kopf ließ sie kurz die Besinnung verlieren.

Als sie wieder zu sich kam, banden die beiden Männer sie an einen Pfahl. Die Menge umgab sie in einem weiten, bedrohlichen Halbkreis. Ein bleierner Himmel breitete sich über den Giebeln von Fachwerkhäusern aus. Dann erst bemerkte sie das Stroh und das Holz, das um den Pfahl aufgeschichtet war. *Das konnte doch nicht wahr sein!*

Einer der Männer hielt eine brennende Fackel an das Stroh. Zischend schossen Flammen hoch.

»Nein! Nein, Neeeeiiiin ...!« Ihre Schreie gingen in dem Aufheulen der Menge unter. Schon konnte sie die Hitze des Feuers spüren. Der Rauch drohte, sie zu ersticken.

»Nein!« Verzweifelt riss sie an ihren Fesseln. Die prasselnden Flammen, das Lärmen der Menge und ihre eigenen Schreie vereinigten sich zu einem schrillen, immer höher werdenden Ton. Noch einmal bäumte sie sich auf. Dann stürzte sie ins Bodenlose.

Hauptkommissarin Jo Weber spürte, dass sie auf einem harten Untergrund lag. Etwas Weiches, Schweres bedeckte ihr Gesicht. Sie rang nach Luft, zappelte und trat panisch um sich. Plötzlich konnte sie wieder atmen. Vor ihr erhob sich eine große, grau schimmernde Fläche. *Meine Schlafzimmerschränke ...*, begriff Jo. *Ich bin aus dem Bett gefallen und habe dabei die Decke mitgerissen.* Stöhnend richtete sie sich auf. Ihr Hals schmerzte, und ihr Kopf fühlte sich an, als sei er aus Watte. Ihr Unwohlsein vom vergangenen Tag hatte sich zu einer starken Erkältung ausgewachsen. Was hatte sie nur für einen Unsinn geträumt?

Jo humpelte zu dem gekippten Fenster, durch das schwacher Rauchgeruch drang, und schlug es zu. Wahrscheinlich heizten irgendwelche Nachbarn wieder einmal mit Holz. Es ging doch nichts über eine Zentralheizung! Sie hatte sich kaum ins Bett fallen lassen und sich in die Decke gemummelt, als der schrille Ton erneut einsetzte. Er kam von ihrem Handy, das auf dem Nachttisch lag. Der Wecker zeigte Viertel nach neun an. Es war Sonntag, und sie hatte dienstfrei.

Jo versuchte, das Klingeln zu ignorieren. Doch dann fiel ihr ein, dass möglicherweise Friedhelm sie anrief. Am Abend war er nach einem heftigen Streit aus ihrer Wohnung gestürmt. Sie hangelte nach dem Handy und nahm den Anruf an.

»Ja, hallo?«, krächzte sie.

»Jo?«

Augenblicklich wünschte sie sich, sie hätte das Gespräch nicht angenommen. Die resolute, vom jahrelangen Kettenrauchen heisere Stimme ihrer Dezernatsleiterin Brunhild Birnbaum drang an ihr Ohr.

»Es ist mir klar, dass du heute freihast, Jo. Aber ich wüsste nicht, wen ich sonst bitten könnte, sich die Leiche einmal anzusehen. Meyer hat Urlaub und ist in der Eifel. Kierberg und Lembach, die heute eigentlich Dienst hätten, sind krank. Und ich selbst habe dieses Wochenende meine Enkel zu Besuch. Vier und sechs Jahre alt ... Die kann ich nicht allein lassen.«

»Es tut mir leid. Aber mir geht es überhaupt nicht gut ...«, protestierte Jo.

»Fieber?«

»Nein, das heißt, ich weiß nicht. Ich habe meine Temperatur noch nicht gemessen ...«

»Wenn du Fieber hättest, würdest du es spüren. Hör zu, du setzt dich jetzt in dein Auto und fährst zum Kloster Waldungen hinaus. In spätestens zwei Stunden bist du zurück, nimmst ein heißes Bad und legst dich danach wieder hin.«

»Mein Auto ist seit Freitag in der Werkstatt«, versuchte Jo abzuwiegeln.

»Das macht nichts. Lutz Jäger kann dich sicher auch abholen.«

»Jäger?!« Jo setzte sich ruckartig auf. »Das meinst du jetzt wohl nicht im Ernst.«

»Lutz Jäger ist ein sehr fähiger Kollege.« Brunhild Birnbaums Stimme klang beschwichtigend, hatte jedoch gleichzeitig jenen unnachgiebigen Unterton, den Jo nur zu gut kannte.

»Auch wenn du es nicht wahrhaben willst, kannst du viel von ihm lernen.« Ihr Tonfall wechselte von Chefin zu mütterlich. »Jo, du musst wieder lockerer werden. Wieder mehr deinen Instinkten vertrauen.«

Jo schloss die Augen. Scham, Ärger und Schuldbewusstsein stiegen in ihr auf. Vor vier Monaten war es ihr nicht gelungen, einen Serienvergewaltiger rechtzeitig zu überführen. Sie hasste es zu versagen. »Was kannst du mir zu dem Leichenfund sagen?«, murmelte sie und war sich nur zu bewusst, dass es Brunhild Birnbaum wieder einmal gelungen war, sie zu manipulieren.

»Bauarbeiter haben vor einer Stunde eine skelettierte menschliche Leiche gefunden ...«

»Bauarbeiter ... An einem Sonntagmorgen?«

»Ja, auf dem Klostergelände hat es gestern am späten Abend einen Rohrbruch gegeben, der die Wasserversorgung im Restaurant und im Museum komplett zum Erliegen brachte. Deshalb mussten die Arbeiter anrücken. Beim Graben nach der defekten Stelle sind sie dann auf das Skelett gestoßen.« Im Hintergrund war Kindergeschrei zu hören. »Ich muss Schluss machen«, sagte Brunhild Birnbaum hastig. »Ich ruf dich später noch mal an. Vielleicht habt ihr dann ja schon was herausgefunden. Ich sage Lutz Jäger Bescheid, dass er um zehn bei dir ist. Und danke ... Du hast einen Gefallen bei mir gut.« Damit beendete sie das Gespräch.

Immer noch verärgert über sich selbst, starrte Jo das Handy einen Moment lang an, ehe sie es auf den Nachttisch warf und aus dem Bett kroch. *Warum haben Sie solche Angst vor dem Versagen?*, hatte der Polizeipsychologe gefragt, zu dem Brunhild Birnbaum sie geschickt hatte. *Ach verdammt ...*

Im Bad stieg sie auf die Waage. Sechzig Kilo bei einer Größe von 1,74 Meter – das war okay, aber sie wünschte sich, zwei Kilo weniger zu wiegen. Nach einer schnellen Dusche eilte sie in die Küche, schob ein Pad in die Kaffeemaschine und steckte zwei Brotscheiben in den Toaster. Während sie sich die Haare föhnte, blickte ihr aus dem Badezimmerspiegel ein schmales, von der Erkältung gerötetes Gesicht entgegen. Ihre blauen Augen waren verquollen.

Jo schnitt sich eine Grimasse. Bei ihren Kollegen galt sie als »die spröde, attraktive Blondine«. Heute entsprach sie jedenfalls nicht diesem Bild. Wobei sie sich ohnehin in letzter Zeit oft unsicher fühlte. Sie band ihre glatten Haare zu einem strengen Pferdeschwanz zurück, zog Jeans und einen enganliegenden schwarzen Rollkragenpullover an und trug Make-up auf. Immerhin zeigte ihr ein weiterer Blick in den Spiegel, dass sie damit die schlimmsten Entstellungen überdeckt hatte.

Inzwischen waren Kaffee und Toast fertig. Wie meistens frühstückte Jo im Stehen, wobei sie wieder einmal dachte, dass die Markeneinbauküche, die sie für mehrere Tausend Euro vom Vormieter hatte übernehmen müssen, für sie wirklich eine Verschwendung war. Schließlich kochte sie so gut wie nie. Aber wenigstens gefielen ihr die glänzenden Metalloberflächen.

Um Punkt zehn Uhr zog Jo die Eingangstür des Gründerzeithauses hinter sich zu. Wieder lag ein leichter Geruch von brennendem Holz in der Luft. Schneeflocken wehten die von alten Villen gesäumte Straße entlang. Von Lutz Jäger war weit und breit nichts zu sehen. *Es hätte mich auch sehr gewundert, wenn er pünktlich gewesen wäre*, dachte Jo grimmig.

Wie hatte ihn Brunhild Birnbaum einmal teils tadelnd, teils anerkennend genannt? Unseren Anarchisten? Pah … Selbst Anarchisten hatten Ziele. Und sei es, eine Revolution anzuzetteln. Jäger dagegen lebte einfach in den Tag hinein, war unzuverlässig und unberechenbar. Der Himmel mochte wissen, wie er es jemals zum Hauptkommissar gebracht hatte. Wahrscheinlich hatte er sämtliche Frauen aus den Prüfungskommissionen bezirzt. Wobei es ihr ein Rätsel war, was ihre Geschlechtsgenossinnen an einem Kerl fanden, der mit seinen schulterlangen schwarzen Haaren und dem Schnurr- und Spitzbart aussah wie ein in die Jahre gekommener, dicklicher Musketier.

Jo vergrub sich tiefer in ihrer gefütterten Lederjacke, zog die Kapuze über den Kopf und begann gereizt, an dem schmiedeeisernen Gartenzaun auf und ab zu laufen.

»Nein, ich habe keine Ahnung, wo Lutz steckt«, erwiderte ihr der Kollege aus der Zentrale desinteressiert, als Jo ihn eine Viertelstunde später anrief. »Er wird schon noch bei dir auftauchen. Mach dir keinen Stress.«

Jo murmelte einen Fluch. Sie war nahe dran, wutentbrannt Brunhild Birnbaums Nummer zu wählen, als ein Polizei-Passat mit quietschenden Reifen in die Straße einbog und abrupt vor ihr am Bordstein bremste. Als sie die Beifahrertür aufriss, schlugen ihr der Duft von Kaffee, frischem Gebäck und schwacher Zigarettenrauch entgegen – natürlich herrschte in den Polizeifahrzeugen Rauchverbot. Aus dem Radio schallte irgendein Brit-Rock-Song aus den Sechzigern mit hämmerndem, metallischem Beat.

»Warum zum Teufel kommen Sie erst jetzt?«, fuhr sie den Kollegen an, während sie sich rasch den Schnee abklopfte und dann in den Wagen stieg. »Ich bin hier draußen mittlerweile fast erfroren.«

»Oh, Sie hätten gern in Ihrer Wohnung auf mich warten können. Es hätte mir nichts ausgemacht zu klingeln.« Lutz Jäger grinste sie an und zeigte nicht das geringste Schuldbewusstsein.

»Sie sind zu spät ... Wir müssen einen Tatort und eine Leiche in Augenschein nehmen ...«

»Na ja, nachdem die Leiche skelettiert ist, ist die Sache wohl nicht mehr allzu eilig.« Lutz Jäger fuhr los, während er gleichzeitig auf den Rücksitz griff und nach einer Papiertüte hangelte. »Haben Sie Appetit auf eine Brioche? Das sind die besten, die in der Stadt zu kriegen sind.«

»Kommen Sie deshalb zu spät, weil Sie erst noch beim Bäcker waren?« Jo konnte es nicht fassen.

»Ja, ich hatte keine Zeit zu frühstücken. Probieren Sie mal eine, dann werden Sie verstehen, warum ich dafür einen Umweg gemacht habe.«

»Danke, nein!«, fauchte Jo und ignorierte den Appetit, der sich nach ihrem kargen Frühstück mit den zwei gebutterten Toasts in ihr regte. »Und an Ihrer Stelle würde ich mir ins Gedächtnis rufen, dass wir nicht mit Blaulicht und Sirene unterwegs sind. Folglich würde ich mich an die zulässige Höchstgeschwindigkeit halten.«

»Ich war höchstens zehn Stundenkilometer drüber.« Lutz Jäger zuckte mit den Schultern und bremste vor einer roten Ampel. Mit einem kratzenden Geräusch schoben die Scheibenwischer die Schneeflocken beiseite. Über der Straße hingen Girlanden aus Sternen, und auch die Läden waren adventlich geschmückt.

Mit einem Nicken wies Lutz Jäger auf die Auslage eines

Delikatessengeschäfts, wo sich in Folie verschweißte Schinken sowie teuer aufgemachte Dosen und Gläser, umrahmt von roten Kugeln und Tannengrün, türmten. »Ich freu mich schon auf Weihnachten. Wie jedes Jahr gibt's bei uns ein großes Essen. Meine drei älteren Schwestern, deren Familien und ich feiern zusammen. Wir sind so um die zwanzig Leute. Und ich koche für uns alle.«

Inzwischen folgten sie einer Straße, die einen Berg hinauf- und aus der Stadt hinausführte. Weihnachten ... Jos Hals schmerzte, und ihr Kopf dröhnte. Leider hatte sie es verpasst, sich rechtzeitig für den Dienst am vierundzwanzigsten einzutragen.

Wenn sie und Friedhelm sich bis dahin nicht versöhnt hatten – was durchaus zweifelhaft war –, würde sie dieses verwünschte Fest mit ihrer Mutter und Großmutter verbringen müssen, solange sie an dem Abend nicht allein bleiben wollte.

Falls sie sich für die erste Alternative entschied, würden sie zu dritt in dem Esszimmer ihrer Großmutter auf Biedermeierstühlen aus Kirschbaumholz sitzen, angestarrt von Ahnen aus goldgerahmten Gemälden. Der Kronleuchter über dem runden Esstisch würde das Meissener Porzellan und die geschliffenen Kristallgläser bescheinen. Aber weder sein Licht noch die brennenden Kerzen in den versilberten Leuchtern würden die frostige Atmosphäre zwischen den drei Frauen erwärmen können. Und das von der Köchin servierte Mahl würde fade wie immer schmecken. Vielleicht sollte sie an dem Abend doch besser ins Büro gehen und liegengebliebene Arbeiten erledigen. Ihre Kollegen hielten sie ja ohnehin für karrierebesessen.

»Und, was werden Sie so an Weihnachten machen?«, bohrte Lutz Jäger prompt in ihrer Wunde.

»Das geht Sie überhaupt nichts an«, fuhr Jo ihn reflexhaft

an. Im nächsten Moment bedauerte sie ihren Ausbruch. »Hören Sie …«, begann sie, sich zu entschuldigen.

Doch zu dieser Entschuldigung sollte es nie kommen. Lutz Jäger hatte eine Kurve mit überhöhter Geschwindigkeit genommen. Auf der schneeglatten Straße brach der Wagen aus und schlingerte im Rhythmus der Beat-Drums wild hin und her.

»Sind Sie verrückt geworden?«, schrie Jo auf. »Ich habe Ihnen doch gesagt, Sie sollen langsamer fahren.«

»Oh, keine Sorge, alles ist in bester Ordnung.« Lutz Jägers Stimme klang aufreizend gleichmütig. Tatsächlich war es ihm gelungen, das Auto wieder unter Kontrolle zu bringen. »Vor ein paar Jahren habe ich einen Winter in Kanada verbracht. Da fährt man nur auf ungeräumten Straßen. Aber wenn Ihnen das lieber ist, können wir auf der Rückfahrt gerne tauschen und Sie fahren.«

»Ja, allerdings, das werde ich tun«, schnappte Jo zurück. »Schließlich würde ich diese Tatort-Besichtigung gerne überleben. Und tun Sie mir einen Gefallen und stellen Sie diese grauenhafte Musik ab.«

Wortlos griff Lutz Jäger zum Regler und drehte den CD-Player aus. Schweigend setzten sie ihre Fahrt fort. Dann und wann lichteten sich die kahlen Bäume, und Jo erhaschte durch den feinen Flockenwirbel einen Blick auf die Stadt mit ihrem mittelalterlichen Kern und dem mächtigen Bau des gotischen Doms. Neubaugebiete zogen sich die Hänge hinauf. Der Strom, der die weite Ebene durchschnitt, hatte die gleiche graue Farbe wie der Himmel.

Jo atmete innerlich auf, als sie hinter einer weiteren Kurve die Abzweigung zum Kloster Waldungen erreichten und zwischen den Baumwipfeln der barocke Turm der Klosterkirche auftauchte. Seit sie vor vier Jahren nach Ebersheim gezogen war, hatte sie das ehemalige Benediktinerinnenkloster einige Male mit Gästen besucht, denn es galt als eine der schönsten Sehenswürdigkeiten der Gegend. Außerdem ließ es sich in dem Restaurant hervorragend speisen.

Einmal hatte sie sogar zusammen mit Friedhelm hier gegessen. Ein Großteil der Klostergebäude sowie das Kircheninnere stammten – soweit Jo sich erinnerte – noch aus dem Mittelalter. Nur der Turm mit der Zwiebelhaube war im 17. oder 18. Jahrhundert erbaut worden.

Lutz Jäger fuhr bis dicht an die hohe Mauer heran, die das Gelände umschloss. In den Sommermonaten standen die Parkplätze, vor allem an Sonntagen, immer voller Autos. Doch an diesem Wintermorgen waren nur der Lkw einer Baufirma sowie ein Lieferwagen hier abgestellt. Immer noch schweigend stiegen sie aus dem Passat.

»Bitte …« Lutz Jäger reichte ihr den Wagenschlüssel mit einer leichten, ironischen Verbeugung. Jo ergriff ihn kommentarlos, ließ ihn in ihre Jackentasche gleiten und knallte die Tür zu.

Ohne auf ihren Kollegen zu warten, ging sie in Richtung des großen Eingangstors. Die beiden grün gestrichenen Flügel standen offen. Hinter sich hörte sie die Absätze von Lutz Jägers Cowboystiefeln auf dem hartgefrorenen Kiesboden klappern. *Welcher Mann, der noch einigermaßen bei Trost war, wählte derartige Stiefel?*, fragte sie sich.

Hinter dem Tor lag ein mit Schnee überzuckerter Garten. Hier wuchsen im Sommer Kräuter und Blumen. Da und dort ragten welke Stängel aus den Beeten auf. Im Schnittpunkt von zwei sich kreuzenden Wegen stand ein Sandsteinbrunnen, dessen Schale auf vier von Wind und Wetter längst abgeschliffenen, verwitterten Säulen ruhte. Obwohl sie fror, brach Jo plötzlich der Schweiß aus.

Sie hatte den Brunnen gerade passiert, als der Garten um sie herum verschwamm. Haltsuchend griff sie nach der

Brunnenschale. Ihre Umgebung war immer noch verschneit, wirkte aber irgendwie verändert. Sie blinzelte. Von einer hohen Hecke her näherten sich ihr zwei seltsam gekleidete Männer. Dann begriff sie. Die Männer trugen mittelalterliche Tracht – wie die Menschen in ihrem Albtraum.

Eine Berührung an ihrer Schulter brachte Jo wieder zu sich. »Alles okay mit Ihnen?«, hörte sie Lutz Jäger besorgt fragen. Ein Gefühl wie ein leichter elektrischer Schlag durchlief sie. Im nächsten Moment konnte sie ihren Kollegen und den Garten wieder klar sehen.

»Ja, natürlich«, erwiderte sie schroff. *Was ist nur heute mit mir los?*, dachte sie ärgerlich. *Die einzige halbwegs plausible Erklärung ist, dass ich ein ausgewachsenes Fieber entwickele und allmählich zu halluzinieren beginne.*

Trotzdem erschrak Jo, als ihnen nun tatsächlich zwei Männer entgegenkamen. Dann erkannte sie, dass die beiden gelbe Schutzhelme und Bauarbeiterkleidung trugen. Sie straffte sich und ging mit energischen Schritten auf sie zu. »Hauptkommissarin Weber ... und Hauptkommissar Jäger«, sagte sie, während sie mit einer knappen Kopfbewegung auf ihren Kollegen wies.

»Gut, dass Sie endlich hier sind.« Der ältere der beiden Arbeiter wischte über seine von der Kälte gerötete Knollennase. »Wir müssen so bald wie möglich weiterarbeiten. Wenigstens ist die Dame von der Gerichtsmedizin schon vor einer Weile eingetroffen und sieht sich das Skelett an.«

»Eine Frau? So eine Hübsche asiatischer Herkunft?« Lutz Jäger lächelte.

»Ja, hübsch ist sie.« Der jüngere Arbeiter erwiderte sein Grinsen.

Jo verdrehte die Augen.

»Dann los!«, wandte sie sich brüsk an den Knollennasigen und stapfte auf die schmale Tür in der Bruchsteinmauer zu, durch die die beiden in den Garten gekommen sein mussten. *Eben hat sich hier eine Hecke befunden*, schoss es Jo durch den Kopf, nur um sich gleich darauf zur Ordnung zu rufen: Was dachte sie schon wieder für einen Unsinn!

Hinter der schmalen Tür erstreckten sich weitläufige Rasenflächen. Sie lagen seitlich des hohen, gotischen Kirchenschiffs und wurden von einer weiteren Mauer begrenzt. Während sie an der Kirche entlangliefen, sagte Jo zu dem Arbeiter: »Laut meiner Vorgesetzten haben Sie das Skelett um halb neun gefunden. Stimmt das?«

»Ja, allerdings.« Seufzend nickte er. »Ungefähr zwei Stunden lang hatten wir gegraben, bevor wir drauf stießen. Normalerweise lässt sich die Stelle, wo ein Rohr geborsten ist, recht schnell finden. Aber hier ist es wie verhext ... Der Restaurantbesitzer macht uns allmählich die Hölle heiß ...«

»Wie tief im Boden lag die Leiche?«

»Ungefähr drei Meter ...«

Jo machte sich in Gedanken eine Notiz. Auch wenn diese Angabe natürlich nachgeprüft werden musste.

Als sie um die Apsis mit ihrem Halbkreis aus spitz zulaufenden, schmalen Fenstern gebogen waren, sah Jo in einiger Entfernung einen Bagger auf der Wiese stehen. Ein weißes Zelt verdeckte seine Schaufel. Ein etwa vierzig Meter langer Graben verlief über die Wiese, an dessen Rand sich Erdschollen türmten. Auch sie waren von einer dünnen Schneeschicht überzogen. Schnee bedeckte auch die Gestänge der Baulampen, die vor dem grauen Himmel wie verkohlte urzeitliche Pflanzen wirkten.

Vor dem rot-weißen Band, das den Tatort sicherte, hatte sich eine Gruppe Arbeiter versammelt. Bei ihnen befand sich ein Mann, der einen eleganten Kamelhaarmantel trug. Als er Jo und ihren Begleiter erblickte, kam er eilig auf sie zu und herrschte sie an: »Wann kann hier denn endlich weitergearbeitet werden? Wissen Sie, was es mich kostet, wenn ich das Restaurant an einem Sonntag nicht öffnen kann?«

»Ich kann es mir ungefähr vorstellen«, erwiderte Jo trocken. »Sobald wir Näheres wissen, werden Sie sofort informiert. Und jetzt warten Sie beide bitte vor der Absperrung.« Sie bückte sich unter dem Band hindurch und betrat dann das Zelt.

Die Gerichtsmedizinerin Yun-Si Mittermaier stand über die Baggerschaufel gebeugt. Auf den Erdklumpen in der Schaufel lag, wie eine seltsame archaische Opfergabe, das Skelett. Wieder fühlte Jo, dass ihr ein Fieberschauer über den Körper rann. Die zierliche Frau drehte sich zu ihr um und begrüßte sie mit einem freundlichen Nicken. Jo kannte sie nicht sehr gut, denn Yun-Si arbeitete noch nicht lange für die Gerichtsmedizin. Aber sie hatte die Ärztin als kompetent kennengelernt und schätzte sie.

»Yun-Si, was für ein Sonnenschein an einem grauen Wintermorgen.« Lutz Jäger war hinter Jo in das Zelt getreten.

»Hallo Lutz.« Die Gerichtsmedizinerin begann doch tatsächlich, mädchenhaft zu kichern und mit ihren langen Wimpern zu klimpern. »Schön, dich mal wieder zu sehen.«

*Es war einfach nicht zu fassen …* »Frau Mittermaier, was können Sie uns über die Leiche sagen?«, fragte Jo eisig.

Yun-Si Mittermaier schob die Kapuze ihres Plastikschutzanzugs zurück. »Tja, der Tote fällt nicht in euren Zuständigkeitsbereich.«

»Wie meinen Sie das?«

Mit ihrer kleinen Hand deutete die Gerichtsmedizinerin auf die bräunlich verfärbten Beckenkochen. »Die schmale Beckenform weist den Toten ganz klar als Mann aus. Die Knochen sind so stark angegriffen, dass das Skelett schon sehr lange im Boden gelegen haben muss. Hier zum Beispiel …« Ihr Finger verharrte über der rechten Beckenpfanne. »Der Knochen ist papierdünn und an manchen Stellen löchrig.

Und hier …« Sie wies auf einen Unterarm. »Die Elle hat sich schon ganz aufgelöst. Ich werde das noch genau untersuchen. Aber ich bin mir sicher, dass der Tote seit mehreren Jahrhunderten im Boden gelegen hat.«

»Und warum ist das Skelett dann noch nicht völlig verwest?«, fragte Lutz Jäger.

»Der Boden ist sehr tonhaltig. Deshalb gelangte nur wenig Sauerstoff an den Leichnam.« Yun-Si Mittermaier kam Jo mit ihrer Antwort zuvor. Sie nahm ein wenig Erde von der Baggerschaufel und zerkrümelte sie zwischen ihren Fingern. Rötliche Partikel blieben an ihrer Haut haften. »Der Sauerstoffmangel führt zum Abbrechen der Verwesung, und die Körperfette überziehen den Körper mit einer wachsähnlichen Schutzschicht …«

»Was man *Adipociren* nennt, Herr Jäger«, bemerkte Jo frostig. »Falls Sie dieses Wort in Ihrer Ausbildung noch nicht gehört haben sollten.« Diese ganze Tatort-Besichtigung war also völlig umsonst gewesen. Sie wünschte sich, endlich wieder in ihrem Bett zu liegen.

»Doch, ich erinnere mich vage an das Wort.« Lutz Jäger hob die Augenbrauen. »Nun ja«, er fand seine gute Laune sofort wieder und wandte sich Yun-Si zu, »immerhin haben wir also mit diesem Toten keine weiteren Umstände.« Er senkte verschwörerisch die Stimme. »Wie steht's mit deinem Sonntag? Hast du heute schon was vor?«

»Ach, Lutz …« Wieder kicherte sie mädchenhaft.

Wortlos drehte sich Jo um und verließ das Zelt.

Der Restaurantbesitzer erwartete sie schon an dem Absperrband. »Was ist jetzt? Können die Bauarbeiter weitermachen?«, verlangte er ungeduldig zu wissen. Jo wies auf das Zelt. »Fragen Sie das meinen Kollegen und die Gerichtsmedizinerin.«

Auf dem Rückweg zum Auto begann es, heftiger zu schneien. Obwohl die wirbelnden Flocken Jo wie kalte Nadelstiche ins Gesicht trafen, schwitzte sie wieder stark. Jedes Schlucken bereitete ihr Schmerzen. *Wenn dieser Jäger noch länger mit Yun-Si Mittermaier herumturtelt, fahre ich ohne ihn in die Stadt*, schwor sie sich. Doch als sie eben in den Passat gestiegen war und ihr Headset aufsetzte, kam er über den Parkplatz gerannt und riss die Beifahrertür auf.

»Nehmen Sie es doch locker, Frau Kollegin.« Lutz Jäger sank neben ihr in den Sitz. »Ein netter Ausflug an einem Wintermorgen ...«

Ohne ihn eines Blicks zu würdigen, schnallte Jo sich an. Danach drehte sie den Schlüssel in der Zündung. Der Motor des Passats hustete kurz auf. Dann erstarb er. *Oh, verdammt ...*

»Sie müssen den Motor langsamer kommen lassen.«

»Danke für den Rat. Aber ich habe tatsächlich schon ein paar Jahre den Führerschein.« Erneut betätigte Jo die Zündung und drückte auf das Gaspedal. Diesmal fuhr das Auto mit einem harten Ruck an. Etwas rollte unter dem Fahrersitz hervor und kullerte gegen ihre Füße. Sie bremste und bückte sich. Das »Etwas« entpuppte sich als eine Bierdose.

»Ist das Ihre?« Als Jo die Dose hochhielt, tropfte Flüssigkeit auf ihre Jeans.

»Ja, die ist wohl von dem Fußballspiel gestern übrig geblieben.« Lutz Jäger zuckte mit den Schultern. »Und damit Sie sich keine Sorgen machen: Nein, ich habe keinen Dienstwagen für private Zwecke missbraucht. Ich habe einen kranken Kollegen vertreten und zusammen mit ein paar Kumpels Dienst bei einem Zweitliga-Spiel geschoben. Außerdem hat der Fahrer des Wagens keinen Tropfen Alkohol zu sich genommen und war nicht im Geringsten in seiner Fahrtüchtigkeit beeinträchtigt.«

»Ihre Erklärungen interessieren mich kein bisschen.« Jo pfefferte die Dose auf den Rücksitz. »Aber falls wir noch einmal zusammen einen Dienstwagen benutzen sollten, was ich nicht hoffe, wäre ich Ihnen dankbar, wenn Sie vorher Ihren Müll entsorgen würden. Und Ihre Kippen ...« Sie deutete auf den Aschenbecher.

Jo war kaum losgefahren, als das Handy an ihrem Gürtel klingelte. Während sie vorsichtig in die Straße einbog, nahm sie das Gespräch entgegen. »Weber ...«

»Jo, wir müssen reden.« Friedhelms Stimme hallte durch den Passat.

»Es tut mir leid. Ich kann jetzt nicht. Ich ruf dich zurück, sobald ich zu Hause bin.« Hektisch suchte sie nach der Lautsprechertaste.

»Nein, wir sprechen jetzt miteinander. Ich habe es satt, dass immer alles nach deinem Willen laufen muss.«

»Jetzt verdrehst du aber die Tatsachen.« Wo war nur diese verflixte Taste? Aus den Augenwinkeln sah Jo, dass Lutz Jäger vor sich hingrinste. »Ich habe es dir doch gestern Abend schon gesagt. Mir ging es einfach nicht gut. Deshalb habe ich dich gebeten zu gehen.« Die Scheibenwischer verschmierten die Flocken. Ein wässriger Film bildete sich auf der Windschutzscheibe.

»Das mit deiner Erkältung war nur eine Ausrede. Und das weißt du auch ganz genau.«

Jo registrierte, dass sie nun das langgezogene, fast ebene Straßenstück erreicht hatten, das nach etwa fünfhundert Metern einen kurzen, steilen Hang hinaufführen würde. Ein letzter Anstieg, ehe die Straße sich dann in Serpentinen zur Stadt und zur Flussebene hinunterwand. Eine tückische Strecke bei diesem Wetter, auf der sie keinesfalls ihre Beziehungsprobleme mit ihrem Freund diskutieren wollte. Vor allem nicht im Beisein von Lutz Jäger.

»Friedhelm ...«, bat sie. Dies musste die Lautsprechertaste sein. Fest drückte sie darauf.

»Dir hat es nicht gepasst, dass ich unangemeldet bei dir vorbeigekommen bin.« Seine Stimme schallte noch lauter durch den Wagen. »Du musst immer alles unter Kontrolle haben ...«

»Ach, Unsinn ...«, protestierte sie aufgebracht. Ein Lkw fuhr jetzt den steilen Abhang hinunter. Sein Fahrerhaus leuchtete rot durch die Schneeflocken. Einen Moment lang schielte Jo auf das Handy, während sie den richtigen Befehl eingab.

»Ich kann so nicht mit dir leben.«

Erleichtert bemerkte Jo, dass Friedhelms zornige und frustrierte Stimme endlich nur noch im Headset ertönte. »Aber ...« Sie setzte zu einer Antwort an und stockte. Irgendetwas war merkwürdig mit dem Lkw.

»Scheiße ...« Fast gleichzeitig mit Lutz Jägers entsetztem Fluch begriff sie: Der Lkw schlitterte quer über die Straße. Das Führerhaus streifte die Bäume. Ein kreischend-schabendes Geräusch ertönte, als ob ein riesiges Stück Schmirgelpapier über Holz schliffe. Es bohrte sich in Jos Kopf. Füllte ihn ganz aus. Der mächtige Wagen schwankte, kippte. Sein Aufprall auf dem schneeglatten Asphalt vibrierte wie ein Stromstoß durch ihren Körper. Sie versuchte zu bremsen, das Lenkrad herumzureißen.

»Halten Sie auf den Lkw zu!«, hörte sie Lutz Jäger brüllen. Verschwommen nahm sie wahr, dass er ins Steuer griff. Der Passat schlingerte wild. »Verdammt! Tun Sie, was ich Ihnen sage.«

»Nein!« Sie lenkte dagegen. Die umgestürzte Ladefläche bewegte sich rasend schnell auf sie zu. Die blau-weiß gestreifte Plane flatterte hin und her wie die Flügel eines riesigen Vogels im Todeskampf. Gleich würden die Schwingen sie unter sich begraben.

Wie in Zeitlupe nahm Jo wahr, dass sich der Passat an dem Lkw vorbeibewegte. Hatten sie es etwa tatsächlich geschafft? Etwas Großes, Dunkles ragte vor ihr auf. Noch einmal versuchte sie, das Steuer herumzureißen. Doch zu spät.

Krachend prallte der Wagen gegen einen Baum. Eine gigantische Hand riss sie nach vorn, nur um sie gleich darauf in den Sitz zurückzuschleudern und dann durch die Luft zu wirbeln.

»Jo, um Himmels willen! Was ist geschehen? Jo ...« Friedhelms Rufe drangen aus großer Entfernung an ihr Ohr. Ein erneuter Aufprall. Dann breitete sich Schwärze um sie aus. Sie fiel und fiel und fiel ...

Gedämpftes Gemurmel drang in Jos Bewusstlosigkeit. Nur langsam kam sie zu sich. Ihr Kopf schmerzte, als wollte er jeden Moment zerspringen, und ihr Körper fühlte sich an, als sei er gerädert worden. Verschwommen erinnerte sie sich: Sie war mit einem Polizeifahrzeug verunglückt. Gewiss hatte man sie in ein Krankenhaus gebracht.

Das Gemurmel wurde etwas lauter. Wahrscheinlich standen Ärzte und Pfleger um ihr Bett herum. Nein, sie hatte keine Lust, jetzt in deren professionell fröhliche Gesichter zu blicken und sich ihr aufmunterndes Gerede anzuhören.

Vorsichtig, mit geschlossenen Augen, versuchte Jo, ihre Finger und Zehen zu bewegen. Erleichtert registrierte sie, dass alle ihr gehorchten. Gelähmt war sie also nicht. Sie wünschte sich, wieder einschlafen zu können. Doch plötzlich schnupperte sie irritiert. Es roch nicht nach Krankenhaus. Statt nach den Ausdünstungen von Desinfektionsmitteln und Arzneien roch es nach ... ja: brennenden Kohlen, Kräutern und ... Weihrauch ...

Hatte sie etwa ihr Geruchsempfinden bei dem Unfall eingebüßt? Jo öffnete die Lider einen Spalt weit. Keine weiß gestrichene Decke mit Neonröhren erstreckte sich über ihr, sondern ein brauner, grobgewebter Stoff. Eine Art Baldachin. Noch ehe sie sich darüber wundern konnte, hörte sie wieder das Gemurmel. Eine einzelne Stimme stach daraus hervor. Es war die eines Mannes. Sie war knarzend und unangenehm. Auch wenn Jo nicht recht verstehen konnte, was der Mann sagte.

Hatte sie etwa wieder einen Albtraum? Nun glaubte sie, den Mann die Wörter »Weib« und »Sünde« sagen zu hören. *Was in aller Welt ...?* Jo riss die Augen auf. Ja, sie war tatsächlich in einem Albtraum gefangen. Sie lag in einem holzgetäfelten Zimmer. Eine Gruppe von Menschen stand um ihr Bett. Allen voran ein fast kahlköpfiger, hakennasiger Mönch, um dessen ausgezehrten Körper eine schwarze Kutte schlotterte. Rechts und links von ihm sah sie zwei jüngere Mönche. Offensichtlich seine Gehilfen. Denn der eine schwenkte ein Weihrauchfass, und der andere hielt ein dickes, in Leder gebundenes Buch in den Händen. Hinter den Mönchen hatten sich etwa zwei Dutzend in mittelalterliche Gewänder gekleidete Männer und Frauen aufgereiht. Diese starrten Jo mit dem Ausdruck größter Verblüffung an.

»Herrin!« Eine rundliche Frau, die rote Apfelbäckchen und haselnussbraune Augen hatte, eilte an das Bett und ergriff Jos Hände. »Endlich seid Ihr wieder zu Euch gekommen.«

»Ja, danken wir alle Gott, dem Herrn, für diese Gnade.« Der hagere Mönch breitete salbungsvoll die Arme aus. »Und Ihr«, er bedachte Jo mit einem stechenden Blick, »solltet jetzt Eure Sünden bekennen. Denn ganz sicher waren es Eure Hoffart und Euer Eigensinn, die Euch für mehr als zwei Monate an das Krankenlager gefesselt und Euren Geist verwirrt haben.«

»Wie ... bitte ...«, stammelte Jo.

»Hochwürdigster Priester, verzeiht«, wandte die rundliche

Frau schüchtern ein, »aber ich glaube nicht, dass meine Herrin dazu schon in der Lage ist.«

Der Mönch ignorierte sie und trat näher an Jo heran. »Los, sprecht mir nach!« Ungeduldig wedelte er mit der Hand herum. »Ich, eine Tochter Evas, ein Weib und deshalb den niederen Trieben und den Einflüsterungen des Bösen besonders zugänglich, bekenne, dass ich ...«

Die Menschen in dem Raum begannen, eine leise, lateinisch klingende Litanei anzustimmen. Dieser Traum wurde ja immer verrückter. Jo klammerte sich an der schweren, wollenen Bettdecke fest.

»Nun macht schon, Weib! Worauf wartet Ihr noch? Oder hat Euch ein Dämon die Lippen versiegelt?« Der hagere Mönch beugte sich vor und hob die Hand, als wolle er sie auf den Mund schlagen.

Auch wenn dies nur ein Traum war – das war zu viel! Jo setzte sich so abrupt auf, dass ihr einen Moment lang schwindelig wurde. »Raus hier! Auf der Stelle!«, brüllte sie dann mit krächzender Stimme.

Der Mönch wich zurück, hatte sich dann jedoch sofort wieder gefasst. »Weib, was erlaubt Ihr Euch?«, donnerte er. »Auf den Knien werdet Ihr mir Abbitte für diese Unverschämtheit leisten!« Dem Gefäß seines Begleiters entwich eine große Weihrauchwolke.

Der Rauch kratzte in Jos Kehle. Die Menschen im Hintergrund des Raums unterbrachen ihre leise Litanei, warfen sich entsetzte Blicke zu und begannen, miteinander zu tuscheln. Hustend raffte Jo die Decken um sich und stieg aus dem Bett.

»Auf die Knie mit Euch!«, wiederholte der Mönch gebieterisch.

Jo baute sich breitbeinig vor ihm auf, wie sie es bei einem besonders renitenten Straftäter getan hätte. Dann sah sie ihm fest in die Augen. »Sie verlassen diesen Raum«, sagte sie bestimmt, aber ohne ihre Stimme noch einmal zu erheben, »und zwar sofort. Und alle anderen, die sich in diesem Zimmer befinden, werden mit Ihnen gehen.«

Der Blick des Mönchs flackerte unsicher. »Ihr ... Ihr seid tatsächlich besessen«, japste er schließlich.

*Was redete er da ...?* »Das mag ja sein«, erwiderte Jo betont gleichmütig. »Aber jetzt werden Sie und alle anderen meinem Befehl unverzüglich Folge leisten.« Sie trat einen Schritt auf den Mönch und seine beiden Begleiter zu.

Der mit dem Weihrauchfass zuckte ängstlich zusammen, was dem versilberten Gefäß erneut eine dichte Qualmwolke entsteigen ließ. »Pater Lutger, Ihr habt recht«, flüsterte er, »lasst uns für dieses Mal dem Dämon weichen und ein anderes Mal besser gerüstet hierherkommen.«

»Meine Herrin ist nicht besessen«, mischte sich die rundliche Frau wieder ein. »Sie ist einfach noch krank und deshalb nicht ganz bei Sinnen.«

»Wir werden fürs Erste dieses sündige Haus verlassen.« Der hakennasige Mönch bedachte Jo mit einem kalten Blick. »Aber seid versichert, Euer freches, gotteslästerliches Verhalten wird nicht folgenlos bleiben.«

»Ach, wenn Sie wüssten, was mir schon alles angedroht wurde«, murmelte Jo, während sie gegen ein plötzliches, heftiges Schwindelgefühl ankämpfte. Erleichtert sah sie, dass sich Pater Lutger hoheitsvoll umdrehte und seine beiden Begleiter zu sich winkte. Die anderen Menschen wichen zurück, um den drei Männern den Weg zu einer dunklen, schweren Holztür freizugeben. Nachdem die Mönche den Raum verlassen hatten, schoben sich auch die übrigen Anwesenden durch die Tür. Die Beine gaben unter Jo nach, und sie sackte auf den Bettrand.

»Herrin, ach Herrin, wie konntet Ihr Euch Pater Lutger nur

so zum Feind machen?« Die rundliche Frau kniete sich vor ihr auf den Bretterboden und sah sie bekümmert an. »Ich weiß ja, dass Ihr den Pater nicht leiden könnt. Aber ich wusste mir einfach keine andere Wahl, als ihn zu rufen. Schließlich ist er bekannt dafür, böse Geister auszutreiben. Und Ihr wart schon so lange schwerkrank …« Tränen schimmerten in ihren Augen.

»Sie sind nicht real. Das alles ist nicht real …«, murmelte Jo. *Ist dies etwa nicht bloß ein Albtraum?* Wirre Gedanken schwirrten durch ihren Kopf. *Bin ich möglicherweise nach dem Unfall in ein Koma gefallen und liege jetzt auf einer Intensivstation an alle möglichen Schläuche und Geräte angeschlossen, während mein Unterbewusstes mich in eine Fantasie-Welt versetzt, gespeist aus meinen letzten Eindrücken vor dem Unglück?*

»Ach Herrin, ich weiß ja nicht genau, was Ihr mit dem Wort *real* meint. Jedenfalls seid Ihr wirklich. Ebenso wie ich und dieser Raum in Eurem Heim.« Die Frau schüttelte besorgt den Kopf. »Ihr werdet doch wohl Eure Magd Katrein wiedererkennen.«

»Ich habe keine Magd«, flüsterte Jo. »Nur einen Herd und eine Spülmaschine, die ich so gut wie nie benutze. Und das hier ist nicht mein Zuhause. Ich lebe im 21. Jahrhundert und …«

»Wir schreiben das Jahr 1380. Und nun müsst Ihr Euch wieder hinlegen«, erklärte die Frau, die sich Katrein nannte.



LESEPROBE